Eugenie Marlitt

Die Frau mit den Karfunkelsteinen

Eugenie Marlitt: Die Frau mit den Karfunkelsteinen

Erstdruck in: Gartenlaube, Leipzig (Ernst Keil Nachf.) 1885, erste Buchausgabe: Leipzig (Ernst Keil Nachf.) 1885.

Vollständige Neuausgabe mit einer Biographie des Autors
Herausgegeben von Karl-Maria Guth
Berlin 2015

Der Text dieser Ausgabe folgt:
Eugenie Marlitt: Gesammelte Romane und Novellen. 2. Auflage, Band 1–10, Leipzig: Verlag von Ernst Keil's Nachfolger G.m.b.H., 1900.

Die Paginierung obiger Ausgabe wird hier als Marginalie zeilengenau mitgeführt.

Umschlaggestaltung von Thomas Schultz-Overhage unter Verwendung des Bildes: Alfons Mucha, Rubin, 1900

Gesetzt aus Minion Pro, 11 pt

Die Sammlung Hofenberg erscheint im
Verlag der Contumax GmbH & Co. KG, Berlin
Herstellung: BoD – Books on Demand, Norderstedt

Die Ausgaben der Sammlung Hofenberg basieren auf zuverlässigen Textgrundlagen. Die Seitenkonkordanz zu anerkannten Studienausgaben machen Hofenbergtexte auch in wissenschaftlichem Zusammenhang zitierfähig.

ISBN 978-3-8430-2948-3

Bibliografische Information der Deutschen Nationalbibliothek

Die Deutsche Nationalbibliothek verzeichnet diese Publikation in der Deutschen Nationalbibliografie; detaillierte bibliografische Daten sind im Internet über www.dnb.de abrufbar.

1

Tante Sophie hatte die Klammerschürze vorgebunden und nahm Wäsche von der Leine. Das Herz lachte ihr im Leibe, während sie unter den hochgespannten Seilen hinschlüpfte – frischgefallener Schnee, ja, was war der gegen das Weiß der bleichenden Tafeltücher und Leinenbezüge? – Seit urvordenklichen Zeiten war stets das schönste Bleichwetter, sobald die Leinenschätze des ehrenwerten Hauses »Lamprecht und Sohn« an die Luft gebracht wurden – »selbstverständlich!« Es sei das so gut ein Vorrecht wie das berühmte Kaiserwetter, meinte Tante Sophie immer mit listigem Augenzwinkern, denn es war jemand im Hause, der solche »Blasphemien« absolut nicht hören mochte …

Nun zog heute wieder die köstliche Sommerluft dörrend durch die feuchten Lakenreihen, und die Julisonne schien ihre ganze Kraft in dem mächtigen Viereck des Hofes zu konzentrieren. Ueber die Dächer schossen Schwalbenscharen, wie stahlglänzende Pfeile, in den Hof herein; ihre Nester hingen an den steinernen Fenstersimsen in der Bel-Etage des östlichen Seitenflügels, und es war niemand da, der den kleinen Blauröcken wehrte, wenn sie auf den Simsen rasteten und in ihrem aufdringlichen Gezwitscher kein Ende fanden. Ja, es wehrte ihnen weder ein Menschenblick, noch eine fortscheuchende Handbewegung; denn nie klang eines der Fenster droben in diesem Seitenbau, höchstens daß einmal im Jahre auf Stunden gelüftet wurde; dann fielen die großblumigen Gardinen wieder zusammen und ließen es geduldig geschehen, daß ihnen die Sonne den letzten Farbenrest aus der morschen Seidenfaser sog.

Das Haupthaus, dessen Fassade auf den vornehmsten Platz der Stadt hinausging, hatte der Zimmer und Säle genug, und der Bewohner waren nicht viele, da brauchte man die obere Zimmerflucht des östlichen Seitenflügels nicht. Die Leute sagten aber anderes. So hell und sonnig auch das angebaute Hinterhaus in die Lüfte stieg, und so friedlich es erschien mit seinen hohen, stillen Fenstern, es war doch der unheimliche Schauplatz eines Kampfes, eines fortgesetzten, gespenstigen Kampfes bis in alle Ewigkeit. So sagten die Leute draußen in Gassen und Straßen, und die darinnen widersprachen nicht. Warum auch? Hatte es doch seit Anno 1795, wo die schöne Frau Dorothea Lamprecht in dem Seitenflügel ihr Wochenbett abgehalten und da verstorben war, fast keinen dienstbaren Geist der Familie gegeben, der nicht wenigstens einmal die lange Schleppe eines weißen Nachtgewandes durch den Korridor hätte schleifen sehen, oder gar gezwungen gewesen war, sich halbtot vor Schrecken platt an die Wand des Ganges zu drücken, um die lange, hagere »Selige« im grauen Spinnwebenkleide an sich vorüberzulassen. Drum schliefe auch niemand droben in dem Hause, sagten die Leute.

An dem »Unwesen« sollte ein Eidbruch schuld sein.

Justus Lamprecht, der Urgroßvater des derzeitigen Familienoberhauptes, hatte seinem sterbenden Eheweibe, der Frau Judith, feierlich zuschwören müssen, daß er ihr keine Nachfolgerin geben wolle – es sei um ihrer zwei Knaben willen, sollte sie gesagt haben; im Grunde aber war es glühende Eifersucht gewesen, die keiner anderen den Platz an der Seite ihres zurückbleibenden Ehemannes gegönnt. – Herr Justus hatte aber ein leidenschaftliches Herz gehabt, und seine schöne Mündel, die in seinem Hause gewohnt, nicht minder. Sie hatte gemeint, und wenn sie in die Hölle mit ihm müsse, sie lasse doch nicht von ihm und heirate ihn der neidischen Seligen zum Trotz und Tort. Und sie hatten auch zusammen gelebt, wie zwei Turteltauben, bis sich die schöne, junge Frau Dorothea eines Tages in den Seitenflügel zurückgezogen, um sich in der mit fürstlicher Pracht ausgestatteten Wochenstube ein neugeborenes Töchterchen in den Arm legen zu lassen. Herr Justus Lamprecht hatte gesagt, nun sei er auf dem Gipfel des Glückes ...

Es war aber gerade strenger Winter gewesen, und just in der Weihnachtsnacht, wo draußen alles zu Stein und Bein gefroren, war mit dem Glockenschlag Zwölf langsam und feierlich die Thüre der Wochenstube nach dem Gange hinaus zurückgefallen, und die Selige war auf einer grauen Wolke, wie in Spinnweben gewickelt, hereingekommen. Und die Wolke, der Spinnwebenrock, und der häßliche Kopf mit der Spitzen-Dormeuse, alles war unter den seidenen Betthimmel gekrochen und hatte sich auf der Wöchnerin so fest zusammengekauert, als solle dem blühenden jungen Weibe das Herzblut ausgesogen werden. – Der Wartfrau waren Hand und Fuß gelähmt gewesen, und sie hatte sozusagen in einer Eisgrube gesessen, so mörderisch kalt war es von dem Spukwesen ausgegangen; die Sinne waren ihr vergangen, und erst lange danach, als das Neugeborene geschrieen, war sie wieder zu sich gekommen.

Ja, das war nun eine schöne Bescherung gewesen! Die Thüre nach dem eisigkalten Gang hatte noch sperrangelweit offen gestanden, und von der bösen Frau Judith war auch nicht ein Rockzipfelchen mehr zu sehen gewesen, im Bette aber hatte Frau Dorothea aufrecht gesessen und unter heftigem Schütteln und Schaudern mit den Zähnen geklappert und ganz wirr nach dem Kind in der Wiege gesehen, und nachher war sie in Raserei verfallen, und nach fünf Tagen hatte sie, ihr totes Kindlein im Arm, im Sarge gelegen. – Die Aerzte hatten gesagt, Mutter und Kind seien infolge heftiger Erkältung gestorben; die pflichtvergessene Wärterin habe die Thüre schlecht verschlossen, sei eingeschlafen und habe verrückt geträumt – einfältiges Gewäsch! – Wenn das alles so mit natürlichen Dingen zugegangen war, weshalb geschah es denn nachher, daß die schöne Verführerin oft schon im Abendzwielicht aus der ehemaligen Wochenstube gehuscht kam, und die graue Furie hinter ihr hersauste, um ihr von hinten die langen, dürren Arme würgend um den Hals zu schlingen? – – –

Die Firma »Lamprecht und Sohn« hatte zu Ende des vorigen Jahrhunderts noch mit Leinen gehandelt, und die öfter wiederholte Bezeichnung »Thüringer Fugger« sollte gar nicht übel auf ihr Ansehen gepaßt haben. – Dazumal hatte ihr großer Häuserkomplex am Markte einem Bienenstock geglichen, so lebendig war der Menschenverkehr gewesen. – Bis unter die Dächer hinauf sollten die Leinenballen aufgestapelt gewesen sein, und allwöchentlich waren mächtige Frachtwagen schwerbeladen in die weite Welt hinausgefahren. Tante Sophie wußte das alles ganz genau. Sie selbst hatte freilich jene Zeiten nicht gesehen; aber in ihrem hellen Kopfe waren Familientraditionen, alte Geschäfts- und Tagebuchnotizen und die verschiedenen, oft kuriosen Nachlaßverfügungen so pünktlich registrirt, wie sie kaum der Archivar einer Regentenfamilie in den Annalen sammelt.

So war denn auch die alljährliche Julibleiche eine Zeit der Reminiszenzen. Da kamen uralte Wäschestücke auf die Leine, nicht der Benutzung wegen – bewahre! – nur damit sie nicht vergilbten und in neue Brüche gelegt werden konnten. Und die eingewebten Jäger und Amazonen, die mythologischen und biblischen Figuren in dem Damastzeug mochten sich dann freilich jedesmal verwundern, wie still und anders es in dem Hofe geworden, daß von Flachspreisen und Webelöhnen kein Wort mehr fiel, kein hochgetürmter Frachtwagen durch die Thorwölbung des Packhauses rasselte, und das Schlagen der Webstühle in fast lautloser Stille erloschen war. – Es ging ja wohl öfter ein Flüstern und Rauschen durch den Hof, aber das kam vom Zugwind, der durch das Gesträuch und Gezweig fuhr – du lieber Gott, wie sich doch die Welt änderte! – Grünes Blattwerk auf dem ehemaligen Geschäftstummelplatz, der dazumal nicht die ärmlichsten Grasspitzen zwischen seinem festen Bachkieselgefüge hatte aufkommen lassen! Je nun, hatte sich doch das alte Steinpflaster im Laufe der Zeiten selbst nicht behaupten können! Eine dichte Rasendecke lag jetzt auf dem etwas abschüssigen Terrain, schöne Rosenbäume schüttelten ihre buntfarbigen Blütenblätter über das weiche Gras her; es rauschte junges strotzendes Lindenlaub vor dem westlichen Seitenflügel, der sogenannten Weberei, und das alte Packhaus, welches nach Norden hin den Hof abschloß, war von oben bis unten völlig umschnürt von dem grünen Schuppenpanzer des Pfeifenstrauches.

Der Leinenhandel war längst vertauscht worden mit einer Porzellanfabrik, die sich außerhalb der Stadt, auf dem nahegelegenen Dorfe Dambach befand.

Der gegenwärtige Chef des Hauses »Lamprecht und Sohn« war Witwer. Er hatte zwei Kinder, und Tante Sophie, die Letzte einer Seitenlinie der Familie, führte ihm die Wirtschaft, mit fleißigen Händen, in Zucht und Ehren und weiser Sparsamkeit. Und die lustige Tante mit der großen Nase und den gescheiten braunen Augen hielt es für den klügsten Einfall ihres ganzen Lebens, eine alte Jungfer geworden zu sein, dieweil auf diese Weise doch noch für ein Weilchen eine echte Lamprechtsphysiognomie aus der Hausfrauenstube auf den Markt hinausgucke. – Das klang nun freilich ebenso unangenehm nervenberührend für das Ohr der Frau Amtsrätin, wie die stehende Bemerkung über das Kaiserwetter; aber die Frau Amtsrätin war eine sehr feine Dame, die zu Hofe ging, und Tante Sophie steckte stets die unschuldigste Miene auf, und so kam es nie zu einem Streit zwischen beiden.

»Amtsrats«, die Schwiegereltern des Herrn Lamprecht, wohnten im zweiten Stock des Haupthauses. Der alte Herr hatte sein schönes Rittergut verpachtet und sich zur Ruhe gesetzt; aber er hielt es in der Stadt nicht lange aus. Er ließ Frau und Sohn – seinen einzigen – oft allein und war weit mehr draußen in Dambach, in der Landluft, wo ihm der Wald und das Hasenrevier greifbar nahe lagen, und er in dem geräumigen, zu der Fabrik gehörigen Pavillon seines Schwiegersohnes hausen konnte, so oft und so lange er Lust hatte. –

Es schlug vier auf dem nahen Rathaustürmchen; und mit der Nachmittags-Kaffeestunde nahte das Bleichwerk seinem Ende. – Die Wäsche hatte sich allmählich in den riesigen Korbwannen weiß und hoch wie Schneehügel aufgetürmt, und Tante Sophie nahm zu allerletzt die Klammern behutsam von den kostbaren Wäschealtertümern. Aber da gab es ihr plötzlich einen förmlichen Stich durch das Herz.

»Eine schöne Bescherung!« rief sie ganz erschrocken und betreten der helfenden alten Magd zu. »Da guck' her, Bärbe! Das Tafeltuch mit der

Hochzeit zu Kana ist aus dem Leim gegangen – es hat einen mächtigen Riß!«

»Ist auch alt genug – der reine Zunder! – Alles hat seine Zeit, Fräulein Sophie!«

»Was du doch gescheit bist, alte, kluge Bärbe! Das Sätzchen kann ich auch auswendig. – O je, der Schaden geht dem Speisemeister geradeswegs durch die ganze Physiognomie – da werde ich meine liebe Not mit dem Stopfen haben.« – Sie hielt das dünngewordene, morsche Gewebe prüfend gegen das Licht.

»Ein altes Erbstück ist's freilich! Die Frau Judith hat das Gedeck noch mit eingebracht.«

Bärbe räusperte sich laut und schielte verstohlen nach den Fenstern des östlichen Seitenflügels empor. »Solche Leute, die keine Ruhe in der Erde haben, die muß man nicht so laut beim Namen nennen, Fräulein Sophie!« rügte sie mit gedämpfter Stimme und entschieden mißbilligendem Kopfschütteln. »Justement in der Zeit nicht, wo es wieder umgehen thut – der Kutscher hat es erst gestern abend wieder weiß um die Gangecke laufen sehen –«

»Weiß? Na, dann ist's ja doch der Spinnwebenrock nicht gewesen … Also der nette dicke Kutscher spielt sich auf das Sonntagskind in Eurer Gesindestube? Das sollte nur der Herr wissen! Ihr Hasenfüße wollt wohl sein Haus wieder einmal in aller Leute Mäuler bringen?« – Sie zuckte die Achseln und schlug das Tafeltuch zusammen. »Mir, für meine Person, mir wäre das übrigens ganz egal. Es hört sich eigentlich gar nicht schlecht an, wenn die Leute sagen: ›die weiße Frau in Lamprechts Hause!‹ – Alt und angesehen genug sind die Lamprechts ja! Den Luxus können wir uns schon erlauben, so gut wie die im Schlosse.«

Diese letzten Worte waren offenbar nicht an die Adresse der Magd gerichtet – Tante Sophiens braune Augen zwinkerten lustig nach der Lindengruppe vor der Weberei. Dort funkelten ein paar Brillengläser auf dem feinen Nasenrücken der Frau Amtsrätin. Die alte Dame hatte ihren Papagei ein wenig ins Grüne heruntergetragen und hielt Wache bei ihm von wegen der Hauskatzen. Sie stickte, und neben ihr, am weißgestrichenen Gartentische, saß ihr Enkel, der kleine Reinhold Lamprecht, und schrieb auf seiner Schiefertafel.

»Ich will nicht hoffen, daß Sie das ernstlich meinen, liebste Sophie!« sagte die Frau Amtsrätin; eine leichte Röte war in ihr Gesicht getreten, und die Augen blickten scharf über die Brille. »Mit solchen geheiligten

Vorrechten spaßt man übrigens nicht; das ist unziemlich – Strengere als ich würden sagen ›demokratisch‹!«

»Ach ja, das sähe denen schon ähnlich!« lachte Tante Sophie. »Das sind solche, die auch am liebsten wieder mit Feuer und Schwert in der Welt hantieren möchten! Aber muß denn der Mensch gleich ein Demokrat sein, wenn er nicht wie ein Wurm am Boden kriecht? Bei denjenigen, die da wiederkommen, um die lebendigen Kreaturen ins Bockshorn zu jagen, ist doch kein Unterschied mehr, und die weiße Schloßfrau muß ebensogut erst aus einem Moderhäufchen steigen, wie dem Urgroßvater Justus sein schönes Dorchen auch!«

Die alte Dame rümpfte die feine, kleine Nase und schwieg indigniert. Sie legte ihren Stickrahmen weg und trat zu Bärbe. »Wie ist denn das – der Kutscher will gestern abend auch in dem Gange etwas gesehen haben?« fragte sie gespannt.

»Jawohl, Frau Amtsrätin, und der Schreck liegt ihm heute noch in allen Gliedern. Er hat oben in den guten Stuben bis zur Dämmerstunde die Fußböden gewichst, und nachher beim ›'runtergehen‹ ist's ihm gewesen, als wenn in dem Gange hinten eine Thüre sachte zugemacht würde – Frau Amtsrätin, in dem Gange, wo im ganzen Leben kein Thürschlüssel umgedreht wird! Na, kurz und gut – es ist ihm freilich eiskalt über den Rücken gelaufen, und die Beine sind ihm bleischwer geworden; aber er hat sich doch ein Herz gefaßt, ist ein paar Schrittchen auf die Seite geschlichen und hat um die Ecke geschielt. Und da ist's vor seinen Augen in den langen Gang hingehuscht, ganz schlank und schmächtig und schlohweiß von oben bis unten –«

»Vergiß nur ja die schwarzledernen Handschuhe nicht, Bärbe!« warf Tante Sophie ein.

»Bewahr' mich Gott, Fräulein Sophie, nicht einen schwarzen Faden hat das Unding an sich gehabt! Und wie's um die andere Gangecke saust, da fliegt alles auseinander wie Schleierzeug und ist verschwunden gewesen, der Kutscher sagt, wie Rauch im Winde. Den bringen um die Dämmerstunde nicht zehn Pferde wieder bis an den Gang hin!«

»Wird auch gar nicht verlangt von der Heldenseele – der gehört in den Altweiberspittel mit seinem Spinnstubengewäsch!« sagte Tante Sophie halb amüsiert, halb ärgerlich, und griff nach einer Serviette, um sie von der Leine zu nehmen; aber in demselben Augenblick fuhr auch ihr Kopf herum. »Potztausend, was kömmt denn da für ein Fuhrwerk angerasselt! Ja Gretel, bist du denn närrisch?«

Durch den hochgewölbten Thorweg des Haupthauses kam ein hübscher Kinderlandauer mit einem Gespann von zwei Ziegenböcken in den Hof hereingebraust. Die Lenkerin, ein Mädchen von ungefähr neun Jahren, stand aufrecht und hielt die Zügel stramm in den Händen. Der runde, breitrandige Strohhut war ihr nach dem Nacken zurückgesunken und schwebte, von den Bindebändern am Halse festgehalten, wie eine gelbe Heiligenscheibe hinter dem dunklen Gelock, das wild im scharfen Zugwind aufflog.

Das Gefährt rollte bis zu den Linden, unter denen der kleine Reinhold saß; da erst wurde mit einem kräftigen Ruck Halt gemacht, zum Schrecken des Papageien, der laut aufkreischte, während der Knabe von der Bank glitt.

»Aber, Grete, du sollst ja nicht mit meinen Böcken fahren! Ich will's nicht haben!« zankte Reinhold weinerlich, und sein blasses, schmales Gesichtchen rötete der Zorn. »Es sind meine Böcke! Der Papa hat sie mir geschenkt!«

»Ich thu's nicht wieder, ganz gewiß nicht, Holdchen?« versicherte die Schwester, vom Wagen springend. »Geh, sei nicht böse! – Hast mich noch lieb?« – Der Kleine kletterte wieder auf seine Bank und ließ es nur widerwillig geschehen, daß sie ihn mit stürmischer Zärtlichkeit umfaßte. – »Siehst du, Hans und Benjamin wollen ja doch auch ihren Spaß haben! Die armen Kerle sind so lange im Dambacher Stalle eingesperrt gewesen.«

»Und du bist wirklich allein von Dambach hereingefahren?« fragte die Frau Amtsrätin, Entrüstung und nachträglichen Schrecken in ihrer zarten Stimme.

»Natürlich, Großmama! Der dicke Kutscher kann doch nicht hinter mir im Kinderwagen sitzen? – Der Papa ist nach Hause geritten, und ich sollte mit der Faktorin wieder im großen Wagen hereinfahren; aber die Trödelei dauerte mir zu lange.«

»Solch ein Unsinn! Und der Großpapa?«

»Der stand im Hofthor und hielt sich die Seiten vor Lachen, wie ich vorbeisauste.«

»Ja, du und der Großpapa! Ihr seid mir« – die alte Dame verschluckte weislich den Rest ihrer scharfen Bemerkung und zeigte mit dem Finger empört auf Brust und Leib der Enkelin. »Und wie siehst du aus? So bist du durch die Stadt gefahren?«

Die kleine Margarete riß an der Schleife am Halse, um sich von dem Hute zu befreien und streifte mit einem gleichgültigen Blick das gestickte

Vorderblatt ihres weißen Kleides. »Heidelbeerflecken!« sagte sie kaltblütig. »Es geschieht euch schon recht, warum zieht ihr mir immer weiße Kleider an! Bärbe sagt's ja immer, Packleinwand wäre am besten für mich –«

Tante Sophie lachte, und eine männliche Stimme fiel ein. Fast mit der kleinen Equipage zugleich war ein junger Mensch in den Hof gekommen, ein auffallend hübscher, neunzehnjähriger Jüngling, der Sohn der Frau Amtsrätin und ihr einziges Kind; denn sie war die zweite Frau ihres Mannes und nur die Stiefmutter der verstorbenen Frau Lamprecht gewesen. Der junge Mann hatte einen Stoß Bücher unter dem Arm und kam vom Gymnasium her.

Die Kleine streifte ihn mit einem finstern Blick. »Du brauchst gar nicht zu lachen, Herbert!« murrte sie geärgert, während sie die Zügel der Böcke wieder aufnahm, um das Gespann nach dem Stalle zu bringen.

»So? Werde mir's merken, meine kleine Dame! Aber darf man fragen, wie es mit den Schularbeiten steht? Draußen beim Heidelbeeressen hat das gnädige Fräulein schwerlich seine französische Lektion repetiert, und ich möchte wissen, wie viel Kleckse das Schönschreibebuch heute abend zu verzeichnen haben wird, wenn die Aufgabe per Dampf erledigt werden muß –«

»Keine! Ich werde schon aufpassen und mir Mühe geben – gerade dir zum Trotz, Herbert!«

»Wie oft soll ich dir wiederholen, unartiges Kind, daß du nicht ›Herbert‹, sondern ›Onkel‹ zu sagen hast!« zürnte die Frau Amtsrätin.

»Ach, Großmama, das geht ja nicht, und wenn er zehnmal Papas Schwager ist!« entgegnete die Kleine unwirsch und mit allen Zeichen der Ungeduld die dunkle Lockenwucht aus dem Gesicht schüttelnd. »Wirkliche Onkels müssen alt sein! Ich weiß aber noch ganz gut, wie Herbert mit Ziegenböcken gefahren ist und mit Bällen und Steinen die Fenster eingeworfen hat. Und vom Doktor war ihm das Obst verboten, und er hat doch immer ganze Hände voll Pflaumen heimlich aus der Tasche gegessen – ja wohl, das weiß ich noch sehr gut! – Und jetzt ist er ja auch weiter nichts, als ein Schulfuchs, der noch mit den Büchern unter dem Arme geht. – Brr, Hans! Wollt ihr warten!« schalt sie auf das ungeduldige Gespann und faßte die Zügel fester.

Bei der sehr laut gesprochenen, rückhaltslosen Kritik aus kindlichem Munde war der junge Mann dunkelrot geworden. Er lächelte gezwungen. »Du Naseweis, dir fehlt die Rute!« preßte er zwischen den Zähnen hervor, während sein scheuverlegener Blick das gegenüberliegende Packhaus streifte.

Die ein wenig schief hängende äußere Holzgalerie, die im oberen Stock vor den Schiebefenstern dieses alten Hauses hinlief, war auch laubenartig von dem Blattgeflecht des Pfeifenstrauches übersponnen; nur da und dort ließ es Raum für Luft und Licht, indem es einen Rundbogen wölbte. Und in einer solchen grünen Nische blinkte es wie mattes Gold, und manchmal hob sich eine zarte, weiße Hand hinter der Brüstung, um wie träumerisch über das lockere Goldhaar hinzustreichen, oder sich hinein zu vergraben … In diesem Augenblick aber blieb drüben alles still und unbeweglich.

Die Frau Amtsrätin war die einzige, die das verstohlene Hinüberblicken des Sohnes bemerkt hatte. Sie sagte kein Wort, aber ihre Stirn zog sich finster zusammen, während sie dem Packhaus geflissentlich den Rücken wandte.

»Liebste Sophie, mein Sohn hat recht – Gretchen wird von Tag zu Tag unmanierlicher!« sagte sie hörbar gereizt zu Tante Sophie, wobei sie den Ständer mit ihrem Papagei ergriff, um ihn wieder hinaufzutragen. »Ich thue mein möglichstes, so oft das Kind oben bei mir ist, aber was hilft das alles, wenn hier unten über ihre Ungezogenheiten gelacht wird? – Unsere selige Fanny war in Gretchens Alter schon völlig Dame; sie hatte von klein auf Takt und Chic in bewunderungswürdiger Weise. Was würde sie sagen, wenn sie ihr Kind so wild und ungezügelt aufwachsen sähe, wenn sie hörte, wie das Mädchen so entsetzlich ›geradeheraus‹ und unverblümt zu sprechen gewohnt ist! – Ich verzweifle an irgend einem Resultat diesem Kopf gegenüber!«

»Hartes Holz, Frau Amtsrätin! Daran läßt sich freilich schwer schnitzeln«, entgegnete Tante Sophie mit einem humorvollen Lächeln. »Ueber wirkliche Ungezogenheiten lache ich nie – da seien Sie ganz ruhig! Aber damit macht mir unsere Gretel das Leben auch gar nicht sauer … Mit den Knixen und Reverenzen mag's freilich schwer halten – das glaub' ich Ihnen gerne; und darin kann ich auch nicht helfen, denn ich bin keine von den sogenannten Weltpolitischen. Ich sehe nur immer darauf, daß dem Wildfang seine schöne Wahrheitsliebe verbleibt, daß das Kind nicht heucheln und schmeicheln und schöne Dinge sagen lernt, an die es selbst nicht glaubt.«

Währenddem brachte die kleine Margarete, die bei dem Wort »Rute« empört aufgefahren war, als fühle sie bereits den Schlag, mit Bärbes Hilfe das Gefährt unter Dach und Fach, und Reinhold zeigte dem jugendlichen Onkel seine Schreibübungen auf der Schiefertafel.

Der Knabe war von ausnehmend zarter Gestalt, ein dürftig zusammengeschmiegtes Figürchen mit matten, langsamen Bewegungen.

»In der Gretel steckt ein Ueberschuß von Kraft, der will sich austoben!« fuhr Tante Sophie fort. »Wollte Gott, unser stilles, blasses Jüngelchen da« – sie zeigte verstohlen nach dem Kleinen, und ihr Blick verdunkelte sich – »hätte ein Teil davon!«

»Ueber sogenannte Kraftmenschen habe ich meine eigene Ansicht, Liebste!« entgegnete die Frau Amtsrätin achselzuckend. »Mir geht die distinguierte Ruhe über alles! – Da sind wir übrigens wieder einmal bei dem alten Thema von Reinholds Schwächlichkeit – wenn Sie wüßten, wie Sie mich mit dieser ewigen Gespensterseherei irritieren! Mein Gott, Lamprechts einzige Hoffnung, sein Kleinod! – Nein, Gott sei Dank, unser Junge ist innerlich ganz gesund! Der Doktor beteuert es, und ich zweifle nicht, daß Reinhold später einmal seinem Papa an Kraft und Gewandtheit nichts nachgeben wird!«

Diese Behauptung erschien sehr gewagt, wenn man das kümmerliche Menschenpflänzchen am Gartentische mit dem Mann verglich, der in diesem Augenblick in den Hof ritt.

Herr Lamprecht kam von einer andern Seite, als sein Töchterlein, durch die Straße hinter seinem Besitztum, welche einst die mit Leinen befrachteten Wagen frequentiert hatten. Er kam in der letzten Zeit meist diesen Weg. –

Sowie die Reitererscheinung aus dem Dunkel des tiefen Packhaus-Thorweges auftauchte, hatte sie etwas überaus Imposantes. Herr Lamprecht war ein auffallend schöner Mann, tannenschlank und dunkelbärtig, voll Feuer und Würde zugleich in Haltung und Bewegungen.

»Papa, da bin ich! Volle zehn Minuten früher als du! Ja, die Böcke laufen anders als dein Luzifer, die laufen ganz famos!« triumphierte Margarete, die bei dem Getrappel der Pferdehufen auf dem hallenden Thorwegpflaster aus der Stallthüre gesprungen kam.

Das Geräusch des aufgestoßenen Thorflügels drunten brachte auch Bewegung in das grüne Versteck der Holzgalerie, das gerade über der Einfahrt lag – der blonde Kopf fuhr empor. – Vielleicht wurden das Grün der überhängenden Blätter und die altersdunkle Hauswand dahinter zur besonderen Folie und ließen die Maiblumenfrische des jungen Gesichts doppelt blendend hervortreten; auf jeden Fall aber war das Mädchen im hellen Sommerkleide eine Gestalt, die sofort aller Blicke auf sich ziehen mußte.

Sie bog sich, voller Neugierde, wie es schien, aus dem Blätterrundbogen; dabei fielen zwei dicke Flechten vornüber und hingen jenseits des Geländers lang herab, so daß der Zugwind die blauen Bandschleifen an ihren Enden hin und her wehen machte.

Und auf der Geländerbrüstung mochten Blumen liegen; bei der hastigen Bewegung, mit welcher das Mädchen den Arm aufstützte, flogen ein paar schöne Rosen herab und fielen vor den Hufen des Pferdes auf das Pflaster nieder. – Das Tier scheute; aber der Reiter klopfte ihm beruhigend den Hals und ritt in den Hof herein. Mit einem seltsam starren Blick, der weder rechts noch links zu sehen schien, zog er beim Näherkommen den Hut; er war achtlos über die Blumen hingeritten und hatte nicht einmal emporgeblickt nach dem offenen Gange, von woher die duftenden Störenfriede gekommen – Herr Lamprecht war ein stolzer Mann, und die Frau Amtsrätin begriff vollkommen, daß er den Bewohnern des Hinterhauses wenig Beachtung schenke.

Seine kleine Tochter dagegen schien anders zu denken. Sie lief bis zum Packhaus und hob die Blumen auf. »Sie binden wohl einen Kranz, Fräulein Lenz?« rief sie nach dem Gange hinauf. »Ein paar Rosen sind heruntergefallen – soll ich sie Ihnen zuwerfen, oder hinaufbringen? Ja?«

Keine Antwort erfolgte. Das junge Mädchen war verschwunden; es mochte sich, erschrocken über das zurückscheuende Tier, in das Innere des Hauses geflüchtet haben.

Herr Lamprecht stieg indessen vom Pferde. Er war nahe genug, um zu hören, wie seine Schwiegermutter mit mißbilligendem Erstaunen zu Tante Sophie sagte: »Wie kömmt denn Gretchen zu der Intimität mit den Leuten da drüben?«

»Intim? – Davon weiß ich nichts. Ich glaube nicht, daß das Kind je die Treppe im Packhause hinaufgestiegen ist. Nichts als das gute Herz ist's, Frau Amtsrätin! Die Gretel ist eben hilfreich gegen jedermann; das ist die richtige Höflichkeit und mir tausendmal lieber als solche, die außen voller Komplimente sind und innerlich recht grob denken in bezug auf andere Menschen ... Es mag aber auch bei dem Kinde die Freude an der Schönheit sein – ich mach's ja nicht besser! Mir lacht immer das Herz im Leibe, wenn ich das schöne Mädchen dort auf dem Gange hantieren sehe.«

»Geschmacksache!« warf die Amtsrätin leicht hin, aber ihre Stirn furchte sich in Mißmut, und ein finsterer Seitenblick streifte den Sohn, der sich tief über Reinholds Schiefertafel bückte. »Das blonde Genre hat nie Reiz für mich gehabt«, setzte sie mit ihrer stets sanften, gedämpften Stimme hinzu. »Uebrigens habe ich ja gewiß an Gretchens Zuvorkommenheit nichts auszusetzen; es überrascht und freut mich vielmehr, daß sie auch höflich sein kann. Ich gehöre auch nicht zu ›solchen‹, die innerlich grob in bezug auf andere Menschen denken, Liebste – keineswegs; dazu bin ich zu mild und zu christlich! Aber ich stehe auch fest auf meinen gut konservativen Anschauungen, nach welchen gewisse Grenzen absolut aufrecht erhalten werden müssen … Das junge Mädchen – mag es auch als Erzieherin in England gewesen sein und einen höheren Bildungsgrad erlangt haben – allen Respekt vor diesem Streben! – aber ich sage trotz alledem: dieses Mädchen ist und bleibt hier doch nur die Tochter eines Mannes, der für die Fabrik arbeitet, und das muß für uns alle maßgebend sein – hab' ich nicht recht, Balduin?« wandte sie sich an ihren Schwiegersohn, der etwas Ungehöriges an dem Sattelzeug seines Pferdes zu prüfen schien.

Er hob kaum die Stirn, aber ein verstohlener Blitz zuckte seitwärts aus seinen dunkelglühenden Augen, so jäh und grell, als wolle er die zarte sanfte Frau zu Staub und Asche verbrennen. – Sie mußte einen kurzen Moment auf die Bestätigung ihres Ausspruchs warten, dann aber kam sie prompt und gleichmütig von den Lippen des schönen Mannes: »Sie haben ja stets recht, Mama! Wer würde sich wohl unterstehen, anderer Meinung zu sein?«

Er drückte sich den Hut tiefer in die Augen und führte das Pferd nach dem Stall in der Weberei.

2

Unter den Linden ging es inzwischen ziemlich laut her. Margarete hatte die aufgelesenen Rosen auf den Gartentisch gelegt – nur so lange, bis Fräulein Lenz wieder auf den Gang herauskomme, sagte sie und kniete auf der Bank neben dem kleinen Bruder nieder.

»Da sieh her, Grete!« sagte Herbert und zeigte auf die Schiefertafel. Er sah noch sehr rot aus, und seine Stimme klang so sonderbar zitterig und unterdrückt – wahrscheinlich noch vom Aerger, dachte das kleine Mädchen. – »Sieh her«, wiederholte er, »und schäme dich! Reinhold ist fast zwei Jahre jünger als du, und wie schön und korrekt ist seine Schrift gegen deine Buchstaben, die so häßlich groß und steif sind, als wären sie mit einem Stück Holz, und nicht mit der Feder geschrieben!«

»Aber deutlich sind sie«, entgegnete die Kleine ungerührt – »so schön deutlich, sagte Bärbe, daß sie die Brille gar nicht erst aufzusetzen braucht wie beim Gesangbuchlesen – warum soll ich mich denn da plagen mit den dummen Schnörkelchen?«

»Nun ja, das konnte ich wissen – du bist ein unverbesserlich faules kleines Mädchen!« sagte der junge Mann, wobei er wie zerstreut eine der Rosen ergriff und ihren Duft einatmete – er schien dies aber nur mit den Lippen zu thun.

»Ja, faul bin ich manchmal in der Schule, das ist wahr!« gab die Kleine ehrlich zu; »aber nicht in der Weltgeschichte – nur im Rechnen und –«

»Und in den Schularbeiten zu Hause, wie dein Direktor klagt –«

»Ach, was weiß denn der? Solch ein alter Mann, der fürchterlich schnupft und immer nur in der Schule und in seiner engen, schrecklichen Gasse steckt – keine Sonne scheint hinein, und seine Stube ist voll Tabaksqualm wie ein Schlot –, der weiß viel, wie einem zu Mute ist, wenn man im Dambacher Garten im Grase liegt und – halt, daraus wird nichts! Die wird nicht wegstibitzt!« unterbrach sie sich, warf ihren geschmeidigen Körper blitzschnell über die Tischplatte hin und haschte nach der Rose, die Herbert, vermutlich abermals infolge seiner Zerstreutheit, eben in der Brusttasche verschwinden ließ.

Aber der sonst so beherrschte junge Mann war in diesem Augenblick kaum wieder zu erkennen. Ganz blaß, die Augen voll Grimm, erfing er die kleine Hand, noch bevor sie ihn berührte, und schleuderte sie von sich wie ein bösartiges Insekt.

Die Kleine stieß einen Schmerzenslaut aus, und auch Reinhold sprang erschrocken von der Bank.

»Holla – was geht denn da vor?« fragte Herr Lamprecht, welcher dem herbeigeeilten Hausknecht sein Pferd überlassen hatte, und eben an den Tisch trat.

»Er darf nicht! Das ist so gut wie gestohlen!« stieß die kleine Margarete noch unter der Einwirkung des Schreckens hervor. »Die Rosen gehören Fräulein Lenz –«

»Nun, und –?«

»Herbert hat eine weiße genommen und in die Tasche gesteckt – gerade die allerschönste!«

»Kinderei!« zürnte die Frau Amtsrätin. »Was für abgeschmackte Späße, Herbert!«

Herr Lamprecht sah erhitzt aus, als habe ihm der Ritt das ganze Blut nach dem Kopfe getrieben. Er trat dem jungen Mann schweigend näher und wiegte die Reitpeitsche in seiner Hand; und allmählich umschlich ein überlegenes, verletzendes, spöttisches Lächeln seinen Mund; er kniff die Augen zusammen und fixierte sein jugendliches Gegenüber von Kopf bis zu Füßen, und es war, als sprängen Funken aus den Lidspalten in das Gesicht des jungen Menschen, der heftig errötete.

»Lasse ihn doch, Kleine!« sagte Herr Lamprecht endlich mit einem lässigen Achselzucken zu seinem Töchterchen. »Herbert braucht das gestohlene Gut für die Schule – er wird morgen in der botanischen Stunde seinem Professor eine rosa alba vorzeigen müssen.«

»Balduin! –« die Stimme erstickte dem jungen Manne, als würge eine Hand an seiner Kehle.

»Was befiehlst du, mein Junge?« wandte sich Herr Lamprecht mit ironischer Beflissenheit um. »Habe ich nicht recht, wenn ich behaupte, der bravste Schüler, der ehrgeizigste Streber, der je die Schulbank gedrückt hat, werde vor seinem Abiturienten-Examen schlechterdings keinen anderen Gedanken haben, als die Schule und abermals die Schule? – Geh, büffele nicht so übermäßig! Du bist in der letzten Zeit ganz hohläugig geworden, und dein pausbackiges Jungengesicht verliert die Farbe; unser zukünftiger Minister aber braucht – du weißt, wie jeder Minister heutzutage – Nerven von Stahl und ein ganz gehöriges Quantum Eisen in seinem Blut.«

Er lachte spöttisch auf, schlug den jungen Mann auf die Schulter und ging.

»Auf ein Wort, Balduin!« rief ihm die Frau Amtsrätin nach und nahm zum so und so vielten Mal den immer wieder hingestellten Ständer mit ihrem geliebten Papagei auf.

Herr Lamprecht blieb pflichtschuldigst stehen, obgleich er so ungeduldig aussah, als brenne ihm der Boden unter den Sohlen. Er nahm auch seiner Schwiegermutter den Vogel ab, um ihn zu tragen, und währenddem schoß Herbert wie toll an ihnen vorüber in das Haus, und die steinerne Treppe hallte wider unter den wilden Sätzen, mit welchen er aufwärts stürmte …

»Nun hat Herbert doch recht behalten!« murrte Margarete und schlug zornig mit der flachen Hand auf den Tisch. »Ich glaub's nicht! Der Papa hat nur Spaß gemacht – Herbert wird wohl dem Professor eine Rose mitbringen müssen! – Dummes Zeug!«

Sie raffte die übrigen Blumen zusammen, wand ihr seidenes Haarband um die Stiele und lief nach dem Packhaus, um den kleinen Strauß über das Holzgeländer zu werfen. Er blieb auf dem Sims liegen, niemand griff danach, nicht ein Schein des hellen Musselinkleides wurde sichtbar, noch weniger aber dankte die sanfte süße Mädchenstimme, »die man so gern hörte«, vom Gange herab. – Mißmutig kehrte das kleine Mädchen unter den Lindenschatten zurück.

Es war recht still geworden im Hofe. Tante Sophie und Bärbe hatten die letzten Wäschestücke von der Leine genommen und die hochgetürmten Korbwannen ins Haus getragen, der Hausknecht war, nachdem er die Stallthüre geschlossen, ausgegangen, um Besorgungen zu machen, und der kleine, stille Junge saß wieder auf der Bank und malte mit beneidenswerter Geduld seine gerühmten Buchstaben auf die Schiefertafel.

Margarete setzte sich neben ihn und faltete die kleinen, hageren, sonnverbrannten Hände im Schoße; sie ließ die ewig unruhigen Füße baumeln und verfolgte mit ihren lebendigen, klugen Augen den Flug der Schwalben, wie sie über die Dächer herkamen und im scharfen Bogen die blauen Lüfte durchschnitten, um unter den weit hervorspringenden Fenstersimsen des gegenüberliegenden Seitenflügels zu verschwinden.

Inzwischen kam Bärbe mit dem Wischtuch; sie fuhr mit demselben über den Gartentisch, legte eine Kaffeeserviette auf und stellte das klirrende Tassenbrett hin; dann fing sie an, die Waschleine aufzurollen. Von Zeit zu Zeit warf sie einen ärgerlichen Blick nach dem Kinde, das so ungeniert und angelegentlich seine Augen über die obere Fensterreihe des spukhaften Hauses hinwandern ließ; für die alte Köchin war das eine naseweise Herausforderung, die ihr einen gelinden Schauder über die Haut jagte.

»Bärbe, Bärbe, schnell, drehe dich um! es ist jemand drin!« rief die Kleine plötzlich und zeigte mit dem ausgestreckten Finger direkt nach einem der Fenster in Frau Dorotheens ehemaliger Wochenstube, wobei sie von der Bank sprang.

Unwillkürlich, als werde sie von einer fremden Macht herumgerissen, wandte Bärbe den Kopf nach der bezeichneten Stelle und ließ vor Schrecken den mächtig angeschwollenen Waschleinenknäuel aus den Händen fallen. »Weiß Gott, der Vorhang wackelt!« murmelte sie.

»Unsinn, Bärbe! Wenn er bloß wackelte, so wäre das weiter gar nichts; das könnte auch vom Zugwind sein!« sagte Margarete überlegen. »Nein, er war dort in der Mitte« – sie zeigte abermals nach dem Fenster – »dort war er auseinander und es hat jemand herausgesehen; und das ist doch närrisch – es wohnt kein Mensch drin –«

»Um tausend Gotteswillen, Kind, wer wird denn immer mit dem Finger hinzeigen!« raunte Bärbe und griff nach der kleinen Hand, um sie niederzubiegen. Sie war dicht vor die Kinder getreten, als wolle sie die Kleinen mit ihrer breiten massiven Figur decken, und kehrte dem bezeichneten Fenster den Rücken – um keinen Preis hätte sie noch einmal die Augen zurückgewendet. »Siehst du, Gretchen, das hast du nun von deinem ewigen Hingucken! Ich wollte dir's vorhin schon sagen, aber du bist ja immer gleich obenhinaus, und da war ich still ... Für so 'was, wie die Fenster da oben, muß der Mensch gar keine Augen haben.«

»Abergläubische alte Bärbe – das sollte nur Tante Sophie hören!« schalt das kleine Mädchen ärgerlich und suchte die vierschrötige Alte aus dem Wege zu schieben. »Erst recht muß man hinsehen! Ich will wissen, wer das gewesen ist! Es ging vorhin zu schnell – husch, war's wieder weg! – Ich glaube aber, es war Großmamas Stubenmädchen, die hat so eine weiße Stirn –«

»Die?« – Jetzt war es an der gescholtenen Köchin, eine überlegene Miene anzunehmen. »Erstlich, wie käme die in die Stube? Doch nicht durchs Schlüsselloch? Und zum zweiten thäte sie's auch gar nicht – nicht um die Welt, Gretchen! Das naseweise Ding hat's gerade so gemacht wie du – die dachte auch, ihr könnt's nicht fehlen, und da hat sie vorgestern abend in der Dämmerstunde ebenso ihren Schreck weggehabt, wie gestern der Kutscher ... Geh du lieber 'nauf in die gute Stube mit den roten Tapeten, wo die alten Bilder hängen – die mit den Karfunkelsteinen in ihren kohlpechschwarzen Haaren, die ist's! Die hat wieder einmal keine Ruh' in der Erde und huscht im Hause 'rum und erschreckt die Menschen.«

»Bärbe, du sollst uns Kindern nicht solchen Unsinn vorschwatzen, hat die Tante gesagt!« rief Margarete bitterböse und stampfte mit dem Fuße auf. »Siehst du denn nicht, wie Holdchen sich ängstigt?« ... Beruhigend wie ein Großmütterchen legte sie die Arme um den Hals des Knaben, der mit angsterfüllten, weit aufgerissenen Augen zuhörte. »Komm her, du armes Kerlchen, fürchte dich nicht, und laß dir doch nichts weismachen von der dummen Bärbe! Es gibt gar keine Gespenster – gar keine! Das ist alles dummes Zeug!«

In diesem Augenblick trat Tante Sophie aus dem Hause. Sie brachte den Kaffee und stellte einen großen, zuckerbestreuten Napfkuchen auf den Tisch. »Kind, Gretel, du siehst ja aus wie ein streitlustiges Kickelhähnchen! Was hat's denn wieder einmal gegeben?« fragte sie, während Bärbe sich schleunigst aus dem Staube machte und ihrem abwärts gerollten Leinenknäuel nachlief.

»Es war jemand dort in der Stube«, antwortete die Kleine kurz und knapp und zeigte nach dem Fenster.

Tante Sophie, die eben den Kuchen anschnitt, hielt inne. Sie drehte den Kopf um und streifte mit einem flüchtigen Blick die Fensterreihe. »Da oben?« fragte sie mit halbem Lachen. »Du träumst am hellen Tage, Kind!«

»Nein, Tante, es war ein wirklicher Mensch! Gerade dort, wo der Vorhang so rot ist, da ging er auseinander. Ich sah ja die Finger, ganz weiße Finger, die ihn schoben, und auf einen Husch sah ich auch eine Stirn mit hellen Haaren –«

»Die Sonne, Gretel, weiter nichts!« versetzte Tante Sophie gleichmütig und hantierte taktmäßig mit ihrem Messer weiter an dem Kuchen. »Die spielt und spiegelt in allen Farben auf den alten verwetterten Scheiben, und das täuscht. Hätt' ich den Schlüssel, da müßtest du auf der Stelle mit mir hinauf in die Stube, um dich zu überzeugen, daß kein Mensch drin ist, und dann wollten wir sehen, wer recht behielte, du Gänschen! Den Schlüssel hat aber der Papa, und die Großmama ist eben bei ihm, und da will ich nicht stören.«

»Bärbe sagt, die Frau, die im roten Salon hängt, hätte herausgesehen – die läuft im Hause herum, Tante, und will alle Menschen erschrecken«, klagte Reinhold in weinerlich ängstlichem Ton.

»Ach so!« sagte Tante Sophie. Sie legte das Messer hin und sah über die Schulter nach der alten Köchin, die aus Leibeskräften an ihrem riesigen Knäuel wickelte. »Bist ja ein lieber Schatz, Bärbe – die richtige Jammerbase und Totenunke! … Was hat dir denn das arme Weibchen im roten Salon gethan, daß du sie zum Popanz für die Urenkelchen machst?«

»Ach, mit dem Popanz hat's keine Not, Fräulein Sophie!« entgegnete Bärbe trotzig und ohne von ihrer Beschäftigung wegzusehen. »Gretchen glaubt's so wie so nicht … Das ist ja eben das Unglück heutzutage! Die Kinder kommen schon so superklug zur Welt, daß sie an gar nichts mehr glauben wollen, was sie nicht mit Händen greifen können.« – Sie wickelte mit so grimmigem Eifer weiter, als gelte es, all den kleinen Ungläubigen die Hälse zuzuschnüren. – »Glaubt der Mensch aber nicht mehr an die Geister- und Hexengeschichten, da kömmt auch unser Herrgott zu kurz, ja – und das ist eben die Gottlosigkeit heutzutage, und darauf leb' und sterb' ich!«

»Das magst du halten, wie du willst; aber unsere Kinder lässest du mir künftig aus dem Spiel, ein für allemal!« gebot Tante Sophie streng. Sie schenkte den Kindern Kaffee ein und legte ihnen Kuchen vor; dann ging sie, um ein Rosenbäumchen von der Waschleine zu befreien, die sich durch Bärbes Ungestüm in seinen Aesten verwickelt hatte.

»Die Sonne war's aber nicht – das steht bombenfest! – Ich will's schon herauskriegen, wer immer durch den Gang huscht und in die Stube schleicht!« murmelte die kleine Skeptikerin am Kaffeetisch vor sich hin und brockte sich die Obertasse voll Kuchen.

3

»Auf ein Wort, Balduin!« hatte die Frau Amtsrätin gebeten, und seit Herr Lamprecht die Ehre hatte, ihr Schwiegersohn zu sein, waren ihre Bitten stets wie Befehle seinerseits respektiert worden. So auch heute. Er hatte zwar eine tiefe Falte des Mißmutes auf der Stirn, und am liebsten hätte er wohl dem verzogenen Papagei, der fortgesetzt kreischend gegen seinen mißliebigen Träger protestierte, den bunten Hals umgedreht; allein davon wurde der Frau Amtsrätin nicht das geringste bemerklich, um so weniger, als, sehr zur rechten Zeit, das aus der oberen Etage kommende Stubenmädchen das Tier in Empfang nahm und hinauftrug.

So ging das zarte, schmächtige Frauchen ahnungslos und graziös neben dem Schwiegersohn her; die Spitzenbarben ihres Häubchens wehten in der Zugluft des Treppenhauses, und die kurze, dunkelseidene Schleppe raschelte vornehm über die Stufen. – Sie waren ziemlich ausgetreten, diese breiten, mächtigen Sandsteinstufen. Weit über zwei Jahrhunderte hindurch war alles, was das Haus an Lust und Leid gesehen, da hinauf und hinab geglitten. Hochzeiten und Tauffeierlichkeiten, Tanz- und Tafelfreuden, wie der letzte Prunkzug der Hingeschiedenen – das alles, was den verschiedenen Generationen Kopf und Herz bewegt und erfüllt, es war verbraust und verschmerzt, und nur die Fußspur war verblieben. – Und jetzt stieg die zierliche alte Dame mit ihren kleinen Goldkäferschuhen auch Stufe um Stufe hinauf, um droben eine Herzensbeklemmung loszuwerden – Unmut und Besorgnis sprachen deutlich genug aus ihren Zügen.

Herrn Lamprechts Privatwohnung bildete, hart an der Treppe gelegen, den Schluß der langen Zimmerreihe in der mittleren Etage. Hinter diesen Räumen, nach dem Hofe zu, lag der Korridor oder Flursaal, wie er im Hause genannt wurde, in seiner Länge und gewaltigen Breite so recht der Raumverschwendung der alten Zeiten entsprechend. Er endete erst hinter dem letzten Zimmer, dem sogenannten roten Salon; dort bog er um die Ecke des angebauten östlichen Seitenflügels und verengte sich zu dem dämmernden Gang hinter Frau Dorotheens Sterbezimmer, in welchen nur an dem entgegengesetzten äußersten Winkel, da, wo ein paar kleine Stufen seitwärts in das Packhaus hinunterführten, das karge Tageslicht durch ein hochgelegenes Fensterchen hereinfiel.

In dem Flursaal standen altertümliche Kredenzen von wundervoller Schnitzarbeit, und an der Rückwand, zwischen den herausführenden dunkelgebeizten Flügelthüren der Zimmer, reihten sich Stühle hin, über deren Sitze und Polsterlehnen sich noch derselbe gepreßte gelbe Samt spannte, den einer der alten Kaufherren einst aus den Niederlanden mitgebracht … Hier war manches Menuett aufgeführt, mancher Festschmaus abgehalten worden, und es ließen sich auch heute noch die häßliche Frau Judith in der Spitzendormeuse und das verführerische junge Weib mit den Karfunkelsteinen im Haar als Herrinnen in die altfränkische Ausstattung unschwer hineindenken. – Aber mochte auch vieles von dem Prachtgerät der Urväter seinen Platz hier und in den Zimmern und Sälen drinnen behauptet haben, vor der Wohnung des Hausherrn machte die Pietät Halt, und der moderne Luxus übernahm die Herrschaft.

Es war mehr das Boudoir einer Dame, als ein Herrenzimmer, in welches Herr Lamprecht seine Schwiegermutter eintreten ließ. Rosenholz und Seide, Aquarellbilder und ein sanftes Rosalicht, das von den Vorhängen und Polsterbezügen ausging – dies zarte Gemisch bildete zusammen eines jener süßen Nestchen, in welchem man sich eine schöne junge Frau behaglich zusammengeschmiegt denkt – und hier hatte in der That Herrn Lamprechts verstorbene Frau gewohnt.

Die Frau Amtsrätin ging auf einen der kleinen Lehnstühle zu, die, halb in die Spitzen und Seidenfalten der Vorhänge vergraben, die tiefen Fensterwinkel füllten. Ihr kam in diesem Raum nur selten noch der Gedanke an die Tochter, die einst hier gewaltet; sie war es gewohnt, ihren Schwiegersohn an dem kleinen Schreibtisch sitzen und all das zierliche Gerät benutzen zu sehen. Ein Mann von starken Leidenschaften, hatte er sich nach dem Tode der jungen Frau in seinem ersten Schmerz hier eingeschlossen, und seitdem war das Zimmerchen sein Tuskulum verblieben.

»Ach, wie reizend!« rief die alte Dame und blieb wie angefesselt vor dem Schreibtisch stehen, neben welchem sie sich eben niedersetzen wollte. Sie war auch reizend, die Malerei in Wasserfarben da auf dem Medaillon einer Briefmappe – ein durchsichtiges Gegitter von zartem Farnkraut, und dahinter wie eingefangen ein Stückchen des geheimnisvollen Sprießens, Lebens und Webens nahe dem Waldboden. »Eine originelle Idee, und wie sauber ausgeführt!« setzte die Frau Amtsrätin hinzu und nahm die Lorgnette zu Hilfe. »Hier das Blumengeistchen, wie es sich begehrlich aus seinem Glockenblumenhäuschen nach der Erdbeere hinüberreckt – wirklich ganz allerliebst! … Eine Arbeit von schöner Damenhand, Balduin? – Hab' ich recht?«

»Möglich!« meinte er achselzuckend mit einem flüchtigen Seitenblick nach der Mappe, während er sich bemühte, ein schiefhängendes Bild an der Wand gerade zu rücken. »Die Industrie rekrutiert ja heutzutage eine ganze Armee helfender Kräfte auch aus der Frauenwelt –«

»Also nicht speziell für dich ausgedacht?«

»Für mich?!« – Der kleine Nagel, der das Bild seitwärts in gerader Linie festhalten sollte, war herausgefallen – der große, stattliche Mann bog sich tief nieder, um den Flüchtling auf dem Teppich zu suchen, und als er sich wieder aufrichtete, da hatte ihm das Bücken das ganze Blut nach dem Kopfe getrieben … »Liebe Mama, sollten Sie wirklich von dem allermächtigsten Faktor in unserem modernen Leben, dem Egoismus, nichts wissen, und könnten Sie in der That glauben, daß man heutzutage irgend etwas ganz umsonst, ohne die geringste Hoffnung auf Erfolg thue?«

Er sagte das noch abgewendet, wobei er den Nagel wieder in die Wand zu drücken suchte. Nun erst wandte er der alten Dame sein Gesicht voll zu – um seinen Mund zuckte es bitter und spöttisch. »Nehmen wir doch einmal alle die schönen Damenhände unserer Kreise durch, und sagen Sie mir, welche von ihnen wohl im stande sein würde, eine solch künstlerische, die größte Geduld erfordernde Aufgabe auszuführen für einen Mann, der – nicht mehr zu haben ist!«

Er trat auf das andere Fenster zu, während sich die alte Dame in ihrem kleinen, weichen Lehnstuhl zusammenschmiegte. »Nun ja, darin magst du wohl recht haben!« sagte sie lächelnd und in dem gleichmütigen Tone, wie man längst Feststehendes, Unanfechtbares und sattsam Bekanntes zugibt. »Es ist allerdings stadtkundig, daß unsere arme, teure Fanny dein Gelöbnis der Treue für Zeit und Ewigkeit mit in das Grab genommen hat. Erst vorgestern abend wieder war bei Hofe die Rede davon. Die Herzogin sprach von der Zeit, wo meine arme Tochter noch gelebt und eine vielbeneidete Frau gewesen sei, und der Herzog meinte, man solle doch ja die sogenannte gute alte Zeit mit ihrem Biedersinn im Gegensatz zu der heutigen nicht immer herausstreichen; der hochangesehene, wegen seiner Strenge fast gefürchtete alte Justus Lamprecht zum Beispiel habe in seiner Jugendzeit einen Treuschwur in eklatantester Weise gebrochen, während ihn sein Urenkel durch edle Festigkeit beschäme.«

Herr Lamprecht war hinter der roten Gardine verschwunden. Er hatte die Hände auf den Fenstersims gestützt und sah über den Marktbrunnen hinweg in die gegenüberliegende, vom Markt bergauf steigende Gasse hinein. – Der schöne Mann hatte ein merkwürdiges Gesicht. Stolz, oder vielmehr Hochmut, in so scharfer Linie ausgeprägt, würde jedem anderen Antlitz etwas gleichsam Versteinertes gegeben haben; hier aber wirkte ein feuriges Blut unverkennbar überwältigend. Es machte die Augen in unbezähmbarer Wildheit auffunkeln und ließ ein sanftverlangendes Lächeln unwiderstehlich um seine Lippen spielen, es jagte den Glutstrom des Jähzornes in die Stirnadern und hauchte die Blässe des Seelenschmerzes in die Wangen. Jetzt aber, bei den letzten Worten der alten Dame, schlug Herr Lamprecht die Augen nieder. Er sah aus, als habe er die Stützen seiner Seele, die stolze Zuversicht, den Mannestrotz, das Vollbewußtsein reichen Besitzes nach innen und außen für einen Moment vollständig verloren – nahezu wie ein gescholtener und beschämter Schulknabe stand er da, den dunkelbärtigen Kopf tief gesenkt und sich die Lippen fast wund beißend.

»Nun, Balduin!« rief die Frau Amtsrätin und bog sich spähend vor, weil es so still blieb in der Fensterecke. »Freut es dich nicht, daß man bei Hofe eine so schmeichelhafte Meinung von dir hat?«

Das Rascheln der Seidengardinen verschlang den tiefen Seufzer, der ihm über die Lippen zitterte, während er in das Zimmer zurücktrat. »Der Herzog scheint diese edle Eigenschaft lieber an anderen zu bewundern, als an sich selbst – er hat eine zweite Frau!« sagte er bitter.

»Ich bitte dich ums Himmelswillen, was führst du für eine Sprache!« fuhr die alte Dame ganz alteriert empor. »Danken wir Gott, daß wir allein sind! Hoffentlich haben diese Wände keine Ohren! – Nein, nein, Balduin, ich fasse es wirklich nicht, wie du dir eine solche Kritik erlauben magst!«

setzte sie kopfschüttelnd hinzu. »Das ist ja doch ein ganz anderer Fall! Die erste Gemahlin war sehr kränklich –«

»Bitte, Mama, ereifern Sie sich nicht! Lassen wir doch das!«

»Nun ja, lassen wir das!« ahmte sie ihm nach. »Du hast gut reden! An dich wird der Versucher freilich nie herantreten. Nach Fanny muß es dir selbstverständlich ganz unmöglich sein, auch nur ein vorübergehendes Interesse für eine andere zu fassen. Die Herzogin Friederike dagegen –«

»War boshaft und häßlich.« Herr Lamprecht warf diese Worte nur offenbar ein, um das Thema auf fremdem Terrain festzuhalten.

Sie schüttelte abermals mißbilligend den Kopf. »Diese Ausdrücke würde ich mir selbst nie gestatten – der Glanz und die Auszeichnung hoher Geburt versöhnen und verschönen. Uebrigens ist ja dabei wie gesagt ein himmelweiter Unterschied; den Herzog band kein Versprechen; er war frei und vollkommen berechtigt, eine neue Ehe zu schließen.«

Damit lehnte sie sich wieder in ihren Stuhl zurück, schob die Spitzenbarben ihrer Haube mit einer sanft gelassenen Bewegung aus dem Gesicht und faltete im Schoß die Hände, auf die sie gedankenvoll niedersah. »Du kannst derartige Dilemmas überhaupt nicht beurteilen, lieber Balduin. Fanny war deine erste und einzige Liebe, und wir gaben dir mit Freuden unsere Tochter. Und als du dich mit ihr verlobtest, da weinten deine Eltern Freudenthränen und nannten dich ihren Stolz, weil sich die Neigung deines Herzens nach oben und nie und nimmer in unglückseliger Jugendverirrung abwärts gerichtet habe« – mit einem tiefen Seufzer unterbrach sie sich und blickte bekümmert vor sich hin. »Gott weiß am besten, welch sorgsam behütende, pflichtgetreue Mutter ich zu allen Zeiten gewesen bin, gewiß nicht weniger, als deine Eltern: und doch muß es mir passieren, daß mein Sohn auf Abwege gerät – Herbert macht mir in der letzten Zeit unbeschreiblichen Aerger!«

»Wie, der Mustersohn, Mama?« rief Herr Lamprecht. Er war während der langen Rede seiner Schwiegermutter auf und ab geschritten, den Kopf vorgeneigt und in mechanischem Tempo auf die regelmäßig verstreuten Rosenbouketts im Teppichmuster tretend. Jetzt blieb er an der entgegengesetzten Wand des Zimmers stehen und sah spöttisch fragend über die Schulter zurück.

»Hm!« räusperte sich die Frau Amtsrätin und reckte ihr Figürchen ziemlich gereizt empor. »Das ist er ja wohl in vieler Beziehung auch noch. Er hat ein großes Ziel –«

»Ei ja, wie ich schon vorhin unten im Hofe sagte. Er wird einmal steigen und steigen, bis er mit seinen Fußtritten alle anderen Streber unter sich hat und nichts mehr über sich weiß, als den Allerhöchsten im Staate.«

»Tadelst du das?«

»Ei bewahre, gewiß nicht, sofern er wirklich das Zeug dazu hat. Aber wie viele werfen jetzt ihre wahren Ueberzeugungen von sich, heucheln und schmeicheln und hängen sich der Macht an den Rockschoß, um aus bedientenhaften Speicheleckern mit mittelmäßigen Köpfen einflußreiche Männer zu werden!«

»Du brandmarkst ja förmlich die treueste Hingebung und Selbstverleugnung!« zürnte die alte Dame. »Aber ich frage dich, würdest denn du den Frevelmut, die Dreistigkeit haben, einer höheren Orts gegebenen Richtung entgegenzutreten? – Ich weiß doch recht gut, daß niemand lieber einer Einladung in die ersten Kreise folgt, als du, und kann mich nicht erinnern, je einen Widerspruch gegen dort herrschende Meinungen aus deinem Munde gehört zu haben.«

Auf diese scharfe und jedenfalls wohlbegründete Bemerkung schwieg Herr Lamprecht. Er sah angelegentlich in die gemalte Landschaft hinein, vor welcher er eben stand, und fragte nach einer kurzen Pause: »Und welchen Vorwurf machen Sie Herbert?«

»Den einer entwürdigenden Liebelei!« platzte die alte Dame erbittert heraus. »Wäre es nicht allzu deutsch und vulgär ausgedrückt, so würde ich sagen, ich wünsche diese Blanka Lenz ins Pfefferland ... Steht der Mensch doch aller Augenblicke oben an den Flurfenstern und starrt nach dem Packhause hinüber! Und gestern weht mir der Zugwind im Treppenhause ein Rosapapier vor die Füße, das dem verliebten Jungen wohl aus einem Schreibheft gefallen sein mag – selbstverständlich enthielt es ein glühendes Sonett an ›Blanka!‹ – Ich bin außer mir!«

Herr Lamprecht stand noch an seinem Platze, mit dem Rücken nach seiner Schwiegermama; aber es war eine seltsame Bewegung über ihn gekommen – er schwang, genau wie vorhin im Hofe, die geballte Faust auf und ab, als fuchtele er mit der Reitpeitsche durch die Luft.

»Bah, dieses Milchgesicht!« sagte er, als sie wie erschöpft schwieg, und ließ die Hand sinken. Er reckte seine herrliche Gestalt hoch empor, und mit einer militärisch strammen und doch eleganten Schwenkung drehte er sich auf dem Absatz und stand so gerade dem deckenhohen Spiegel der Fensterwand gegenüber, der ihm ein tiefgerötetes, verächtlich lächelndes Gesicht zeigte.

»Dieses Milchgesicht ist der Sohn eines vornehmen Hauses – das vergiß nicht!« entgegnete seine Schwiegermutter und hob den Finger.

Herr Lamprecht lachte hart auf. »Verzeihen Sie, Mama, aber ich kann mit dem besten Willen den Herrn Amtsratssohn ohne Bart, trotz des Glorienscheines seiner Geburt, nicht für gefährlich und verführerisch halten!«

»Darüber magst du die Frauen entscheiden lassen«, sagte die Frau Amtsrätin hörbar empfindlich. »Ich habe alle Ursache, zu glauben, daß Herbert bei seinen nächtlichen Promenaden unter der Holzgalerie, dem Balkon dieser Julia –«

»Wie – er wagt es?« brauste Herr Lamprecht auf – in diesem Augenblick war sein Gesicht nicht wieder zu erkennen, so furchtbar entstellte der Jähzorn die schönen Züge.

»Du sprichst von ›wagen‹ dieser Malertochter gegenüber? Bist du von Sinnen, Balduin?« rief die alte Dame tief empört und stellte sich plötzlich mit fast jugendlicher Elastizität auf die kleinen Füße. Aber der Schwiegersohn hielt dem erbitterten Redestrom, der unausbleiblich erfolgen mußte, nicht stand; er entwich in die Fensterecke – dort trommelte er mit den Fingern so heftig auf den Scheiben, daß sie dröhnten.

»Sag mir nur ums Himmelswillen, was ficht dich an, Balduin?« rief die Frau Amtsrätin in etwas herabgemildertem, aber immer noch entsetztem Ton und folgte ihm in die Fensternische.

Der Blick hinaus schien ihn wieder zu sich selbst gebracht zu haben. Er hörte auf zu trommeln und sah seitwärts auf die kleine Frau nieder. »Das ist Ihnen ein Rätsel, Mama?« fragte er höhnisch zurück. »Soll ich nicht empört sein, wenn auf meinem Gebiet – ich will sagen, in meinem Hause – solche Stelldicheins provoziert werden von dem – Bankrutscher, der er noch ist! – Unverschämt! da wäre wirklich eine eklatante Züchtigung mit der Haselgerte noch ganz am Platze!« Wieder schlugen die Flammen des Zornes gesteigert empor; aber er zwang sie nieder. »Bah, alterieren wir uns nicht, Mama!« sagte er ruhiger und zuckte verächtlich die Achseln. »Die Geschichte ist zu jungenhaft dumm! Mit dem unreifen Bürschchen, das gerade jetzt ausschließlich womöglich bis über beide Ohren im Griechisch und Latein stecken müßte, wird man doch wohl noch fertig werden – meinen Sie nicht?«

»Nun sieh, da stehen wir ja auf ganz gleichem Boden, wenn du auch allzuhart in deinen Ausdrücken bist!« rief sie sichtlich erleichtert. »Das ist's ja gerade, weshalb ich dich um eine Besprechung bat ... Denke aber ja nicht, daß ich bei dieser Liebelei etwa gar eine Befürchtung für Herberts Zukunft hege – so weit würde er sich nie vergessen –«

»Eine Porzellanmalerstochter zu heiraten? – Guter Gott! Seine Exzellenz, unser zukünftiger Staatsminister!« lachte Herr Lamprecht auf.

»Herberts Karriere reizt dich ja heute ganz besonders zum Spott – immerhin! Was geschehen soll, geschieht trotz alledem«, sagte sie spitz. »Aber das ganz beiseite: Ich habe jetzt nur sein bevorstehendes Examen im Auge. Es ist unsere heilige Pflicht, alles zu beseitigen, was ihn irgendwie abzieht, und das wäre denn in erster Linie diese unglückselige Flamme drüben im Packhause.«

Er war, während sie sprach, von ihr weggetreten und ging wieder auf und ab. Und jetzt langte er nach einem der auf einem Bücherbrett stehenden Miniaturbändchen, schlug es auf und schien den Inhalt zu mustern.

Die alte Dame zitterte vor Aerger. Eben noch ohne einen eigentlichen Grund bis zur Tollheit aufbrausend, zeigte er jetzt ein unverhehltes Gelangweiltsein, eine geradezu impertinente Passivität! Aber sie kannte ihn ja – er konnte zuweilen auch recht launenhaft und bizarr sein ... Nun, diesmal mußte er stillhalten, bis ihr Zweck erreicht war.

»Ich verstehe übrigens nicht, was das Mädchen so lange in Thüringen zu suchen hat«, fuhr sie fort. »Es hieß anfänglich, sie gehe nach England zurück und sei nur auf vier Wochen zu ihrer Erholung bei den Eltern. Nun sind bereits sechs Wochen ins Land gegangen, und so sehr ich mich auch bemühe und aufpasse, ich sehe nicht, daß irgendwie zur Abreise gerüstet wird ... Solche Eltern sind – fast hätte ich gesagt ›Prügel wert!‹ Das Mädchen liegt buchstäblich auf der faulen Bärenhaut. Sie singt und liest, tänzelt hin und her und steckt sich Blumen in die roten Haare, und die Mutter sieht ihr verzückt zu und plättet auf dem Gange im Schweiß ihres Angesichts Tag für Tag die hellen Sommerfähnchen, damit das Prinzeßchen ja immer recht kokett und verführerisch aussieht ... Und um dieses Irrlicht flattern alle Gedanken meines armen Jungen! – Das Mädchen muß fort, Balduin!«

Die Blätter des Buches raschelten unter seinen immer hastiger umwendenden Fingern. »Soll sie ins Kloster?«

»Ich bitte dich inständigst, nur jetzt keinen Scherz! Die Sache ist bitterernst. Das ›Wohin‹ ist mir sehr gleichgültig; ich sage nur das Eine: Sie muß fort aus unserem Hause!«

»Aus wessen Hause, Mama? Meines Wissens sind wir hier im Hause Lamprecht, und nicht auf dem Gute meines Schwiegervaters. Zudem wohnt der Maler Lenz weit drüben über dem Hofe –«

»Ja, das ist eben das Unbegreifliche!« fiel sie ein, klug über seine scharfe Zurechtweisung hinwegschlüpfend. »Ich kann mich nicht erinnern, daß das Packhaus je bewohnt gewesen wäre.«

»Nun ist es aber bewohnt, liebe Mama«, sagte er mit fingiertem Phlegma und warf das Buch lässig auf ein Tischchen.

Sie zuckte die Achseln. »Leider – und ist noch dazu neu tapeziert worden für die Leute. Du fängst an, deine Arbeiter zu verwöhnen –«

»Der Mann ist kein gewöhnlicher Arbeiter.«

»Mein Gott, er bemalt Tassen und Pfeifenköpfe! Deshalb wirst du ihn doch wahrhaftig nicht so auszeichnen, daß er im Hause des Prinzipals wohnen darf? – In Dambach ist doch wirklich Platz genug!«

»Als ich Lenz vor einem Jahre engagierte, da stellte er die Bedingung, in der Stadt wohnen zu dürfen, weil seine Frau an einem körperlichen Uebel leidet, das oft plötzlich die rascheste ärztliche Hilfe nötig macht.«

»Ach so!« – Sie schwieg einen Moment, dann sagte sie kurz entschlossen: »Nun gut, dagegen läßt sich ja nichts einwenden, und es soll mir auch schon genügen, wenn die Stimme nicht mehr über den Hof schallt, und das Hin- und Herschweben der kleinen Kokette auf dem Gange ein Ende hat. Es gibt ja genug Mietwohnungen für kleine Leute in der Stadt.«

»Sie meinen, ich soll den Mann Knall und Fall aus seinem stillen Asyl vertreiben, weil – nun weil er so unglücklich ist, eine schöne Tochter zu haben?« – Seine Augen blitzten die alte Dame an – ein düsteres Feuer glomm in ihnen auf. – »Würden nicht alle meine Leute glauben, Lenz habe sich etwas zu schulden kommen lassen? Wie dürfte ich ihm das anthun? – Das schlagen Sie sich nur aus dem Sinn, Mama, das kann ich nicht!«

»Aber, mein Gott, etwas muß doch geschehen! Das kann und darf nicht so fortgehen!« rief sie in halber Verzweiflung. »Da bleibt mir nichts anderes übrig, als selbst zu den Leuten zu gehen und dahin zu wirken, daß das Mädchen abreist. Auf ein Geldopfer, und sei es noch so bedeutend, soll es mir dabei nicht ankommen.«

»Das wollten Sie in der That?« – Etwas wie ein geheimes Erschrecken klang in seiner tonlosen Stimme mit. »Wollen Sie sich lächerlich machen? Und vor allem, wollen Sie mit diesem auffallenden Schritt auch mein Ansehen als Prinzipal in den Augen aller schädigen? Soll man denken, von Ihrem Privatinteresse hänge das Wohl und Wehe meiner Leute ab? Das kann ich nicht dulden« – er hielt inne; er mochte wohl fühlen, daß er zu heftig für empfindliche Damenohren wurde. – »Es ist mir stets eine Freude und Genugthuung gewesen, meine Schwiegereltern im Hause zu haben«, setzte er beherrschter hinzu, »und das Gefühl der unumschränkten Herrschaft in Ihrem Heim ist Ihnen gewiß niemals beeinträchtigt worden; ich habe wenigstens zu allen Zeiten streng darauf gehalten, daß keines der Ihnen zugestandenen Rechte auch nur um ein Jota verkümmert werde. Dafür verlange ich aber auch, daß kein Uebergriff in mein Departement stattfindet. Verzeihen Sie, liebe Mama, aber darin verstehe ich keinen Spaß; ich könnte da vielleicht sehr unangenehm werden, und das wäre für beide Teile nicht wünschenswert!« –

»Bitte, lieber Sohn, du steigerst dich in ganz unmotivierter Weise!« fiel die Frau Amtsrätin kühl, mit einer vornehm abwehrenden Handbewegung ein. »Und im Grunde ist es ja doch nichts als eine Laune, die du so hartnäckig verfichtst – ein andermal wird es dir vollkommen gleichgültig sein, ob der Herr Maler Lenz samt Familie ein Dach über dem Hause hat, oder nicht – dafür kenne ich dich! – Nun immerhin! Selbstverständlich bin ich die Nachgebende. Vorläufig werde ich freilich gezwungen sein, fortwährend auf Wachtposten zu stehen, und keine ruhige Stunde mehr haben –«

»Da seien Sie ganz ruhig, Mama! Sie haben an mir den besten Verbündeten!« sagte er unter einem sardonischen Auflachen. »Mit den nächtlichen Promenaden und schwülstigen Sonetten hat es ein Ende – mein Wort darauf! Wie ein Büttel werde ich dem verliebten Jungen auf den Fersen sein; darauf können Sie sich verlassen!«

Draußen wurde die Flurthüre geräuschvoll geöffnet und trippelnde Schritte kamen über den Saal.

»Dürfen wir hereinkommen, Papa?« rief Margaretens Stimmchen, während ihre kleinen Finger kräftig anklopften.

Herr Lamprecht öffnete selbst die Thüre und ließ die beiden Kleinen eintreten. »Na, was gibt's? – Das Dietendörfer Gebäck habt ihr gestern aufgegessen, ihr Leckermäuler, und das Naschkästchen ist leer –«

»Ach bewahre, Papa, das wollen wir gar nicht! Heute gibt's Napfkuchen unten!« sagte das kleine Mädchen. »Tante Sophie will nur den Schlüssel haben – den Schlüssel zu der Stube hinten in dem dunklen Gange, die immer zugeschlossen ist –«

»Und wo die Frau aus dem roten Salon vorhin in den Hof heruntergesehen hat«, vervollständigte Reinhold.

»Was ist das für ein Kauderwelsch? Und was soll das unsinnige Gewäsch von der Frau aus dem roten Salon?« schalt Herr Lamprecht mit barscher Stimme, ohne jedoch ein gewisses beklommenes Aufhorchen verbergen zu können.

»Ach, das sagt ja die dumme Bärbe nur so, Papa! Die ist ja doch so schrecklich abergläubisch«, entgegnete Margarete ... Und nun erzählte sie von dem, was sie am Fenster gesehen haben wollte, von dem großen rotblumigen Boukett in dem verschossenen Vorhang, das sich plötzlich zu einem breiten, dunklen Spalt auseinander gethan, von den schneeweißen Fingern und der Stirn mit den hellen Haaren, und wie Tante Sophie dabei bleibe, die Sonne sei es gewesen, was doch gar nicht wahr sei – und Herr Lamprecht wandte sich seitwärts und griff nach dem hingeworfenen Miniaturbändchen, um es wieder auf das Bücherbrett zu stellen.

»Ohne allen Zweifel ist es die Sonne gewesen, du Närrchen! Tante Sophie hat ganz recht«, sagte er, und erst nachdem das Buch mit peinlicher Genauigkeit wieder eingereiht war, drehte er sich um. »Ueberlege dir's doch selber, Kind!« gab er ihr zu bedenken und tippte lächelnd mit dem Zeigefinger gegen die Stirn. »Du kömmst herauf, um den Schlüssel zu der festverschlossenen Stube zu holen, und ich habe ihn auch – er hängt dort im Schlüsselschränkchen. – Kann nun ein Wesen von Fleisch und Bein durch Thürfugen kriechen?«

Die Kleine stand da und blickte nachdenklich vor sich hin. Ueberzeugt war sie nicht, das sah man; auf der breiten, trotzigen Kinderstirn war deutlich zu lesen: »Was meine Augen gesehen, das lasse ich mir nicht ausreden!« – ein Gesichtsausdruck, den besonders die Großmama »nicht vertragen« konnte. Und so hatten auch Papas Argumente weiter keinen Erfolg, als daß das Kind ernsthaft sagte: »Du kannst mir's glauben, Papa, es war ganz gewiß Großmamas Stubenmädchen!«

Herr Lamprecht lachte laut auf, und die Frau Amtsrätin konnte trotz ihres Aergers nicht umhin, leise einzustimmen. »Die Emma, Kind? Nun, Gott bewahre mich, was für tolles Zeug spukt in deinem Kopfe, Grete! – Weißt du auch«, wandte sie sich mit bedeutungsvollem Augenzwinkern an ihren Schwiegersohn, »daß uns die Leute im Hause wieder einmal das Leben recht schwer machen von wegen der bewußten, neuaufgewärmten Sage? Reinholds Erwähnung der Frau im roten Salon mag dir beweisen, daß die dummen Menschen selbst vor den Kindern den Mund nicht halten können. Ein jedes will etwas gesehen haben, und diesmal nicht etwa bloße Schatten und Wolken von Spinnweben – die Emma zum Beispiel schwur unter Zittern und Zähneklappern, das gewisse Huschende sei nichts weniger als durchsichtig gewesen, und aus den fliegenden Schleiern habe sich für einen Moment ein Arm gehoben, so weiß und rund!« ... Sie nickte sprechenden Blickes ausdrucksvoll mit dem Kopfe und preßte die verschlungenen Hände gegen die Brust. – »Wenn nur nicht bereits eine direkte Beziehung zwischen Herbert und gewissen Leuten dahinter steckt! – Der Gedanke macht mir das Blut sieden.«

»Sapristi – das wäre!« meinte Herr Lamprecht mit einem dämonischen Lächeln, wobei er sich den Bart strich. »Da würden sich freilich Argusaugen und nie schlafende Ohren nötig machen ... Ich habe es übrigens satt bis zum Ueberdruß, dieses ewige Geklätsch unter unseren Leuten – das Haus kommt förmlich in Verruf! Es ist von jeher ein Fehler gewesen, daß man den Flügel so gar nicht benutzt hat; dadurch hat das verrückte Traumgespenst einer alten Amme von Jahr zu Jahr an Boden gewonnen. Dem will ich ein Ende machen! Am liebsten nähme ich gleich ein paar Porzellandreher samt Familien aus Dambach herein; aber die Leute müßten dann stets durch den Flursaal, an meinen Thüren vorbei, und der Lärm paßt mir nicht! – Da werde ich den kurzen Prozeß machen und selbst einmal eine Zeitlang ab und zu in Frau Dorotheens Zimmern hausen –«

»Das wäre allerdings ein Radikalmittel!« warf die Frau Amtsrätin lächelnd ein.

»Und eine verschließbare Thüre, die den Gang nach dem Flursaal hin abschlösse, wäre wohl auch am Platze – da hätten die Hasenfüße, die hier oben zu thun haben, keinen Grund mehr, um die Ecke zu schielen und sich so lange mit Wonne zu gruseln, bis sie ihr eigenes Hirngespinst gesehen ... Ich will mir die Sache einmal überlegen!«

Er griff nach einer Bonbonniere auf dem Schreibtisch. – »Na seht, da haben sich ja doch noch so ein paar Leckerle verkrochen!« sagte er und füllte den Kindern die Händchen mit Bonbons. »So – nun geht wieder hinunter! Der Papa hat viel zu schreiben.«

»Und der Schlüssel, Papa? Hast du den ganz vergessen?« fragte die kleine Margarete. »Tante Sophie will jetzt gleich hinauf und die Fenster aufmachen. Sie sagt, es käme kein Regen, und die Nachtluft müßte einmal so recht durchfegen; und morgen sollen die Stuben und der Gang gescheuert werden.«

Herr Lamprecht wurde rot vor Aerger. »Zum Henker mit dieser ewigen Scheuerei!« brach er los und fuhr ungeduldig mit der Hand durch sein reiches Haar. »Vor einigen Tagen hat der Flursaal förmlich geschwommen, und das Scharren und Kratzen der Scheuerwische brummt mir heut noch in den Ohren … Daraus wird nichts! Gehe du nur hinunter, Gretchen, und sage der Tante, das habe Zeit, ich würde selbst mit ihr sprechen!«

Die Kinder trollten sich, und auch die Frau Amtsrätin zog die Pelerine fester über die Schultern, um zu gehen. Sie verabschiedete sich in ziemlich gemessener Weise. Ihre Herzensbeklemmung war sie nicht losgeworden; der Herr Porzellanmaler saß fester als je im Packhause, und der sonst so ritterlich galante Schwiegersohn fing an, recht unangenehm bockbeinig zu werden. Und auch jetzt, trotz seiner respektvollen Verbeugung, zeigten seine Augen nichts weniger als Reue und Abbitte – weit eher die heimliche, brennende Ungeduld, allein zu sein. – Sichtlich geärgert rauschte sie hinaus.

Er blieb bewegungslos mitten im Zimmer stehen. Draußen fiel die Flurthüre ins Schloß, dann trippelten die Goldkäferschuhchen Stufe um Stufe aufwärts; er horchte, bis auch der letzte Laut im hallenden Treppenhause erstarb – dann sprang er mit einem Satze an den Schreibtisch, riß die Briefmappe an sein Herz, an seinen Mund, strich mit der Hand wiederholt über das kleine Aquarellbild, als wolle er den Blick der alten Dame, der darauf geruht, fortwischen, und verschloß die Mappe in den Schreibtischkasten. Das war das Werk einiger Sekunden gewesen. Gleich darauf war das Zimmer leer … Dafür kamen bald leichte Abendschatten herein; der Rosaschein erblaßte, und im Zwielicht wurde das von der Wand herniedersehende Bildnis der verstorbenen Frau Fanny unheimlich lebendig, so sprechend lebendig, als werde die lebensgroße Gestalt im nächsten Augenblick die graue Atlasschleppe aufnehmen und auf den Teppich herniedersteigen, um, grau und hager und die großen Augen voll leidenschaftlichen Feuers, dahinzuhuschen, wie – die selige Frau Judith …

4

Drunten in der Familienwohnung war man inzwischen mit den Strapazen des berühmten Bleichtages glücklich zu Ende gekommen. Bärbe hantierte bereits wieder in ihrer blitzblanken, geräumigen Küche und bereitete das Abendessen. Der Kalbsbraten wurde pünktlich besorgt und Salat und Kompotte hergerichtet; aber es ging dabei nicht besonders friedfertig zu. Das Küchengeschirr klapperte verdächtig laut gegeneinander, Kartoffeln rollten und hüpften vom Küchentisch auf den Boden, und die Thüre der Bratmaschine rasselte auf und zu, als sollte sie aus den Angeln fliegen ... Jungfer Bärbe war in der grimmigsten Laune. Tante Sophie hatte ihr nochmals in ganz exemplarischer Weise den Text gelesen, weil sie die Waschfrauen mit ihrer drastischen Beschreibung des wackelnden Vorhanges so kopfscheu gemacht hatte, daß sie es ablehnten, die Scheuerei in dem spukhaften Flügel zu besorgen ... Also außer dem Schreck auch noch eine Strafpredigt für die alte Bärbe, die sich noch nötigenfalls totschlagen ließ für die Familie Lamprecht – Notabene, für Fräulein Sophie noch ganz extra! ... War man denn wirklich so stockblind, so verrannt in Leichtsinn und Unglauben, daß man nicht sah, wie das Unheil schon über dem Hause stand, dick und kohlrabenschwarz wie das schönste Hagelwetter? Hatte es nicht jedesmal Tod und Verderbnis zu bedeuten, wenn die Geister in dem dunklen Gange hin und her liefen? Da brauchte man nur durch die Stadt zu gehen – jawohl, von Haus zu Haus konnte man gehen, und in den Damengesellschaften, wie bei den Weibern am Waschtrog, überall konnte man Dinge über das Unwesen in Lamprechts Hause zu hören kriegen, daß einem die Haare zu Berge standen. Aber da saß »man« nun urgemütlich drüben am Wohnstubenfenster und flickte dem Speisemeister in der Hochzeit zu Kana das zerrissene Gesicht wieder zusammen, als ob alles Heil der Welt von dem alten Tafeltuch abhänge und sonst nichts als eitel Sonnenschein im Hause wäre! Na, immer zu! Einmal kam's, das stand fest! ... Und die Küchenkassandra griff bei diesem Monolog ab und zu nach einem großen irdenen Topf auf der Bratmaschine, um mit einem Schluck verspäteten Nachmittagskaffees den Aerger hinunterzuwürgen.

»Man« saß übrigens nicht so urgemütlich am Wohnstubenfenster; denn es war eine böse Aufgabe für Tante Sophiens kunstfertige Hand, die Züge des Speisemeisters wieder in die ursprünglichen Linien zu bringen, ohne daß die Stopferei sichtbar wurde. Und so überaus behaglich fühlte sich Margarete am anderen Fenster auch nicht. Die Heidelbeerflecken waren mittels einer sauberen Schürze dem beleidigten Auge entzogen worden; dann hatte Tante Sophie die Kleine bei den Schultern gefaßt und sehr energischer Weise an den großen Tisch im Fensterbogen dirigiert. »So – nun werden die Schularbeiten gemacht! Und Klexe gibt's nicht – nimm dich zusammen, Gretel!« hatte sie gesagt.

Da hieß es nun stillsitzen, inmitten der vier dicken Wände und den Federhalter fest umklammern, auf daß er nicht seine Extraspaziergänge auf dem weißen Papier mache! … Droben am Abendhimmel färbten sich die Schäferwölkchen rosenrot; das Fenster stand offen und aus der gegenüberliegenden, bergansteigenden Gasse quollen ganze Ströme süßen Lindenblütenduftes herüber; sie kamen durch das Turmthor der Stadtmauer, in welchem die Gasse droben mündete, und über die uralten, geschwärzten Mauern selbst her, hinter welchen die prachtvolle Lindenallee hinlief.

Und vom Marktplatz schallte allerhand Thun und Treiben herein. Lehrjungen gingen pfeifend mit der weitbauchigen Steinflasche vorbei, um das Abendbier zu holen; aus allen Gassen kamen Mädchen und Frauen mit Holzbutten an den Marktbrunnen, und die Mägde hielten Blechsiebe unter das Brunnenrohr und ließen das frische, glitzernde Wasser über den grünen Beetsalat hinrauschen – das war so hübsch, man mußte immer wieder hinsehen. Und unter dem Fenster neckten sich im Vorübergehen zwei kleine Bettelmädchen. Margarete bog sich hinaus, griff in die Tasche und warf ihnen die vom Papa erhaltenen Bonbons in die aufgenommenen Schürzchen. »Recht, Gretel!« meinte Tante Sophie. »Ihr nascht mir in der letzten Zeit ohnehin viel zu viel, und die Kinder freut's.«

»Ich verschenke meine Bonbons nicht«, sagte Reinhold, der auf dem Eßtisch einen Turm von seinen Bausteinen aufstellte. »Ich hebe sie mir auf. Bärbe sagt auch immer bei allem, ›wer weiß, wie man's wieder brauchen kann!‹«

»Potztausend, unserem Jungen guckt ja der Kaufmann aus allen Hautfältchen!« lachte Tante Sophie und stopfte emsig weiter.

Ja, die Tante hatte Recht – sie naschten in der letzten Zeit viel zu viel, die beiden Kinder! Das süße Zeug wollte gar nicht mehr munden … Wie anders doch der Papa geworden war! Früher waren sie stundenlang oben bei ihm gewesen; er hatte sie auf seinem Rücken reiten lassen, hatte ihnen Bilder gezeigt und erklärt, Geschichten erzählt und Papierschiffchen gemacht, und jetzt? – Jetzt lief er immer im Zimmer auf und ab, wenn sie kamen; er machte auch öfter böse Augen und sagte barsch, sie störten ihn, er könne sie nicht brauchen. An die hübschen Papierschiffchen war nicht mehr zu denken, ebensowenig an das Erzählen von Märchen und anderen schönen Geschichtchen – der Papa sprach lieber mit sich selber, man konnte es nur nicht verstehen, es war bloß gemurmelt. Er fuhr sich auch manchmal mit beiden Händen durch die Haare und stampfte mit dem Fuße auf, und wußte wohl gar nicht mehr, daß die Kinder da waren; und wenn er sich dann besann, da stopfte er ihnen schnell die Taschen und Hände voll süßer Sachen und schob sie zur Thüre hinaus, weil er schreiben, viel schreiben müsse ... Ja, das dumme Schreiben – man konnte es schon deswegen nicht ausstehen! – Und nach all diesen deprimierenden Reflexionen mit ihrem haßerfüllten Schlußgedanken wurde die Feder zornig tief ins Tintenfaß getaucht, und da lag der allerschönste Klecks auf dem Papiere.

»Du Unglückskind!« schalt Tante Sophie und kam schleunigst herüber. Das Löschblatt war zur Hand, aber beim Suchen nach dem Radiermesser mußte Gretel kleinlaut eingestehen, daß der Herr Direktor ihr das Messer weggenommen, weil sie in der langweiligen Rechenstunde am Schultisch geschnitzelt habe. Und ehe noch Tante Sophie ihrer sehr begründeten Entrüstung Luft machen konnte, war die Kleine schon zur Thüre hinaus, um »beim Papa ein Federmesser zu borgen«.

Wenige Sekunden nachher stand sie mit sehr verdutztem Gesicht droben vor dem Zimmer. Die Thüre war verschlossen; es steckte kein Schlüssel, und durch das Schlüsselloch konnte sie sehen, daß der Stuhl vor dem Schreibtisch leer stand ... Ja, was sollte denn das heißen? – Es war ja gar nicht wahr, das, was der Papa vom vielen Schreiben gesagt hatte – er schrieb nicht, er war gar nicht zu Hause!

Die Kleine sah sich um in dem weiten, mächtig großen Flursaal. Er war ihr ja so vertraut, und doch in diesem Augenblick so wunderlich neu und anders ... Wie oft tollte und jagte sie mit Reinhold hier herum; aber sie konnte sich nicht erinnern, je allein hier oben gewesen zu sein.

Nun war es zwar etwas dämmerig, aber so feierlich, so schön still in dem Flursaal! Durch seine hohen Fenster sah man über den Hof und das sehr tiefgelegene, niedere Packhaus hinweg, weit in die grüne, blühende Welt hinaus. Auf den Kredenztischen stand allerlei funkelndes Trinkgerät, und die Stühle mit den gelben Samtbezügen hatten auf dem dunkelholzigen Rücklehnengestell geschnitztes fremdartiges Gevögel zwischen Tulpen und langstieligem Blattwerk ... Tintenklecks und Federmesser waren total vergessen; der übermütige Wildfang mit dem rückhaltslosen, derb aufrichtigen Wesen wandelte verschleierten Blickes von Stuhl zu Stuhl, strich mit der Hand über den verblichenen Samt und träumte sich in eine wunderliche Gedankenwelt, die kein Laut von außen störte.

Der letzte Stuhl stand in der Ecke, ziemlich nahe der Thüre, die in den roten Salon führte, und von da aus sah man schräg in den dunklen Gang hinter Frau Dorotheens Sterbezimmer hinein. Auch er, an dessen entgegengesetztem Ende in diesem Augenblick ein letztes rosiges Abendwölkchen durch das hochgelegene kleine Fenster hereinstrahlte, war ihr vertraut, er hatte nie Schrecken für sie gehabt. Reinhold blieb freilich konsequent am Eingang stehen und traute sich nie weiter; aber sie durchmaß ihn immer wieder bis zu dem Treppchen, welches seitwärts zur Bodenthüre des Packhauses führte. Auf der einen Seite unterbrachen schöngetäfelte Zimmerthüren die einförmige Wandfläche, und an der Rückwand standen zweithürige Kleiderschränke mit Metallbeschlägen.

Tante Sophie hatte diese Schränke auch einmal aufgeschlossen und gelüftet, und Margarete hatte hineinsehen dürfen. Da hing eine kostbare Brokatschleppe neben der anderen, farbenbunt, und zum Teil auch schwer mit Gold und Silber durchwirkt – lauter Staatskleider Lamprecht'scher Hausfrauen. Auch Frau Judiths Brautkleid, ihre Brautschuhe, wahre Ungetüme von Stöckelschuhen, waren pietätvoll hier aufbewahrt; sie war ja die einzige Tochter und Erbin eines vornehmen, sehr begüterten Hauses gewesen, ein bedeutender Teil des Lamprecht'schen Reichtumes stammte von ihrer Mitgift her. Das wußte die kleine Margarete nicht; sie würde wohl auch kein Verständnis dafür gehabt haben – sie suchte nur manchmal mit ihren kleinen Händen an den Schrankthüren zu rütteln, um den geheimnisvollen Laut, das Aneinanderreiben der steifen Seide, herauszuhören.

Nun war sie auch einmal mutterseelenallein hier. Der kleine Bruder war nicht da, um sie am Rock zurückzuzerren, und sein ängstlicher Zuruf störte sie nicht. Sie huschte tiefer in den Gang hinein und wollte eben vor einem der Schränke stehen bleiben, als sie ganz deutlich ein Geräusch hörte, wie wenn jemand in ihrer Nähe wiederholt auf ein Thürschloß griffe. Die Kleine horchte auf, zog in vergnüglicher Ueberraschung den Kopf zwischen die Schultern, kicherte in sich hinein und schlüpfte in das dunkelnde Versteck neben dem Schrank, von wo sie die schräg gegenüberliegende Thüre sehen konnte … Na, aber die Augen wollte sie sehen, die Tante Sophie machen würde, wenn sie hörte, daß es die Sonne doch nicht gewesen war! Und »die Gretel« behielt recht, Emma war es gewesen, und wenn sie zehnmal that, als fürchte sie sich – sie steckte ja noch drin im Zimmer! Der konnte ein tüchtiger Schrecken nicht schaden, ganz und gar nicht!

In diesem Augenblick ging die Thüre lautlos auf, und hinter ihr trat ein kleiner Fuß von der erhöhten Schwelle auf die Gangdielen herab; dann huschte es ganz weiß aus dem schmalen Spalt, zu welchem sich die Thüre geöffnet hatte … Von dem weißen Latzschürzchen und dem kokettgerafften Falbelkleid des Stubenmädchens war nun freilich nichts zu sehen; ein dichter Schleier fiel vermummend vom Scheitel über die ganze Gestalt her, und seine Spitzenkante schleifte auf den Dielen nach. Aber es war doch Emma, die sich da einen Spaß machte – sie hatte solch ein Füßchen und trug stets nette Schuhe mit hohen Absätzen und Bandrosetten. Vorwärts, drauf! Das gab einen famosen Spaß!

Gewandt wie ein Kätzchen schlüpfte das Kind aus seinem Versteck, flog der Dahinhuschenden nach, warf sich mit der ganzen Schwere des kleinen Körpers von rückwärts über die Gestalt her und umklammerte sie mit beiden Armen; dabei geriet ihre kleine Rechte durch eine Schleieröffnung in das weiche, über die Hüfte herabhängende Gewoge einer gelösten Haarflechte – sie griff fest zu und zog zur Strafe für »den dummen Witz« so derb an den Haarenden, daß sich der vermummte Kopf tief nach dem Nacken zurückbog …

Ein Schreckensschrei, dem ein klagender Wehlaut folgte, scholl durch den Gang – was dann geschah, kam so blitzschnell, so unerwartet, daß die Kleine sich nie, auch später nicht eine klare Vorstellung machen konnte. Sie fühlte sich gepackt und geschüttelt, daß ihr Hören und Sehen verging, ihr kleiner Körper flog wie ein Ball um eine ganze Strecke, fast bis zum Eingang des Korridors, zurück und stürzte zu Boden.

Sie blieb, wie betäubt, mit geschlossenen Augen liegen, und als sie endlich die Lider hob, da stand ihr Vater bei ihr und sah auf sie nieder. Aber sie erkannte ihn kaum – sie entsetzte sich vor ihm und schloß unwillkürlich die Augen wieder, instinktmäßig fühlend, daß etwas Schreckliches kommen müsse; denn er sah aus, als wisse er nicht, solle er sie erwürgen oder zertreten.

»Steh auf! Was thust du hier?« fuhr er sie mit kaum erkennbarer Stimme an, packte sie mit rauhem Griff und stellte sie auf die Füße.

Sie schwieg; der Schrecken, aber auch das Unerhörte der grausamen Behandlung, verschloß ihr die Lippen.

»Hast du mich nicht verstanden, Grete?« fragte er in etwas beherrschterem Ton. »Ich will wissen, was du hier treibst!«

»Ich wollte zuerst zu dir, Papa; aber die Thüre war verschlossen, und du warst nicht zu Hause –«

»Nicht zu Hause? Unsinn!« schalt er und trieb sie vor sich her. »Die Thüre war nicht verschlossen, sag' ich dir – du wirst ungeschickt beim Oeffnen gewesen sein! Ich war hier im roten Salon« – er zeigte nach der Thüre, auf welche er die Kleine zuschob – »als ich dein Geschrei hörte.«

Margarete stemmte die Füße fest auf den Boden, so daß Herr Lamprecht auch stehen bleiben mußte, und wandte ihm das Gesicht zu. »Ich habe doch nicht geschrieen, Papa?« sagte sie mit weit geöffneten, erstaunten Augen.

»Du nicht? Wer denn sonst? Du wirst mir doch nicht weismachen wollen, daß noch jemand außer dir hier oben gewesen ist?« – Er war ganz rot im Gesicht, wie immer, wenn er zornig und ungeduldig wurde, und seine Augen blitzten sie drohend an.

Sie sollte gelogen haben! In dem Kind, welches die Aufrichtigkeit selbst war, empörte sich jeder Blutstropfen. »Ich mache dir nichts weis, Papa! Ich sage die Wahrheit!« beteuerte sie, mutig und ehrlich zu den flammenden Augen aufblickend. »Du kannst dich darauf verlassen, es war jemand hier oben! Ein Mädchen war's. – Sie kam aus dem Zimmer, weißt du, wo ich die Stirn mit den hellen Haaren am Fenster gesehen habe. – Ja, da kam sie heraus und hatte Schuhe mit Bandrosetten an, und wie sie weiterlief, da hörte ich, wie die Absätze auf den Dielen klapperten –«

»Bist du toll?« Er drehte sich mit einem Ruck nach dem Gange zurück. Das rote Abendwölkchen war inzwischen weiter gesegelt, und durch das hochgelegene, kleine Fenster sah nur noch der abgeblaßte Himmel herein – ein graues Dämmerdunkel fing an, den langen Korridor zu füllen.

»Siehst du noch etwas, Grete?« fragte er, hinter ihr stehend und mit seinen beiden Händen schwer auf die Schultern des Kindes drückend. »Nein? – Dann nimm auch Vernunft an, Kind! Durch den Flursaal hätte das vermeintliche Mädchen nicht entwischen können, denn wir selbst würden ihr den Weg versperrt haben; die Thüren, wie wir sie da sehen, sind verschlossen, das weiß ich am besten, denn ich habe die Schlüssel – glaubst du aber, es könne ein Mensch auf dem einzigen Weg, der übrig bliebe, durch das Fensterchen dort oben, hinausfliegen?«

Scheinbar ruhiger nahm er sie bei der Hand und führte sie an eines der Flursaalfenster. Er zog sein Taschentuch heraus und wischte ihr die Thränen vom Gesicht, die ihr Schreck und Entsetzen vorhin erpreßt hatten; sein Blick schmolz plötzlich in schmerzlichem Mitleid. »Weißt du nun, daß du ein rechtes Närrchen gewesen bist?« fragte er lächelnd, wobei er sich tief bückte, um in ihre Augen zu sehen.

Sie schlang stürmisch ihre kleinen Arme um seinen Hals. »Ich habe dich so lieb, so lieb, Papa!« beteuerte sie mit der ganzen Inbrunst eines heißen, zärtlichen Kinderherzens und drückte ihr schmales, sonnengebräuntes Gesichtchen an seine Wange. »Aber du darfst auch nicht denken, daß ich gelogen habe … Ich habe vorhin nicht geschrieen – sie war's! Ich dachte, es sei Emma und wollte sie für ihren dummen Spaß erschrecken. Aber Emma hat ja gar nicht so langes Haar, das fällt mir eben ein, und meine Hand riecht noch nach Rosenöl, weil ich den Zopf festgehalten habe, und das ganze Mädchen roch wie die schönsten Rosen – Emma ist's doch wohl nicht gewesen, Papa! … Durch das kleine Fenster kann freilich niemand fliegen; aber vielleicht war die Thüre an der kleinen Treppe offen, weißt du, die Bodenthüre vom Packhaus –«

Er hatte schon vorhin, ungestüm emporfahrend, ihre Arme von seinem Nacken gelöst, und jetzt unterbrach er sie mit einem lauten Auflachen; aber trotz dieses Lachens sah er plötzlich so blaß und so furchtbar böse aus, daß sich das Kind scheu in die Fensterecke drückte.

»Du bist ein obstinates, dickköpfiges Geschöpf!« zürnte er und seine Stirn zog sich immer finsterer zusammen. »Die Großmama hat recht, wenn sie sagt, die richtige Zucht fehle. Um deinen Kopf zu behaupten, fabelst du das ungereimteste Zeug zusammen … Wer möchte sich wohl in eine Rumpelkammer voll Ratten und Mäusen verkriechen, bloß um ein kleines Mädchen, wie du eines bist, zu necken? … Aber ich weiß schon, du bist zu viel in der Gesindestube, und da wird dir der Kopf mit Fraubasen- und Spinnstubengeschichten vollgestopft, und nachher träumst du am hellen Tage unmögliche Dinge. Dabei bist du wild wie ein Junge, und Tante Sophie ist viel zu schwach und nachgiebig. Die Großmama hat mich längst gebeten, der Sache ein Ende zu machen, und das soll nun geschehen, und zwar sofort! Ein paar Jahre in fremder Zucht werden dich zahm und anständig machen!«

»Ich soll fort?« schrie das Kind auf.

»Für ein paar Jahre, Grete«, sagte er milder. »Sei vernünftig! Ich kann dich nicht erziehen; Großmamas Nerven aber sind zu angegriffen, um dein ungestümes Wesen in stetem Umgang zu ertragen, und Tante Sophie – nun, die ganze Wirtschaft liegt auf ihr, und sie kann sich nicht so um dich kümmern, wie es sein müßte –«

»Thue es nicht, Papa!« fiel sie mit einer für ein Kind fast unnatürlichen festen Entschlossenheit ein. »Es hilft dir nichts – ich komme doch wieder!«

»Das wollen wir sehen –«

»Ach, du hast ja keinen Begriff, wie ich laufen kann! … Weißt du noch, wie du dem Herrn in Leipzig unseren Wolf geschenkt hattest und wie der gute alte Hund nachher einmal frühmorgens draußen vor unserer Hausthüre lag, todmüde und schrecklich hungrig? Er hatte sich gesehnt, der arme Kerl, und da hatte er den Strick zerrissen und war fortgelaufen, und so mache ich's auch!« – Ein herzzerreißendes Lächeln flog um den bebenden Mund.

»Glaub's schon, unbändig genug bist du ja! Allein es wird dir wohl nichts übrigbleiben, als dich zu fügen – mit solchen kleinen Trotzköpfen macht man kurzen Prozeß!« sagte er streng. Er wandte sich dabei weg und sah anscheinend durchs Fenster in den Hof hinab; in Wahrheit jedoch glitt sein scheuer Seitenblick über das Gesichtchen, das jetzt einen furchtbaren inneren Aufruhr widerspiegelte, und wie von einem unwiderstehlichen Impuls getrieben, bog er sich rasch wieder nieder und strich mit der Hand sanft über die weiche, plötzlich von einer wahren Fieberhitze überglühte Wange des Kindes.

»Geh, sei mein gutes Mädchen!« redete er ihr zu. »Ich bringe dich selbst fort – wir reisen zusammen. Und schöne Kleider sollst du haben, ganz wie unsere kleinen Prinzessinnen.«

»Ach, schenke sie lieber einem anderen Kind, Papa!« versetzte die Kleine tonlos. »Bei mir gibt's immer schon am ersten Tage Risse und Flecken. Bärbe sagt immer: ›Es ist schade um jede Elle Zeug, die der kleine Reißteufel auf den Leib kriegt‹, und da hat sie ganz recht! – Ich will aber auch gar nicht so sein, wie die kleinen Mädchen im Schlosse« – sie hob trotzig den Kopf und hörte auf, an ihren Fingern nervös zu pflücken –; »ich kann sie nicht leiden, weil die Großmama immer so vor ihnen knickst.«

Ein sarkastisches Lächeln huschte über Herrn Lamprechts Gesicht; gleichwohl sagte er in strengem Ton: »Siehst du, Grete, das ist's eben, was die Großmama so oft in Verzweiflung bringt! Du bist ein unhöfliches, kleines Ding und hast die allerschlechtesten Manieren – man muß sich deiner schämen. Es ist die höchste Zeit, daß du fortkommst!«

Die Kleine schlug ihre feuchtflimmernden Augen sprechend zu ihm auf. »Hat denn meine Mama auch fortgemußt, als sie noch ein kleines Mädchen war?« fragte sie, das hervorbrechende Weinen mühsam niederkämpfend.

Eine dunkle Blutwelle schoß ihm in das Gesicht. »Deine Mama ist immer ein sehr artiges, folgsames Kind gewesen, da war es nicht nötig.« – Er sprach mit so gedämpfter Stimme, als sei außer ihm und dem Kinde noch irgend ein horchendes Wesen im Flursaal, vor welchem sich der laute Ton scheue.

»Ich wollte, sie wäre wieder da, die arme Mama! – Sie hat freilich Holdchen lieber auf den Schoß genommen, als mich, aber da hat es doch nie geheißen, daß ich fort sollte … Eine Mama ist doch besser als eine Großmama! Wenn die ins Bad reist, da freut sie sich und sagt kaum Adieu. Sie weiß nicht, wie ein Kind alle lieb hat, alles, Papa, auch unser Haus, ach, und Dambach« – sie hielt inne, als breche ihr kleines Herz schon bei dem Gedanken an eine Trennung. Das Köpfchen nahezu an die Fensterscheibe gedrückt, suchte sie mit flehentlichem Aufblick die Augen des stattlichen Mannes, der die Finger leise auf der Brüstung spielen ließ und sichtlich mit einer inneren Bewegung rang.

Er schwieg bei der beredten Klage des Kindes. Sein Blick schweifte lange ziellos über die weite Landschaft draußen, und als er sich endlich senkte, da ging ein jäher Ruck durch die hohe Gestalt, und die Finger hörten auf zu spielen … Der Papa war erschrocken – über was denn? Es war weit und breit nichts zu sehen. Die Sonne war längst fort; auf den Feldern drüben rührte und regte sich nichts; von den ein- und ausfliegenden Schwalben ließ sich keine mehr blicken; auch die Möwchentauben, die tagsüber das Dach des Packhauses umflatterten, hatten den Schlag aufgesucht, und auf dem stillen Gange unter den Blätterrundbogen des Pfeifenstrauches stand ja nur Blanka Lenz, wie an jedem Abend, seit sie aus England gekommen war …

Diesmal aber hatte das Kind keine Augen für das schöne weiße Gesicht, das wie Mondlicht sanft aus dem dunklen Blattwerk drüben dämmerte – es sah nur, wie der Papa tief aufseufzte, wie er stöhnend mit beiden Händen nach den Schläfen fuhr und sie preßte, als drohe ihm der Kopf zu zerspringen.

Die Kleine schmiegte sich an seine Seite und blickte noch dringlicher zu ihm empor. »Hast du mich noch lieb, Papa?«

»Ja, Grete.« – Er sah sie aber nicht an, er starrte immer auf denselben Punkt.

»Gerade so lieb, wie du Reinhold lieb hast? Ja, Papa?«

»Nun ja doch, Kind!«

»Ach, da bin ich froh! Da wirst du mich doch auch hier lassen! – Wer sollte denn auch mit Holdchen spielen? Wer sollte denn sein Pferdchen sein, wenn ich nicht mehr da bin? Andere Kinder thun's nicht, weil er so schlimm mit der Gerte haut. Gelt, Papa, es war nicht dein Ernst mit dem Fortreisen? Du hast mir nur gedroht, weil ich so wild wie ein Junge bin? Aber ich will nun besser werden, ich will auch höflich gegen die kleinen Prinzessinnen sein! … Gelt, ich darf dableiben, bei dir und allen? Papa, hörst du denn nicht?«

Herr Lamprecht zuckte bei der Berührung der kleinen, seinen Arm schüttelnden Hand wie aus einem marternden Traum empor. »Gott im Himmel, Kind, quäle mich nicht auch mit deinen entsetzlichen Fragetönen! Es ist zum Verrücktwerden!« fuhr er das zurückschreckende Kind an. Er wühlte mit beiden Händen in seinem Haar, preßte sich wiederholt die Stirn und schritt ein paarmal in wilder Hast auf und ab.

Es mochten eben nur die monotonen »Fragetöne« gewesen sein, die ihn in ihrer dringlichen Wiederholung irritiert hatten – den Sinn derselben erfaßte er wohl erst nachträglich, als er ruhiger wurde. »Du machst dir einen ganz falschen Begriff, Gretchen!« sagte er endlich stehen bleibend in milderem Ton. »Dort, wohin ich dich bringen will, hast du eine Menge lustiger Spielkameraden, lauter kleine Mädchen, die sich untereinander lieb haben wie Schwestern. Ich kenne manches Kind, das bitterlich geweint hat, als es wieder nach Hause geholt wurde … Uebrigens ist deine Erziehung in einem Institut eine längst beschlossene Sache zwischen mir und der Großmama – es handelte sich nur noch um den Termin, um das ›Wann‹ der Aufnahme. Ich habe nunmehr den Beschluß gefaßt und dabei bleibt's … Es ist am besten, ich gehe gleich zu Tante Sophie, um das Nötige mit ihr zu besprechen.«

Bei den letzten Worten schritt er nach der Flurthüre. »Geh mit, Grete! Hier oben kannst du nicht bleiben!« rief er ihr zu, als sie unbeweglich in der Fensterecke stehen blieb. Sie kam langsam mit gesenktem Kopf über den Saal her – er ließ sie an sich vorbei über die Schwelle gehen, dann drehte er den Thürschlüssel um, zog ihn ab und ging die Treppe hinunter.

5

Herr Lamprecht kümmerte sich nicht weiter darum, ob ihm die Kleine auch folge. Er war längst unten, und sie hatte ihn in die Wohnstube eintreten hören, als sie noch oben an der Treppe stand. Die Hände auf das Geländer stützend, glitt sie langsam Stufe um Stufe hinab. Die Thüre der Wohnstube war offen geblieben; Herrn Lamprechts starke, volltönende Stimme klang heraus, und Margarete hörte beim Herabkommen, wie er zu Tante Sophie von lautem Schreien, Laufen im Korridor des Seitenflügels, von eingebildeten Erscheinungen am hellen Tage und seinem Verweilen im roten Salon sprach; er blieb dabei, daß das Kind sich die Erscheinung im dunklen Gange eingebildet habe, daß daran die »Fraubasen-Geschichten« der Gesindestube schuld seien, und daß Margarete sofort in ein Institut übersiedeln müsse, um alle diese Eindrücke abzuschütteln und im übrigen auch manierlicher und mädchenhafter zu werden.

Leisen Schrittes ging die Kleine an der Thüre vorüber. Sie warf einen scheuen Blick in das Zimmer – der kleine Bruder hatte seinen Turmbau im Stich gelassen und hörte mit offenem Munde zu, und Tante Sophiens liebes, lustiges Gesicht war ganz blaß und fahl; sie preßte die verschlungenen Hände auf die Brust, aber sie sprach nicht, »weil das ja doch nichts half«, dachte das kleine Mädchen im Vorüberhuschen, denn wenn der Papa einmal mit der Großmama zusammen etwas beschloß, da half kein Bitten und Betteln mehr, die Großmama setzte es durch ... Nur einer hatte noch Gewalt, wenn er dazwischen fuhr und kräftig polterte und wetterte, und das war der Großpapa in Dambach. Der half, das wußte sie! Er ließ seine Gretel nicht fortschleppen, am allerwenigsten aber in »den großen Vogelbauer, wo sie alle in einem Tone pfeifen mußten«, wie er stets sagte, wenn die Großmama auf ein Mädcheninstitut hinwies ... Ja, er half! Was wollten sie denn machen, wenn er – wie er immer that, sobald ihm der Widerspruch zu toll wurde – mit den starken Fingerknöcheln auf den Tisch klopfte und mit seiner rauhen Stimme ernsthaft sagte: »Ruhe bitte ich mir aus, Franziska! Ich will es so, und hier bin ich Herr!«? Da ging ja die Großmama stets hinaus, und die Sache war abgemacht. Ja, war man nur erst in Dambach, dann hatte es keine Gefahr mehr!

Sie lief hinaus in den Hof, um die Ziegenböcke aus dem Stalle zu holen; aber der Hausknecht hatte die Thüre zugeschlossen, und eigentlich gab es doch wohl auch zu viel Lärm, wenn der Wagen rasselte; dann kam irgendwer und machte ihr das Thor vor der Nase zu, und sie mußte dableiben ... Da hieß es denn, sich tapfer auf seine zwei Füße stellen und hinauslaufen. Im Vorübergehen hatte sie ihren Hut genommen, der noch auf dem Gartentisch lag; sie knüpfte die Bänder unter dem Kinn und machte sich auf den Weg.

Niemand hatte das Kind gesehen, als es durch den Thorweg des Packhauses auf die Straße hinausschlüpfte. Es war keine Menschenseele im Hof; auch Blanka Lenz hatte den offenen Gang wieder verlassen. Und draußen war es auch menschenleer; die Leute saßen noch nicht vor den Hausthüren, dazu war der Abend noch nicht weit genug vorgeschritten; nur ein paar kleine barfüßige Jungen ließen auf dem Kanal, der schmalen, seichten Wasserader, welche die Straße in der Mitte durchschnitt, Papierschiffchen schwimmen. »Die haben's gut!« dachte die Kleine und marschierte über das Brückchen in die benachbarte Gasse; dann kam man zu einem Durchbruch der Stadtmauer, und von da lief ein Fußweg durch die Felder und eine niedere Anhöhe hinauf nach Dambach. Er machte zwar einen ziemlich weiten Bogen und war einsam; aber sie kannte ihn und schlug ihn auch jetzt ein – über der belebteren Chaussee wirbelten ja bei jedem Windhauch erstickende Staubwolken, die sie heute Nachmittag beim Hereinfahren wie mit Mehl überpudert hatten ...

Ach ja, heute nachmittag, da war noch alles gut gewesen! Sie hätte aufschreien mögen vor Lust, als die Böcke mit ihr aus dem Dambacher Hofthor gestürmt waren; der Großpapa hatte gelacht und Hurra hinterdrein geschrieen, und die Dorfkinder, ihre getreuen Spielkameraden, waren ein Stück mitgelaufen, und die Jungen hatten untereinander gesagt: »Sapperlot, die kann's aber!« ... Nun kam sie wieder, um sich beim Großpapa zu verkriechen. Ach, wenn er sie doch ganz und gar draußen behielte! Sie wäre ja um alles gern in die Dorfschule gegangen ... Dahinaus kam auch die Großmama niemals – sie sagte immer, sie könne den Fabriklärm nicht vertragen, und darauf meinte der Großpapa allemal lachend: und er bliebe draußen, weil er ihren Papagei nicht schreien hören könne.

Während dieses Durcheinander in dem aufgeregten Hirn des Kindes kreiste, trabten die kleinen Füße im schleunigsten Tempo vorwärts. Ein langes Stück Weges ging es durch wogende Getreidefelder, und da wurde es dem kleinen Mädchen doch ein wenig beklommen zu Mute – seit sie mit Tante Sophie zum letztenmal hier gegangen, waren die grünen, jetzt schon zu mattem Gelb bleichenden Wände auf beiden Wegseiten so himmelhoch gewachsen. Nur immer eine kurze Strecke der vielfach gewundenen Pfadlinie vor sich, war das winzige Menschenkind gleichsam eingeschachtelt im Kornfelde, und der Käfer, der seine blauglänzenden Flügel ausspannte und leise surrend aufflog, die buntlockige Winde, die sich an den Halmen emporhalf, um droben Umschau zu halten, sie hatten es besser … Und zu Häupten des Kindes wisperte es; ein seidiges Rieseln, wie wenn schleifendes Gewand ganz leise daherkäme, machte es bänglich in die Höhe blicken; aber »Bange machen gilt nicht, und es geht alles in der Welt mit natürlichen Dingen zu!« sagte Tante Sophie immer, und drum konnte es auch kein mit leisen Sohlen auf der wogenden Halmfläche einherwandelndes Wesen sein – es war nur der Abendwind, der drüber hinging und die nickenden Aehren aneinander rieb.

Und nun hörte ja auch die enge Gasse endlich auf; der Weg ging über Kartoffel- und Rübenäcker, dann über zertretenen Graswuchs die Anhöhe hinauf, die ein Laubwäldchen, das sogenannte Dambacher Hölzchen, krönte; dahinter lag das Dorf. Wohl war es noch hell genug, daß das Kind die großen Erdbeerbüsche mit ihren weißen Blütensternen und glühroten Früchten zwischen den Stämmen am Waldessaum sehen konnte; aber diesmal gab es weder Zeit noch Lust zum Pflücken und Naschen; in atemlosem Lauf war es bergauf gegangen – das kleine Herz hämmerte in der Brust, und der Kopf glühte und war so seltsam schwer, als sei Blei in Stirn und Schläfen … Nun, in Großpapas Stube war es kühl; da stand das große Sofa mit den weichen Federkissen, auf welchem er stets sein Nachmittagsschläfchen hielt, und da ruhte auch das Kind immer, wenn es sich müde gelaufen hatte. Nur noch das Stückchen Weg hinter dem Dorfe weg – dann war ja alles gut!

Der weite Fabrikhof lag schweigend und menschenleer da, die Arbeiter hatten längst Feierabend gemacht; und durch den anstoßenden Garten mit seinen schönen Anlagen und dem schmucken, klaren Teich, in welchem sich der Pavillon spiegelte, ging auch kein anderes Leben, als das leise Rauschen der mächtigen Baumwipfel, unter denen es bereits stark dämmerte. Nicht einmal Friedel, Großpapas Hühnerhund, bellte und kam auf das Kind zugesprungen – die Schwelle, auf welcher er immer faulenzte, war leer, die Thüre war auch zu, ja, sie erwies sich sogar als fest verschlossen, und auf ein mehrmaliges Klingeln rührte und regte sich nichts drinnen.

In ratlosem Schrecken stand die Kleine vor dem stillen Hause – der Großpapa war gar nicht da! Das wäre ihr doch nie und nimmer eingefallen – es war ja so selbstverständlich gewesen, daß er zu Hause sein mußte, wenn sie kam ... Sie umging das Haus von allen Seiten; hätte eines der Fenster in der niederen Erdgeschoßwohnung offen gestanden, sie wäre, was sie schon oft im Uebermut gethan, hinaufgeklettert und über die Brüstung ins Innere gesprungen, allein vor allen Scheiben lagen die Rollläden – da war nichts zu machen.

Das Weinen war ihr nahe, aber noch verschluckte sie tapfer die Thränen. Der Großpapa war wohl nur zum Faktor gegangen, und der wohnte ja gleich da drüben in der Fabrik. Aber im Hofe sagte ihr eine junge Stallmagd, Faktors seien mit der zurückkehrenden »Herrschaftskutsche« nach der Stadt zu einem Polterabend gefahren; den Herrn Amtsrat aber habe sie schon vor einigen Stunden fortreiten sehen; es sei heute Kegelkränzchen beim Oberamtmann in Hermsleben – das war ein ziemlich entfernt gelegenes Gut.

Lieber Gott im Himmel – was sollte nun solch ein armes, weithergelaufenes Kind anfangen! – In der ersten Verzweiflung lief die Kleine wieder vor das Hofthor, während die Magd in den Stall zurückkehrte. Aber schon nach wenigen Schritten wurde Halt gemacht – nach Hermsleben konnte man doch unmöglich laufen, das war ja viel, viel zu weit! Nein, das ging absolut nicht; da war es besser, auf den Großpapa zu warten – er kam vielleicht bald wieder!

Damit lief das kleine Mädchen nach dem Pavillon zurück und setzte sich geduldig auf die Schwelle der Hausthüre. Das that den müdgelaufenen Beinchen gut, und auch die tiefe Ruhe und Stille ringsum war eine Wohlthat nach dem aufregenden Marsch. Wenn nur das dumme Hämmern in Stirn und Schläfen nicht gewesen wäre; aber jetzt, wo sie sich in die Thürecke schmiegte, machte es sich doppelt fühlbar ... Und nun gingen auch noch allerhand beängstigende Vorstellungen durch den schmerzenden Kopf. Zu Hause war die Zeit des Abendessens längst vorüber, und sie hatte bei Tische gefehlt. Man suchte ganz gewiß überall nach ihr, und bei dem Gedanken, daß sich Tante Sophie um sie ängstigen könne, that ihr das kleine Herz bitter weh. Aber wenn es nur um Gotteswillen niemand einfiel, sie hier in Dambach zu suchen, ehe der Großpapa zurück war! Ganz entsetzt fuhr sie empor, und ihre Augen forschten nach einem Versteck, in welchem sie sich nötigenfalls verkriechen konnte. Denn nun, wo sie heimlich davongelaufen war, blieb gar kein Zweifel, daß man sie gleich morgen fortbrachte – dafür sorgte schon die Großmama, diese unerbittliche Großmama, die so ungerecht sein konnte.

Wenn Holdchen täppischer Weise hinfiel, dann wurde »das wilde Mädchen« ausgezankt, weinte er aus Eigensinn, so hatte ihn gewiß »das ungezogene Ding, die Grete« gereizt – daß doch solch eine Großmutter niemals wußte, wie lieb man sein Brüderchen hatte, und alles, ja den Bissen vom Munde, ach wie gern, hingab, nur damit es lachen und fröhlich sein sollte! … Ach ja, die in der oberen Etage, sie waren alle nicht gut gegen die Grete! Und fast noch schlimmer als die Großmama war dieser Mosje Herbert, den sie durchaus Onkel nennen sollte – ein schöner Onkel, der keinen Bart hatte, und noch gerade so, wie sie auch, über den Schulaufgaben schwitzen mußte! Ihr fehle die Rute, hatte er heute nachmittag gesagt, und die Finger, die er ihr vor Aerger beinahe zerdrückt hatte, thaten noch weh … Wie der sich freuen würde, wenn sie die Grete morgen wirklich in den Wagen zerrten und ohne Gnade in »den Vogelbauer« schleppten! Aber das geschah ja nicht – Gott behüte! Sie wehrte sich mit Händen und Füßen dagegen, sie wollte schreien, daß die Leute auf dem Markte zusammenliefen! … Ach, wenn doch nur endlich der Großpapa käme!

Aber es blieb totenstill im Garten; auch drüben auf der Chaussee hatte das vereinzelte Rollen und Aechzen der Wagenräder aufgehört. Das Schweigen der Nacht begann, wenn sie auch selbst noch zögerte, zu kommen. Es war ja ein goldener Tag heute gewesen, und wie noch der heiße Sonnenatem schwer über der Erde brütete, so schien sich auch ein Rest der funkelnden Tagesglorie in den Lüften festzuhalten und nicht erlöschen zu wollen.

Die Schlaguhr auf dem Türmchen des Fabrikgebäudes schnurrte Viertelstunde auf Viertelstunde ab. Die neunte Stunde war schon vorüber, und nun war wohl das Schlimmste überstanden. In der Stadt ging der Großpapa stets um zehn Uhr zu Bette – er hielt es sehr streng mit der Pünktlichkeit und kam gewiß bald nach Dambach zurück … Ach ja, und wenn sie ihn dann von Hermsleben herangaloppieren hörte, da wollte sie ihm entgegenlaufen und neben dem Pferde hertraben; dann sah er doch wenigstens auf »seine wilde Hummel« herunter, und da konnte ihr niemand etwas anhaben – niemand!

Und es jagte in der That plötzlich ein Reiter daher – aber die Kleine lief nicht nach dem Thore; sie horchte einen Augenblick mit starrem Entsetzen auf das Getrappel der flüchtigen Pferdehufe, dann sprang sie mit einem wilden Satze aus der Thürecke, rannte um den Teich und kroch in das fast undurchdringliche Gebüsch, welches sich zwischen die entgegengesetzte Seite des Teiches und das den Garten vom Fabrikhofe trennende Eisengitter drängte. Der Reiter kam von der Stadt her – es war der Papa, der sie suchte.

Sie wühlte sich tief in den dornigen Busch; das weiße Kleid mit den Heidelbeerflecken erhielt nun auch der Risse genug, und die Füße versanken im Morast; trotzdem kauerte sie auf dem nassen Boden nieder und schmiegte sich so enge zusammen, als wolle sie ihren schmalen Körper auf ein Nichts reduzieren. Mit zurückgehaltenem Atem, und die aneinanderschlagenden Zähne fest zusammenbeißend, hörte sie zu, wie der Papa im Hofe mit der aus einem Fenster herabsehenden Magd sprach. Das Mädchen sagte ihm, daß das Kind vor ihren Augen umgekehrt und nach der Stadt zurück sei, sie habe es aus dem Thore fortlaufen sehen.

Trotz dieser Versicherung ritt Herr Lamprecht in den Garten herein. Margarete hörte seitwärts hinter dem Gebüsch das wilde Schnauben Luzifers – der Papa mußte einen scharfen Ritt gemacht haben – dann kam der Reiter in ihren Gesichtskreis. Er umritt den Pavillon und konnte vom Pferde aus den nicht großen Garten mit seinen Rasenplätzen und Gruppen von Ahorn- und Akazienbäumen recht wohl übersehen. – »Grete!« rief er in alle dunkelnden Ecken hinein. Jedes andere Ohr hätte aus diesem Schrei nichts als die namenlose Vaterangst zu hören vermocht; für die Kleine aber, die regungslos im Gebüsch hockte und mit fast wildem Blick jede Bewegung des Reiters verfolgte, war der Mann dort auf dem Pferde in diesem Moment derselbe, der heute nachmittag, im dunklen Gange über sie gebeugt, nicht gewußt hatte, ob er sie erwürgen oder zertreten solle. Und jetzt, wo er, ihr ganz nahe, am Teichufer hielt und die Augen hinschweifen ließ über das seichte Gewässer, welches so blank und kristallklar dalag, daß man selbst in der Dämmerung den weißen Sand auf dem Grunde schimmern sah, jetzt, wo ihm diese Augen unter den starken, schwarzen Brauen glühten, wie immer, wenn er »furchtbar böse« war, überkam das kleine Mädchen ein unbeschreibliches, ein förmlich lähmendes Furchtgefühl – ohne Atem, wie versteinert kauerte es im Gestrüpp, es hätte sich eher mit dem Fuß in das Wasser stoßen lassen, als daß ihm auch nur ein antwortender Laut entschlüpft wäre.

Herr Lamprecht wandte sein Pferd und ritt wieder hinaus. Es mochte wohl der Knecht des Faktors sein, der eben mit schlürfenden Schritten über den Hof herkam und dem Reiter die Gitterthüre öffnete. Herr Lamprecht sprach mit ihm und seine Stimme klang so heiser und matt, als verlechze ihm die Kehle. Er fragte nach dem Ausbleiben seines

Schwiegervaters, und der Mann sagte ihm, daß der alte Herr aus dem Kegelkränzchen selten vor zwei Uhr nachts zurückkäme. Was noch weiter gesprochen wurde, war nicht zu verstehen. Herr Lamprecht ritt über den Hof zum Thore hinaus, und der Mann schien ihn zu begleiten; aber nicht über die Chaussee, durch die Felder wurde der Rückweg nach der Stadt eingeschlagen.

Die kleine Entlaufene war wieder allein. Nun die seelische Erstarrung von ihr wich, wurde sie sich des schmerzhaften Druckes bewußt, den die zusammenstrebenden Zweige auf ihren eingezwängten Körper ausübten. Die Bodennässe drang empfindlich durch die dünnen Zeugstiefelchen, und der Busch wimmelte von Mücken, die ihr das Gesicht und die entblößten Arme blutdürstig umsummten. Mühsam richtete sie sich auf und hob die tief eingesunkenen Füße aus dem Morast, der ihr schwer an den Sohlen kleben blieb. Jetzt brach sie in ein leises, trostloses Jammern aus – der böse Busch wollte sie nicht wieder fortlassen! Sie sollte dableiben in dem entsetzlichen Moderdunst, den sie durch ihr Eindringen aufgerührt; gefangen wie ein armer, kleiner Spatz in dem harten, zähen Geschlinge der Zweige, sollte sie warten, bis der Großpapa käme! Ach, und er kam ja nicht vor zwei Uhr nachts! Fünf lange Stunden sollte sie sich wehren gegen die Mückenwolke, die ihr immer näher auf den Leib rückte, so oft sie auch danach schlug! Und Frösche und Kröten gab's hier auch genug – Reinhold wollte sogar einmal gesehen haben, daß eine lange, bunte Schlange aus dem Busch gekrochen sei – sie schüttelte sich vor Grauen und fühlte es förmlich lebendig werden um und unter ihren Füßen – alle Kraft zusammennehmend, arbeitete sie sich wie toll durch die unheimliche Wildnis, bis die letzten starkstämmigen Ausläufer rauschend und knackend hinter ihr zusammenschlugen.

Es war eine jämmerlich zugerichtete kleine Gestalt, die nach dem Pavillon zurück mehr taumelte als ging. Den Hut hatten ihr schon beim Eindringen die oberen Aeste weggerissen – mochte er hängen bleiben! Auch das total zerfetzte Kleid wurde nicht beachtet; nur die in eine Schlammkruste gehüllten Füße, die bei jedem Schritt über die breite, weiße Sandsteinstufe vor der Hausthüre pechschwarze Abdrücke hinterließen, waren ein erschreckender Anblick.

Am Himmel trat ein funkelnder Stern nach dem anderen hervor – die in die Thürecke gedrückte Kleine bemerkte es nicht. Wenn sie die schweren Lider hob, dann sah sie nur, daß das Dunkel drunten den letzten schwachen Schimmer des Teichspiegels verschlang – die Rasenplätze lagen schwarz unter den Bäumen, allerhand vorbeischwirrendes Nachtgesindel machte sich bemerklich, Käuzchen schrieen, und vom Dachboden des Pavillons kamen die räuberischen Fledermäuse. Wie im Traume hörte sie vereinzeltes Hundegebell vom Dorfe her, und die Turmuhr hatte wieder zwei Viertelstunden angezeigt … Noch viele, viele solcher Viertelstunden mußten von dort oben herunterrasseln, bis es zwei Uhr war – ach, wie schrecklich! – Die Nässe an den Füßen jagte ihr ein Frösteln nach dem anderen über den Leib und die an die harte Thürbekleidung gelehnte Stirn glühte und schmerzte heftig … Ach, nur einmal, nur für ein paar Minuten den schweren Kopf in ein weiches Kissen drücken und einen Schluck Wasser aus dem kühlen Hofbrunnen zu Hause trinken dürfen – das mußte wohlthun! Tante Sophie goß immer ein wenig Himbeersaft in das Glas, wenn man über Kopfweh klagte, und für solche Mückenstiche, wie sie jetzt auf den Armen und Wangen brannten, hatte sie eine lindernde Salbe – ach ja, es war gut sein bei Tante Sophie! Ein unbezähmbares Sehnsuchtsgefühl nach der treuen Pflegerin wallte plötzlich in der Kleinen auf.

Sie schloß die Augen wieder und träumte sich in die Schlafstube daheim. Die Fenster gingen auf den stillen Hof, und das Brunnenplätschern klang leise und ununterbrochen herein – es war von jeher das einlullende Wiegenlied der beiden Kinder gewesen. Sie lag im weißen, weichen Bett, und Tante Sophie kühlte ihr das brennende Gesicht und die zerstochenen Arme, bis sie einschlief … Ja, schlafen, heimgehen und schlafen – das war's! Das war's, was sie mit einem Ruck emportrieb und durch den Garten und über den Hof hinaus auf den Feldweg taumeln machte! Sie hörte nicht mehr, daß die Uhr schlug, als sie das Hofthor verließ – das ängstliche Zählen der Viertelstunden war vorüber; sie dachte auch nicht an die Wegstrecke, die vor ihr lag, sie sah nur das Ziel, die weite, kühle Schlafstube, in der sie den glühenden Körper mit seinen pochenden Pulsen ausstrecken durfte, sie hörte Tante Sophiens gute Stimme und sah die Hände, die sie auf den Schoß heben und ihre schwere, nasse Last von den Füßen streifen würden – was dann kam, anderen Tages, daran dachte sie auch nicht mehr …

Und die steifen Beinchen wurden gelenker mit der Bewegung. In immer wilderem Lauf ging es hinter dem schweigenden Dorfe weg. Dann trat das Wäldchen hervor – eine dunkle Masse, die nicht ahnen ließ, daß sie aus Millionen säuselnder Blätter und Blättchen zusammengewoben sei. Vorbei ging es auch hier in achtloser Hast, und nur einmal prallte die kleine Laufende seitwärts – weißes Gewand schwebte durch das Dickicht. Ach, es waren ja die Birken mit ihren hellen Stämmen, sie standen nur nicht fest, sie waren so sonderbar wackelig, und der kleine Stern, der gleich darauf drüben über dem Thale auftauchte – das Licht in der hochgelegenen Türmerstube des Wachtturmes, welcher die Stadt beherrschte – er schwankte auch, als ob der alte Bursche, der vierschrötige Turm, zu tanzen anfange. Doch diese befremdende Erscheinung ging schnell wieder unter in dem einen vorwärts hetzenden Trieb: Weiter! Heim zu Tante Sophie!

Und im wispernden Kornfeld hörte sie Reinhold weinen, weil ihm »die wilde Grete« seinen Turm umgeworfen habe, und Bärbe murmelte in einem fort von der Frau mit den Karfunkelsteinen im Haar und von dem wackelnden Vorhang in der verschlossenen Stube, und die roten Klatschrosen, die das Kind heute wie Fackeln im Korn glühen gesehen, sie machten die enge dunkle Gasse heiß zum Ersticken; aber mit dem Niederlegen auf die kühle Erde war es doch nichts – weit drüben rief Tante Sophie immer wieder: »Vorwärts, Gretel! Mach, daß du heim kommst!«

So lief sie gehorsam weiter, zuletzt freilich mit einknickenden Knieen und keuchender Brust, bis die Stadt erreicht war. In manchem Haus der letzten Gasse, durch die sie erschöpft schlich, brannte noch Licht, aber die Thüren waren geschlossen, und die matten Tritte des Kindes polterten förmlich auf dem hohlen Kanalbrückchen, eine so tiefe Nachtstille webte bereits in Gassen und Straßen. Und nun wölbte sich endlich der Thorbogen des Packhauses über dem kleinen Mädchen; nur war es schlimm, daß das schwere, altväterische Thürschloß im Thorflügel gar so hoch saß, eine Kinderhand konnte es nicht erreichen. Nach einer vergeblichen Anstrengung sank die Kleine auf dem niederen Prellsteine in sich zusammen. Sie meinte, die ganze Welt drehe sich mit ihr im Kreise, und vor dem Hämmern und Pochen ihrer Pulse könne sie nichts mehr hören; aber das Murmeln des vorbeischießenden Kanalwassers drang doch an ihr Ohr, und die Kühle, die es ausströmte, wirkte belebend auf ihr hindämmerndes Bewußtsein. Und jetzt kam auch jemand die Straße daher; es waren kräftige Schritte, die sich dem Packhause näherten, und nach wenigen Minuten trat ein Mann unter den Thorbogen. So weit durchlichtete der sternfunkelnde Himmel die Nacht doch, daß man die Umrisse einer Gestalt zu erkennen vermochte – der Mann war Herr Lenz, der im Packhause wohnte, und welchen die kleine Margarete gar gern hatte. Er warf ihr oft, wenn sie im Hofe spielte, im Vorübergehen ein heiteres Scherzwort hin, und für ihren freundlichen Gruß strich er mit liebkosender Hand über ihr Haar.

»Lassen Sie mich auch mit hinein!« murmelte sie heiser, als er mit dem Hausschlüssel das Thor geöffnet hatte und im Begriff war, einzutreten.

Er fuhr herum. »Wer ist denn da?«

»Die Grete.«

»Was – das Kind aus dem Hause? – Um Gotteswillen, Kleine, wie kommst du denn hierher?«

Sie antwortete nicht und griff nur mit tastender Hand nach seiner Rechten, die er ausstreckte, um ihr aufzuhelfen; aber das ging absolut nicht, und so nahm er sie ohne weiteres auf den Arm und trug sie in die tiefe Thorwölbung hinein.

6

Da drin war es stockdunkel. Herr Lenz tappte mit seiner Last vorwärts und schlug endlich eine Thüre linker Hand geräuschvoll zurück. Gleich darauf fiel ein Lichtschein von oben über die dahinterliegende steile Treppe herab.

»Ernst?!« rief eine Frauenstimme angstvoll fragend herunter.

»Ja, ich bin's mit Haut und Haar, heil und gesund, Hannchen! Guten Abend auch, liebster Schatz.«

»Nun, Gott sei Lob und Dank, daß du da bist! Aber liebster, bester Mann, wo hast du denn gesteckt?«

»Verlaufen hatte ich mich!« sagte er im langsamen Hinaufsteigen. »Dieser verflixt schöne Thüringer Wald lockt wie ein Irrlicht – immer ein Punkt prächtiger als der andere! Da läuft man weiter und weiter und denkt nicht an den Nachhauseweg. Entsetzlich müde Beine bringe ich heim; aber das Skizzenbuch ist auch voll, Mutterchen.«

Damit tauchte er über dem Treppengeländer auf, und seine Frau, die mit der Lampe in der Hand oben stand, prallte zurück.

»Ja, gelt, was ich da mitbringe, Hannchen? I nun, das habe ich drunten im Thorweg aufgelesen«, sagte er, auf der obersten Stufe stehen bleibend, mit halb lächelndem, halb besorgtem Gesichtsausdruck. Er versuchte, den Kopf zu wenden, um das Kind auf seinem Arme bei Licht zu besehen; allein es hatte die Arme krampfhaft fest um seinen Hals geschlungen;

und das Gesichtchen, von dem wirr hereinfallenden Haar fast verdeckt, drückte sich an seine Wange.

Frau Lenz stellte die Lampe schleunigst auf den Vorsaaltisch. »Gib mir das Kind, Ernst!« sagte sie mit ängstlicher Hast und reichte nach dem kleinen Mädchen. »Mit deinen armen müden Beinen darfst du keinen Schritt mehr thun – Gretchen aber muß auf der Stelle fort! Man sucht sie seit vielen Stunden. Gott, ist das ein Aufruhr drüben im Vorderhause! Alles rennt durcheinander und die alte Bärbe heult in ihrer Küche, daß es bis zu uns über den Hof herschallt … Komm her, Engelchen!« lockte sie mit sanfter, zärtlicher Stimme. »Ich trage dich hinüber!«

»Nein, nein!« wehrte die Kleine angstvoll ab und klammerte sich noch fester an ihren Träger. Wenn drüben alles durcheinander rannte, da war auch die Großmama unten, und so wild und wirr es ihr auch durch den schmerzenden Kopf sauste, über den Empfang von seiten der alten Dame war sie sich doch vollkommen klar. »Nein, nicht hinübertragen!« wiederholte sie mit fliegendem Atem. »Tante Sophie soll kommen.«

»Auch recht, Herzchen! Dann holen wir die Tante Sophie«, beschwichtigte Herr Lenz.

»Ganz wie das Kindchen will«, bestätigte seine Frau, die besorgt auf die heisere, nach Atem ringende Kinderstimme horchte und mit rascher Hand und prüfendem Blick den Haarwust aus dem entstellten Gesichtchen strich. Schweigend nahm sie die Lampe und öffnete die Stubenthür.

Das Packhaus, das älteste der aus der Urväter Zeiten stammenden Hintergebäude, war ein massiver Bau mit dicken Wänden und tiefen Fensternischen, dessen eigentliche Fassade nach Norden, der Straße zugewendet, lag. Deshalb wehte den Eintretenden eine so köstlich kühle, eine völlig reine, nur von erfrischenden Resedadüften durchhauchte Luft entgegen. Hier, in dem stillen, trauten Heim der Malerfamilie, überließ sich das Kind willig der sanften, freundlichen Frau, die es auf den Schoß nahm, während Herr Lenz Hut, Plaid und Reisetasche ablegte.

»Blanka ist draußen auf dem Gange«, sagte die Frau als Antwort auf den suchenden Blick, den ihr Mann durch das Zimmer gleiten ließ. »Sie war dabei, ihr Haar für die Nacht zu ordnen, als der Kutscher aus dem Vorderhause bei uns nach Gretchen fragte. Wir hatten freilich schon längst die Unruhe drüben bemerkt; Herr Lamprecht war zu ganz ungewohnter Zeit aus- und eingeritten, und im Hofe wurde jeder Busch durchsucht. Allein wir hielten uns wie immer streng an deinen Befehl, nichts zu sehen, was in Haus und Hof deines Prinzipales vorgeht. Seit nun aber der Kutscher dagewesen ist, sitzt unser Kind draußen auf dem dunklen Gange und ist nicht hereinzubringen – das liebe, kleine Ding da ist ihr Augapfel, wenn sie es auch nur vom Sehen kennt – aber, um Gott, Kind, was ist denn das mit deinen Füßen?« unterbrach sie sich; das Lampenlicht fiel auf die schlammüberzogenen Stiefelchen, die über ihrem hellen Kleide herabhingen. Mit hastigen Händen befühlte sie die Säume der zerschlitzten Röckchen, die auch die Nässe des Sumpfbodens in sich gesogen hatten.

»Das Kind ist im Wasser gewesen«, sagte sie halblaut und alteriert zu ihrem Mann; »es muß so schnell wie möglich in trockene Kleider. Geh, rufe Blanka!«

Er öffnete die Thüre in der Rückwand der Stube. Der Raum dahinter, die Küche, war dunkel, aber durch die gegenüberliegende, weit offene Thüre, die nach dem Gange führte, sah man einzelne Lichter des Vorderhauses herüberblinken.

Auf den Ruf des Vaters eilten draußen leichte Schritte über die knarrenden Gangdielen, dann trat die schöne Blanka aus dem tiefen Dunkel auf die Thürschwelle im weißen, spitzenbesetzten Frisiermantel, mit blassem Gesicht und schlaff niederhängenden, nackten Armen, und das aufgelöste Haar wogte goldglitzernd um sie her. »Bist du endlich gekommen, Vater?« fragte sie vibrierenden Tones. Mit scheuer Haltung und niedergeschlagenen Augen blieb sie stehen – es sah aus, als sei ihr das Lampenlicht, das sie so plötzlich und grell überflutete, unerträglich, und sie habe den einzigen Wunsch, in das Dunkel zurückzuflüchten.

»Was – ist das der ganze Willkommengruß meiner Kleinen?« rief Herr Lenz launig. »Weder Kuß noch Handschlag? Und ich habe doch ein verlorenes Schäfchen mitgebracht! Siehst du denn nichts? Wer sitzt denn dort auf dem Schoß der Mutter?«

Mit einem Ausruf der Ueberraschung fuhr das junge Mädchen empor und flog auf das Kind zu.

»Sieh, sieh!« sagte Frau Lenz halb belustigt, aber doch auch ein wenig verletzt. »Vater könnte wohl eifersüchtig werden! Du hast dich ja wirklich mehr um das fremde Kind geängstigt, als um sein Ausbleiben! Jetzt hilf mir aber, deinen Liebling zu säubern und ins Trockene zu bringen. Dort im unteren Fach der Kommode müssen noch Röckchen und Strümpfe aus deiner Kinderzeit liegen, die suche hervor!«

Sie setzte die Kleine auf das Sofa und holte Waschwasser und ein Handtuch herbei, während das junge Mädchen auf die Dielen niederkniete und mit fliegenden Händen den Inhalt des Schubfaches durcheinander warf.

»Wo bist du nur gewesen, Kindchen?« sagte Frau Lenz beim Lösen der Schleifen und Knöpfe am Anzug des kleinen Mädchens – der Körper unter ihren Händen war in Schweiß gebadet.

»In Dambach war ich«, stieß Margarete hervor. »Aber der Großpapa konnte mir nicht helfen, er war nicht da.« – Und nun, während die Frau mit lauem Schwamm die beschmutzten Füßchen wusch, nun war es, als müsse alles Erduldete, das sich in die letzten Tagesstunden zusammengedrängt, von dem alterierten Kinderherzen herunter. In krankhafter Hast wurde alles geschildert, die Schrecknisse im Teichgebüsch und die Angst, daß der Papa vom Pferde steigen und den Busch durchsuchen könne – und warum man zum Großpapa gelaufen sei! Nun, weil immer eine weiße Gestalt durch den dunklen Gang husche und die Leute erschrecke. Und die Stube sei nicht verschlossen gewesen, ganz gewiß nicht! Sie habe deutlich gehört, wie auf das Thürschloß gedrückt worden sei, dann habe sie es schneeweiß durch den Thürspalt schlüpfen sehen, und unter dem Schleier habe langes Haar herabgehangen; und weil das Mädchen so laut geschrien, da wolle nun der Papa die Grete ins Institut stecken.

»Das ausgeprägteste Delirium! Die Kleine ist schwerkrank«, murmelte Herr Lenz mit abgewendetem Gesicht. »Beeilt euch mit dem Umkleiden!« Und er stahl sich leise hinaus, um Anzeige im Vorderhaus zu machen.

Die Röckchen und Kinderstrümpfe mußten sich in eine unauffindbare Ecke verirrt haben; denn die schöne Blanka kniete noch vor der Kommode und suchte. In ihrem weißen Gewand und mit dem langen, blonden, rücksichtslos über die Dielen geschleiften Haar sah sie aus wie eine zu Magddiensten erniedrigte Prinzessin. Nun wurde auch noch ein zweites Schubfach geräuschvoll aufgezogen.

Frau Lenz erhob sich ein wenig ungeduldig und trat hinzu. »Liebes Herz, das dauert mir zu lange, und ein solcher Kram, daß man etwas nicht zu finden vermöchte, ist doch bei mir nicht Mode … Wo hast du denn deine Augen, kleine Maus! Da liegt ja das blaue Flanellröckchen obenauf, hier in der Ecke stecken drei Paar Strümpfe, und da ist auch noch ein Nachthemdchen!«

Sie nahm die Sachen heraus und schob die Kasten zu.

Das junge Mädchen hatte keinen Grund mehr, in der halbdunklen Ecke zu verweilen, und als es sich zögernd dem Licht wieder zuwendete, da schien selbst aus den Lippen jeder färbende Blutstropfen gewichen zu sein.

»Kind, wie magst du dich nur so alterieren!« rief die Mutter erschrocken. »Es ist nicht so schlimm, wie der Vater meint. Bei Kindern stellt sich sehr leicht starkes Fieber ein, vergeht aber auch schnell wieder. In einigen Tagen ist dein Liebling wieder gesund – du wirst es sehen! ... Hier, stecke die müden Beinchen in frische Strümpfe, während ich draußen einen kühlen Trank zurechtmache.«

Die Tochter rollte schweigend die Strümpfchen auseinander, kauerte vor dem Sofa nieder und schickte sich an, die kleinen, nackten Füße zu bekleiden; aber kaum war die Küchenthüre hinter der Frau zugefallen, als sich das junge Mädchen mit einer leidenschaftlichen Gebärde aufrichtete, das Kind mit beiden Armen umschlang und heftig an ihre Brust preßte.

Margarete öffnete die fieberglänzenden Augen weit vor Ueberraschung. »Ach, Sie haben mich lieb, Fräulein Lenz? Ja?«

Die schöne Blanka neigte bejahend den Kopf – im verhaltenen Schmerz klemmte sie die Unterlippe zwischen die Zähne, und eine Thräne stahl sich unter der gesenkten Wimper hervor.

»Es ist schön bei Ihnen in der kühlen Stube!« murmelte die Kleine und drückte das Gesichtchen zärtlich in die blonde Haarflut, die über die Brust des Mädchens fiel. »Ich möchte dableiben! ... Hierher kommt auch die Großmama nicht, niemals – die geht nie ins Packhaus – der Papa auch nicht. Aber Tante Sophie kommt ... Bringen Sie mich zu Bette!«

In diesem Augenblick trat die Mutter wieder in das Zimmer.

»Ach, und wie gut Sie riechen, Fräulein Lenz!« rief das Kind lauter und hob tiefatmend den Kopf. »Wie die schönsten Rosen, gerade wie« – ein Paar heißer, zuckender Lippen drückten sich fest auf den kleinen Mund und erstickten jedes weitere Wort.

»Aber, Blanka, das Kind ist ja noch barfuß«, schalt Frau Lenz. »Und wer wird denn einen Patienten auch noch durch die eigene Angst aufregen! Geh nur weg, kleine Ungeschickte! Ich will das Anziehen selbst besorgen.«

In wenigen Minuten war sie mit dem Umkleiden fertig; Eile machte sich aber auch in der That nötig; denn, wie schon im Kornfelde, so mischten sich jetzt wieder Fiebergebilde in die Vorstellungen des Kindes. Frau Lenz hielt ihm das hereingebrachte Trinkglas an die Lippen, und in gierigen Zügen wurde der heißersehnte Kühltrank geschlürft. Gleich nachher kamen Schritte die Treppe herauf, und Herr Lenz ließ die Tante Sophie eintreten.

Wer das humorbeseelte Gesicht der lustigen »alten Jungfer« kannte, der mußte erschrecken, so furchtbar hatte es die Angst der letzten Stunden in Linien und Farben verändert. Mit einem stummen Gruß für die Hausfrau und das wieder in die dunkle Ecke geflüchtete schöne Mädchen trat sie auf die kleine Margarete zu, die ihr matt die Arme entgegenstreckte. Ein einziger prüfender Blick, ein Befühlen der Kinderstirn, und sie wußte, daß hier ein schweres Erkranken im Anzuge war.

»Das kommt davon, wenn man mit solch einem jungen Seelchen umgeht wie mit einem schlechten Instrument, auf dem man herumdreschen kann, wie man will«, sagte sie derb in rückhaltslosem Schmerz und unsäglicher Bitterkeit.

Sie hüllte die Kleine in einen Plaid, den sie mitgebracht hatte, nahm sie auf den Arm und reichte Herrn und Frau Lenz die Hand. »Dank, vielen Dank!« Mehr brachte sie beim Verlassen des Zimmers nicht heraus.

Drunten im Hofe aber löste sich eine hohe Gestalt aus dem Dunkel und trat ihr entgegen. Die kleine Margarete schrak zusammen und ein Beben ging durch ihren Körper, als zwei Hände nach ihr griffen – es war der Papa, der sie mit einer ungestümen Bewegung an sich zog.

»Mein liebes Kind, mein gutes Gretchen, erschrecke nicht, ich bin's, der Papa!« sagte seine tiefe Stimme vibrierend. Er hielt sie fest an seiner schweratmenden Brust, während er sie über den Hof trug, und in der hellerleuchteten Hausflur, wo alle Hausbewohner auf ihn und das Kind einstürmten, hob er Schweigen gebietend die Hand und ging an den Verstummenden vorüber nach der Schlafstube der Kinder. – – –

»Na, dann ist's ja gut! Zigeuner haben sie nicht gestohlen, und umgekommen ist sie ja sonst auch nicht, Gott sei gelobt und gepriesen!« sagte Bärbe nachher in der Küche zu den anderen und nahm den ›ersten Ohnmachtsbissen‹ nach so vielen Angststunden. »Aber sag' mir nur keiner, daß nun auch die Geschichte aus und vorbei ist! Wer den armen Wurm mit seinen schlenkernden Aermchen und Beinchen gesehen hat, wie ihn der Herr vorbeitrug, der weiß genug … Was hab' ich heute nachmittag gesagt? ›Ein Unglück gibt's,‹ hab' ich gesagt … Aber, da heißt's immer: ›Die abergläubische Bärbe, der Unglücksrabe, die Jammerbase!‹ I ja, spotten kann ein jeder, das ist keine Kunst, aber beweisen, ja beweisen, das steht auf einem andern Blatte. Wollen mal sehen, wer recht behält, die klugen Leute, die an gar nichts glauben, oder die alte Bärbe mit ihrer Einfältigkeit! So eine, wie die mit den Karfunkelsteinen, die wird sich wohl für nichts und wieder nichts in dem Gang da oben 'rumtreiben! Es ist nicht das erste Mal, daß solch ein armes unschuldiges Kindchen ›nachgeholt‹ wird – denkt an mich – mit unserem armen Gretchen geht's schief.«

Bei diesen Worten legte sie die Gabel mit dem angespießten Bissen wieder hin und verhüllte ihr Gesicht mit der blauleinenen Schürze. – –

Und wochenlang hatte die Küchenprophetin die schmerzliche Genugthuung, Tag für Tag mit gesteigertem Nachdruck auf ›das, was sie gesagt,‹ hinweisen zu können. Bei all ihrem wirklichen Kummer dachte sie doch schon – ganz im stillen zwar, aber wehmutsvoll ausmalend – an den schönsten Blumenkranz, der zu haben, und an das goldgedruckte Karmen mit dem Namen »Barbara Wenzel« auf breitem, weißem Atlasband, als die tüchtige Natur des Kindes siegte, und eine plötzliche glückliche Wendung eintrat.

Nun war wieder Sonnenschein im Hause. Herr Lamprecht, der in den Stunden der Gefahr fast nicht vom Bette des Kindes gewichen war, richtete seine gebeugte Gestalt auf, und in Blick und Gebärden brach sein feuriges Naturell wieder durch, ja, die Leute meinten, er habe in seinem ganzen Leben nicht so »siegerhaft« und herausfordernd ausgesehen, wie eben jetzt. Was aber die anderen im Hause freudig bemerkten, das erbitterte die alte Bärbe förmlich. Er hatte nämlich seinen Vorsatz, die spukhaften Appartements der verstorbenen Frau Dorothea für eine Zeit selbst zu bewohnen, ausgeführt; auch der Korridor war durch eine Thüre vom Flursaal abgeschlossen worden. Für die alte Köchin war es fast noch schlimmer als eine Gotteslästerung, wenn sie ihn droben ungeniert die verblichenen Gardinen zurückziehen und in sündhafter Herausforderung an das Fenster treten sah. Von der huschenden weißen Frau sprach nun niemand mehr – natürlich! – durch eine dicke Bohlenthüre konnte doch kein Christenmensch sehen! Aber es wollte auch durchaus der Morgen nicht kommen, an welchem man den Herrn mit umgedrehtem Genick in seinem Zimmer fand – im Gegenteil, es war wie gesagt, als lebe er neu auf.

Und der Großpapa, der in der »Unglücksnacht«, von Hermsleben kommend, gar nicht vom Pferde gestiegen, sondern gleich nach der Stadt weiter geritten war, er schäkerte und scherzte auch wieder in seiner derb jovialen Weise; aber an dem Tage, wo sein Liebling zum erstenmal die ganzen Nachmittagsstunden außer Bett sein durfte, da brannte ihm doch der Boden unter den Füßen und er ritt auf und davon. Der infame Schreihals, das verzogene Beest in der oberen Etage jage ihn aus seinen eigenen vier Pfählen, sagte er noch lachend vom Pferde herunter; und die Frau Amtsrätin stand oben am Fenster und streichelte ihren Papagei und reichte ihm mit zierlich gespitzten Fingern ein Stückchen Zucker.

Zwei Tage nachher reiste auch Herr Lamprecht fort – auf lange, sagten seine Leute im Kontor. Die kleine Margarete sah verwundert in sein Gesicht, als er sich Abschied nehmend über sie bog und ihr die herrlichsten Dinge zu schicken versprach. So habe ich den Papa noch nie gesehen, so »schrecklich vergnügt« und so wunderlich mit seinen funkelnden Augen, meinte sie.

»Das glaub' ich gerne«, sagte Tante Sophie. »Er freut sich, daß sein kleiner Ausreißer wieder gesund ist, und wenn er die Geschäftstour hinter sich hat, dann geht er nach Italien und wohl noch weiter. Er will sich wieder einmal die Welt ansehen, und er hat recht! Nach der Angstzeit ist ihm der Spaß zu gönnen – wir alle haben auf lange genug. Ja, Gretel, an den Bleichtag werd' ich denken, so lange mir ein Auge im Kopfe steht!«

Und die Linden vor der Weberei hatten sich inzwischen sommerlich verdunkelt; aus dem Rosenlaub leuchteten nur ganz vereinzelt, wie vom Himmel gefallene Blutstropfen, die Blüten des Jaqueminot, und auf den glitzernden Wassern des Brunnenbassins schwammen schon die ersten herabgewehten herbstgelben Blättchen, als die kleine Genesene ins Freie entlassen wurde. Es war vieles anders geworden; am verwunderlichsten aber war es doch, daß der Papa da oben gewohnt hatte, wo nun, nach seiner Abreise, gerade heute gründlich gelüftet wurde. Die Fenster standen weit offen, man sah die wundervolle Malerei am Plafond des großen, dreifenstrigen Wohnzimmers, und im anstoßenden Gemach den Baldachin eines grünseidenen Himmelbettes. Und auf den Fenstersimsen standen und lagen behufs des Abstäubens allerhand moderne Gegenstände, Rauchutensilien, Statuetten, Albums und ganze Stöße von Zeitungen – Herr Lamprecht hatte sich die verfemten Räume vollkommen wohnlich und nach Bedürfnis eingerichtet.

Die Kleine sah nachdenklich hinauf – aus dem Zimmer mit dem herrlichen Deckengemälde war die Verschleierte geschlüpft, es war die zweite der Thüren im Korridor gewesen, hinter welcher der kleine Fuß im zierlichen Hackenschuh zum Vorschein gekommen war. Seit sie wieder gesund war, wußte sie das alles ganz genau; allein sie sprach nicht mehr darüber, aus Verdruß, weil niemand auf ihr Fragen und Erzählen einging – sie wußte ja nicht, daß die Aerzte erklärt hatten, die »Vision« im Korridor sei bereits der Ausbruch ihrer nervösen Krankheit gewesen. Und so wurde der ganze Vorgang mit seinen unglücklichen Folgen totgeschwiegen, wie auch nie wieder ein Wort über das Unterbringen der »unmanierlichen Grete« in einem Institut verlautete ...

Auf dem offenen Gang des Packhauses war es auch totenstill; nur der lustige Sommerwind fuhr manchmal durch das grünschuppige Geschlinge des Pfeifenstrauches, stäubte es mutwillig auseinander und erregte ein flüsterndes Geplapper der zurückfallenden Blätterzungen ... In der hübschen Stube voll Resedadüfte aber saß gewiß die Frau mit dem lieben zärtlichen Muttergesicht und trauerte; denn die schöne Blanka war nun auch fort; sie war heute früh abgereist und »wohl wieder in Kondition nach dem weltfremden Engelland gegangen«, wie Bärbe heute morgen zu Tante Sophie gesagt hatte; und darüber war die kleine Margarete aus ihrem halben Morgenschlafe emporgefahren und hatte still, damit die Tante und Bärbe es nicht hören sollten, in ihr Kissen hinein geweint. In diesem Augenblick aber, wo Reinhold in das Haus gegangen war, um seinen Baukasten zu holen, und das kleine Mädchen allein unter den Linden saß, kam die alte Köchin über den Hof her, die Hand unter der Schürze, und mit einem wahren Inquisitorenblick die Fenster der obersten Etage im Vorderhause streifend.

»Fräulein Sophie weiß drum und will, daß ich dir's geben soll, Gretchen; aber die Frau Amtsrätin braucht's nicht gerade mit anzusehen«, sagte sie. »Wie du krank warst, da hat das schöne Mädchen dort auf dem Gange gar manchmal stundenlang auf mich gelauert, weil ich ihr immer sagen mußte, wie es gerade um dich stand. In den Hof 'runter gekommen ist sie kein einziges Mal, so lange sie auch dagewesen ist – du lieber Gott, freilich, dein Papa und die Großmama sind stolze Leute und leiden keine Zuthulichkeit und Dreistigkeit – nun aber heute in aller Frühe, wie ich das Kaffeewasser am Brunnen holte, da kam sie über den Hof her, schon im Schleierhut und mit der Reisetasche, und blaß wie der Tod und konnte aus keinem Auge sehen vor Weinen, weil's ja gerade fortgehen sollte in die weite Welt. Und sie sagte, ich sollte dich vieltausendmal grüßen und dir das geben.«

Sie zog die Hand unter der Schürze hervor und legte ein kleines, weißes Paket auf den Gartentisch – jubelnd zog die Kleine ein gesticktes Margaretentäschchen aus dem Papier.

»Still, still, Gretchen – mußt nicht so schreien!« mahnte Bärbe. »Das war gar eine eigene Geschichte heute früh, und schön war's nicht von der Frau Amtsrätin, nein – ›alles was recht ist‹, sag' ich immer! – 's ist ja doch kein Unglück, wenn der junge Herr Herbert auch gerade in dem Moment mit seinem Trinkglas 'runter an den Brunnen kommt, wie er es ja jeden Morgen die ganzen letzten Wochen gethan hat! Er sah ganz krank aus, wie eine Leiche, und kam auf das Mädchen zu – ich glaube, er hat was sagen wollen, vielleicht ›glückliche Reise‹ oder sonst eine Höflichkeit; aber da stand auch schon die Frau Amtsrätin da, hat noch das Nachtmützchen aufgehabt, und der Schlafrock hat ihr um den Leib gehangen, als ob sie geradewegs aus dem Bette hineingefahren sei; und Augen hat sie gemacht, als wollte sie das Mädchen aufspießen. Die hat sich aber nur tief vor ihr verneigt und ist zu ihren Eltern gegangen, die im Thorweg auf sie gewartet haben – weißt du, Gretchen, unsere Frau Herzogin kann sich nicht stolzer und vornehmer haben als die Malerstochter, von der Schönheit gar nicht zu reden; und es kann wohl sein, daß das Stolze an ihr deine Großmama geärgert hat, denn eh' ich nur recht wußte wie, hat sie das Papier in meiner Hand aufgerissen und hineingeguckt.

»›Fürs Gretchen ist's, Frau Amtsrätin!‹ sag' ich.

»›So?‹ sagt sie ganz laut und böse. ›Wie kömmt denn Fräulein Lenz dazu, meiner Enkelin ein Andenken zu schenken?‹ Und das hat das arme Mädchen noch in ihre Ohren hineingehört und Vater und Mutter auch … Und den jungen Herrn hat's gerade so gedauert wie mich – er hat schreckliche Augen gemacht und ist ins Haus gestürmt … So, das war die Geschichte, Gretchen! Die Frau Amtsrätin wollte mir zwar das Paketchen partout wegnehmen, aber ich hab' Fersengeld gegeben, und Fräulein Sophie sagt, sie sähe gar nicht ein, warum du das Täschchen nicht tragen solltest.«

Sie ging wieder in ihre Küche, und die kleine Margarete sann und grübelte. Das Herz that ihr weh, und Zornesthränen stiegen ihr auf, weil die guten Leute im Packhaus gekränkt worden waren. Und Bärbe hatte recht, Herbert sah ganz anders aus, so blaß und so schrecklich ernsthaft; er sprach mit niemand mehr, nicht einmal mit Reinhold, der doch sein Liebling war. Ja, die Großmama! Sie konnte manchmal so furchtbar strenge Augen machen, und davor fürchtete sich der große Primaner Herbert auch – das hatte die Kleine wohl bemerkt ... Aber es half doch alles nichts, und wenn die Großmama noch so sehr zankte und noch so schlimme Augen machte, sie trug das Täschchen doch, sie trug es alle Tage, auch wenn einmal der Papa von seiner Reise zurückkam und sie ausschalt; denn stolz war er, der Papa, vielleicht noch schlimmer als die Großmama; das hörte man an seinem barschen Ton, wenn er Befehle gab, und außerdem sprach er nie mit den Arbeitern, die unter ihm standen. Auch die Malersleute waren ihm zu gering; er sah immer so aus, als wisse er gar nicht, daß jemand im Packhaus wohne, und auf dem offenen Gange mochte sein, wer wollte, er grüßte nie hinauf. An dem Unglücksabend war er ja auch nicht in das Haus gegangen und hatte lieber im dunklen Hofe gewartet, bis sie herausgebracht worden. Nur während ihrer Krankheit hatte er nicht stolz ausgesehen; sie hatte ihm sogar, als es besser mit ihr ging, und er allein an ihrem Bett gesessen, von der hübschen Stube im Packhaus erzählen dürfen, und von dem schönen Mädchen, wie es so weiß und mit offenem Haar vom Gange hereingekommen, wie es ihren Kopf so fest an die Brust gedrückt habe, daß ihr das weiche, dicke Haar ganz schwer über das Gesicht gefallen sei. Und da hatte der Papa gar nicht gezankt – er war ganz still gewesen; er hatte sie auf die Stirn geküßt und gerade so fest an sein starkpochendes Herz gedrückt, wie es die schöne Blanka gethan. Und darüber verwunderte sie sich heute noch ...

7

Die Stadt B. war nicht die Residenz des Landes; aber ihre schöne, gesunde Lage machte sie zum bevorzugten Sommeraufenthalt des regierenden Herrn, trotzdem das Schloß, auch in seinem Aeußeren nichts weniger als imposant, für eine größere Hofhaltung kaum den nötigen Raum bot ... In den letzten drei Jahren übrigens machte sich »das nahe Zusammenrücken« der Sommergäste im Schlosse nicht mehr so nötig – die beiden schönen Prinzessinnen waren, kaum dem Kindesalter entwachsen, weggeholt worden und hatten, selbst für Prinzessinnen, glänzende Partieen gemacht, und der Erbprinz befand sich auf Reisen.

Ob nun bereits der Wonnemond durch weiche Lüfte und süße Düfte seine köstlich klingende Bezeichnung verdiente, oder ob er, noch über liegengebliebene Schneefelder der Berggipfel einherziehend, einen rauhen

Aprilatem in die letzten, zum flachen Land auslaufenden Thäler des Thüringer Waldes hineinblies, gleichviel – pünktlich mit dem fünfzehnten Mai rückte alljährlich die Wagenkolonne aus der Residenz in das hübsche B. ein, und bald darauf sah man die Schlöte des Schlosses gastlich dampfen, die wohlbekannte Livree der herzoglichen Bedienten tauchte in den Straßen auf, und vor den vornehmsten Häusern hielt dann und wann eine Equipage – die Hofdamen machten Besuche. Auch das Lamprechtsche Haus war eines der wenigen bürgerlichen, denen diese Auszeichnung widerfuhr – die Frau Amtsrätin Marschall war heute noch so wohlgelitten bei Hofe wie vor zehn Jahren; denn volle zehn Jahre waren verstrichen seit jenem unglückseligen Bleichtag, an welchem die kleine Margarete aus Furcht vor dem Institut nach Dambach gelaufen war.

Die herzogliche Gnadensonne bestrahlte selbstverständlich auch alles, was der alten Dame verwandtschaftlich nahe stand; so zum Beispiel wurde jetzt die Firma Lamprecht und Sohn durch einen Kommerzienrat repräsentiert, den einzigen der Stadt B., denn Serenissimus kargte sehr mit diesem Titel-Geschenk. Herr Balduin Lamprecht war auch gegen die seltene Auszeichnung durchaus nicht unempfindlich; seine Geschäftsfreunde behaupteten, er trüge seine Nase so hoch, daß kaum noch mit ihm auszukommen sei. Früher habe er doch wenigstens verbindliche Manieren gehabt, aber auch die seien untergegangen in einem abstoßend finsteren Hochmut. Seit Jahren hatte ihn niemand mehr lächeln sehen. Er reiste viel in Geschäften und war thätig, wie kaum in den ersten Jahren seiner Selbständigkeit; aber wenn er heimkam, da wurde es förmlich dunkel im Hause, da sanken die Stimmen der Untergebenen zum Flüstern herab, in aller Mienen lag ängstliche Spannung, und die Fußtritte klangen gedämpft, als fürchte jedes, einen in irgend einer Ecke lauernden bösen Geist aufzuscheuchen. »Die leidige Hypochondrie – ein Lamprechtsches Erbstückchen!« sagte achselzuckend der Hausarzt im Hinblick auf die düstere Stimmung des Heimgekehrten, der sich oft tagelang einschloß. »Tüchtig Wassertrinken und Holzsägen, das wäre am Platze!« Und die Frau Amtsrätin nickte eifrig mit dem Kopfe dazu – einzig und allein das alte Erbübel war's – sonst absolut nichts! – Tante Sophie aber lächelte ingrimmig, wenn ihr dieser salomonische Ausspruch zu Ohren kam. »Jawohl, sonst absolut nichts!« pflegte sie ihn ironisch zu bekräftigen. »Beileibe nicht etwa das bißchen Sehnsucht nach einem richtigen Familienleben – ei bewahre! Der Mann muß ja Gott danken, daß er einmal vor so und so viel Jahren eine Frau gehabt hat, und kann nun bis an sein seliges Ende von der Erinnerung zehren … Der Fanny muß doch die letzte Bosheit der seligen Judith gar zu gut gefallen haben, weil sie's gerade so gemacht hat. Na meinetwegen, ich wollte nichts sagen, wenn sie dem armen Kerl, dem Witwer, wenigstens ein paar stramme Buben hinterlassen hätte; aber der Reinhold, das Angstmännchen – du lieber Gott, dem sah man's ja schon im Wickel an, daß es irgendwo haperte!«

Reinhold Lamprecht war in der That das Angstkind des Hauses verblieben. Er litt an einem Herzfehler, der ihm jede geistige und körperliche Anstrengung verbot. Er selbst fühlte die Entbehrung aller schönen Jugendfreuden wohl kaum, denn sein ganzes Dichten und Trachten ging im Geschäft auf. Wenn aber der Kommerzienrat den langen, bleichen, dünnen Zahlenmenschen mit der kühlen Gemessenheit eines Greises am Schreibtisch stehen sah, unbekümmert ob draußen Blütenschnee von den Bäumen flog oder wirkliche winterliche Flocken vor den Scheiben wirbelten, da ging es wie Zorn und Grimm durch seine Züge, und ein bitter verächtlicher Blick streifte das Häuflein Gebrechlichkeit, welches dereinst das Haus Lambrecht repräsentieren sollte. Aber er sprach nie darüber; er ballte nur im stillen krampfhaft die Faust, wenn die Frau Amtsrätin sich freute, daß die vornehme Ruhe der seligen Fanny in so frappanter Weise auf den Sohn übergegangen sei. Und eigentlich kränklich war der Stammhalter der Lamprechts nach ihrem Dafürhalten absolut nicht – Gott behüte! Er war nur zarter, empfindlicher Konstitution – eine Frau wie Fanny konnte selbstverständlich nicht die Mutter von robusten Bauernkindern gewesen sein. Margarete war ja auch bleich und schmächtig, aber kerngesund. Man mußte nur ihre Reisebriefe lesen – das Mädchen ertrug ja Strapazen und Anstrengungen wie ein Mann! … Diese Bravourstücke waren übrigens durch aus nicht nach dem Geschmack der alten Dame; der Entwickelungsgang der Enkelin mißfiel ihr gründlich. Ein langjähriger Aufenthalt in einem vom Adel frequentierten, etwas orthodox angehauchten Pensionat, dann Vorstellung bei Hofe, und nach einigen Jahren der Auszeichnung und des Triumphes als Abschluß eine gute Partie – so mußte eigentlich die Jugendzeit der einzigen Tochter eines reichen Hauses verlaufen. Aber schon der Plan bezüglich des Institutes hatte ja an Margaretens Trotzkopf scheitern müssen, und das Mädchen war zum stillen Aerger der Großmama bis über das vierzehnte Lebensjahr in seiner »entsetzlichen Urwüchsigkeit« verblieben. Dann war allerdings ein plötzlicher Umschwung eingetreten.

Die jüngere Schwester der Frau Amtsrätin war an einen Universitäts-Professor verheiratet, dessen Name einen weithin geltenden Klang hatte. Er war Historiker und Archäolog, und da ihm bedeutende Mittel zur Verfügung standen, so reiste er viel, um für seine wissenschaftlichen Werke aus den Quellen selbst zu schöpfen, und dabei war ihm seine Frau ein treuer Kamerad – Kinder hatten sie nicht. Nach langem Aufenthalt in Italien und Griechenland waren sie nun auch wieder einmal in die Heimat zurückgekehrt, und die Frau Amtsrätin hatte sich glücklich geschätzt, die Durchreisenden auf einige Tage beherbergen zu können, denn sie war sehr stolz auf den Ruhm ihres Schwagers.

Am ersten Tage war der »unmanierliche Backfisch«, die Grete, für die zürnende Großmama nicht zu finden gewesen – wer mochte denn auch einem hochnotpeinlichen Verhör so geradewegs in die Hände laufen? – Der famose gelehrte Großonkel in Berlin hatte dem Mädchen von jeher einen gelinden Schauder über die Haut gejagt. Das war so einer, der die unglücklichen Schulkinder einfing, sie zwischen seine Knie klemmte und examinierte, bis sie vor Angst schwitzten. Gesehen hat sie ihn nie; aber er war selbstverständlich lang und steif wie ein Stock, lachte nie und sah mit strengen stechenden Augen durch große, runde Brillengläser. Am zweiten Morgen aber hatte sie sich im Flursaal, einer offenen Salonthüre schräg gegenüber, hinter dem Büffett verkrochen – Professors frühstückten beim Papa. Und sie hatte große Augen gemacht; denn der schöne alte Herr konnte lachen, wirklich so recht aus Herzensgrunde lachen. Er hatte einen herrlichen, weißen, bis auf die Brust herabwallenden Vollbart und dazu prächtige helle Augen ohne Brillengläser. Und wie ein Junger hatte er das Glas mit dem funkelnden Goldwein gehoben und einen schalkhaften Toast ausgebracht. Dann hatte er von den Schliemannschen Ausgrabungen auf dem Berge Hissarlik erzählt, und sehr verwunderlich war es dabei gewesen, daß seine Frau, die Großtante mit dem glatt gescheitelten, vollen Grauhaar über dem klugen Gesicht, auch drein gesprochen, und zwar ganz mit demselben Verständnis wie der große Gelehrte. Ja, eine weite wunderherrliche Welt voll alter, versunkener und nun wieder erstehender Geheimnisse hatte sich da aufgethan, und die lauschende junge Unwissende hinter dem Büffett hatte sich allmählich aus ihrer kauernden Stellung aufgerichtet; dann war es gewesen, als schleiche ein leiser, nachtwandelnder Fuß über den Flursaal her, bis das langaufgeschossene Mädchen unsicheren Blickes, in fluchtbereiter Haltung, aber im atemlosen Hören die verschränkten Hände auf die Brust gepreßt, unter der Salonthüre erschienen war ... »Meine Grete – ein scheuer Vogel, wie Sie sehen!« hatte der Papa mit der Hand nach ihr hingewinkt und damit den Zauber gebrochen. Im panischen Schrecken war der scheue Vogel von der Schwelle geflohen, hatte, verfolgt von einem vielstimmigen heiteren Gelächter, die Flursaalthüre klirrend hinter sich zugeschlagen und war die Treppe hinab mehr gestürzt als gelaufen.

Allein Flucht und trotziger Widerstand hatten nichts mehr genützt, die wilde Hummel hatte sich rettungslos auf ein fremdes Gebiet verflogen; Lernbegierde und Wissensdurst waren in der jungen Seele erwacht und hatten sie immer wieder zu Füßen der Erzähler geführt, und als nach acht Tagen der Wagen vor dem Lamprechtschen Hause gehalten hatte, um die Fortreisenden nach der Bahn zu bringen, da war auch die »unmanierliche Grete« in Schleierhut und Reisemantel aus der Hausthüre getreten, verweinten Gesichts zwar und den letzten Jammerlaut eines schweren Abschiedes auf den Lippen – aber man hatte sie mit nichten in den Wagen schleppen müssen, und sie hatte auch nicht geschrieen, daß die Leute auf dem Markte zusammenlaufen mußten, fest entschlossen und freiwillig war sie mitgegangen, um bei Onkel und Tante zu lernen und sie auf ihren Reisen zu begleiten.

Darüber waren fünf Jahre hingegangen. Margarete war neunzehnjährig geworden und hatte das väterliche Haus nicht wieder gesehen. Ihre Verwandten, vorzüglich den Papa, hatte sie in der langen Zeit öfters, teils in Berlin, teils auf Reisen bei verabredeten Rendezvous gesehen, und in den letzten zwei Jahren waren die Besuche der Großmama in Berlin immer häufiger geworden; sie wollte die Enkelin heimholen; allein Onkel und Tante zitterten bei dem Gedanken an eine Trennung, und das junge Mädchen selbst verspürte nicht die geringste Lust, sich am heimischen Hofe vorstellen zu lassen, und so mußte die Frau Amtsrätin zu ihrem bittersten Verdruß immer wieder allein zurückreisen.

Tante Sophie war, außer Herbert, die einzige der Familie gewesen, die sich ein Wiedersehen mit »der Gretel« hatte versagen müssen. Nein, das sollte ihr einmal niemand nachsagen können, daß sie um einer Freude, eines Herzensbedürfnisses willen den Haushalt je, auch nur für ein paar Tage, im Stiche gelassen hätte! Es ging eben nicht und ließ sich vor dem Gewissen nicht verantworten, und da hatte das dumme, alte Herz mit seiner Sehnsucht absolut nichts drein zu reden ... Nun machte sich aber der Ankauf neuer Teppiche und Portieren für die »guten Stuben« durchaus nötig, und Tante Sophiens Pelzmantel verlor, trotz Steinklee und Pfeffer, seit Jahren die Haare – er mußte pensioniert werden. Ein neuer Pelzmantel war aber ein teures Stück, das konnte man nicht nur so verschreiben und wie die Katze im Sacke kaufen, ebensowenig wie die kostbaren Teppiche und Portieren; da hieß es gleich vor die rechte Schmiede gehen, und deswegen dampfte Tante Sophie – viel eiliger, als es nötig, aber doch nur »aus wirtschaftlichen Rücksichten« – eines Tages nach Berlin und stand plötzlich unter strömenden Freudenthränen in Margaretens Mädchenstübchen. Und was alle bittenden, süßen und strengen Worte der Frau Amtsrätin nicht vermocht, das that der Anblick der unvergessenen mütterlichen Pflegerin; eine heiße Sehnsucht wallte in dem jungen Mädchen auf – sie wollte heim auf einige Zeit, heim, um über Weihnachten zu bleiben; Tante Sophie sollte ihr, wie einst dem Kinde, den Christbaum in der trauten Wohnstube anbrennen. Und so wurde verabredet, daß sie in der Kürze der heimkehrenden Tante folgen solle, aber ganz im stillen, niemand durfte es wissen, Papa und Großpapa sollten überrascht werden. –

So geschah es an einem stillen, milden Abend zu Ende des Septembers, daß die junge Dame, zu Fuße von der Bahn kommend, den Thürflügel des Packhauses hinter sich schloß und einen Augenblick lächelnd unter dem dunklen Thorweg stehen blieb – sie schien noch auf das Knarren und Aechzen des alten Holzgefüges zu horchen, obschon es sofort verhallt war. Gerade diese Laute hatten in ihr Kindesleben hineingeklungen, so weit sie zurückdenken konnte, in ihre Spiele im Hofe und oft noch aufschreckend in das süße Hindämmern des ersten Schlafes hinein. Und wie oft hatte Tante Sophie erzählt, daß gerade durch dieses Thor, Jahrhunderte hindurch, die Leinenfrachten, dieses goldbringende Handelsgut der Lamprechts, in die Welt hinausgegangen waren! Das hatte die wilde Hummel damals nicht sonderlich interessiert; jetzt aber flog ihr Blick unwillkürlich empor, als müsse er, trotz der Dunkelheit, an der Steinwölbung noch die Spuren der hochgetürmten Planwagen finden können.

In welchem Lichte erschien ihr überhaupt jetzt der stille Hof des alten Patrizierhauses, seit sie durch Studium und belehrende Reisen sehenden Auges geworden war! … Wie festgebannt blieb sie stehen, nachdem sie mit erregt pochendem Herzen einige Schritte vorwärts gelaufen. Unter ihren Füßen raschelte dürres Laub; die mächtig gewachsenen lieben Linden hatten bereits zum größten Teil die Blätter abgeworfen, und hinter den Stämmen dunkelten die Mauern des uralten Weberhauses. Heute, wie an jedem Abend, kam der starke Lichtstrom der großen

Wandlampe drüben aus den Küchenfenstern; er legte sich breit über den Hof hin, beschien grell wie immer seitwärts ein ganzes Stück des anstoßenden spukhaften Flügels und hob das mächtige, steinerne Brunnenbecken inmitten des Hofes weiß aus dem Abenddunkel. Und jenes beleuchtete Stück Fassade des zwischen das Packhaus und das große nüchterne, stillose Vorderhaus geklemmten Seitenbaues zeigte zur Ueberraschung der Heimkehrenden den edelsten Renaissancestil, und die Steinfigur, die sich hoch über den vier wasserspendenden Brunnenröhren hell bestrahlt erhob, und nach welcher einst Herbert und später auch Reinhold mit Kieseln geworfen, sie war eine feingegliederte Brunnennymphe vom schönsten Ebenmaße – jeder der vandalischen Steinwürfe von damals entrüstete in diesem Augenblick noch nachträglich die junge Kunstverständige … »Die Thüringer Fugger« hatten die Kauf- und Handelsherren Lamprecht einst um ihres Reichtumes willen im Volksmund geheißen – in dem Erbauer des Seitenflügels mit dem dazu gehörigen Brunnen hatte aber auch etwas von dem Kunstsinn der berühmten Augsburger Leineweber gelebt, nur daß er seine Schöpfung, in herber, stolzer Verschmähung alles Rühmens und Preisens, der Oeffentlichkeit entzogen und sie lediglich zur eigenen Augenweide und Befriedigung in der Verborgenheit aufgerichtet hatte. So war es recht! Die Tochter des alten Hauses hatte auch ihre Dosis Bürgerstolz im Blute mitbekommen – er trug in diesem Moment der Heimkehr seinen Teil an dem freudig erregten Schlag ihres Herzens. O ja, so ein ganz klein wenig »hochmütig« war man! …

Von der Brunnenfigur hinweg glitt ihr Blick über die Küchenfenster und sie empfand eine helle Wiedersehensfreude und lachte in sich hinein – da war freilich von griechischen Linien nicht die Rede; Bärbe tauchte aus der Tiefe der Küche auf und trat in den hellen Lampenschein. Sie war noch ebenso bärenhaft vierschrötig und ungeschlacht wie ehemals; das dünne, graue, um den Kamm gewickelte Zöpfchen am Hinterkopf hatte sich in seiner Position ausgezeichnet konserviert, und das Mundwerk ging flott wie immer – einzelne Laute ihrer spröden Stimme kamen durch das offene Fenster.

Es ging überhaupt sehr lebhaft zu in der Küche. Verschiedene Hände mußten beschäftigt sein, das Geschirr abzuwaschen, denn es klirrte und klapperte ohne Aufhören; Bärbe und der Hausknecht trockneten die Teller, und ein hübscher junger Bursch in feiner Livree ging eilfertig ab und zu.

Ohne Zweifel war Diner im Hause. Margarete hatte schon beim Heraustreten aus der finstern Thorwölbung durch die Flurfenster gesehen, daß droben in der Bel-Etage, im großen Salon, der Kronleuchter brannte. Das überraschte sie nicht; Tante Sophie hatte ihr bereits in Berlin gesagt, daß jetzt immer »etwas los sei« zu Hause; zwischen den Leuten bei Hofe und Amtsrats sei große »Herrlichkeit«, und der Papa sei dadurch ein gar gesuchter Mann – und die braunen Augen hatten dabei lustig gezwinkert ... Ei nun, da war ja die beste Gelegenheit, sich die Herrlichkeit in Bausch und Bogen zu besehen, ohne sich selbst sehen zu lassen, gleichsam von der Tiefe einer Theaterloge aus! Es galt einen Versuch! –

Sie ging durch die Hausflur in die Wohnstube. Da war es sehr dämmerig; das Gaslicht kam schwach durch die Fenster herein und warf nur einen intensiveren Lichtfleck auf die eine Wandfläche, auch auf das Zifferblatt der schönen großen, wohlbekannten Standuhr. Das behäbig langsame Ticken des alten Inventarstückes berührte die Heimkehrende herzbewegend wie ein Gruß von lieber Menschenstimme.

Tante Sophie war nicht da, sie hatte selbstverständlich oben »alle Hände voll zu thun«; dafür war das ganze, große Zimmer von dem Duft ihrer Lieblingsblumen erfüllt – auf dem Eßtisch stand ein mächtiger Strauß Levkojen und Reseda, wohl der letzte für dieses Jahr aus Tante Sophiens eigenem kleinen Garten vor dem Thore – wie das alles anheimelte! –

Margarete warf Hut und Mantel auf einen Stuhl, schwang sich auf den hohen Fenstertritt und sah hinaus über den gashellen Markt hin ... Alles wie sonst, da sie noch in den Kinderschuhen gesteckt und die scharfen Steinkanten des holprigen Pflasters unter den Sohlen gefühlt, da der kleine, zum Teil noch von uralten Verteidigungsmauern eifersüchtig umschlossene Straßenkomplex, Stadt B. genannt, für sie die Welt bedeutet hatte, in der sie um jeden Preis leben und sterben gewollt! ... Alles wie sonst, der bemooste Neptun auf dem Marktbrunnen, das Eckhaus schräg gegenüber mit seinem Steinbild über der gewölbten Thüre – welches besagte, daß der Hausbesitzer zum Bierbrauen berechtigt sei –, die schrille, kleine Glocke auf dem Rathaustürmchen, die eben halb acht schlug, das ferne Klingeln verschiedener Schellen an den Ladenthüren, und auch die edle Wißbegierde der guten Landsmänninnen, die dort in einem Trupp an der Straßenecke standen und, schlafende Kinder in ihre weiten, runden Kattunmäntel gewickelt, lange Hälse machten; sie konnten sich nicht satt sehen an dem Kronleuchter, der droben in Lamprechts guter Stube brannte, und zischelten wacker durcheinander – der richtige, rechtschaffene Klatsch an der Straßenecke.

Die junge Dame verließ ihren hohen Standpunkt am Fenster und lachte – sie machte es ja nicht besser als die schnatternde Gesellschaft da drüben, sie huschte ja jetzt auch hinauf, um zu sehen, was alles dieser Kronleuchter beschien ...

8

Das lautlose Huschen wurde ihr nicht schwer. Ein neuer, breiter Läufer von dickflaumigem Teppichstoff verschlang jeden Fußtritt auf der Treppe. Vor Margarete her eilte der Livreebediente mit einer Platte voll Selterswasserflaschen hinauf; er bemerkte die junge Dame nicht, und droben ließ er achtlos die Thüre offen, weit genug für einen Flederwisch wie sie, meinte sie und huschte durch den Spalt.

Der Flursaal war spärlich beleuchtet; nur aus der weit offenen Salonthüre strömte der Kerzenglanz und teilte als breiter Streifen den mächtigen Raum in zwei Hälften, und in dem Moment, wo der Bediente mit seinen Flaschen in die offene Salonthüre trat, schlüpfte Margarete hinter ihm weg in den dunkelnden Hintergrund und trat in eine der Fensternischen.

Sie konnte einen großen Teil des Salons überblicken; und es war wirklich, als säße sie in der Theaterloge und sähe ein interessantes Lustspiel ... Der ersten Liebhaberin – das war die junge Fremde dort an der Tafel zweifellos – konnte sie gerade in das Gesicht sehen; es war ein hübsches, volles, ruhig lächelndes Gesicht auf schneeweißem, rundem Halse und breiten, üppigschönen Schultern. Die junge Dame saß so, daß für die Beschauerin draußen der alte berühmte Lamprechtsche Tafelaufsatz, ein mächtiges, mit Früchten und frischen Blumen beladenes Kauffahrteischiff von gediegenem Silber, dicht neben ihr zu stehen schien – das gab ein farbenprächtiges Bild; frischer waren die Blumen auch nicht als der blonde Mädchenkopf mit seinem strahlenden Teint ... Also, das war sie, diese Heloise von Taubeneck, die gegenwärtig eine so dominierende Rolle bei »Amtsrats« spielte! ... Nun, verwunderlich war es gerade nicht, daß die Großmama über diese neue Beziehung so »ganz und gar aus dem Häuschen« sein sollte, wie Tante Sophie sich in Berlin ausgedrückt hatte. Eine Nichte des Herzogs – sei es auch nur die Tochter des verstorbenen apanagierten Prinzen Ludwig aus einer unebenbürtigen Ehe – dereinst Schwiegertochter nennen zu dürfen, das übertraf ja weit,

weit Großmamas kühnste Wünsche! Wie sie wohl dies unmenschliche Glück trug? –

Nun, die ehrgeizige alte Dame lehnte denn auch dort an der Schmalseite der Tafel, mit stolzseligem Gesichtsausdruck und die Hände fast andächtig gefaltet, in ihrem Stuhl und verwandte kein Auge von der blonden Schönheit neben dem Sohn, dem einzigen, vergötterten, der in rapider Geschwindigkeit Staffel um Staffel im Staatsdienst erstieg und mit neunundzwanzig Jahren schon »ein Herr Landrat« war. Wie oft hatte ihn Margarete als Kind aus Papas Munde spottweise »unser zukünftiger Minister« nennen gehört! Nun war er in der That dem hochgesteckten Ziel nahe, wie Tante Sophie in Berlin erzählt. Sie hatte gesagt, man munkele bereits im Lande, daß ein Wechsel in Sicht sei – der bisherige Chef des Ministeriums kränkele und habe den Wunsch, nach dem Süden zu gehen. Schlechte Leute aber behaupteten, Seiner Exzellenz thue keine Ader weh; die Diagnose rühre nicht vom Arzt, sondern von einer hohen Persönlichkeit her, und der Herr Landrat Marschall würde, trotz seiner wirklich ausgezeichneten Fähigkeiten, keinesfalls den Harrassprung in die hohe Stellung machen, wenn nicht eben – jenes Fräulein Heloise von Taubeneck wäre. »Ja, die Welt ist gar schlecht mit ihrer losen Zunge!« Damit waren diese neuesten Nachrichten aus der Heimat unter bedauerlichem Achselzucken geschlossen worden; aber der Schalk hatte der Tante aus jedem Augenwinkel gelacht. Uebrigens sei Herbert wirklich ein vornehmer Mann geworden – hatte sie sich beeilt hinzuzusetzen –, wie geboren zu einer hohen Beamtenstellung, wo man sich gegen Krethi und Plethi abschließen müsse …

Nun ja, er war ein hübscher Mann geworden, eine rechte Diplomatenfigur mit seiner vornehmen Sicherheit in Thun und Wesen. Wenn sie ihm in der Fremde plötzlich begegnet wäre, da hätte sie vielleicht gestutzt, aber auf den ersten Blick ihn sicher nicht erkannt … Sie hatte ihn lange nicht gesehen, es mochten wohl sieben Jahre darüber vergangen sein. Als Student hatte er seine Ferienzeit meist auf Reisen verlebt, und wenn er ja einmal nach Hause gekommen, da war sie dem »eingebildeten Studiosus«, der immer noch keinen Bart und deshalb auch kein Anrecht auf den diktatorisch geforderten Onkeltitel gehabt, kläglich aus dem Wege gegangen, und er hatte nie gefragt, wo sie stecke – selbstverständlich! –

Nun war ihm aber der Bart gewachsen, ein schöner, dunkler, am Kinn leicht geteilter Vollbart, und aus dem mißachteten Studenten war ein Herr »Landrat« geworden, der noch dazu mit vollen Segeln auf seine

Verheiratung lossteuerte und binnen kurzem eine Tante an seiner Seite haben würde; da konnte man mit gutem Gewissen »Onkel« sagen – ja wohl, unbedenklich! Das junge Mädchen in der dunklen Fensterecke lächelte schelmisch und ließ die Augen weiter schweifen.

Bei Betreten des Flursaales war ihr ein lautes Stimmendurcheinander entgegengekommen; man hatte sehr lebhaft gesprochen, und sie meinte auch, Großpapas geliebte, rauhe Stimme herausgehört zu haben. Mit dem Eintritt des Bedienten jedoch war es stiller geworden, und jetzt sprach nur eine einzige, ganz angenehme, wenn auch etwas fette Frauenstimme; sie schien gewissermaßen zu dominieren, und in der Modulation lag, besonders wenn es galt, eine eingeworfene Frage zu beantworten, eine merkliche Herablassung. Margarete konnte die Sprecherin nicht sehen; sie mochte dem Papa zur Rechten sitzen, während Fräulein von Taubeneck links seine Nachbarin war.

Die unsichtbare Dame erzählte einen Vorfall bei Hofe, hübsch und anschaulich, und unterbrach sich nur manchmal mit einem »nicht wahr, mein Kind?« – was die schöne Heloise stets mit der Antwort »gewiß, Mama!« prompt und gleichmütig bestätigte. So war es also Frau Baronin von Taubeneck, die Witwe des Prinzen Ludwig, welche neben dem Papa saß ... Wie stolz er aussah! Die finstere Melancholie, welche die Tochter bei jedem Wiedersehen aufs neue erschreckt hatte, schien heute wie weggewischt von den schönen, wenn auch stark alternden Zügen. Die Großmama war somit nicht die einzige, die sich in den Strahlen des über der Familie aufgehenden Glücksgestirnes sonnte ...

Frau von Taubeneck beschrieb eben mit gesteigerter Lebendigkeit, wie das Pferd des Herzogs alle Anstrengungen gemacht, seinen Reiter abzuwerfen, als sie plötzlich aufhorchend verstummte. Ueber ihre ziemlich laute Stimme hinweg schwebte ein Klang in das Zimmer herein, ein langausgehaltener Ton – er schwoll und schwoll und blieb doch geisterhaft zart und unirdisch, bis er plötzlich abriß, um eine Terz tiefer einzusetzen.

»Magnifique! Was für eine Stimme!« rief Frau von Taubeneck halblaut.

»Bah – 's ist ein Junge, gnädige Frau, ein aufdringlicher Bengel, der einem seine Kehltöne an den Kopf wirft, wo man geht und steht!« sagte Reinhold, der an der Tischecke neben der Frau Amtsrätin saß – seine schwache, knabenhafte Stimme bebte im verhaltenen Aerger.

»Ei nun ja, du hast recht – die Singerei im Packhause wird auch mir nachgerade zu viel!« bestätigte die Großmama und sah ihn besorgt von der Seite an. »Aber es fällt mir doch im ganzen Leben nicht ein, mich darüber zu ärgern! Hübsch ruhig, Reinhold! Die Familie im Packhause ist für uns ein notwendiges Uebel, an welches man sich mit der Zeit gewöhnt – du wirst es auch lernen.«

»Nein, Großmama, grundsätzlich nicht!« versetzte der junge Mann, während er mit nervöser Hast seine Serviette zusammenfaltete und sie auf den Tisch warf.

»Puh, wie heftig!« lachte Fräulein von Taubeneck – was für herrliche Zähne sie hatte! – »Viel Lärm um nichts! – Es ist mir nicht erfindlich, wie sich Mama durch die paar Töne unterbrechen lassen konnte, noch weniger aber begreife ich Ihren Zorn, Herr Lamprecht – so etwas höre ich gar nicht.« Sie hob den weißen, bis an die Schulter entblößten Arm, nahm eine schöne Orange von dem Tafelaufsatz und fing an, sie zu schälen.

Reinholds bleiches Gesicht rötete sich ein wenig – er schämte sich seiner Heftigkeit. »Ich ärgere mich nur«, entschuldigte er sich, »daß man den Singsang so widerspruchslos hinnehmen muß. Der eitle Bursch sieht jedenfalls, daß wir Gesellschaft haben, und meint, er gehöre auch dazu – unverschämt! – Er will um jeden Preis bewundert sein.«

»Wenn du das denkst, da bist du aber stark auf dem Holzwege, Reinhold!« sagte Tante Sophie eben hinter ihm weggehend. Sie hatte bisher an der Kaffeemaschine ihres Amtes gewaltet und einen starkduftenden Trank gebraut, dessen erste Tasse sie auf einem Silbertellerchen der Frau von Taubeneck persönlich präsentierte. Sie war in ihrem schweren, schwarzseidenen Ripskleide; das volle, graue Haar saß wie immer in zwei glänzenden Scheitelpuffen zu beiden Seiten der hellen Stirn, und darüber her fiel eine schöne schwarze Spitze. Sie sah ganz vornehm aus, die mittelgroße, gut konservierte Gestalt mit ihrem sicheren Auftreten. Und die Zuckerschale von der Tafel nehmend, setzte sie hinzu: »Der Kleine fragt viel nach unsereinem; der singt für sich selber wie der Vogel auf dem Zweig. Das quillt ihm nur so aus der Brust, und ich hab' zu jeder Stund' meine Freude dran – 's ist die reine Pracht und Herrlichkeit, eine wahre Gottesstimme: Hören Sie's?« Sie sah sprechend über die Tafelrunde hin und neigte den Kopf nach der Richtung des Hofes.

»Die Himmel rühmen des Ewigen Ehre!« sang der Knabe drüben im Packhause – eine lieblichere Stimme hatte wohl noch nie zur Ehre Gottes gesungen.

Reinhold warf der Tante einen Blick zu, der die Lauscherin im Fensterwinkel empörte. »Wie kannst du dich unterstehen, in diesem auserwählten

Kreise mitzureden?« Diese Frage lag deutlich genug in den hochmütigen, fast farblosen Augen, und daneben sprühte die tiefste Erbitterung. Margarete kannte ja das schmale, fleischlose Gesicht, auf welchem das Muskelspiel so harte, scharfe Linien zog, in jeder Regung; sie hatte es als Kind ängstlich studieren gelernt, aus schwesterlicher Liebe und auch, weil man gewohnt war, sie für jeden Heftigkeitsausbruch des schwächlichen Knaben verantwortlich zu machen. Geändert hatte er sich nicht; er war immer gewohnt gewesen, um seines Leidens willen in allem seinen Kopf durchsetzen zu dürfen; auch jetzt trieb ihm sein bodenloser Eigensinn das Blut dunkel nach dem Gesicht; nervös unruhig griff seine Hand nach verschiedenem Gerät auf der Tafel und stieß es durcheinander, bis ein scharfes Klirren die unwillkürlich Lauschenden aufschreckte.

»Pardon, ich war sehr ungeschickt!« stammelte er kurzatmig. »Aber die Stimme macht mich ganz nervös – sie klingt mir im Ohr, wie wenn ein Trinkglas mit nassem Finger bestrichen wird.«

»Nun, dem ist ja abzuhelfen, Reinhold«, sagte Herbert beruhigend. Er stand auf und kam heraus in den Flursaal, um die der Salonthüre gegenüberliegenden offenen Fensterflügel zu schließen …

Also auch darin hatte sich nichts geändert. Reinhold war stets Herberts Portégé und Liebling gewesen, und wie einst der Primaner und Student beeifert gewesen war, dem kränklichen Neffen alles Aergerliche und Verstimmende aus dem Wege zu räumen, so that es auch zu dieser Stunde noch der Herr Landrat …

Den Flursaal entlang gehend, inspizierte er auch die anderen Fenster und kam an Margaretens Versteck heran. Sie drückte sich tiefer in die finstere Ecke, und dabei rieb sich ihr Seidenkleid knisternd an der Wand.

»Ist jemand hier?« fragte er aufhorchend.

Sie lachte in sich hinein. »Ja«, sagte sie halblaut, »aber kein Dieb oder Mörder, auch nicht die Ahne Dorothee aus der Spukstube – du brauchst dich nicht zu fürchten, Onkel Herbert – es ist nur die Grete aus Berlin!«

Damit trat sie aus dem Fensterwinkel – ein schlankes Mädchen, das sich lächelnd mit lässiger Grazie ein wenig vorbog, um sich zur Bestätigung von dem letzten Schrägstreifen des Kerzenlichtes bescheinen zu lassen.

Er war unwillkürlich zurückgewichen und sah sie an, als traute er seinen eigenen Augen nicht. »Margarete?« wiederholte er ungewiß, fragend und reichte ihr etwas zögernd die Hand hin; sie legte die ihre kühl hinein, und er ließ sie ohne Druck wieder fallen – eine recht steife Begrüßung, aber ganz in der Ordnung. »So bei Nacht und Nebel kommst du heim?« fragte er wieder. »Und niemand im Hause weiß um dein Kommen?«

Ihre dunklen Augen blitzten ihn mutwillig an. »Ja, weißt du, einen Kurier wollte ich nicht vorausschicken – das kommt ein bißchen zu teuer für meine Einkünfte; und da dachte ich mir, unterbringen werden sie dich schon zu Hause, auch wenn du unverhofft kommst.«

»Nun, wenn ich einen Augenblick im Zweifel war, ob die junge Dame da wirklich die übermütige Grete sei, so weiß ich's jetzt – du kommst zurück, wie du gegangen bist!«

»Ich will's hoffen, Onkel!«

Er wandte das Gesicht halb zur Seite, und da war's, als gehe ein leises Lächeln durch seine Züge. »Was soll aber nun werden?« fragte er. »Willst du nicht hereinkommen?«

»O, beileibe nicht! Die Herbstkühle in den Kleidern, Staub und Ruß auf dem Gesicht; dazu eine heruntergetretene Falbel am Rock und ein Paar zerplatzter Handschuhe in der Tasche – ein schönes Debüt vor dem Staatsfrack und brillanten Hofschleppen!« – Sie deutete nach dem Salon, wo bereits wieder eine laute, lebhafte Konversation im Gange war. »Auf keinen Fall, Onkel! du wirst dich doch nicht so mit mir blamieren wollen?!«

»Nun, wie du willst«, sagte er kühl und zuckte die Schultern. »Wünschest du, daß ich dir den Papa oder Tante Sophie herausschicke?«

»Gott behüte!« Sie trat unwillkürlich weiter vor und streckte die Hand aus, um ihn zurückzuhalten; dabei tauchte ihr Kopf für einen Moment tief in das herüberströmende Licht – ein feiner, anziehender Kopf, den dunkle Locken umwogten – »Gott behüte – was denkst du? Zu einer Begrüßung im Dunkeln sind mir die beiden viel zu lieb! – Ich muß ihre Gesichter klar vor mir haben, muß sehen, ob sie sich auch freuen … Und müssen denn die da drüben durchaus wissen, daß du mich als Horcherin an der Wand ertappt hast? – Ich schäme mich ohnehin genug. Aber das Licht hier oben lockte zu verführerisch, und da taumelte die dumme Motte hinein! … Nun gehe ich wieder – ich habe genug gesehen!«

»So? Und was hast du denn gesehen?« –

»O, sehr viel Schönheit, wirkliche, bewunderungswürdige Schönheit, Onkel! Aber auch viel Vornehmheit, viel – Herablassung – zu viel für unser Haus!«

»Die Deinen finden das nicht!« sagte er scharf.

»Es scheint so«, gab sie achselzuckend zu. »Die sind aber auch viel gescheiter als ich. Mir hat von jeher der Dünkel meiner Ahnen, der alten Leinenhändler, im Blute gesteckt – ich lasse mir nicht gern etwas schenken.«

Er trat von ihr weg. »Ich werde dich wohl nun deinem Schicksal überlassen müssen«, sagte er trocken, mit einer leichten steifen Neigung des Kopfes.

»O, bitte – nur noch einen Augenblick! Wäre ich die Frau mit den Karfunkelsteinen, dann könnte ich ungefährdet verschwinden und brauchte dich nicht zu inkommodieren; so aber muß ich dich bitten, für einen Moment die Salonthüre zu schließen, damit ich vorüber kann.«

Er schritt rasch nach der Thüre, ergriff beide Flügel und zog sie hinter sich zu. Margarete flog durch den Flursaal; sie hörte, wie drinnen einstimmig gegen das Schließen der Thüre protestiert wurde, und ehe sie die äußere Thüre hinter sich zudrückte, sah sie noch, wie die beiden Flügel langsam wieder aufgingen, wie sich der bärtige Männerkopf noch einmal verstohlen herausbog, jedenfalls um zu sehen, ob der Eindringling den Ausweg gefunden habe – lustig! Der steifnackige Herr Landrat und die übermütige Grete im Komplott! Das hätte er sich wohl zehn Minuten zuvor auch nicht träumen lassen! …

Ein Aufschrei empfing sie, als sie wieder in die dämmerdunkle Wohnstube trat. Die nach der Küche führende Thüre wurde aufgerissen, und Bärbe rannte hinaus, daß ihr die Röcke flogen.

»Sei gescheit, Bärbe!« rief Margarete lachend und ging ihr nach bis auf die Schwelle der hellerleuchteten Küche. »Ich sehe ihr ja gar nicht ähnlich, der im roten Salon, und so durchsichtig wie die spinnwebige Frau Judith bin ich doch wahrhaftig auch nicht! … Komm her und gib mir eine Hand, alte, treue Seele – hab' mich gar manchmal nach dir gesehnt! Da« – sie streckte ihre schöne, schmale Hand hin – »sie ist warm und von Fleisch und Bein! Du kannst sie getrost anfassen!«

Und »die alte, treue Seele« war plötzlich wie närrisch vor Freude. Sie faßte nicht nur die Hand, sie schüttelte sie auch, daß dem jungen Mädchen Hören und Sehen verging, und die Thränen stürzten ihr aus den Augen … Ja, da waren nun fünf Jahre nur so verflogen, der Mensch wußte nicht wie! Und aus dem Gretel war eine Dame geworden, fix und fertig, wie ein Döckchen! Aus dem Ausbund! – »Wie eine kleine, wilde Katze ist sie mir gar manches Mal von hinterrücks auf meinen breiten Buckel 'naufgesprungen, wenn ich kein Arg hatte und in meinen Aufwasch vertieft war«, – sagte sie zu der Küchenmagd und wischte sich lachend die Augen – »ja, zum Umstürzen war der Schreck allemal! – Aber« – ihre laute, grelle Stimme sank zum Flüstern herab – »das sollten Sie doch nicht, Fräulein – ich mein', mit solchen, wie die oben im Gange, soll sich der Mensch nicht vergleichen! 's ist ein ›Aber‹ dabei, und Sie sind ohnehin so blaß, gar so blaß!«

Margarete verbiß mit Mühe das Lachen. »Also auch da alles beim alten! Nun ja«, – ihre Mundwinkel zuckten in leiser Ironie – »an uns ist kein Tadel, gut konservativ sind wir', sagte Tante Sophie immer, wenn Reinhold die abgerissenen Arme und Beine meiner Puppen sorgfältig sammelte und als alten Besitz respektierte … Hast recht, Bärbe, blaß bin ich, aber doch frisch genug, um mich meines Leibes und Lebens gegen deine Gespenster zu wehren. Und du sollst sehen, in unserer starken Thüringer Luft werden meine Backen bald rund und rot wie Borsdorfer Aepfel sein … Aber horch!« – durch das offene Küchenfenster klang wieder die Knabenstimme herein – »jetzt sage mir, wer singt denn drüben im Packhause?«

»'s ist der kleine Max, ein Enkelchen von den alten Lenzens. Seine Eltern sollen gestorben sein, und da haben ihn die Großeltern zu sich genommen. Er geht hier auf die Schule und muß wohl das Kind von einem Sohn sein – er heißt auch Lenz. Sonst kann ich nichts sagen. Sie wissen's ja, es sind so stille Leute; ob sie Freud' oder Leid erleben, ein anderer Christenmensch erfährt's nicht. Und unser Herr Kommerzienrat und die Frau Amtsrätin können's partout nicht leiden, wenn unsereiner auch nur thut, als wohnten Leute im Packhause. 's ist von wegen der Klatscherei, wissen Sie, Fräulein; und richtig ist's ja, so gemein darf sich ein Haus wie unseres nicht machen … Der Kleine freilich fragt viel danach, was bei uns Brauch ist – 's ist ein schönes Kind, Fräulein Gretchen, ein Staatsjunge! – Aber der ist vom ersten Tage an mir nichts dir nichts in den Hof 'runtergestiegen, und da spielt er wie von Rechts wegen, akkurat wie Sie und der junge Herr Reinhold klein da 'rumgetollt haben.«

»Brav, mein Junge! Ein tapferer kleiner Kerl! Da ist Kraft und Selbstbewußtsein drin!« – nickte Margarete vor sich hin. »Was sagt denn aber die Großmama?«

»Ja, die Frau Amtsrätin, die ist freilich toll und böse, und der junge Herr erst – ach, ach!« sie fuhr mit der Hand durch die Luft – »da gibt's viel böses Blut! Aber es hilft alles nichts, und wenn's noch so deutlich durch die Blume gegeben wird, der Herr Kommerzienrat hat keine Ohren ... Ich glaube, im Anfang hat er's gar nicht gesehen, daß das fremde Kind da 'rumgelaufen ist, wo's nicht hingehört – er ist ja immer so in tiefen Gedanken – das kömmt vom schwarzen Geblüt, Fräulein, nur davon! Nun ja, und solche Leute sehen manchmal nicht rechts und nicht links, und andere Menschen sind für sie nicht auf der Welt. Wie's ihm aber doch endlich beigebracht worden ist, da hat er gesagt, sie sollten das Kind nur spielen lassen, wo es wollte, der Hof wär' groß genug – und dabei ist's geblieben, und der Aerger muß 'nuntergewürgt werden.«

Sie nahm eine Stecknadel aus ihrem Halstuch und steckte eine halbgelöste Schleife am Kleid der jungen Dame fest; dann zupfte sie die Spitze am Halsausschnitt zurecht und strich mit beiden Händen glättend über den etwas zerknitterten Seidenrock. »So, nun kann's losgehen!« sagte sie zurücktretend. »Die werden gucken da oben! so unverhofft und so mitten hinein in die große Gesellschaft –«

Margarete schüttelte den Kopf, daß die Locken flogen.

Das war nun freilich nicht nach dem Sinn der alten Köchin. Es sei heute »extra schön« oben, meinte sie, und beim Champagner würde es wohl richtig gemacht worden sein zwischen der vom Hofe und dem Herrn Landrat ... »Ein paar schöne Menschen, Fräulein, und eine große Ehre für die Familie!« schloß sie ihre Mitteilungen. »Gesehen hab' ich freilich von der ganzen Herrlichkeit noch nichts, ich in meiner Küche hier unten; aber die Leute sagen's, und die Neidhammel in der Stadt sagen auch, die Frau Amtsrätin würde ja wohl noch zerplatzen vor lauter Hochmut ... Ja, die losen Mäuler! Der Mensch kann sich nicht genug in acht nehmen!« ...

Mit diesen Worten nahm sie eine Tischlampe vom Sims, um sie für Margarete anzubrennen; aber die junge Dame verbat sich alle Beleuchtung. Sie wollte im Dunkeln warten, bis droben alles vorüber sei und stieg wieder auf den Fenstertritt in der Wohnstube.

Da saß sie nun und sann; und zu allem, was durch den jungen Kopf flog, sagte die alte Uhr ihr ruhiges, gleichmäßiges Ticktack und ebnete gleichsam die hochgehenden Wogen in der Seele. Reinholds Gehässigkeit und sein und der Großmama Hochmut machten ihr das Blut wallen; aber es wurde niedergekämpft – nein, die Heimkehr in das väterliche Haus ließ sie sich absolut nicht verbittern! Fort mit der unerquicklichen Wahrnehmung! ... Da war das Gesicht der schönen Dame vom Hofe, das hatte nichts Aufregendes! Sie mußte sehr überlegenen Verstandes oder eine phlegmatische Natur sein, diese herzogliche Nichte mit der unbeschreiblichen Ruhe und Gelassenheit in Zügen und Gebärden ... Früher hatte man kaum um die Existenz der schönen Heloise von Taubeneck gewußt. Prinz Ludwig hatte einen hohen preußischen Militärposten bekleidet und seinen Wohnsitz in Koblenz gehabt. Nur selten war er an den heimischen Hof gekommen, und das den apanagierten Prinzen des herzoglichen Hauses zur Verfügung gestellte Landschlößchen, der Prinzenhof, hatte lange Jahre unbewohnt gestanden. Es lag außerhalb der Stadt am Fuße eines ehemaligen Burgberges, den noch einzelne Mauertrümmer krönten, und war ein einstöckiger Rokokobau mit Mansarde und den nötigen Remisen und Stallungen, die unter dem Laubdach herrlicher alter Nußbäume völlig verschwanden, während sich vor der geschnörkelten Vorderfront ein hübsches, mit Blumengruppen und Statuen geschmücktes Rosenparterre hinzog. Vom Dambacher Pavillon aus konnte man ja den Prinzenhof fast greifbar nahe liegen sehen.

Nun war er wieder bewohnt, und Tante Sophie hatte in Berlin viel von dieser Veränderung gesprochen. Die Witwe des Prinzen Ludwig war froh gewesen, nach seinem Tode hier »unterkriechen« zu können, wie sich der Kleinstädter insgeheim drastisch genug ausdrückte; denn an Barem hatte der Verstorbene so gut wie nichts hinterlassen, und die Witwenpension war keine allzugroße. Wie man aber wußte, hatte das herzogliche Paar eine warme Zuneigung zu der jungen verwaisten Nichte gefaßt, und vorzugsweise aus dem Grunde mochte es wohl geschehen, daß den beiden Damen Subsistenzmittel zuflossen und Vorrechte zugestanden wurden, auf die sonst nur Ebenbürtige Anspruch hatten.

Nun, die Equipage, die eben über den Markt heranbrauste, und draußen vor der Thüre hielt, war elegant genug, um ein fürstliches Geschenk zu sein. Der offene Wagen funkelte und glitzerte im Gaslicht, und das feurige Gespann schnaubte und stampfte vor Ungeduld.

Es währte geraume Zeit, bis man sich droben entschloß, aufzubrechen, bis das Stimmengeräusch der Gesellschaft die Treppe herabkam, und der große Flügel des Hausthores zurückgeschlagen wurde, um den starken Lichtschein der Flurlampen auf das Trottoir draußen strömen zu lassen.

In diese grelle Beleuchtung trat zuerst die Baronin Taubeneck und watschelte an Herberts Arm nach dem Wagen. Sie war von einer übermäßigen Korpulenz, und die Tochter, die ihr folgte, mochte ihr später darin ähnlich werden. Jetzt freilich hatte ihre hohe, volle Gestalt noch schöne, ebenmäßige Linien. Sie zog die schwarze Spitzenhülle fester über das tief in die Stirn fallende Blondhaar, setzte sich vornehm ruhig neben die keuchende Mama und sah sehr teilnahmlos auf die übrigen Gäste herab, welche, noch einmal sich verabschiedend, den Wagen umringten, um sich dann nach allen Richtungen hin zu zerstreuen.

Herbert war sofort mit einer tiefen Verbeugung zurückgetreten – das sah nicht aus, als habe die Verlobung in der That stattgefunden – die Frau Amtsrätin dagegen hatte die Hand der jungen Dame zwischen die ihren genommen, sie preßte sie unter fortwährendem, nahezu aufdringlichem Sprechen und bog plötzlich, wie von Zärtlichkeit überwältigt, ihr Gesicht auf die hell behandschuhte Rechte, um, Margarete vermochte nicht zu unterscheiden, ob den Mund oder die Wange darauf zu drücken.

Sie fuhr unwillkürlich vom Fenster zurück. Das Blut stürmte ihr heiß nach den Schläfen – sie schämte sich in tiefster Seele für die alte, weißhaarige Dame, die ihre sonstige stolze Gemessenheit und Würde einem so jungen Geschöpf gegenüber völlig verlor.

Ganz erbittert sprang sie vom Fenstertritt. In was für ein armseliges, beschränktes Thun und Treiben war sie zurückgekommen! Hatte sie deshalb den weiten Flug in ferne Lande und alte Zeiten gemacht, und sich an dem berauscht, was der Menschengeist im edlen Schönheitsgefühl, im Freiheitsdrange an Idealen ersonnen und erstürmt, um hier an der widerlichsten Kriecherei zu sehen, wie geistig arm der Mensch werden kann? … Nein, der Käfig war zu eng! Auch nicht die äußersten Spitzen der freiheitgewohnten Flügel ihres Geistes opferte sie, um sich ihm anzubequemen! … Das, was augenblicklich dominierend und entnervend durch das gesammte moderne Leben ging, der Servilismus, die Machtanbetung, das ungenierte Buhlen um die Gnade einflußreicher Persönlichkeiten, das waren jetzt die Gespenster im Lamprechtshause, gegen die sie sich ihres Leibes und Lebens zu wehren hatte! – Wahrlich, »die schöne Frau mit den Karfunkelsteinen«, die einzig aus rücksichtsloser, heißer Liebe die Grabesruhe verwirkt, sie stand groß neben den kleinen Seelen! …

9

Draußen rollte der Wagen davon. Margarete verließ die Wohnstube; aber sie flog nicht, wie sie wohl gleich beim Kommen im ersten Impuls gethan, den Ihren entgegen – wie angefröstelt stieg sie langsam die wenigen in die Hausflur führenden Stufen hinab.

Herbert schien eben die Treppe hinaufgehen zu wollen, und der Kommerzienrat kam über die Schwelle in die Hausflur zurück. Auf seinem Gesicht lag noch der Glanz befriedigten Stolzes auf die seinem Hause widerfahrene Ehre. Er stutzte bei Margaretens Erblicken, breitete aber gleich darauf unter einem Freudenruf die Arme aus und zog die Heimgekehrte an seine Brust. Und da war auch wieder ein Lächeln auf ihren Lippen.

»Ei, bist du es wirklich, Gretchen?« rief die Frau Amtsrätin, die in diesem Augenblick in Reinholds Begleitung von draußen hereintrat. »So ganz wider Erwarten?« – Sie ließ die Schleppe, die sie mit spitzen Fingern sorgsam hoch über den Boden hielt, rauschend niedersinken, streckte dem jungen Mädchen die Rechte entgegen und hielt ihr mit würdevoller Grazie die Wange zum Kusse hin. Das schien die Enkelin nicht zu bemerken – sie berührte die großmütterliche Hand mit ihren Lippen und schlang dann die Arme um den Hals des Bruders ... Ja, sie hatte ihm vorhin ernstlich gegrollt! Aber er war ja ihr einziger Bruder, und er war krank; das heimtückische Leiden raubte ihm die Jugend, allen Glanz, allen Zauber der himmlisch schönen »achtzehn Jahre« ... Und wie das Herz unruhig und beängstigend hastete in der schmalen Brust, an welche sie sich schmiegte! Wie sein Körper sich frostig schüttelte unter dem kühlen Nachthauch, der vom Markte hereinblies! –

»Gehen wir hinauf! Die zugige Hausflur ist ein schlechter Begrüßungsort!« mahnte der Kommerzienrat. Er legte seinen Arm wieder um Margaretens Schultern und stieg mit ihr die Treppe hinauf, Herbert nach, der um eine Anzahl Stufen voraus war.

»Großes Mädchen!« sagte der Papa und maß mit väterlich stolzem Blick die jugendliche Gestalt neben sich.

»Ja, sie ist noch recht gewachsen«, meinte die Großmama, die an Reinholds Arm langsam nachkam. »Mußt du nicht auch lebhaft an Fannys Züge und Erscheinung denken, Balduin?«

»Nein, ganz und gar nicht! Die Gretel hat ein echtes Lamprechtsgesicht«, entgegnete er, und seine Stirn verfinsterte sich.

Droben im großen Salon stand Tante Sophie an einem Seitentisch und zählte das gebrauchte Silberzeug in einen Korb. Sie lachte über das ganze Gesicht, als Margarete auf sie zuflog. »Dein Bett steht bereit, auf dem nämlichen Platz, wo du als Kind alle deine lustigen und dummen Streiche verschlafen hast«, sagte sie, nachdem sie unter der stürmischen Umarmung des jungen Mädchens zu Atem gekommen war. »Und in der Hofstube nebenan ist's auch ganz huschelig und gemütlich, wie du's immer gern hattest.«

»Also ein Komplott!« meinte die Frau Amtsrätin mit scharfer Rüge. »Tante Sophie war die Vertraute, und wir anderen mußten uns bescheiden, bis der große Moment gekommen war!« Sie zuckte mit den Schultern und ließ sich auf den nächsten Stuhl nieder. »Wäre er nur früher gekommen, dieser große Moment, Grete! Aber deine Heimkehr jetzt hat so gut wie gar keinen Zweck – der Hof geht in den nächsten vierzehn Tagen nach M. zurück! von einer Vorstellung wird kaum noch die Rede sein können.«

»Sei du froh, liebe Großmama! Du würdest doch keine Ehre mit mir einlegen. Du glaubst gar nicht, was für ein Hasenfuß ich bin, was für ein schauderhaft täppisches Ding, wenn ich die Courage verliere! Das heißt, vor unseren lieben, alten Herrschaften würde ich standhalten – die sind mild und gütig und verschüchtern ein zaghaftes Menschenkind nie geflissentlich. Aber die anderen –« Sie brach ab und fuhr sich mit der Hand unwillkürlich durch die Locken. »Deshalb bin ich ja aber auch gar nicht gekommen, Großmama; der Weihnachtsbaum hat mir's angethan, Weihnachten drunten in der Wohnstube! Ich habe mich satt gesehen an all den Konfektfiguren und den Buchbindermeisterwerken, die Tante Elise kauft und mühelos an den Baum hängt. Ich will wieder jene Vorbereitungsabende durchleben, wo es draußen stürmt und schneit, und drin in der warmen Stube die Nüsse auf dem Tische rasseln, das Blattgold herumfliegt, und aus der Küche der Duft von selbstgebackenen Kringeln und allerhand undefinierbarem Wundergetier durch die Schlüssellöcher und Thürspalten zieht. Das Hübscheste wird freilich fehlen – Tante Sophiens verdeckter Nähkorb, aus welchem dann und wann ein Endchen von angefangenem Puppenstaat guckte; und über die Bilderbücher bin ich leider auch hinaus. Aber von Bärbe verlange ich nach wie vor meinen Pfefferkuchenreiter –«

»Kinderei!« schalt die Frau Amtsrätin ärgerlich. »Schäme dich, Grete! Du kommst ja nicht um ein Haar gebessert zurück!«

»Ja, das sagte Onkel Herbert auch schon.«

»Nicht in dem Sinne«, berichtete der Landrat kühl. Er war mit in den Salon hereingekommen, hatte sich bis dahin vollkommen passiv verhalten und stand eben vor dem Tafelaufsatz, wo er mit vorsichtigem Finger die Blumen und Früchte auseinander schob, um das wundervoll gearbeitete Takelwerk des Silberschiffes besser sehen zu können … Ob er das alte, wohlbekannte Familienschaustück der Lamprechts wirklich noch nicht gesehen hatte, der Herr Landrat? –

»Was – du hast den Onkel schon gesprochen?« fragte Reinhold, sehr erstaunt von der Birne aufblickend, die er sich schälte. »Wie ist denn das möglich?«

»Sehr leicht, Holdchen, dieweil ich vorhin in Person hier oben gewesen bin –«

»Doch nicht in der Absicht, einzutreten?« rief die Frau Amtsrätin in nachträglichem Schrecken.

»Mit der Eskimofrisur und in dem gräßlichen schwarzen Fähnchen?« setzte Reinhold mit einer grotesken Abscheugebärde hinzu. »Hast dich ja ganz famos herausgeputzt in deinem Berlin, Grete!«

Margarete lachte und sah auf ihr Kleid herab. »Alteriere dich nicht, Reinhold, es ist nicht mein einziges und bestes!« Sie wandte den Rocksaum musternd und achselzuckend hin und her. »Armes Fähnchen! Frisch ist's freilich nicht mehr. Es mußte mit mir durch Pyramiden und Katakomben kriechen und ist von Gletschereis und Gebirgsregen oft windelnaß gewesen – der gute, alte Kamerad! Nun habe ich mich seiner geschämt und ihn verleugnet! Onkel Herbert kann's bezeugen, daß ich mir selber nicht schön genug war, um vor dem hohen Besuch zu debütieren –«

»Ich bitte dich ums Himmels willen, Kind, thue mir den einzigen Gefallen und fahre dir nicht so nach Jungenart durch die Haare!« unterbrach sie die Großmama. »Eine schauderhafte Angewohnheit! Wie kommst du nur auf die wahnsinnige Idee, dir das Haar kurz zu schneiden?«

»Ich mußte, Großmama, und ohne ein paar heimlicher Thränen ist's auch nicht abgegangen, das leugne ich gar nicht. Aber es war oft zum Verzweifeln, wenn die Zöpfe morgens beim Flechten kein Ende nehmen wollten, und Onkel Theobald draußen vor der Thüre wartete und auf und ab lief vor Ungeduld und Angst, daß wir den Zug oder die Post versäumen könnten. Und da machte ich kurzen Prozeß, als es nach Olympia gehen sollte, und griff zur Schere. Ich hätte mich kahl geschoren, wenn es nötig gewesen wäre, so ungeduldig und auf das Weiterkommen erpicht war ich selbst … Uebrigens ist die Sache gar nicht so schlimm, Großmama. Mein Struwwelhaar wächst wie Unkraut, und ehe du dich versiehst, ist wieder ein ganz respektabler Zopf da –«

»Da kannst du warten«, warf die alte Dame trocken ein. »Unsinn, kapitaler Unsinn!« platzte sie dann zornig heraus. »Tante Elise konnte auch besser aufpassen und den Streich verhindern!«

83

»Die Tante? Ach, Großmama, da sieht's erst schlimm aus! Mindestens um eine Hand breit kürzer, als dies –« Sie zog einen ihrer Lockenringel mit einem schelmischen Lächeln in die Länge.

»Na, ihr mögt ein schönes Zigeunerleben führen auf euren gelehrten Touren!« rief die alte Dame indigniert und strich nervös erregt einige Tortenkrümel auf dem Tafeltuch zusammen. »Wie meine Schwester es fertig bringt, sich den Berufsstudien ihres Mannes so unterzuordnen, das ist mir geradezu unfaßlich. Wo bleibt da das Recht der Frau auf die eigene angenehme Lebensstellung? ... Nun, es ist ihre Sache – wie man sich bettet, so liegt man ... Aber was soll nun werden? Sieh dir noch einmal das Mädchen an, Balduin! Jahre können vergehen, bis sie wieder präsentabel ist ... Ich frage dich, Grete, wie willst du es anfangen, in dem kurzen Gewirr eine Blume festzustecken, von einem Schmuckstück gar nicht zu reden? Die Rubinsterne zum Exempel, die deiner seligen Mama so unvergleichlich standen –«

»Ah, die ›Karfunkelsteine‹? Die schöne Dore im roten Salon hat sie auf dem Toupet?« fiel Margarete lebhaft fragend ein.

»Ja, Gretel, dieselben«, bestätigte der Kommerzienrat, der sich bis dahin schweigend verhalten und eben ein Glas Champagner rasch geleert hatte, an Stelle der Großmama. Er war erblaßt, aber die Augen glühten ihm unter der Stirn, und seine Finger umklammerten das Glas, als wollten sie es zu Scherben zerdrücken. »Ich habe dich herzlich lieb, Kind, und will dir geben, was dein Herz verlangt; aber die Rubinsterne schlage dir aus dem Sinne – solange ich lebe, kommen sie in kein Frauenhaar mehr!«

Die Frau Amtsrätin fuhr sich mit dem Taschentuch über die Augen und sah mit traurig gesenkten Mundwinkeln in ihren Schoß nieder. »Ich begreife, ich verstehe dich, lieber, lieber Balduin«, sagte sie in tief mitfühlendem Ton. »Du hast Fanny allzusehr geliebt!«

Ein bitteres Lächeln flog über sein Gesicht, und er hob die breiten Schultern, als wolle er eine namenlose innere Ungeduld abschütteln. Klirrend stieß er das Glas auf den Tisch und ging mit dröhnenden Schritten in das Nebenzimmer, die Thüre hinter sich zudrückend.

»Armer Mann!« sagte die Frau Amtsrätin halblaut und beschattete einen Moment mit der Hand die umflorten Augen. »Ich bin untröstlich über meine Ungeschicklichkeit – ich hätte nicht an diese nie heilende Wunde rühren sollen! ... Und gerade heute war er so heiter, ich möchte sagen ›stolz glücklich‹! Seit Jahren habe ich ihn zum erstenmal wieder lächeln sehen ... Ach ja, es waren aber auch wieder einmal ein paar himmlisch schöne Stunden, unvergeßlich schön und beglückend! ... Nur eines hat mir ein paarmal thatsächlich den Angstschweiß auf die Stirn getrieben, liebste Sophie!« – das leise Aneinanderklirren des Silbers hinter ihr verstummte, Tante Sophie horchte pflichtschuldigst dem, was da kommen sollte – »es wurde zu langsam serviert. Mein Schwiegersohn wird wohl für solche Fälle noch helfende Hände acquirieren müssen –«

»Gott behüte, Großmama, was soll denn das kosten?« protestierte Reinhold. »Wir haben unsern Etat für dergleichen, und der wird absolut nicht überschritten. Franz muß eben seine faulen Beine besser rühren! Ich werde künftig schon Feuer dahinter machen!«

Die Großmama schwieg. Sie nahm ein paar halbwelke Rosen, die Fräulein Heloise von Taubeneck in der Hand gehabt und auf ihrem Platz zurückgelassen hatte, und steckte ihr spitzes Näschen hinein – sie widersprach dem erregbaren Enkel nie direkt. »Es war aber hauptsächlich noch ein Bedenken, das mir im Verlauf des Essens beängstigend aufstieg, beste Sophie« – sagte sie nach einer augenblicklichen Pause über ihre Stuhllehne zurück – »war nicht doch das Menü in etwas zu derber Weise zusammengesetzt? Wissen Sie, Liebste, ein wenig zu spießbürgerlich für unsere hohen Gäste? – Und das Roastbeef ließ auch viel zu wünschen übrig.«

»Sie brauchen sich wirklich nicht zu ängstigen, Frau Amtsrätin«, entgegnete Tante Sophie mit ihrem heitersten Lächeln. »Der Küchenzettel war, wie ihn die Jahreszeit gibt, und ein Schelm gibt mehr, als er hat. Und das Roastbeef war gut, wie es immer auf unsern Tisch drunten kommt. Draußen im Prinzenhof verlangen sie das ganze Jahr durch kein so feines, teures Stück, wie mir der Hofmetzger sagt.«

»So! – Hm!« räusperte sich die Frau Amtsrätin und vergrub ihr Gesicht einen Augenblick förmlich in den Rosen. »Ach, dieser köstliche Duft!« lispelte sie. »Sieh mal, Herbert – diese weiße Theerose ist eine Neuheit aus Luxemburg, wie mir Fräulein von Taubeneck sagte. Der Herzog hat sie ganz extra für den Prinzenhof kommen lassen.«

Der Herr Landrat nahm die Rose. Er besah ihren Bau, prüfte den Duft und gab sie seiner Mutter zurück, ohne eine Miene zu verziehen.

Wer sah diesem Mann an, daß er einst eine solche weiße Rose mit einer Wut und Glut, als sei er plötzlich wahnwitzig geworden, geraubt und verteidigt und um keinen Preis wieder herausgegeben hatte? – Margarete hatte diesen rätselhaften Vorgang nie vergessen können, und jetzt war er ihr freilich kein Rätsel mehr – der damalige Primaner hatte das schöne Mädchen im Packhause offenbar geliebt; es war eine erste schwärmerische

»Schülerliebe« gewesen, die er von seinem jetzigen Standpunkt aus natürlicherweise mitleidig belächelte. Die Zeit der Lyrik war längst vorüber, und die strenge Prosa des trockenen, berechnenden Verstandes war an ihre Stelle getreten.

Da war der Papa, der sich eben mit seinem Schmerz in das Nebenzimmer geflüchtet, doch ein Anderer! Er konnte nicht vergessen. – Das Herz wallte ihr über von Mitleid und warmer, kindlicher Liebe – kaum wissend, daß sie es that, öffnete sie geräuschlos die Thüre, die er hinter sich geschlossen, und schlüpfte in das Zimmer.

Der Kommerzienrat stand unbeweglich in der dunkelnden Fensternische, in die nur ein schwacher Schein der Hängelampe fiel, und schien auf den Markt hinauszusehen. Der dicke Teppich machte die leichten Mädchentritte unhörbar, und so stand sie plötzlich hinter dem in sich versunkenen Manne und legte ihm sanft schmeichelnd die Hände auf die Schultern.

Er fuhr herum, als sei die Berührung ein Faustschlag gewesen, und starrte mit verstörten, wie wahnwitzig blickenden Augen der Tochter in das Gesicht. »Kind«, stöhnte er, »du hast eine Art, die Hand aufzulegen –«

»Wie meine arme Mama?«

Er preßte die Lippen aufeinander und wandte sich ab.

Aber sie schmiegte sich fester an ihn. »Lasse deine Grete da, Papa! Schicke sie nicht fort!« bat sie weich und innig. »Der Gram ist ein schlimmer Kamerad, und mit dem lasse ich dich nicht allein ... Papa, ich werde zwanzig Jahre alt – gelt, schon ein recht altes Mädchen? – und habe mich ganz gehörig draußen in der Welt umhergetummelt. Ich habe viel gehört und gesehen, für alles Schöne und Große die Augen redlich aufgethan und mir manche Lehre brav hinters Ohr geschrieben, wie Tante Sophie sagt ... Und die Welt ist so wunderschön –«

»Kind, lebe ich denn nicht auch in der Welt?« – Er deutete nach dem anstoßenden Salon.

»Ob aber auch unter Menschen, die dir wirklich und wahrhaftig aus deiner Seelenfinsternis emporhelfen könnten?«

Er lachte hart auf. »Das freilich nicht! Die wohl zu allerletzt! Aber man kann sich auch mit verschlossener Seele hie und da zerstreuen. Freilich, der Katzenjammer kommt nachher mit doppeltem Elend und stürzt die arme Seele um so tiefer in ihren grausamen Zwiespalt zurück.«

»Nun, so würde ich mich dem nicht aussetzen, Papa!« sagte sie und sah mit ernstem Blick zu ihm auf.

Ein spöttischer Zug ging durch sein dunkles Gesicht, während er ihr mit der Hand über das Haar strich. »Meine kleine Weise, du sprichst, wie du's verstehst – wenn das so leicht wäre! ... Du bist ›durch Katakomben und Pyramiden gekrochen‹ und hast in Troja und Olympia an der Hand des Onkels dem Leben und Sein der alten Welt nachgespürt, aber vom modernen Leben weißt du blutwenig. Mit dem eigenen Selbstgefühl wird jetzt keiner fertig, der etwas gelten will, dazu gehört auch etwas Sonnenschein, der aus den höchsten Kreisen kommt.« Er zuckte die Achseln.

»Das ist mir freilich unverständlich«, sagte sie, und das Blut stieg ihr in das Gesicht. »Aber ich weiß doch mehr vom modernen Leben, als du denkst, Papa. Der Onkel in Berlin duldet nichts Zweifelhaftes, im Dunkeln Kriechendes in seinem Hause; da kommen nur helle Köpfe zusammen, und es wird frisch und frei vom Herzen weg gesprochen. Sieh, und da sagte kürzlich einer: ›Ach ja, sie nennen es den Klassenhaß schüren, wenn wir uns unserer Haut wehren und gegen die drohende Niederdrückung kämpfen! Meine Seele ist rein von Haß – mögen jene doch steigen, so hoch sie wollen, ich sehe neidlos zu, sie müssen sich nur nicht dabei auf unsere Leiber stellen wollen. Aber das ist's eben, mit ihrem Steigen wachsen ihnen Kraft und Lust, uns niederzutreten. Allein selbst darum hasse ich nicht; ich trage der Vergangenheit Rechnung. Die Abneigung, dem Bürgertum Vorschub zu leisten, oder vielmehr das Streben, es nicht stark werden zu lassen, liegt ihnen traditionsgemäß im Blute. Dagegen fühle ich Grimm, unbezwinglichen Grimm gegen die feilen Fahnenflüchtigen aus unseren Reihen, die liebedienerisch und um des persönlichen Vorteils willen das eigene Fleisch und Blut bekämpfen und um so fanatischer wüten, als sie sich sagen müssen, daß sie der Ehrlichgebliebene verachtet.‹ So sagte Doktor –«

»Auch nur einer, dem die Trauben zu sauer sind«, fiel der Kommerzienrat mit lächelndem Hohn ein; »eine Motte, die sich die Flügel nicht verbrennen konnte, einfach, weil sie dem Licht noch nicht nahe kommen durfte! Der schwenkt auch noch einmal, meine liebe Grete! Wir sind eben Kinder unserer Zeit und keine Spartaner ... Und wenn es zehnmal nicht mit rechten Dingen zugegangen ist, und wenn die Speichelleckerei in gröbster, abstoßendster Weise zu Tage liegt, die Welt bewundert trotz alledem das dekorierte Knopfloch und nennt den Liebediener ehrfurchtsvoll bei dem neuen Titel, den er sich erschlichen hat ... Zu jenen Servilen gehöre ich nun allerdings nicht – ich will nichts haben, und zu schwenken brauchte ich auch nie, denn ich habe niemals den Beruf in mir gefühlt, mich wie ein Gladiator dem Herkömmlichen entgegenzustellen und mit volksbeglückenden Tiraden mich lächerlich zu machen. Das ist Verstandessache; die unbezwingliche Scheu aber, das unwillkürliche Beugen vor dem, was man in jenen hohen Regionen sagt und urteilt, liegt mir im Blute. Es ist stärker als ich – ich kann nicht dafür, ich kann nicht darüber hinaus, mit dem besten Willen, mit aller Kraft nicht!«

Er ließ das junge Mädchen plötzlich allein stehen in dem Fensterbogen und schritt in fast wildem Tempo auf und ab. »Ja, wer plötzlich alles – Charakteranlage und Erziehungsresultate – abschütteln und wie auf einsamer Insel, ungesehen, sich so zeigen dürfte, wie es ihm in tiefster Seele aussieht, wie er fühlt und leidet, ja der!« – er brach mit einer leidenschaftlichen Gebärde ab.

Die Energie und Bestimmtheit dieses Mädchens hatte ihn offenbar für einen Moment vergessen lassen, daß es seine junge Tochter war, vor deren Ohr sein Schmerz laut wurde.

»Geh jetzt hinunter, mein Kind!« sagte er sich bezwingend. »Du wirst müde und hungrig sein – ich fürchte, es hat dir noch niemand etwas angeboten. Nun, von dem Abhub der Tafel sollst du auch nichts essen. Tante Sophie wird dir schon drunten einen gemütlichen Theetisch herrichten, und bei ihr bist du ja auch am liebsten! Hast auch recht, Gretel – das ist Gold, lauteres Gold, und ich lasse mich nicht irre machen, so oft man auch versucht, es zu verdächtigen ... Was für eine heiße Hand du hast, Kind! Und wie dir dein sonst so blasses Gesichtchen glüht! Ja, siehst du, kleine, tapfere Bürgerin, die Politik –«

»Die Politik? Ach Papa, ich bin ja nur ein Mädchen, ein kleines, dummes – was geht mich die Politik an? Ich erzähle ja nur nach!« Sie lächelte schelmisch. »Du wirst doch um Gottes willen nicht denken, daß die Grete den Männern ins Handwerk pfuschen will? Gott soll mich behüten! Aber ich meine«, fuhr sie ernst fort, »hier handle es sich ja nur um allgemein Menschliches, um Recht und Unrecht, um moralische Kraft und Feigheit, um wahren Stolz und Niedertracht ... Und wäre deine Schilderung wirklich die Signatur unserer Zeit und bliebe maßgebend für immer, ei, da möchte man doch lieber gleich eine Mumie von Memphis oder Theben sein und vor Jahrtausenden gelebt haben! Aber das ist nicht wahr!« Sie schüttelte energisch den Kopf. »›Wir leben trotz alledem in einer großen Zeit, wenn wir auch inmitten einer gewaltigen Brandung ringen müssen,‹ sagt Onkel Theobald immer. ›Das Gute und

Echte wird schon obenauf kommen, und die widerlichen Blasen, die der Kampf jetzt auf die Oberfläche treibt, werden nicht ewig glitzern und die Schwachen blenden ...‹ Und du solltest nicht zeigen, wie du fühlst? Aus Menschenfurcht dich verschließen? Du, ein unabhängiger Mann, solltest nicht nach deiner Façon ruhig und zufrieden werden dürfen? Was helfen dir Gnaden- und Gunstbeweise von außen, wenn du innerlich darbst und entbehrst –«

Er zog sie plötzlich unter die Hängelampe, bog ihren Kopf zurück und sah ihr mit düsterdrohendem Blick tief in die Augen, die offen und furchtlos zu ihm aufblickten. »Ist das Hellseherei, oder schleicht man mir nach? ... Nein, meine Gretel ist ehrlich und wahrhaftig geblieben! Da gibt's kein Falsch!« Und er schlang seinen Arm wieder um ihre Gestalt. »Mein braves Mädchen! Ich glaube, du wärst die einzige Tapfere in der Familie, die zu mir hielte, wenn mich die Welt in Bann und Acht erklärte –«

»Natürlich, Papa, dann erst recht!«

»Würdest mir helfen, eine unselige Schwäche zu überwinden?«

»Ganz selbstverständlich, mit aller meiner Kraft, Papa! Probiere es nur mit mir! Ich habe Courage für zwei. Hier meine Hand zu Schutz und Trutz!« Ein schönes Lächeln, halb schalkhaft, halb ernst, flog um ihre Lippen.

Er küßte sie auf die Stirn, und wenige Augenblicke nachher trat sie wieder in den Salon.

Tante Sophie war nicht mehr da. Sie war mit ihrem Silberkorb hintergegangen und machte jedenfalls schleunigst den Theetisch zurecht. Der Bediente löschte eben den Kronleuchter aus und Reinhold nahm das Konfekt, Stück um Stück, von den Kristallschalen und legte es, pünktlich sortiert »zum Wegschließen« in verschiedene Glasbehälter. Die Frau Amtsrätin aber saß behaglich zwischen Plüschpolstern hinter einem Sofatisch – weil es oben durch fortgesetztes Lüften schauerlich kühl, hier unten aber noch so köstlich warm und mollig sei, wie sie sagte – und legte ihre allabendliche Patience ... Großmama und Bruder hatten somit nicht viel Zeit für die Heimgekehrte, und das »Gutenacht« beider klang recht zerstreut und obenhin.

Das junge Mädchen vermißte nichts, gar nichts! – Sie war froh, so leichten Kaufs für heute davon zu kommen – hier oben war sie fertig ... Nur als sie draußen durch den dämmerigen Flursaal schritt, da stand einer im Fenster und sah anscheinend in den Hof hinunter – der Herr Landrat! – An ihn hatte sie auch nicht mehr gedacht; Kopf und Herz waren ihr übervoll von der rätselhaften Art und Weise, wie sie ihren Vater eben gesehen. Für ihr klares, entschiedenes Denken und Fühlen war ein solch düster geheimnisvoller Seelenzwiespalt etwas ganz Verwunderliches, solch eine Männerseele in ihrem Widerstreit mochte wohl schwer zu verstehen sein … Ob den dort, den kühlgewordenen, in Amt und Würden stehenden Mann, nun doch auch vielleicht für einen Moment die Erinnerung packte und ihn hinübersehen ließ nach dem Gange, wo einst das Goldhaar der schönen Blanka durch die grünen Blätter und Ranken geleuchtet?

»Gute Nacht, Margarete!« sagte er in diesem Augenblick in einem anderen Tone, als die beiden Beschäftigten im Salon.

»Gute Nacht, Onkel!«

10

Die »Hofstube« hatte von jeher etwas Verlockendes für Margarete gehabt. Sie lag im Erdgeschoß des spukhaften Flügels und stieß dicht an die ehemalige Schlafstube der Kinder. Ein gleicher halbdunkler Gang, wie der unheimliche droben, lief hinter den Zimmern weg und trennte, auch um die Ecke laufend, die Küche von der Wohnstube. – Die beiden Etagen standen in keiner Verbindung – es war »zum Glück« keine Treppe da; man brauchte deshalb keine Angst zu haben, daß es der weißen Frau oder dem Spinnwebenrock auch einmal einfallen könnte, herunter zu huschen, wie Bärbe immer sagte. – Die Zimmerreihe der unteren Etage wurde in ihrer Mitte durch eine Thüre unterbrochen, die nach dem Hofe ging, eine mächtige, schwere Thüre mit massivem Klopfer, und zu beiden Seiten flankiert von Steinfiguren im Hochrelief. Breite Stufen führten von ihr nieder auf den Kiesweg, der den Rasen durchschnitt und direkt nach dem Brunnen lief.

In der Hofstube standen lauter Möbel aus der Rokokozeit, die Tante Sophie gehörten. Sie waren spiegelblank poliert, die Metallbeschläge blitzten, und altes ererbtes, vielfach gekittetes Meißener Porzellan stand auf den geschweiften Platten der Kommoden und auf dem Schreibtisch mit seinem hohen Aufsatz voll zahlloser kleiner Schiebekasten. Die Stube war sozusagen Tante Sophiens Schmuckkästchen, ihre »gute« Stube, urgemütlich und peinlich sauber, wie es nur immer bei einer lustigen, lebensfrohen alten Jungfer sein kann. Nun waren auch noch alle die umherstehenden, feingemalten Schalen und Vasen, selbst die Potpourris mit mächtigen Blumensträußen aus dem kleinen Garten vor dem Thore gefüllt – die bunten Rabatten mußten der Heimkehrenden zu Ehren völlig abrasiert worden sein – und auf den weißen Dielen, die nie ein Firnisanstrich »verunreinigt«, lag ein neuer, warmer Teppich, den Tante Sophie aus eigenen Mitteln beschafft hatte ...

Und da war ihr der endlich heimgekehrte Liebling gleich beim Eintreten, als der Lampenschein sich über alle die geliebten, wohlbekannten Familienreliquien der alten Jungfer ergossen, um den Hals gefallen und hatte sie fast erdrückt ... Das Bett hatte auch richtig auf dem alten Platze gestanden, und Tante Sophie hatte noch lange daneben gesessen und erzählt – lauter Liebes und Lustiges, nicht ein Mißton durfte in das neue Zusammensein fallen. Und jede der Pausen, welche die heitere, humordurchdrängte Stimme gemacht, hatte das alte, eintönige Brunnenlied der strömenden, plätschernden Wasser vom Hofe her ausgefüllt; dazwischen hinein war auch ein paarmal das scharfe Kreischen der Packhausthorflügel gefahren, und dann hatte die ehemalige wilde Hummel, die nun weit, weit die Welt durchflogen und Kopf und Herz beutebeladen heimgebracht, mit einem so süß und lieblich schlafenden Kindergesicht in den Kissen gelegen, als habe sie sich nur bis nach Dambach und wieder heim müde gelaufen ...

Ja, das geliebte Dambach! Nun ging das Hin- und Herwandern wieder an. Der Großpapa war ja nicht beim Diner gewesen – er hatte sich, »wie immer, aus guten Gründen um den auserlesenen Kreis herumgedrückt«, wie die Frau Amtsrätin sehr pikiert bemerkte. – Da hieß es am anderen Morgen sich flink auf die Füße machen und durch die tautriefenden Stoppelfelder hinauswandern, obgleich der Papa versicherte, daß der alte Herr nachmittags hereinkommen und mit ihm auf die Hühnerjagd gehen wolle.

Und das Wiedersehen draußen war noch viel schöner gewesen, als sich das junge Mädchen in Berlin ausgemalt hatte. Ja, sie war sein Liebling geblieben! Der prächtige Greis, knorrig von Gestalt und rauh von Wesen, er war ganz mild und weich geworden; er hätte sie am liebsten wie ein Püppchen auf seinen breiten Handteller gesetzt, um sie den herzulaufenden Fabrikleuten zu zeigen. – Sie war über Mittag geblieben, und die Frau Faktorin hatte ihre allerschönsten Eierkuchen backen müssen; aber auf ihren noch berühmteren Kaffee wurde nicht gewartet – pünktlich auf die Minute warf der passionierte alte Jäger Flinte und Büchsenranzen über, dann ging es auf der Chaussee im scharfen Marsch vorwärts.

Drüben zur Seite lag der Prinzenhof. Luft und Beleuchtung waren so klar und scharf, daß man die Blumengruppen auf dem Rasenparterre bunt herüberleuchten sah. Allerdings hübsch genug war das Schlößchen geworden! Früher hatte es wie ein verschlafenes Dornröschen zu Füßen des Berges gelegen – halb unter dem schützenden Betthimmel des bergaufkletternden Waldes, den heute schon die gelben und roten Flammen des Herbstes betupften – ohne Glanz und Farben und wenig beachtet. Jetzt hatte es sich gereckt und gestreckt und die Augen aufgeschlagen; zwischen den dunklen Nußbäumen glitzerte und flimmerte es, als sei eine Handvoll Diamanten dort verstreut worden – die alten vermorschten und nie geöffneten Jalousieen waren verschwunden, und neue, ungebrochene Spiegelscheiben füllten die mächtigen steinernen Fensterrahmen.

»Ja gelt, Gretel, wir sind vornehm geworden hier draußen?« fragte der Großpapa. Er zeigte mit ausgestrecktem Arm hinüber. Wie ein Recke schritt er dahin, der Siebziger! Unter seinen Tritten krachte das Chausseegeröll, und sein mächtiger weißer Schnauzbart leuchtete wie Silber in dem braunen, kühnen Gesicht, das die breite, einst auf der Mensur geholte Schmarre quer über der Wange von der einen Seite fast furchtgebietend machte. »Ja, vornehm und fremdländisch!« bekräftigte er weiterstapfend; »wenngleich die Frau Mama eine urdeutsche Pommersche ist, und die Tochter auch von väterlicher Seite her nichts von John Bull, oder den ›Parlezvous français‹ in den Adern hat – macht nichts! – es wird doch auf englische Art gekocht und gegessen und französisch parliert nach Noten ... Ja, die alten Nußbäume werden wohl gucken und sich in ihr Herz hinein schämen, daß sie in ihren alten Tagen wie dumme Bauernjungen dastehen und in ihrer Jugend nicht lieber Platanen oder sonst was Vornehmes geworden sind.«

Margarete lachte.

»Ja, da lachst du, und dein Großvater lacht auch! – Ich lache über den Staub, den zwei Weiberröcke da herum« – er beschrieb mit ausgestrecktem Arm einen weiten Bogen über die Gegend hin – »aufwirbeln – die reine Affenkomödie, sag ich dir! ... ›Warst du schon im Prinzenhof?‹ heißt's da, und ›bist du schon vorgestellt?‹ dort! Und der eine grüßt kaum, wenn man nicht, wie er, beim großen Diner gewesen ist, und ein anderer stiert einem ganz perplex, wie einem notorisch Verrückten, ins Gesicht, wenn man sagt, daß man sich bedankt hat und lieber in seinen vier Pfählen geblieben ist ... Ja, guck, Gretel, der Mensch lernt nicht aus! Hab da gemeint, ich lebe mitten unter lauter Hauptkerlen vom thüringischen Schlag, von echtem Schrot und Korn, und da quetschen sich jetzt die alten Knasterbärte in den Frack, schütten sich Eau de lavande, oder anderes Riechzeug« – er unterdrückte nur halb ein energisches ›Pfui Teufel!‹ – »auf ihre Schnupftücher und schlucken zimperlich eine Tasse Thee mit Butterbemmchen da drüben – sie mögen schön dran würgen, die ausgepichten Burgunderschläuche die!«

Margarete sah ihn von der Seite an; von der betonten Lachlust vermochte sie keine Spur zu finden; wohl aber sprühte ihm der helle, ehrliche Manneszorn unter den weißbuschigen, gerunzelten Brauen hervor. Sie hing sich schleunigst an seinen Arm, hob den rechten Fuß und versuchte in seine weiten, militärisch strammen Schritte einzulenken.

Er schmunzelte und schielte seitwärts auf sie herunter. Die winzige Spitze ihres eleganten Stiefelchens sah gar zu lächerlich aus neben dem ungeheuren Jagdstiefel. »Was für ein armes Spazierstöckchen! Und das will sich auch noch mausig machen!« höhnte er. »Geh, gib's auf, Gretel! Da lebt die Junge dort« – er zeigte nach dem Prinzenhofe zurück – »auf einem andern Fuße; Sapperlot, da muß man Respekt haben! Freilich, ihr beide könntet in der Wiege umgetauscht sein – solch ein polizeiwidrig kleines Pedal kommt dir nicht zu, und bei einer Blaublütigen ist ein großer Fuß allemal nur ein unbegreifliches, boshaftes Naturspiel! ... Aber schön ist sie sonst, die junge ›Gnädige‹ – alles, was wahr ist! Weiß und rot wie Milch und Blut, blond – du braunes Maikäferchen mußt dich daneben verkriechen –, groß«, – er hob die Hand fast bis zu seiner Kopfeshöhe – »schwer und feist, echt pommersche Rasse, und gesetzt und pomadig! Solch ein Windspiel, wie eben eines neben mir hertrippelt, kommt da nicht auf.«

»Ach, Großpapa, das Windspiel freut sich seines Lebens, so wie es ist – darüber lasse du dir ja kein graues Haar wachsen!« lachte das junge Mädchen. »Uebrigens haben die armen Spazierstöckchen schon ganz Respektables geleistet, und es fragt sich noch sehr, ob dein großer Siebenmeilenstiefel da mit mir Leichtfuß auf den Schweizerbergen konkurrieren könnte. Frage nur den Onkel Theobald in Berlin!«

Damit lenkte sie glücklich auf ein anderes Thema über. Der alte Mann war tief ergrimmt und gereizt; er übergoß die zukünftige Schwiegertochter mit der ganzen scharfen Lauge seines Spottes. Seine Beziehungen zu der Großmama mochten deshalb augenblicklich noch weit weniger friedfertig sein als gewöhnlich. Und er hatte sicher wieder einmal recht, sein scharfer Blick trog selten; aber die Enkelin konnte und durfte doch nicht

Oel ins Feuer gießen, und so erzählte sie in anschaulicher Weise von dem Hospiz auf dem Sankt Bernhard, wo sie mit Onkel und Tante während eines furchtbaren Schneesturmes übernachtet, von allerhand Erlebnissen in Italien und so weiter; und der alte Herr hörte ganz hingenommen zu, bis der Packhausthorflügel hinter ihnen zufiel, und das abgefallene Lindenlaub im Hofe unter ihren Füßen knisternd umherstob.

Sie betraten eben die Flur des Vorderhauses, als ein winzig kleiner Hund, ein Affenpinscher, durch einen schmalen Spalt des Hausthores vom Markt hereinschlüpfte. Er kläffte die Eintretenden mit hoher scharfer Stimme an.

Margarete kannte das kleine Tier. Vor Jahren war Herr Lenz einmal von einer Reise zurückgekommen und hatte es mitgebracht. Und es hatte ausgesehen, als sei es das Schoßhündchen einer Prinzessin gewesen. Blauseidene Bandschleifen hatten aus seinem zottigen Fell geleuchtet, und an kalten Tagen war es in einer schöngestickten Purpurschabracke auf dem Gange herumgelaufen. Trotz aller Lockungen war es aber nie in den Hof zu den Kindern herabgekommen, die Malersleute hüteten es wie ein Kind.

Nun kam es da hereingelaufen, und gleich darauf wurde der Thorflügel weiter aufgestoßen, und ein Knabe sprang ihm nach. Fast in demselben Moment klirrte aber auch das in die Hausflur mündende Fenster des Kontors, und Reinholds Kopf fuhr heraus.

»Du infamer Bengel, habe ich dir nicht verboten, hier durchzugehen?« schrie er den Knaben an. »Ist etwa der Thorweg im Packhause nicht breit genug für dich? … Das ist das Herrschaftshaus, und da hast du absolut nichts zu suchen, so wenig wie deine Leute! Habe ich dir das nicht schon gesagt? Verstehst du denn nicht deutsch, einfältiger Junge?«

»Was kann ich denn dafür, wenn Philine mir ausreißt und hier hereinläuft? Ich wollte sie fangen, aber es ging nicht gut, weil ich den Korb am Arme habe!« entschuldigte sich der Kleine mit einem etwas fremdartigen Accent. »Und deutsch kann ich sehr gut; ich verstehe alles, was Sie sagen«, setzte er gekränkt, aber auch trotzig hinzu. Er war ein bildschönes Kind; ein wahrer kleiner Apollokopf, umringelt von kurzgeschnittenen braunen Locken und strahlend in Frische und Gesundheit, saß fest und hochgetragen auf dem kräftigen Nacken. Aber all diese Lieblichkeit schien nicht vorhanden für den bleichsüchtigen jungen Menschen mit dem tödlich kalten Blick und der keifenden Stimme, der am Kontorfenster stand.

Und nun ließ sich die entwischte Philine auch noch einfallen, die nach der Wohnstube führenden Stufen hinaufzuspringen, als sei sie da zu Hause.

Reinhold stampfte mit dem Fuße auf, während der Knabe ängstlich der kläffenden Missethäterin um einige Schritte nachlief.

»Nun mache dich nur schleunigst aus dem Staube, Junge«, scholl es erbittert aus dem Fenster, »oder ich komme hinaus und schlage dich und deinen Köter windelweich!«

»Na, na, das wollen wir erst 'mal sehen, Verehrtester! Da sind auch noch andere Leute da, die das zu verhindern wissen!« sagte der alte Amtsrat und stand mit zwei Schritten vor dem Fenster.

Reinhold duckte sich unwillkürlich vor der plötzlichen gewaltigen Erscheinung des Großvaters.

»Bist mir ja ein schöner Kerl!« höhnte der alte Herr – Aerger und Sarkasmus stritten in seiner Stimme. »Keifst wie ein Waschweib und machst dich mausig in deines Vaters Hause, als hättest du den Hauptsitz in der Schreibstube. Geh, laß dir erst die Federn wachsen und den Schnabel putzen! ... Warum soll denn das Bürschchen da nicht durchgehen, he? Meinst vielleicht, er tritt euch von dem kostbaren Steinpflaster da 'was herunter?«

»Ich – ich kann das Kläffen nicht vertragen, es greift mir die Nerven an –«

»Hör' mir auf mit deinen Nerven, Junge! Mir wird ganz übel bei dem Gewinsel! Schämst du dich denn nicht, zu thun, als hätten sie dich im Altweiberspittel erzogen? ›Meine Nerven!‹« ahmte er ihm zornig nach. »I, da soll doch –« er verschluckte den Rest des Donnerwetters, zerrte an seinem Flintenriemen und drückte sich den Hut mit der Spielhahnfeder fester in die Stirn.

Inzwischen war auch Margarete nähergetreten. »Aber Reinhold«, sagte sie vorwurfsvoll, »was hat dir denn der Kleine gethan?«

»Der? Mir?« unterbrach er sie höhnisch – die Courage war ihm zurückgekehrt. »Na, wirklich, das hätte noch gefehlt, daß uns die Leute aus dem Hinterhause auch noch direkt zu Leibe gingen! ... Sei du nur erst ein paar Wochen hier, Grete, da wird es dir gerade so gehen wie mir, da wirst du dich umgucken, Jungfer Weisheit! Wenn wir die Augen nicht offen halten, da wird bald kein Fleckchen mehr im Hause sein, wo der Bursche dort« – er zeigte nach dem Knaben, der eben seinen Handkorb auf den Boden setzte, um den widerspenstigen Hund besser greifen zu können – »nicht Fuß faßt! ... Der Papa ist ganz unbegreiflich indolent und nachsichtig geworden. Er leidet's, daß der Junge in unserem Hofe herumtollt und sich mit seinen Schreibeheften unter den Linden breitmacht – auf unserem Lieblingsplatz, Grete, wo wir, seine eigenen Kinder, unsere Schularbeiten gemacht haben! Und vor ein paar Tagen habe ich mit eigenen Augen gesehen, wie er ihm im Vorübergehen ein neues Buch auf den Tisch gelegt hat –«

»Neidhammel!« brummte der Amtsrat unwillig.

»Denke, was du willst, Großpapa!« platzte der sichtlich Erbitterte heraus. »Aber ich bin sparsam wie alle früheren Vertreter unserer Firma, und über hinausgeworfenes Geld kann ich mich wütend ärgern. Man schenkt nicht auch noch Leuten, die einem ohnehin auf der Tasche liegen. Jetzt, wo mir die Bücher vorliegen, jetzt weiß ich, daß der alte Lenz nie auch nur einen Pfennig Mietzins für das Packhaus gezahlt hat. Dabei ist er ein so langsamer Arbeiter, daß er kaum das Salz verdient. Er müßte notwendig per Stück bezahlt werden; aber da gibt ihm der Papa jahraus jahrein seine dreihundert Thaler, ganz einerlei, ob er auch nur einen Teller einliefert oder nicht, und das Geschäft hat den bittersten Schaden ... Ich sollte nur einen einzigen Tag die Macht haben, da sollte aber Ordnung werden, da würde aufgeräumt mit dem alten Schlendrian –«

»Na, dann ist's ja ein wahres Glück, daß solche Grünschnäbel kuschen müssen, bis –«

»Ja, bis der Hauptsitz in der Schreibstube leer geworden ist«, ergänzte der Kommerzienrat, der plötzlich dazwischen trat. Wahrscheinlicherweise hatte er Schwiegervater und Tochter über den Hof her kommen sehen und sich schleunigst fertig gemacht, um den pünktlichen alten Herrn drunten nicht warten zu lassen. Er war im Jagdanzug und mochte wohl im Herabkommen den größten Teil des Wortwechsels am Kontorfenster mit angehört haben – es lag etwas Ungestümes in seinem plötzlichen Hervortreten, und Margarete sah, wie ihm beim Sprechen die Unterlippe nervös bebte. Er streifte übrigens das Fenster mit keinem Blick; er zuckte nur die Achseln und sagte ganz obenhin, in fast jovialem Tone: »Leider hat diesen Hauptsitz der Papa noch inne, und da wird sich das sehr weise Söhnlein das Aufräumen für vielleicht noch recht lange Zeit vergehen lassen müssen.«

Damit reichte er begrüßend seinem Schwiegervater die Hand hin.

Das Fenster wurde geräuschlos zugedrückt, und gleich darauf hing der dunkle Wollvorhang so bewegungslos dahinter, als sei auch nicht der

Schatten eines Menschen daran hingestrichen. Der junge Heißsporn mochte sich in Nummer Sicher hinter seinen Schreibtisch zurückgezogen haben.

Unterdessen war es dem Knaben gelungen, die eigenwillige Philine einzufangen; Tante Sophie, die eben mit einem Porzellankörbchen voll Gebäck aus der Wohnstube kam, hatte ihm geholfen, indem sie sich breit über den Weg gestellt. Nun klapperten seine kleinen Absätze die Stufen herab; auf einem Arme hatte er den Hund, und an den anderen hängte er wieder seinen Korb – sein Gesichtchen sah ganz alteriert aus.

»Hast du geweint, mein Kleiner?« fragte der Kommerzienrat und bog sich zu ihm nieder. Margarete meinte, sie habe noch nie diese Stimme so weich und innig gehört, wie bei der teilnehmenden Frage, die dem sonst so kalt seinen Weg gehenden, vornehm zurückhaltenden Mann gleichsam entschlüpfte.

»Ich? – was denken Sie denn?« entgegnete der Kleine ganz beleidigt. »Ein richtiger Junge heult doch nicht!«

»Bravo! Recht so, mein Junge!« lachte der Amtsrat überrascht auf. »Du bist ja ein Prachtkerl!«

Der Kommerzienrat ergriff den Hund, der alle Anstrengungen machte, sich zu befreien, und stellte ihn auf die Beine. »Er wird dir schon nachlaufen, wenn du über den Hof gehst«, sagte er beruhigend zu dem Kinde. »Aber an deiner Stelle würde ich mich doch schämen, mit dem Korbe über die Straße zu gehen« – er sah finster auf das Anhängsel an dem kleinen Arme, als ärgere er sich, die ideale Gestalt dadurch entstellt zu sehen –; »für einen Gymnasiasten paßt das nicht – deine Kameraden werden dich auslachen.«

»O – das sollen sie nur probieren!« Er wurde ganz rot im Gesicht und hob den schönen Kopf keck und energisch wie ein Kampfhähnchen. »Ich werde doch für meine Großmama Semmeln holen dürfen? Unsere Aufwartfrau ist krank und die Großmama hat einen schlimmen Fuß, und wenn ich nicht gehe, da hat sie nichts zu ihrem Kaffee, und da frage ich nicht viel nach den dummen Jungen.«

»Das ist hübsch von dir, Max«, sagte Tante Sophie. Sie nahm eine Handvoll Mandelgebäck aus ihrem Körbchen und reichte es ihm hin.

Er sah freundlich zu ihr auf, aber er griff nicht zu. »Ich danke, ich danke sehr, Fräulein!« sagte er und fuhr sich, selbst verlegen über seine Abweisung, mit der Hand in die Locken. »Aber wissen Sie, Süßes esse ich niemals – das ist nur für Mädchen!«

Der Amtsrat brach in ein lautes Gelächter aus; sein ganzes Gesicht strahlte, und plötzlich hob er das Kind samt seinem Korb hoch vom Boden auf und küßte es herzhaft auf die blühende Wange. »Ja, der ist freilich aus einem anderen Holze! Sackerlot, das wär' einer nach meinem Sinn!« rief er, indem er den Knaben wieder aus seinen gewaltigen, kraftvollen Händen entließ. »Wie kommt denn das kleine Weltwunder in die Rumpelkammer, in das alte Packhaus?«

»'s ist ein kleiner Franzose«, sagte Tante Sophie. »Gelt, in Paris bist du eigentlich zu Hause?« fragte sie den Kleinen.

»Ja. Aber die Mama ist gestorben und –«

»Sieh doch – deine Philine ist schon wieder echappiert!« rief der Kommerzienrat. »Lauf ihr nach! Sie ist imstande und rennt bis hinauf zu der alten Dame, die oben wohnt!«

Der Kleine sprang die Stufen hinauf.

»Ja, seine Eltern sollen beide gestorben sein«, sagte Tante Sophie halblaut zu dem alten Herrn.

»Das ist ja aber gar nicht wahr!« protestierte der Knabe von der Treppe herab. »Mein Papa ist nicht tot, nur weit fort, sagte die Mama immer – ich glaube, weit über dem Meer drüben.«

»Und sehnst du dich denn nicht nach ihm?« fragte Margarete.

»Ich habe ihn ja noch niemals gesehen, den Papa«, antwortete er halb trocken, halb im Ton naiver Verwunderung darüber, daß er sich nach etwas sehnen sollte, wovon er keine Vorstellung hatte.

»Das ist ja eine närrische Geschichte? Den Teufel auch! – Hm!« brummte der Amtsrat fast betreten und schlenkerte die Finger der rechten Hand, als habe er sich an etwas verbrannt. »Da ist er ja wohl gar von einer Lenzschen Tochter?«

»Kann ich nicht sagen – soviel ich weiß, ist nur eine da«, versetzte Tante Sophie. »Wie hat denn deine Mutter geheißen, Jüngelchen?«

»Mama und Apolline hat sie geheißen«, antwortete der Knabe kurz. Er war des Ausfragens sichtlich müde und strebte an den Umstehenden vorüberzukommen. Philine hatte sich endlich bequemt, den richtigen Ausgang zu suchen und war bellend in den Hof hinausgelaufen.

»Nun springe aber, Kleiner!« sagte der Kommerzienrat, der währenddem schweigend, aber mit einer Ungeduld zwischen Haus- und Hofthür hin und her gegangen war, als brenne ihm der Boden unter den Sohlen, und er fürchte, etwas von seinem Jagdvergnügen einzubüßen. »Paß auf, deine Semmeln kommen zu spät – der Kaffee wird längst getrunken sein!«

»Ach, der ist ja noch gar nicht gekocht!« lachte der Kleine. »Ich muß doch erst Späne vom Boden herunterholen und kleinmachen.«

»Mir scheint, sie machen dich zum Aschenbuttel da drüben«, sagte der Kommerzienrat, indem seine dunklen Augen aufblitzend das Packhaus suchten.

»Meinst du, das schade dem Bürschchen?« fragte sein Schwiegervater. »Ich habe auch als neunjährige kleine Krabbe Holz für die Küche kleingemacht und bin in Feld und Stall zur Hand gewesen, wie ein Hirtenjunge – bleibt das etwa an dem Manne kleben? … Was hat denn solch ein armer kleiner Schlucker für eine Zukunft? – Da ist etwas faul und nicht in der Ordnung, so viel merk' ich; und ob ›man‹ je über das Meer wieder kommen und seine verfluchte Pflicht und Schuldigkeit thun wird, das fragt sich – mit dem Worthalten in solchen Dingen ist heutzutage nicht viel los. Na, und der Alte dort«, – er zeigte nach dem Packhause – »der wird gerade auch nicht schwer an seinem Geldkasten zu schleppen haben; da heißt's einmal für den Mosje da, sich durchschlagen und alle Kraft aufwenden, daß im großen Weltgetriebe der Kopf oben bleibt –«

»Ich will ihn später ins Kontor nehmen«, fiel der Kommerzienrat mit seltsamer Hast ein; er legte dabei seine Hand wie unwillkürlich schützend auf den braunen Lockenkopf, als gehe ihm der Gedanke, daß dieses prächtige Kind im Kampf ums Dasein untergehen könne, ans Herz.

»Na, das ist ein Wort, Balduin, das freut mich! – Dann zieh' dir aber auch den da drin« – er neigte den Kopf nach dem Kontorfenster, hinter welchem sich eben wieder die Vorhangsfalten verräterisch bewegten – »erst besser, sonst gibt's Mord und Totschlag.«

Er klopfte seiner Enkelin zärtlich die Wange und reichte Tante Sophie abschiednehmend die Hand. »Auf Wiedersehen, Base Sophie!« – er nannte sie stets so – »ich werde diese Nacht wieder einmal in meiner Stadtkoje logieren – möchte gern einen Abend mit Herbert und der Gretel zusammen sein. Bitte, es droben bei der Gestrengen allerunterthänigst zu vermelden!« setzte er mit einer ironisch feierlichen Verbeugung hinzu und trat hinaus auf den Marktplatz.

Der Kommerzienrat blieb noch einen Moment wie angefesselt stehen. Er sah, zurückgewendet, wie seine Tochter dem fortstürmenden Knaben bis weit in den Hof hinein nachflog, ihm mit beiden Händen in das reiche Lockenhaar fuhr, und den lachenden kleinen Bengel küßte. Das war ein liebliches Bild, anziehend genug, um wohl einen jeden das Fortgehen vergessen zu machen …

»Na, da hat sie ihn ja schon beim Schlafittchen!« sagte Bärbe, die am Küchenfenster hantierte und schräg hinaus die Gruppe im Hofe auch sehen konnte, schmunzelnd zu der Hausmagd. »Dachte mir's doch gleich, daß unser braves Gretel mit dem Reinhold und der im oberen Stocke nicht in ein Horn blasen würde. Der kleine Schlingel mit seinem schönen Krauskopfe thut's ja einem jeden an, der ein Herz und keinen Stein in der Brust hat ... Da läuft er hin und will sich ausschütten vor Lachen über den Spaß, daß ihn das schöne Mädchen bei den Haaren erwischt hat! 's ist doch 'was Schönes um die liebe Jugend! Das mußt du doch selbst sagen, Jette – 's ist gleich ein ganz anderes Leben, wenn so ein junges Blut unter uns alte Husaren kommt! Das frischt auf!«

Und sie that ein paar kräftige Züge aus dem geliebten Kaffeetopfe und wischte sich den Schweiß von der Stirn. Es war heiß in der Küche. Die mächtige Brat- und Backmaschine glühte und liebliche Kuchendüfte schwebten in die sonnendurchfunkelte Herbstluft hinaus – es wurde gebacken, als solle eine ganze Compagnie heißhungriger Soldaten vom Manöver einrücken; war aber alles nur der einzigen heimgekehrten Tochter des Hauses zu Ehren ...

11

»Aber wahr ist's, Gretel – bist doch noch genau derselbige Kindskopf, wie dazumal, wo du mir auf Tritt und Schritt nachgelaufen bist, beide Hände an meinen Rockfalten, ganz einerlei, ob's auf den Boden oder in den Keller ging!« sagte Tante Sophie halb lachend, halb ärgerlich in einer der späteren Nachmittagstunden des anderen Tages. Sie stand im roten Salon der Bel-Etage, und der Hausknecht reichte ihr die Bilder von den Wänden herab. Alle nach dem Flursaal mündenden Thüren der Zimmerreihe standen offen; das Tageslicht fiel durch lauter vorhangentblößte Fenster, und aufgescheuchte Staubwölkchen flirrten und tanzten lustig in den Flursaal hinaus. Neue Tapeten, neue Gardinen, Portieren und Teppiche sollten für die voraussichtlich glänzende, gesellschaftlich belebte Wintersaison in die Zimmer kommen – das gab auf Wochen hinaus einen fürchterlichen Rumor.

»Hier oben ist's nichts für dich, Gretel, Trotzkopf!« wiederholte die Tante nachdrücklicher und winkte abwehrend dem jungen Mädchen, das lachend nun erst recht auf der Schwelle Posto faßte. »Es zieht und stäubt – ganz unverschämt stäubt's, sag ich dir! Möchte nur wissen, wo er immer wieder herkommt, der verflixte graue Puder! Da rennt man das ganze Jahr durch mit Wischtuch und Staubwedel hier oben herum, als wenn's extra bezahlt würde – und nun solche Wolken! Die Alten da oben« – sie zeigte auf verschiedene noch hängende Oelbilder längst vermoderter Geschlechter – »müssen sie geradezu aus ihren Perücken und Haarbeuteln schütteln ... Und dein Pudelkopf wird davon gerade auch nicht schöner werden, Gretel!«

»Schadet nichts, Tante! Ich bleibe da, und ehe du dich versiehst, hast du auch meine beiden Hände wieder an deinen Rockfalten. Es ist eine gar verwirrte Zeit, in der wir leben, der moderne Turmbau zu Babel – nur umgekehrt – wir bauen nach unten, in die stockdunkle Nacht hinein. Man weiß kaum noch, was recht, was schlecht, was krumm oder gerade, erlaubt oder verpönt ist, einen solchen Mischmasch der Begriffe haben die famosen Baubeflissenen nach unten zustandegebracht. Und da muß ein junges Ding wie ich froh sein, wenn es sich an einen richtigen Steuermann festklammern kann – und der bist du, Tante!«

»Geh weg! Ich dächte doch, gerade du hättest dein Köpfchen für dich und ließest dir nicht so leicht ein X für ein U vormachen ... Da, hilf mir – wenn du denn durchaus nicht fortzubringen bist – nimm sie am anderen Ende, ich kann sie nicht allein schleppen, die schöne Dore!«

Und Margarete ergriff das eben von der Wand gehobene Bild und half es über den Flursaal hinweg in den spukhaften Gang tragen, dessen Thüre heute weit zurückgeschlagen war. Dort lehnte schon eine ganze Reihe abgenommener Bilder an den Wänden; da standen sie geschützt; kein vorübergehender Fuß berührte sie, und nicht ein zudringlicher Sonnenstrahl schädigte ihre Farben.

Sie war in der That schwer, die Frau mit den Karfunkelsteinen. Sie stand in einem geschnitzten, reichvergoldeten, wenn auch nahezu erblindeten Rahmen, der eine von breitem Band umwundene Rosen- und Myrtenguirlande bildete. Die Frau hielt ja auch ein paar Myrtenzweiglein lässig zwischen den schlanken Fingern – so war sie jedenfalls als Braut gemalt. Das Bild war ein Kniestück, das junge Weib in smaragdfarbener, mit Silberblumen durchwirkter Brokatrobe darstellend – aber was für ein Weib war das!

Margarete hatte oft in kindlicher Neugier zu dem Bilde aufgeblickt; aber was hatte sie damals von der Beseelung einer Gestalt, von der Darstellungskraft des Pinsels verstanden? – Es war ihr immer nur aufgefallen, daß die hohe Frisur, die bei all den anderen Lamprechtschen Hausfrauen und Töchtern schneeweißer Puder bestäubte, ihre tiefe Schwärze behauptet hatte. Jetzt kniete das junge Mädchen auf den Dielen vor dem Bilde und sagte sich angesichts dieser erstaunlichen Haarfülle, aus deren nachtdunklem Geschlinge die täuschend gemalten fünf Rubinensterne förmlich glitzerten, und von welchem einzelne gelöste Ringel schlangenhaft weich auch über die zarte Brustwölbung hinabsanken, daß diese Frau sich kühn und energisch gegen die herrschende Mode und die Verunglimpfung ihres stolzesten Schmuckes verwahrt habe. Jetzt war es auch begreiflich, daß ihr der Volksmund das Wandern nach dem Tode angedichtet. Ihre Zeitgenossen, welche das Feuer aus diesen mächtigen dunklen Augen in Wirklichkeit hatten sprühen sehen, und vor welchen die zarte, bis in die graziös gebogenen Fingerspitzen hinein beseelte Erscheinung leibhaftig gewandelt und geatmet, sie hatten an ein wirkliches Sterben und Erlöschen solchen Zaubers nicht glauben können.

Es war doch etwas Wunderbares um so ein urdeutsches, altes Haus mit seinen Traditionen, die sich an das altfränkische Gerät knüpften und jeden Winkel belebten! Nur feierlicher, aber geheimnisvoller gewiß nicht war ihr beim Beschreiten der marmorbelegten Korridore alter venezianischer Paläste zumute gewesen, als jetzt im Vaterhause, wo die Gangdielen unter ihren Tritten seufzten und die Gestalten der alten Leinenhändler die Wand entlang mit gespenstigem Leben aus dem Halbdunkel auftauchten, in ihrer Reihe immer nur von einer der stummen, geschlossenen Thüren unterbrochen, hinter denen so manches Geheimnis schlafen mochte.

Wohl hatte der Papa einst das hier seit vielen Jahren herrschende Schweigen gestört und sich in den verrufenen Zimmern einquartiert, um das abergläubische Gesinde von seiner Gespensterfurcht zu kurieren, war auch bei seiner jedesmaligen Heimkehr, die zu jener Zeit stets nur für wenige Wochen seine Reise unterbrach, mit Vorliebe in diesem seinem »Tuskulum« verblieben. Aber schon nach zwei Jahren hatte sich das geändert; der Ausblick in den stillen Hof mochte ihm doch auf die Dauer nicht behagt haben. Nach einer fast halbjährigen Abwesenheit hatte er eines Tages von der Schweiz aus angeordnet, daß das ehemalige Boudoir seiner verstorbenen Frau wieder für ihn hergerichtet werde. Margarete erinnerte sich noch, daß damals zu ihrer Betrübnis die rosenfarbene Polstereinrichtung, die Aquarellen und Rosenholzmöbel in ein anderes Zimmer geschafft und durch ein dunkles Meublement ersetzt worden waren. Und als er nach Hause gekommen, da hatte er das große Oelbild seiner verstorbenen Frau, das einzige, welches seinen Platz an der Wand behauptet, sofort in den anstoßenden Salon hängen lassen – der Anblick des Bildes, ebenso wie die ganze Einrichtung scheine ihm neuerdings die alte Wunde aufzureißen, hatte die Großmama gemeint und deshalb das Arrangement vollkommen gebilligt. Die Zimmer im Seitenflügel aber waren unter seiner speziellen Aufsicht wieder in den früheren Stand versetzt worden – auch nicht der geringste Gegenstand der modernen Einrichtung war darin verblieben – dann hatte er lüften und scheuern lassen, hatte eigenhändig die Vorhänge zugezogen und den Schlüssel, wie früher auch, an sich genommen.

Margarete bückte sich und sah durch das weite Schlüsselloch in das Zimmer mit dem herrlichen Deckengemälde. Wie Kirchenluft wehte es sie an, und die abgeblaßten, transparenten Klatschblumenbouketts der Seidengardinen hauchten drinnen über Dielen und Wände einen schwachrötlichen Schein. – Arme, schöne Dore! In ihrem kurzen Leben angebetet, auf den Händen getragen, hatte sie ihr ertrotztes Glück mit einem frühen Tode gebüßt; und nun sollten der Psyche auch noch bis in alle Ewigkeit die Flügel geknebelt sein, auf daß sie immer wieder angstvoll gegen die zwei engen Wände des düsteren Ganges aufflattern müsse!

Wie durch fernes Nebelgewoge dämmerte in dem jungen Mädchen die Erinnerung an die Weißverschleierte auf. Die mächtigen Reiseeindrücke, die sie draußen in der Welt empfangen, das hochgesteigerte geistige Leben im Hause des berühmten Onkels hatten diese Episode ihrer Kinderzeit ziemlich in ihrem Gedächtnis verwischt, so zwar, daß sie schließlich selbst oft gemeint, der ganze seltsame Vorfall sei doch wohl auf den Ausbruch ihrer damaligen schweren Nervenkrankheit zurückzuführen. In diesem Augenblick jedoch, wo sie wieder vor derselben Thüre stand, aus welcher »das Huschende« damals gekommen war, und schräg gegenüber den riesigen Kleiderschrank stehen sah, hinter welchen sie sich versteckt, da gewann der Vorgang wieder schärfere Umrisse, und es war ihr plötzlich, als müsse sie auch jetzt, wie in jenem Moment, das Geklapper der forteilenden kleinen Absätze wieder hören.

An dem Schranke steckte der Schlüssel, dem ein mächtiges Schlüsselbund anhing. Margarete öffnete die nur angelehnte Thüre weiter und sah, daß Tante Sophie verschiedenes Gerät auf das obere Regal gestellt hatte, um es während der Zimmerrenovierung in Sicherheit zu wissen. An den Haken aber hingen die kostbaren Brokatschleppen der Urgroßmütter noch in Reih und Glied, wie sie es vor Jahren oft gesehen. Wie auf einem Tulpen- und Hyazinthenbeet flammten da alle starken Farben, und dazwischen funkelte Gold- und Silbergewebe und schweres Borden- und Tressenwerk – ein bedeutendes, totes Kapital, das die Pietät und der Stolz des alten Handelshauses unberührt im Schranke zerbröckeln ließen. Tief in der dunkelsten Ecke schimmerte auch ein Streifen der smaragdfarbenen Schleppe, in welcher sich die schöne Frau Dore hatte malen lassen. Margarete zog das köstliche Fundstück ans Tageslicht. Ja, Tante Sophie hatte recht, wenn sie behauptete, in alten Zeiten habe man für sein Geld solider gekauft. Das echte Silber der eingewebten Blumen schimmerte, das Grün war vollkommen frisch und unverblichen, und nur in den Falten zeigte sich der dicke, starrende Seidenstoff etwas brüchig.

Es war ein enges, schmales Mieder, an welches das junge Herz der Frau Dore einst geklopft hatte. Margarete meinte, es müsse auch ihr selbst passen – und da hatte plötzlich »der Kindskopf der lustigen Gretel« die Oberhand. Ganz nahe an der Wand lehnte auch ein hoher Pfeilerspiegel; er stand den Bildern gegenüber. Es schreckte die junge Uebermütige nicht, daß es just die hohe, stolze Gestalt des Urgroßvaters Justus war, die der Spiegel zurückwarf. Sie löste das lange Kragenband vom Halse und band sich die Lockenfülle hoch über der Stirn zum Toupet. Die sternförmige Brosche, und die dazu gehörigen Ohrringe und Manschettenknöpfe von böhmischen Granaten mußten die Rubinensterne vertreten, und für einen ersten flüchtigen Blick täuschten sie auch hinlänglich.

Es war doch wunderlich, daß die Natur noch einmal an Größe und schmächtigem Wuchs genau dieselbe Gestalt geschaffen hatte, wie sie vor fast einem Jahrhundert durch das Lamprechtsche Haus gewandelt war. Das Mieder schmiegte sich glatt und faltenlos an den Leib des jungen Mädchens, und das silberstoffene Tablier des Rockes berührte gerade ihre Fußspitzen.

Sie erschrak vor sich selber, als sie die letzte Spange des Brustlatzes festgenestelt hatte und noch einmal vor den Spiegel trat. Sie sah auch ein wenig scheu zur Seite, wo neben ihrer Schulter die Augen des Justus Lamprecht aus dem Düster des Ganges glühten und seine beringte Hand so plastisch dort auf dem großen Folianten lag, als werde sie sich im nächsten Augenblick von der Leinwand lösen und nach der Vermessenen herübergreifen ... Nun, die frevelhafte Maskerade sollte rasch ein Ende haben; in wenigen Minuten hing das Kleid unversehrt wieder im

Schranke, freilich nicht, ohne daß Tante Sophie die moderne Ahnfrau gesehen hatte.

Mit unwillkürlich verlangsamten Schritten und Bewegungen trat sie aus dem Gange. Die Schleppe rauschte mit einem förmlichen Getöse über die rauhen Dielen – in diesem panzerartig klirrenden Staatsgewande wäre der schönen Dore das lautlose Huschen freilich nicht möglich gewesen.

Der Hausknecht kam eben aus dem großen Salon und schritt durch den Flursaal nach dem Ausgang. Bei dem herankommenden Geräusch wandte er arglos den Kopf zurück und schoß gleich darauf entsetzt mit einem grotesken Sprunge zur Thüre hinaus, die er rasselnd hinter sich zuschlug.

Margarete lachte über den Effekt und trat über die Schwelle des großen Salons; aber sie wich betreten zurück, denn die Tante war nicht allein, Onkel Herbert stand neben ihr am Fenster.

Gestern nachmittag um dieselbe Zeit nun wäre es ihr sehr gleichgültig gewesen, ob der Onkel dort gestanden oder nicht. Er hatte ja nie zu denen daheim gehört, an die sie besonders gern oder gar mit Heimweh gedacht, und auch das erste Wiederbegegnen bei ihrer Heimkehr hatte ihr keinerlei Interesse für ihn geweckt. Seit gestern abend jedoch, wo sie einige Stunden droben bei den Großeltern mit ihm zusammen gewesen war, hatte sie ihm gegenüber das seltsame Gefühl eines moralischen Unbehagens. Nicht, daß sie sich durch die enthusiastische Verehrung der Großmama für den wohlgeratenen Herrn Sohn, oder den unverkennbaren Respekt, welchen ihr Vater dem jungen Schwager entgegenbrachte, hätte beeinflussen lassen – sie wußte ja, daß jene beiden leider nur dem Glück huldigten, welches sich an seine Fersen zu hängen schien, und einen Auserwählten in ihm sahen, weil Hochgestellte mit ihm wie mit ihresgleichen verkehrten – das bestach sie nicht; nur der Großpapa, der sonst so gerade, unbestechliche Charakter hatte sie stutzig gemacht. Es war doch kaum zu glauben, daß er völlig blind sei gegen die Art und Weise, wie sein Sohn Karriere machte, daß er nicht wisse, welche Mächte ihn mühelos über Staffeln hinweghoben, die andere erst nach jahrelanger Aufbietung aller eigenen Kraft zu erringen vermochten. Und doch hatten dem alten Manne gestern inniges Wohlgefallen und väterlicher Stolz frank und frei aus den Augen gestrahlt. Er hatte wiederholt gegen das moderne Strebertum geeifert, das nie nach der Lauterkeit der Mittel frage, um emporzukommen; Fuchsschwanz und Katzenbuckel und die Tartüffes seien wieder einmal an der Tagesordnung, und der rechtschaffene deutsche Sinn müsse sich vor den »Nachbarsleuten« schämen, die es mit ansähen, wie diese schleichenden und buckeligen Figuren auf dem großen Schachbrett Fuß zu fassen suchten.

Fühlte er in verblendeter Vaterliebe den Pfahl im eigenen Fleische nicht, oder verstand es der Herr Landrat, ihm Sand in die Augen zu streuen? Der hatte so gemütsruhig dabei gesessen, als sei dieses Anathema ganz in der Ordnung. Nicht ein einziges Mal war ihm das Rot der Verlegenheit oder der Beschämung in das Gesicht getreten; er hatte seine Zigarre geraucht und die feinen blauen Duftringel nachdenklich mit den Augen verfolgt; wenn er aber gesprochen, dann hatte es stets »Hand und Fuß gehabt«, wie Tante Sophie sich auszudrücken pflegte.

Uebrigens mochte doch der wahre Kern dieses Charakters sein wie er wollte, das focht sie nicht weiter an; es verdroß sie nur, daß er sich im Urteil über die beiden Kinder seiner verstorbenen Schwester so gleich geblieben war – der exemplarisch fleißige Reinhold von ehedem schien für ihn nichts von seinen Tugenden eingebüßt zu haben, während er offenbar der »wilden Hummel« auch heute noch nichts Gutes zutraute. Und hatte er nicht recht? Reinhold ging in seinem Berufe auf; er war der kühle Verstand selbst – und in ihrem Kopfe spukten heute noch tolle Fastnachtsscherze, wie Figura zeigte … Die Glut des Aergers im Gesicht, versuchte sie, sich ungesehen zurückzuziehen. Die beiden dort wendeten ihr den Rücken zu; sie schienen auf dem Fenstersims liegende Gegenstände zu betrachten, und das Rasseln der draußen zugeschlagenen Thüre mochte für ihr Ohr das Rauschen der Schleppe übertönt haben. Nun aber war es wieder so still, daß die erste Rückwärtsbewegung des jungen Mädchens die am Fenster Stehenden aufmerksam machte. Tante Sophie wandte sich um und schien einen Moment sprachlos; dann aber schlug sie die Hände zusammen und lachte laut auf.

»Beinahe wär' dir's geglückt, Gretel! Ach ja, gelt, ein Hauptspaß wär's gewesen, wenn sich die alte Tante auch einmal gegrault hätte? Na, damit war's nichts; aber es hat mir doch einen Stich durch und durchgegeben.« Sie drückte unwillkürlich die Rechte auf die Brust. »Lasse dich nur um Gotteswillen vor Bärbe nicht sehen! … Nein, wie du doch der armen Dore ähnlich bist in der Tracht, und hast doch kein Tröpfchen Blut von ihr in den Adern! Hast ja auch sonst ein ganz anderes Gesicht mit deinem schmalen Näschen und den Grübchen in den Backen –«

»Gewisse Züge um Mund und Augen und die Haltung des Kopfes machen die Aehnlichkeit«, fiel der Landrat ein. »Die schöne Dorothea hat es in ihrer Oppositionslust kühnlich mit den Vorurteilen der Welt aufgenommen, wie ihr ungepudertes Toupet und ihre Heirat beweisen. Sie muß Eigenwillen und Uebermut in hohem Grade besessen haben, und diese Charaktereigenschaften geben einen besonderen Stempel.«

Margarete hob gleichmütig die Augen nach dem gegenüberhängenden Spiegel, der ihre ganze Gestalt zurückwarf. »Ja, wahr ist's, es liegt viel kindischer Uebermut in der dummen Maskerade! Aber Spaß macht sie mir doch, köstlichen Spaß! – Und wenn alle Welt die Nase darüber rümpft, es war doch wonnig, in das Staatskleid unserer ›weißen Frau‹ zu schlüpfen ... Und wahr ist's auch, daß ich gern mit den Vorurteilen der Welt anbinde – ein Staatsverbrechen, das natürlich gesetzten Leuten die Haare zu Berge treiben muß. Und darum hast du ganz recht, Onkel Herbert, mir den Text zu lesen, wenn auch nur in der verblümten Form der Satire ...« Sie zupfte die schönen Niederländer Spitzen an Brustlatz und Aermeln so ruhig und sorgsam zurecht, als sei sie vorhin nicht einen Augenblick außer Fassung gewesen, und trat tiefer in das Zimmer herein. »Ich fürchte nur, du kommst auch jetzt nicht weiter mit mir, als damals, wo meine Schreibehefte und das Hersagen der französischen Vokabeln dir die Nerven irritierten«, fuhr sie achselzuckend fort. »Ich schreibe nämlich heute noch wie mit dem Zaunpfahl, und vor Pariser Ohren lasse ich mein bißchen Thüringisch-Französisch aus guten Gründen nie laut werden.«

»Geh, übertreib's nicht! So schlimm wird's nicht sein!« sagte Tante Sophie lachend. »Da komm einmal her und sieh dir den Schaden an!« – Sie nahm die Scherben einer antiken Vase vom Fenstersims und legte sie auf den großen Tisch inmitten des Zimmers. »Ich behüte die Sachen hier oben mit Augen und Händen und hab' auch bis jetzt noch kein Unglück gehabt mit dem zerbrechlichen Zeug; und nun macht mir der dumme Mensch, der Friedrich, den Streich und wirft die Vase da vom Spiegeltisch ... Und ich konnte nicht einmal zanken; dem armen Tapps klapperten die Zähne aneinander vor Schreck, und es war fast zum Lachen, wie er seine paar Groschen aus der Tasche holte, um den Schaden zu bezahlen. Ich weiß nicht mehr, wieviel Dukaten die paar Thonscherben da gekostet haben sollen – ein unsinniges Geld war's, das ist gewiß. Vetter Gotthelf, dein Großvater, Gretel, hat diese Vase aus Italien mitgebracht.«

Margarete war an den Tisch getreten. »Imitation, und noch dazu schlechte!« sagte sie bestimmt nach kurzer Prüfung. »Der Großpapa hat sich betrügen lassen. – Wirf die Scherben getrost in den Schutt, Tante! Bärbes geliebter Kaffeetopf ist von ähnlicher Abkunft.«

»Das klingt ja so entschieden, als spräche Onkel Theobald selbst«, sagte der Landrat vom Fenster her. »Nun begreife ich, daß er seine Mitarbeiterin bereits schmerzlich vermißt –«

»Mitarbeiterin?!« Sie lachte amüsiert auf. »Seinen dienstbaren Geist, einen Erdgnomen, willst du sagen! So eine Art Wichtelmännchen, das geräuschlos den Ofen in der Bibliothek besorgt, was kein Dienstbote kann; das dann und wann eine Tasse starken Kaffes kocht und unbemerkt hinschiebt, wenn der große Forscher angestrengt arbeitet, und ab und zu eidechsenhaft still die Treppenleiter der Bibliothek hinauf- und hinabgleitet, um ihm mit der pünktlichen Bücherzufuhr die ›Quellenstudien‹ zu erleichtern – solch ein Wichtelmännchen, ja, das bin ich! … Und wenn hier und da etwas an mir hängen bleibt von dem Geist und dem Wissen, das man dort gleichsam mit der Luft atmet, so ist das kein Wunder. Systematisch geordnet und wirklich brauchbar aber ist das kunterbunte Chaos hier nicht« – sie tippte mit dem Finger gegen die Stirn. »Wer verlangt das aber auch von einem Mädchenkopf, gelt, Onkel?«

Lächelnd warf sie das Vasenbruchstück auf den Tisch. »Woher aber weißt du, daß Onkel Theobald meine kleinen Dienste vermißt?« fragte sie plötzlich lebhaft aufblickend.

»Das kannst du erfahren. Meine Mutter hat vorhin einen Brief von Tante Elise erhalten. Du fehlst nicht allein in Onkels Studierstube, auch im Salon der Tante, wo sich die Freunde des Hauses versammeln, wird deine schleunige Rückkehr ersehnt … Herr von Billingen-Wackewitz ist wohl das enfant gâté in diesem Salon?«

»Aus welchem Grunde glaubst du das?« – Ein helles jähes Rot stieg ihr in die Wangen, während sie die Brauen leicht zusammenzog.

Er wandte den durchdringenden Blick nicht von ihrem Gesicht. »Das will ich dir sagen. Ich möchte wetten, daß der lange, eingehende Bericht der Tante keine fünf Zeilen aufzuweisen hat, in welchem der schöne Mecklenburger nicht figuriert.«

»Er ist Tante Elisens Protegé und einer der wenigen Adeligen, die das Haus des Onkels, des ›alten Freiheitsschwärmers‹ besuchen«, sagte sie, sich von ihm wegwendend, erklärend zu Tante Sophie.

Der Landrat lehnte sich mit dem Rücken an Sims und Fensterkreuz. »Also eine politische Inklination, Margarete?« warf er spöttisch hin. »Tante Elise schreibt anders darüber.«

Ihre Augen funkelten in tiefverletztem Mädchenstolz; aber sie bezwang sich. »Das sieht aus wie der Anfang eines Familienklatsches, und dazu sollte Tante Elise, die geistreiche Frau, ihre Feder hergeben?« sprach sie mit ungläubigem Achselzucken.

Er lachte leise, aber hart auf. »Die Erfahrung lehrt, daß im Punkt des Ehestiftens die Frauen insgesamt – gleichviel ob geistreich oder beschränkt – ein und dieselbe kleine Schwäche haben.«

»O, ich bitte mir's aus – ich nicht!« protestierte die Tante energisch. »An solchen heiklen Dingen hab' ich mir nie die Finger verbrannt.«

»Rühmen Sie sich nicht zu früh, Fräulein Sophie – Sie könnten gerade jetzt stark in Versuchung kommen!« warnte er sarkastisch. »Herr von Billingen soll ein schöner Mann sein –«

»Ja, er ist groß von Gestalt und hat ein Gesicht weiß und rot wie eine Apfelblüte«, warf Margarete ein.

Er sah nicht auf von seinen Fingernägeln, die er angelegentlich zu betrachten schien.

»Vor allem trägt er einen Namen, der hochangesehen und sehr alt ist«, fuhr er unbeirrt fort.

»Jawohl, uralt!« bestätigte Margarete abermals. »Die Heraldiker streiten bis auf den heutigen Tag, ob das seltsame Gebild in einem der Wappenfelder das Feuersteinbeil eines Höhlenbewohners, oder ein Webstuhlfragment aus der späteren Pfahlbauzeit sein soll.«

»Potztausend, was für ein Stammbaum! Davor müssen sich ja unsere dicksten Eichen verkriechen«, meinte Tante Sophie mit schelmischem Augenblinzeln. »Was, so hoch willst du hinaus, Gretel?«

Die Augen des jungen Mädchens sprühten förmlich in Mutwillen. »Mein Gott, warum sollte ich denn nicht?« fragte sie zurück. »Ist das ›Hochhinauswollen‹ nicht ein Zug unserer Zeit? Und ich, ein Mädchen! ein Mädchen, das acht Lot Gehirn weniger hat, als die Herren der Schöpfung, wie sollte ich mir darüber ein eigenes Urteil bilden und meinen eigenen Weg gehen wollen! Nein, so vermessen bin ich nicht! Ich laufe brav mit auf der Heerstraße der Tagesmode und sehe nicht ein, weshalb es mir nicht auch Spaß machen soll, mehr zu werden und den Staub meiner Abkunft von den Füßen zu schütteln.«

»Na, das sollten unsere alten Herren da oben hören!« drohte die Tante und zeigte auf einige noch nicht abgenommene Oelbilder der aus ihrer Allongeperücke stolz und ernsthaft von der Wand herabschauenden Kaufherren.

Margarete zuckte lächelnd die Achseln. »Wer weiß, wie sie heutzutage mit ihrem strengen Bürgersinn fertig würden! ›Wir sind Kinder unserer Zeit und keine Spartaner!‹ hörte ich kürzlich sagen; und so könnte es immerhin sein, daß die alten, mit Bienenfleiß in Kontor und Lagerräumen schaffenden Lamprechts es machten wie so viele jetzt, und sich glücklich schätzten, ihren Honig als Mitgift der Töchter in den leeren Stock irgend eines ›alten, hochangesehenen Geschlechts‹ gießen zu dürfen ... Das soll der Bürgerstolz heutigestags sein – so sagen die Leute.«

»So sagen die Leute«, wiederholte der Landrat kopfnickend. »Selbstverständlich hast du diesen Ausspruch scharfer Zungen auch wieder nur von anderen –«

»Natürlicherweise«, bestätigte sie lachend. »Ich mache es genau wie andere junge Mädchen auch – ich plappere nach, Onkel ... Ich höre zu, wenn andere über die heutigen Zustände diskutieren, und manches interessiert mich wirklich. So zum Beispiel die Kletterstange voll wünschenswerter Dinge, die jetzt in der Welt aufgerichtet sein soll –«

»Und welcher die Streber in hellen Haufen zuströmen, nicht wahr, Margarete?« unterbrach sie Herbert mit kaltem Lächeln.

Ihr Blick, der dem seinen begegnete, verdunkelte sich. »Jawohl, Onkel! Solche, denen der ehrliche Heimatboden nicht gut genug, der gerade Weg nicht der beste ist. Manch braves Menschenkind soll bei dem Ansturm zu Boden getreten werden. Sonst soll das Klettern leicht sein, sagen die Leute; man müsse immer nur auf die äußeren Signale achten, um Gotteswillen aber nie auf irgend eine innere Stimme, wie die des Herzens oder der wahren Ueberzeugung, sonst falle man herab, wie der angerufene Nachtwandler vom Dach. Auch schöne Damenhände sollen manchmal helfen –«

»Pst!« machte Tante Sophie und hob den Zeigefinger in der Richtung des Treppenhauses. Es mochte ihr wohl gelegen kommen, daß draußen Schritte heraufpolterten und das Gespräch unterbrachen, welchem die übermütigen Anspielungen des jungen Mädchens eine peinliche Wendung zu geben drohten. »Lauf und wirf das Kleid ab, Gretel!« drängte sie. »Dem Schritte nach ist's Reinhold, der herauskommt, und der kann selten einen Spaß vertragen, er wird leicht grob!«

Margarete flog nach der Thüre. Sie vermied es ängstlich, mit dem reizbaren Bruder in Kollision zu kommen; aber schon war es zu spät; Reinhold kam in Begleitung der Großmama den Flursaal entlang.

12

Die Eintretenden prallten zurück vor der aus dem Rahmen gestiegenen »schönen Dore«, die sich wieder bis an den Tisch inmitten des Salons zurückgezogen hatte, die Stirn gesenkt, als erwarte sie widerspruchslos die Grobheiten, die auf ihr Haupt niederregnen sollten.

»Das ist wieder einmal ein verrückter Streich von dir, Grete! Den Tod könnte man davon haben«, sagte denn auch Herr Lamprecht junior prompt, nachdem er zu Atem gekommen war.

»Ja, Holdchen, es war eine grenzenlose Albernheit«, gab sie sanft lächelnd zu. Dabei ging sie von Thüre zu Thüre, um die offenen Flügel zu schließen – für Reinhold war der Zug stets verderblich.

»Unsinn!« murrte er und folgte jeder ihrer Bewegungen mit geärgertem Blick. »Das rauscht und rasselt, und das Silber stäubt ab von den morschen Fäden. Der Papa sollte nur kommen und sehen, wie du das kostbare Inventarstück über die Dielen schleifst! Da wär's aus und vorbei mit seiner Vorliebe, die ihm geradezu über Nacht gekommen sein muß – thut er doch gerade, als hättest du in Berlin die Weisheit mit Löffeln gegessen!«

»Rege dich nicht auf!« bat sie. »Ich gehe gleich. In wenig Minuten hängt das Kleid an seinem Platze, und ich werde mich nie wieder daran vergreifen. Geh, sei gut!« Sie legte bittend ihre zarten Fingerspitzen auf seine Hand, die er auf den Tisch stützte; aber er schob sie weg. »Ach, lasse doch diese Kindereien, Grete! Ich hab's von klein auf nicht leiden können, wenn man mir zu nahe kommt – das weißt du doch!«

Sie nickte lächelnd mit dem Kopfe, nahm vorsichtig das Kleid auf, um das Lärmen beim Hinausgehen zu verhindern und ging zur Mittelthüre. Aber an der Schwelle zögerte sie und wandte sich zurück.

»Was sind denn da für Dummheiten geschehen?« hatte sie Reinhold sagen hören; und nun sah sie, wie er die Vasenscherben durcheinander warf.

»Ja, siehst du, Reinhold, das ist nun so ein kleines Malheur, wie es einem bei einer gründlichen Räumerei leicht passirt«, sagte Tante Sophie achselzuckend. Sie vermied es geflissentlich, den eigentlichen Missethäter, den »armen Tapps«, zu nennen.

»Was, ein kleines Malheur?« wiederholte der junge Mensch ganz empört. »Aber, Tante, du scheinst auch nicht die blasse Ahnung von dem Geldwert zu haben, der dir hier oben anvertraut ist! Bare zehn Dukaten hat diese Vase gekostet; ich will es dir aus dem Inventarbuch beweisen – bare zehn Dukaten! ... Ja, weiß Gott, es ist geradezu haarsträubend, wie oft aus Marotte mit dem Gelde gehaust wird. Der gute Großpapa ist auch so einer gewesen. Tausende stecken in dem Kram aus Olims Zeiten, den er zusammengeschleppt hat. Die Antiquitätenhändler wissen das und klopfen immer wieder an bei uns; aber der Papa wird allemal grob, und ich würge dann tagelang an dem Aerger über die unverantwortliche Verschwendung! ... Aber es wird auch einmal anders, und dann weiß ich einen, der aufräumt. Da wird alles versilbert, alles, was nicht absolut nötig ist zum Hausgebrauch.« Er schüttelte den Kopf und warf die Scherbe in seiner Hand auf den Tisch. »Zehn Dukaten! Ein Pappenstiel natürlicherweise! Eine Lappalie für alle in unserem Hause, die nicht rechnen können.«

»Na, sei nur ruhig; ich hab' das Einmaleins gründlich weg und brauche nicht auf euren Kontorstühlen zu sitzen, um zu wissen, was das Geld wert ist«, unterbrach ihn Tante Sophie gleichmütig. »Die zehn Dukaten sind aber schon dazumal zum Fenster hinausgeworfen gewesen. Auch der Klügste läßt sich einmal anführen mit nachgemachtem Zeug, wie das hier ist.« Sie zeigte auf die Scherben.

»Wie – nachgemacht? Wer sagt denn das?«

»Margarete sagt es«, sprach der Landrat, der langsam an den Tisch getreten war.

Reinhold lachte laut auf. »Die Grete? Diese da?« Er zeigte mit dem Finger nach dem jungen Mädchen.

»Ja, deine Schwester«, bestätigte Herbert mit festem verweisendem Blick in das impertinent grinsende Gesicht des Neffen. »Ich möchte dich übrigens bitten, den Ton, welchen du der Tante und deiner Schwester gegenüber noch so jungenhaft unmanierlich anschlägst, nunmehr zu ändern. Es ist dir zeitlebens, deiner reizbaren Nerven wegen, sehr viel nachgesehen worden, allzuviel, wie ich fürchte – aber nun solltest du doch wissen, daß auch du Anstandspflichten hast.«

Reinhold hatte den Sprecher anfänglich ganz perplex angestarrt, eine solche ernste Rüge aus diesem Munde war ihm neu; aber bei all seiner Unverfrorenheit war er doch ein feiger Bursche, der jedem Stärkeren aus dem Wege ging. Er nagte an seiner Unterlippe und wagte kein Wort der

Erwiderung. Scheu wegsehend, griff er in die Brusttasche, zog einen Brief heraus und warf ihn so auf den Tisch, daß das sehr große Siegel obenauf zu liegen kam. »Hier, Grete, der Brief ist vorhin im Kontor für dich abgegeben worden«, sagte er mürrisch. »Nur des Wappens wegen, das fast so groß ist, wie unser herzogliches, bin ich die zugige Treppe heraufgeklettert; sonst ist es mir sehr egal, wer dir schreibt.«

Das junge Mädchen war feuerrot geworden. Der Uebermut, der vorhin ihre ganze Erscheinung beseelt hatte, war kläglich zusammengesunken. Fast hilflos, mit einem angstvoll scheuen Blick nach dem Briefe, stand sie da wie ein tieferschrockenes Kind.

»Das ist das Wappen der Herren von Billingen-Wackewitz, Reinhold«, sagte die Frau Amtsrätin ganz feierlich, mit hörbarer Ergriffenheit. »Ich könnte dir manches heilig aufgehobene Billetdoux mit diesem herrlichen Siegel zeigen. Ein Fräulein von Billingen war früher Oberhofmeisterin bei unseren gnädigsten Herrschaften. Sie war mir sehr gütig gesinnt und korrespondierte mit mir über unseren Frauenverein ... Mein Gott, wenn ich damals hätte denken sollen –« Sie brach ab mit einem fast verzückten Aufblick, schlang ihren Arm um die Taille der Enkelin und zog sie an sich. »Mein liebes, liebes Gretchen, du kleine Spitzbübin!« rief sie mit tiefer Zärtlichkeit. »Also das ist der Magnet gewesen, der dich in Berlin festgehalten hat? ... Und ich bin so unverantwortlich kurzsichtig gewesen und habe dir Vorwürfe gemacht, während du berufen warst, ein unaussprechliches Glück in unser Haus zu bringen. Solch eine blinde, ungerechte Großmama, gelt Herzenskind? Bist du mir böse?«

Die Enkelin entschlüpfte der Umarmung und trat um einen Schritt weg. Sie hatte ihre Fassung wiedergewonnen. »Ich habe keinen Grund, böse zu sein – ein solches Gefühl würde sich auch wenig schicken für die Enkelin«, sagte sie fast trocken und zupfte ordnend, mit einem Seitenblick nach Reinhold, an den Spitzen des »kostbaren Inventarstückes«. »Solche Extravaganzen dürfen wir uns nicht erlauben, solange ich im Staatskleid der schönen Dore stecke – Reinhold wird zanken.«

»Ach, wüßte er, was ich weiß«, entgegnete die alte Dame mit schalkhaftem Augenblinzeln, »dann würde er nur mit mir finden, daß dir die Robe unvergleichlich steht! Ja, so wie ich dich da vor mir sehe, mit der wirklich vornehmen Haltung und dem – nun, auch eine Großmama darf einmal schwach sein in ihrer großmütterlichen Eitelkeit – und dem durchgeistigten, pikanten Gesichtchen – ja, so könntest du dich getrost den illustren Frauengestalten anreihen, die in einem gewissen Saale von den Wänden blicken.«

»Auch mit dem ›wilden Haar und den Jungenmanieren‹, Großmama?!«

Die Frau Amtsrätin wurde ein wenig rot und hob beide Hände empor. »Liebes Kind – doch nein«, unterbrach sie sich – »ich will heute still sein! Morgen, oder vielleicht auch erst in einigen Tagen, wirst du mir viel zu sagen haben, unendlich viel, mein Kind, was mich lebenslang beseligen wird. Ich weiß es. Bis dahin will ich mich bescheiden!«

Margarete antwortete nicht. Mit scheuem Finger griff sie nach dem Briefe, schob ihn in die weite Kleidertasche und ging hinaus, um die Staatsrobe wieder an Ort und Stelle zu bringen. In diesem Augenblick erinnerte sich auch die Frau Amtsrätin, daß sie ja eigentlich nur heruntergekommen sei, um sich bei Tante Sophie ein Tortenrezept auszubitten; der Herr Landrat aber, der ja auch nur hier eingetreten, weil er draußen im Vorübergehen das Geräusch der stürzenden Vase gehört, hatte Hut und Stock vom Tische genommen und war mittlerweile in den Flursaal hinausgegangen.

Er stand vor dem nächsten Büffett und besah anscheinend sehr interessiert die alten Humpen und Becher, als Margarete an ihm vorüber nach dem Gange schritt. »Du wirst mir später einmal viel abzubitten haben, Margarete«, sagte er halblaut, aber mit Nachdruck über die Schulter hinweg zu ihr.

»Ich, Onkel?« Sie hemmte ihre Schritte und trat verstohlen lächelnd näher. »Mein Gott, sofort, auf der Stelle soll es geschehen, wenn du es wünschest! Töchter und Nichten müssen das, und können es auch getrost, unbeschadet ihrer Mädchenwürde.«

Er wandte sich voll nach ihr um; zugleich warf er aber auch auf den herankommenden Reinhold einen so streng und finster zurückweisenden Blick, daß der lange Mensch betroffen kehrt machte und mit den beiden alten Damen den Flursaal verließ.

»Du scheinst die Jahre, während welcher wir uns nicht gesehen haben, für meine Person doppelt zu rechnen«, sagte Herbert finster. »Ich komme dir wohl sehr alt und ehrwürdig vor, Margarete?«

Sie bog ihr Gesicht ein wenig zur Seite und die übermütigen Augen huschten musternd über seine Züge. »Nun, weißt du, gar so schlimm ist's nicht – ich sehe noch kein einziges graues Haar in deinem schönen Barte.«

»Schlimm genug, wenn du bereits danach suchst!« Er sah einen Moment weg durch das nächste Fenster. »Es war mir ein wenig verwunderlich, bei deiner Ankunft so respektvoll von dir begrüßt zu werden; meines Wissens hat mich immer nur Reinhold ›Onkel‹ genannt, du nie!«

»Du hast recht – ich nie, trotz so mancher Strafpredigt! – Dein Onkelgesicht imponierte mir nicht! ›Gerade wie Milch und Blut ist's,‹ sagte Bärbe immer.«

»Ach so – nun sind dir die Farben greisenhaft genug?«

Sie lachte. »Ach, das spricht ja nicht mehr mit – der Bart macht's! Solch ein aristokratisch gescheitelter Kinnbart imponiert, Onkel!«

Er verbeugte sich ironisch.

»Und dann – als ich dich vorgestern abend neben der schönen Dame sitzen sah, und du kamst dann heraus in den Flursaal, Zoll für Zoll der erste Beamte der Stadt, und deine ganze Erscheinung umleuchtet von dem Widerschein fürstlicher Vornehmheit, da kam mir das Respektgefühl geradezu überwältigend, und ich schämte mich furchtbar.«

»Da muß ich ja wohl sehr entzückt sein, daß dir der Onkeltitel nun so flott von den Lippen kommt?«

Sie wiegte lächelnd den Kopf. »Nun weißt du, so ganz unbedingt ist das nicht zu verlangen. Ich sehe recht gut ein, daß es nicht angenehm sein mag, von einem so alten Mädchen, wie ich bin, ›Onkel‹ genannt zu werden. Aber ich kann dir nicht helfen. Wir armen Lamprechtskinder sind ohnehin zu kurz gekommen; wir haben nur diesen einen Mutterbruder, und wenn auch nur ein Stiefonkel, mußt du dir es doch gefallen lassen, zeitlebens Onkel Herbert zu bleiben.«

»Nun gut, ich bin's zufrieden, liebe Nichte. – Aber du wirst nun auch wissen, daß du diesem anerkannten Onkel gegenüber die Pflicht des Gehorsams übernimmst.«

Sie stutzte; aber sofort ging auch ein Strahl des Verständnisses durch ihre Züge. »Ah, du meinst das!« Sie legte die Hand dunkel errötend auf die Tasche, in welcher das angekommene Schreiben steckte, und in ihren Augen glomm es wie feindselig auf.

Er sah nur mit halbem Blick hin und schwieg.

»Ja, das ist's!« nickte sie mit Bestimmtheit. »Du denkst genau wie die Großmama. Ihr seid stolz auf die Aussicht, die sich mir bietet, und öffnet dem Freier Herz und Arme, ohne ihn je gesehen zu haben. Wozu auch? Kennt ihr doch seinen Namen – mehr braucht es nicht … Nun kennst du aber auch den Querkopf deiner Nichte, und vielleicht beschleicht dich die geheime Furcht, daß sie den grenzenlos dummen Streich machen könnte, lieber Grete Lamprecht bleiben zu wollen; da ist ein Recht mehr gegen den Oppositionsgeist von großem Wert für die Familie. Das Haus ›Marschall‹ ist im Begriff, bis über die Wolken zu steigen, und da verlangt es das eigene Interesse, daß auch die verwandten Lamprechts höher gehoben werden.«

»Es ist erstaunlich, wie scharfsinnig du bist!«

Sie lachte. »Nein, Onkel, das Kompliment weise ich zurück! Du denkst zu schmeichelhaft von mir. Der da«, – sie hob den kleinen Finger der Rechten – »der sagt mir's nicht ... Für mich ist die ganze Luft unseres Hauses beseelt und lebendig; aus allen Gängen und Treppenwinkeln wispert und flüstert es mir zu; denn ich bin an einem Ostersonntag geboren und habe mich immer sehr gut mit unseren Hausgeisterchen gestanden. Und wie sie mir früher von den alten Zeiten zuraunten, von den Silberfäden des Lein, die sich draußen auf Handelswegen verwandelt und als eitel Gold in die Truhen meiner Urväter zurückgeflossen seien, so flüstern sie jetzt von einem ganz anderen Glanz, von fürstlicher Huld und Gnade, von der Gunst schöner, blaublütiger Frauen, und von dem alten Plebejerblut, das nach jahrhundertelangem Sammelfleiß nunmehr reif sei, in einer höheren Kaste aufzugehen.«

»Ei, das sind ja ganz allerliebste Kobolde mit ihren kleinen Bosheiten, die die Luft vergiften! Man sollte auf sie fahnden –«

»Mit deinen Gendarmen, Onkel? Das gäb' aber einen Spaß für die lustigen Kameraden! Sie würden erst recht an meinem Ohr niederhocken und weiter erzählen von dem neuen Theaterstück in Lamprechts Hause, in welchem sogar das dumme Ding, die Grete, mitspielen soll – ein Freiherrnkrönchen auf das Struwwelhaar gesetzt, und die Wandlung sei fertig, meinen sie ... Aber weißt du, Onkel, ein ganz klein wenig Stimme habe ich doch auch dabei, meinst du nicht? Das kleine Wörtchen ›Ja‹ muß doch auch gesagt werden. Und da nehmt euch nur in acht, daß der Vogel nicht davonfliegt, ehe er gesungen hat! Mich fangt ihr nicht!«

»Es käme auf eine Probe an –«

»Versuch's, Onkel!« Sie sah halb über die Schulter nach ihm zurück, und ihre Augen sprühten auf, als sei sie sofort bereit, den Wettlauf der Geister anzutreten.

»Ich nehme die Herausforderung an, darauf verlasse dich! Aber das merke dir, habe ich den Vogel einmal, dann ist's um ihn geschehen!«

»Ach, das arme Ding, da muß es singen, wie du pfeifst!« lachte sie. »Aber ich fürchte mich nicht – ich bin eine Spottdrossel, Onkel, und könnte dich leicht auf den verkehrten Weg locken!«

Sie verbeugte sich graziös, unter heimlichem Lachen, und schritt eiligst nach dem Gange hinter der Frau Dorotheens Sterbezimmer, und während sie mit flinken Händen die Spangen des Kleides löste, hörte sie, wie der Landrat den Flursaal verließ. Zugleich wurde aber auch die Stimme ihres die Treppe heraufkommenden Vaters laut. Die beiden Herren begrüßten sich, wie es schien, unter der Thür; dann fiel diese zu und der Kommerzienrat ging nach seinem Zimmer.

Er war schon in aller Frühe nach Dambach geritten, war über Mittag draußen verblieben und kam eben heim. Es drängte sie, ihn zu begrüßen, um so mehr, als er heute Morgen düster schweigend, mit verfinstertem Gesicht zu Pferde gesessen und für ihr fröhliches »Guten Morgen« vom Fenster aus kaum ein leichtes Kopfnicken und kein Wort der Erwiderung gehabt hatte. Das war ihr schmerzlich auf das junge, froh gestimmte Herz gefallen. Aber Tante Sophie hatte sie getröstet. Das sei wieder einmal solch ein schlimmer Tag, wo man sich stillschweigend zurückhalten und ihm aus dem Wege gehen müsse, hatte sie gemeint. Er wisse da selbst am besten, was ihm not thue, um das schwarze Gespenst los zu werden – das sei ein Ritt in die frische Luft hinaus und Zerstreuung draußen im Fabrikgetriebe. Abends werde er schon »umgänglicher« zurückkommen.

Die Brokatschleppe der schönen Dore hing wieder in der tiefsten Schrankecke, und Margarete war eben im Begriff, ihr Haar zu ordnen, als sie abermals die Zimmerthür ihres Vaters gehen hörte. Er trat wieder heraus und ging den Flursaal entlang. Er kam rasch näher, und es schien, als schreite er direkt dem Gange zu.

Margarete erschrak. Sie war in Unterkleidern und mochte sich überhaupt nicht hier vor ihm sehen lassen; wußte sie doch nicht, in welcher Stimmung er heimgekommen war und wie er ihr mutwilliges Attentat auf das ehrwürdige Inventarstück des Hauses beurteilen würde. Ein wahres Angstgefühl packte sie. Unwillkürlich schlüpfte sie in den Schrank, schmiegte sich tief in die Seidenwogen – es war ihr, als versinke sie in rauschenden Gewässern – und zog die Thür leise an sich.

Wenige Augenblicke nachher kam der Kommerzienrat um die Gangecke. Durch die schmale Thürspalte konnte ihn die Tochter sehen. Der Ritt in die frische Luft und das Fabriktreiben in Dambach hatten nicht an das Gepräge schwarzer Melancholie gerührt, welches diese schöne

117

Männererscheinung für alle im Hause oft so furchterweckend machte. Er hatte einen kleinen Strauß frischer Rosen in der Rechten und schritt achtlos zwischen den Bilderreihen seiner Vorfahren hin. Nur das Oelbild der schönen Dore, welches schräg zwischen die Schrankecke und die Wand gelehnt, ihm die bezaubernde Gestalt gewissermaßen entgegentreten ließ, schien eine unheimliche Wirkung auf ihn zu üben. Er fuhr zurück und legte die Hand über die Augen, als befalle ihn ein Schwindel. Dieses Erschrecken war begreiflich. Drüben im roten Salon, hoch an der hellen Wand, trat das Dämonische dieser Schönheit nie so sieghaft hervor, wie hier im spukhaften Halbdunkel … Er murmelte leidenschaftliche Worte in sich hinein, packte wie in einem Wutanfall das schwere Bild und kehrte es gegen die Wand. Der Rahmen schlug hart an das Mauergestein und krachte in den Fugen.

Der erschrockenen Tochter stockte der Atem. War es doch, als schlage aus dem finsteren, melancholischen Brüten plötzlich die Flamme des Irrsinns empor, als müsse die gewaltthätige Hand zerstörungswütig das stille Kaufmannshaus zum Schauplatz grauenvoller Ereignisse machen. Aber das Furchtbare geschah nicht. Mit dem Verschwinden der Frauengestalt in der dunklen Ecke schien auch der Sturm des in der Seele aufgeregten Mannes beschwichtigt. Er schritt weiter, dicht an der Tochter vorüber, so daß sie durch die klaffende Thürspalte sein heftiges Ausatmen zu spüren meinte.

Gleich darauf rasselte der Schlüssel im nächsten Thürschloß. Der Kommerzienrat trat ein, zog den Schlüssel wieder ab und schob drinnen den Riegel vor.

Ein Grauen überschlich die Lauschende. Was that er drinnen, so allein mit seinen dunklen Gedanken in den öden, verstaubten Räumen? – Niemand im Hause ahnte, daß er noch hier verkehrte. Bärbe behauptete, er sei mit keinem Fuß wieder in den Gang gekommen – dazumal müsse ihm doch gar zu arg aufgespielt worden sein; denn für nichts und wieder nichts gebe kein beherzter Mann so jämmerlich Fersengeld, daß er sich nicht wieder zurücktraue. Nun war er doch drin – wie vergraben in der tiefen Stille und Dämmerung; denn kein Laut drang heraus. – Vielleicht war es aber gerade diese grabesruhige Abgeschiedenheit, die er schließlich suchte, wenn er im Weltgetriebe seinen bösen Dämon nicht abzuschütteln vermochte. Sie sänftigte wohl den inneren Sturm, das heiße, kranke Blut, das ihm so beängstigend den Kopf verdunkelte … Ja, er war krank. Es war nicht, wie die Großmama fälschlich behauptete, ausschließlich der

Gram um ihre verstorbene Mutter, der ihn so furchtbar verändert – war er doch in den ersten Jahren nach ihrem Tode nicht so verbittert und schwarzgallig gewesen – nein, er war krank, Wahngebilde verfolgten und marterten ihn; das hatte sie schon am Abend ihrer Ankunft erkennen müssen. Er, der strengrechtliche, pünktliche Chef der hochgeachteten Firma Lamprecht, der stolze Mann, auf dessen Ehre auch nicht der leiseste Makel haftete, er bildete sich plötzlich ein, es könne eine Zeit kommen, wo man mit Fingern auf ihn zeige, wo er verfemt sein werde in Kreisen, denen sein falscher Ehrgeiz unablässig zustrebte. Das Herz krampfte sich ihr zusammen vor Weh, indem sie sich vergegenwärtigte, wie er vor ihr, seinem Kinde, in jenem Augenblick fast flehend gestanden und an ihre Mithilfe, ihre kindliche Treue appelliert hatte. So weit hatte ihn die tückische Krankheit bereits gebracht!

Einen Moment noch horchte sie nach der verriegelten Thür hin – es blieb totenstill dahinter –, dann stieg sie mit zitternden Knieen aus ihrem Versteck, raffte ihre vorhin abgeworfenen Oberkleider zusammen und flog nach einem der vorderen Zimmer, um dort ihren Anzug schleunigst wieder in Ordnung zu bringen … Welch ein Glück, daß der Papa nicht zehn Minuten früher nach Hause gekommen war! Versetzte ihn schon die gemalte, leblose Leinwand in eine so hochgradige Aufregung, was wäre wohl geschehen, wenn er das unselige Weib scheinbar leibhaftig jählings vor sich gesehen hätte! Daß die Mummerei bereits ein anderes Unheil angerichtet, daran dachte ihre Seele nicht.

Seit einer halben Stunde saß er drunten auf der Küchenbank, der erschrockene Hausknecht. Die zitternden Beine trugen ihn noch immer nicht, und die sonst so schön rot lackierten Backen blieben blaß. Die ganze Küche roch nach Likör – »nichts besseres als das!« hatte Bärbe gesagt und ihm ein beträufeltes Stück Zucker um das andere in den Mund geschoben. Und das ganze Hausgesinde stand um ihn her und konnte sich nicht satt hören und »graulen«.

»Nein, nein, nein – ein für allemal nicht!« wiederholte er zum so und so vielten Male entschieden. »Ich rühre sie nicht wieder an – nicht um die Welt! Mag sie doch sehen, wie sie wieder hinaufkommt an ihren Haken … Ich und etwas zerbrechen! – Du lieber Gott, meinen Pfeifenkopf habe ich nun schon an die vierzehn Jahre, und soll mir mal einer herkommen und auch nur ein Ritzchen dran finden! Und zeigen Sie mir den Teller oder das Glas, das ich beim Abtrocknen hier in der Küche zerbrochen hätte, Bärbe! Sie können's nicht, mit dem besten Willen können

Sie's nicht – so was giebt's nicht bei mir! ... Und da oben fliegt mir das Ding, die Vase, nur so aus der Hand! So ein heimlicher Puff von hinten an den Ellbogen und, krach, da lag die Bescherung am Erdboden! Und das war die Strafe, weil ich sie von ihrem Platz genommen hatte, die Boshaftige! ... Ich dachte mir's gleich und wollte nicht. Die Stube wird ja nicht tapeziert, Fräulein, sagte ich. Das Bild könnte am Ende hängen bleiben. – Aber Fräulein Sophie glaubt ja an nichts – das Bild mußte runter, absolut runter, und ich armer Teufel kriegte die Prügel. Ja, den Schreck verwind' ich in meinem Leben nicht! Und wie sie nachher auf mich zukam, just aus dem Rahmen 'raus, und das grüne Kleid rauschte und brauste, und die Karfunkelsteine glühten ihr auf dem Kopfe, wie Funken aus dem höllischen Feuer, da dachte ich, jetzt ist dein Brot gebacken, 's ist aus mit dir! Die Thüre hab' ich noch glücklich erwischt, und sie krachte fürchterlich hinter mir zu; aber auf der Treppe hat's mir doch noch eiskalt an den Hals gegriffen –«

»Unsinn, Friedrich! Auf der Treppe that sie Ihnen nichts mehr – sie kann ja nicht über die Thürschwelle!« sagte Bärbe und reichte ihm ein Likörgläschen hin. »So – und nun nehmen Sie 'mal den Schluck Pfefferminzschnaps da, der bringt Sie auf die Beine! ... Und daß ich's euch sage, ihr Leute – die Geschichte bleibt unter uns! Bei der Herrschaft findet man ja doch keinen Glauben, und wenn man's schwarz auf weiß brächte. Da wird allemal zuerst gelacht und nachher gezankt, und man kriegt seine Totenunke und Jammerbase nur so an den Kopf geworfen und hat seinen Aerger weg. Und den Leuten in der Stadt dürfen wir auch die Mäuler nicht aufsperren – beileibe nicht! Die sind uns Lamprechts ohnehin nicht grün; unser großes Geschäft und das Ansehen und der unmenschliche Reichtum – das alles paßt den Neidhammeln nicht; für die ist ein Unglück in unserem Hause so gut wie Zuckerbrot – und ein Unglück gibt's, das steht fest. Dazumal, wie unser Gretchen beinahe gestorben ist, da hat es da oben auch so lange rumort, bis sie uns das Kind halbtot ins Haus brachten ... Da heißt's nun, die Ohren steif halten und aufpassen. Ich sage euch, nehmt Feuer und Licht in acht – das ist unsere Sache! Was freilich sonst geschehen soll, daran kann unsereiner nichts ändern ... Mich überläuft eine Gänsehaut –« Sie streifte zur Beweisführung den Aermel vom Arm zurück. – »Jeden Augenblick kann's kommen – jeden Augenblick!« –

152

13

Und in der darauffolgenden Nacht war es wirklich, als heule eine wehklagende Stimme diese Prophezeiung nach, auch über den Markt und die ganze Stadt hin – der erste Oktobersturm brauste durch das Land. Die Raben hatten den ganzen Nachmittag in großen Schwärmen wie toll über der Stadt gekreist, und abends war die Sonne wie in einem Blutmeer untergegangen; der Glutschein hatte noch lange auf den Turmspitzen und Kirchendächern gelegen. Und nun kam's. Die ganze Nacht hindurch fauchte und johlte es in den Lüften und gönnte sich selbst kein Aufatmen; und als es wieder Tag wurde, da pfiff die Sturmmelodie erst recht durch die Straßen. Die Leute, die über den hochgelegenen Markt gingen, konnten sich kaum auf den Füßen erhalten, und um die Straßenecken flogen Hüte und Mützen im förmlichen Wirbeltanz.

Die Frau Amtsrätin ärgerte sich. Ihre zarten Füßchen waren ein wenig unsicher und wackelig geworden. Bei starkem Wind traute sie sich nicht mehr auf die Straße, und so mußten die auf den heutigen Tag festgesetzten Besuche mit der heimgekehrten Enkelin in der Stadt unterbleiben.

Margarete war desto zufriedener. Ihr erschien der freigewordene Nachmittag wie geschenkt. Sie saß droben im Wohnzimmer der Großmama und half der alten Dame mit flinken Fingern an der großen prachtvollen Stickerei. Der Teppich solle auf Herberts Weihnachtstisch kommen, wurde ihr geheimnisvoll zugezischelt, eigentlich aber sei er dazu bestimmt, im künftigen jungen Haushalt vor dem Damenschreibtisch zu liegen. Und Margarete stickte unverdrossen an den Blütenbüscheln, auf welche der Fuß der schönen Heloise treten sollte.

Um vier Uhr kam auch der Herr Landrat vom Amte heim. Er hatte nebenan sein Arbeitszimmer. Eine Zeitlang hörte man drüben Leute kommen und gehen; der Amtsdiener brachte Aktenbündel, ein Gendarm machte eine Meldung, auch bittende Stimmen wurden laut, und Margarete mußte denken, wie doch die tiefe, behütete Stille in den oberen Regionen des alten Kaufmannshauses völlig verscheucht sei durch Bewohner, die den Namen Lamprecht nicht führten. Das hätten sich die alten Kaufherren auch nicht träumen lassen! Es war immer ihr Stolz gewesen, das mächtige Vorderhaus allein zu bewohnen und das obere Stockwerk lieber leer stehen zu lassen, auf daß kein fremder Fuß das Recht habe, ihre schöne, breite Treppe auf und ab zu wandern und profanen Lärm zu machen.

Trotz des Sturmes, ja, gerade in einem Moment, wo die Fenster unter heftigen Windstößen klirrten, wurde auch ein reizend arrangierter Korb voll köstlichen Tafelobstes aus dem Prinzenhof gebracht. Der Frau Amtsrätin zitterten die Hände vor Freude über die Aufmerksamkeit. Sie breitete schleunigst ein verhüllendes Tuch über den Weihnachtsteppich und rief den Sohn herüber, nachdem sie den Boten mit einem reichen Trinkgeld entlassen.

Der Landrat blieb einen Augenblick auf der Schwelle stehen, als sei er betroffen, noch jemand außer seiner Mutter im Zimmer zu finden; dann kam er näher und grüßte nach dem Fenster hin, an welchem Margarete saß.

»Guten Tag, Onkel!« erwiderte sie seinen Gruß freundlich gleichmütig und stickte an dem Teppichende weiter, das unter dem Tuch hervorsah.

Er zog flüchtig die Brauen zusammen und warf einen zerstreuten Blick auf den Obstkorb, den ihm seine Mutter entgegenhielt. »Seltsame Idee, bei solchem Wetter einen Boten in die Stadt zu jagen!« sagte er. »Das hatte doch Zeit –«

»Nein, Herbert!« unterbrach ihn die Frau Amtsrätin. »Das Obst ist frisch gepflückt und sollte seinen Duftanhauch nicht verlieren. Und dann – du weißt ja, daß man draußen nicht gern einige Tage vergehen läßt, ohne daß gegenseitig Lebenszeichen ausgetauscht werden ... Welch köstlicher Duft! – Ich werde dir gleich einen Teller voll Birnen und Trauben arrangieren und hinüberstellen –«

»Danke schön, liebe Mama! Freue dich nur selbst daran. Ich erhebe keinen Anspruch – die Aufmerksamkeit gilt einzig und allein dir.«

Damit ging er wieder hinüber.

»Er ist empfindlich, weil das Liebeszeichen nicht direkt an ihn selbst adressiert war«, flüsterte die Frau Amtsrätin der Enkelin ins Ohr, während sie nach ihrer Brille griff und die Arbeit wieder aufnahm. »Mein Gott, noch kann und darf ja Heloise nicht in der Weise vorgehen! Er ist so scheuverschlossen, so unbegreiflich wenig selbstbewußt und scheint fast zu hoffen, daß sie zuerst das entscheidende Wort herbeiführen soll. Dabei ist er furchtbar eifersüchtig, selbst auf mich, auf seine selbstlose Mama, wie du eben gesehen hast ... Ja, Kind, darin wirst du nun auch deine Erfahrungen machen!« setzte sie laut in neckendem Tone hinzu und war damit wieder bei dem Thema angelangt, das der Bote vorhin unterbrochen. Sie versuchte die Fensternische zum Beichtstuhl zu machen – es handelte sich um das Schreiben des Herrn von Billingen-Wackewitz.

Margarete hatte das Papier gestern abend noch verbrannt, und die ablehnende Antwort war bereits unterwegs, darüber entschlüpfte ihr aber kein Wort. Sie antwortete diplomatisch einsilbig und war innerlich empört, daß die alte Dame den Namen des Zurückgewiesenen einigemal so laut und ungeniert nannte, als gehöre er bereits zur Familie. Es verletzte sie um so mehr, als die Thüre des Nebenzimmers vorhin nicht fest genug geschlossen worden war; der klaffende Spalt erweiterte sich zusehends, und wer drüben aus und ein ging, konnte jede dieser indiskreten Bemerkungen hören.

Die Großmama hatte die Thüre freilich im Rücken und konnte nicht wissen, daß sie offen stehe, bis sie durch ein Geräusch drüben aufmerksam wurde und sich erstaunt umdrehte. »Wünschest du etwas, Herbert?« rief sie hinüber.

»Nein, Mama! Erlaube nur, daß die Thüre ein wenig offen bleibt; man hat mein Zimmer überheizt!«

Die Frau Amtsrätin lachte leise in sich hinein und schüttelte den Kopf. »Er denkt, wir sprechen von Heloise, und das ist selbstverständlich Musik für sein Ohr«, raunte sie der Enkelin zu und sprach sofort vom Prinzenhof und seinen Bewohnern.

Nicht lange mehr, da fing es an zu dämmern. Die Arbeit wurde zusammengerollt und weggelegt, und damit waren auch die überschwenglichen Schilderungen der Großmama zu Ende. Margarete atmete auf und verabschiedete sich schleunigst. Sie brauchte auch nicht einmal in das Nebenzimmer zu grüßen, die Thüre war längst wieder leise von innen zugedrückt worden.

Im Treppenhause fing sich der Zugwind – kein Wunder! – in der Bel-Etage stand ein Flügel des großen nach dem Hofe gehenden Fensters offen, und der Sturm, der von Norden her über das Dach des Packhauses kam, schnob direkt herein und zog wie Orgelton an den hallenden Wänden hin.

Beim Herabkommen sah Margarete ihren Vater an dem Fenster stehen. Der Sturmwind fuhr ihm gegen die breite Brust und zerwühlte das volle Kraushaar auf seiner Stirn.

»Willst du wohl heruntergehen!« rief er heftig in das Tosen und Klingen hinaus und winkte mit dem Arm über den Hof hin.

Die Tochter trat an seine Seite. Er schrak zusammen und wandte ihr hastig sein tieferregtes Gesicht zu. »Der Tollkopf dort will sich wahrscheinlich das Genick brechen!« sagte er gepreßt und zeigte nach dem offenen Gang des Packhauses.

Dort stand der kleine Max auf dem Geländersims des Ganges. Er hatte den linken Arm leicht um den einen der Holzpfeiler gelegt, welche das weit hervorspringende Dach trugen; den anderen streckte er deklamatorisch in die brausenden Lüfte hinaus und sang; aber es war keine zusammenhängende Melodie; er schlug nur die einzelnen Töne der Skala an und ließ sie schwellen und aushallen, als wolle er übermütig die Kraft seiner kleinen Lunge mit der des Sturmes messen. Das waren die vermeintlichen Orgeltöne gewesen. Uebrigens mochte er den Zuruf aus dem Vorderhause nicht gehört haben, denn er setzte von neuem ein.

»Der fällt nicht, Papa!« sagte Margarete lachend. »Ich weiß am besten, was man in diesem Alter riskieren kann. Das Gebälk auf unserem obersten Hausboden könnte ganz andere Dinge von meinen Seiltänzerkünsten erzählen ... Und der Sturm kann ihm nichts anhaben, er hat ihn im Rücken ... Freilich, dem alten Holzwerk da drüben ist nicht zu trauen.« Sie zog ihr Taschentuch hervor und ließ es zum Fenster hinausflattern.

Dieses Signal bemerkte der Kleine sofort. Er verstummte und sprang von seinem hohen Posten. Sichtlich erschrocken und verlegen, machte er sich allerhand auf dem Gange zu schaffen; er mochte sich schämen, beobachtet worden zu sein.

»Das Kerlchen hat Gold in seiner Kehle«, sagte Margarete. »Aber er ist ein kleiner Verschwender. Mit zwanzig Jahren wird er wohl nicht mehr so unsinnig in den Sturm hineinsingen, dann wird er das kostbare Material zu schätzen wissen ... Den bekommst du nicht in deine Schreibstube, Papa – das wird einmal ein großer Sänger.«

»Meinst du?!« – Sein Auge funkelte sie eigentümlich, fast feindselig an. »Ich glaube nicht, daß er dazu geboren ist, andere zu amüsieren.«

Damit griff er nach dem Fenster, um es zu schließen; aber in demselben Augenblick riß ihm ein heulender Windstoß den Fensterflügel aus der Hand, ein Stoß von so erschütternder Wucht, wie er selbst in der vergangenen wilden Nacht nicht die Hausmauern erzittern gemacht hatte. Was in den nächsten Sekunden vorging, die beiden vom Fenster Zurücktaumelnden sahen es nicht – sie meinten, der Orkan fege das alte Kaufmannshaus und alles, was in ihm lebe und atme, mit einem einzigen Ruck vom Boden weg – ein furchtbarer Krach, ein nervenerschütterndes Getöse von stürzendem Trümmerwerk, dann ein momentanes Verbrausen, als erschrecke der Wüterich selbst vor der Zerstörung und wage es kaum, an die undurchdringliche, graugelbe Wolke zu rühren, die plötzlich den Hof füllte!

Das Packhaus! – Ja, von dorther wogten und wallten die Staubmassen!

Mit einem wilden Satze sprang der Kommerzienrat an der Tochter vorüber und die Treppe hinab. Margarete flog ihm nach; aber erst im Hofe gelang es ihr, seinen Arm zu umklammern – stumm vor Entsetzen, konnte sie ihm nicht sagen, daß er sie mitnehmen solle.

»Du bleibst zurück!« gebot er und schüttelte sie von sich. »Willst du auch erschlagen werden?« – Das waren Laute, die ihr durch Mark und Bein gingen, und sie meinte zu sehen, wie sich ihm das Haar über dem verzerrten Gesicht sträube.

Er stürmte fort, und sie griff nach dem nächsten Lindenstamm, um sich auf den Füßen zu erhalten; denn eben brauste es wieder über den Hof hin. Ein Wirbel fuhr in die Staubwand, trieb die kämpfenden Wolken erstickend nach dem Vorderhause und schleuderte sie dann hoch hinauf gegen den dämmernden Himmel.

Nun traten auch wieder feste Umrisse aus dem schleierhaften Gemenge. Das Packhaus stand noch, aber als kaum zu erkennende Ruine. Die untere Hälfte des schweren Ziegeldaches, die den offenen Gang schützend und verdunkelnd weit überragt hatte, war in ihrer ganzen Länge herabgestürzt und hatte die Stützpfeiler und das Ganggeländer mitgerissen. Drunten türmten sich die Trümmer bis über die Fenster des Erdgeschosses, und noch rutschten gelockerte Sparren und Ziegel nach und stürzten prasselnd herab.

Es war ein lebensgefährlicher, von den niederregnenden Nachzüglern schwer bedrohter Weg, der über den Trümmerhaufen – Margarete sah angsterfüllt ihren Vater über das Chaos hinklettern, hier versperrende Balken zur Seite schleudernd, dort bis über die Knie zwischen Sparrwerk und Ziegelscherben einsinkend, aber er kämpfte sich binnen wenigen Sekunden durch und verschwand im Dunkel des Thorweges.

Verschiedene Aufschreie von den Fenstern des Vorderhauses her hatten seine Anstrengungen begleitet, und nun stürzten alle Insassen des Hauses in den Hof hinaus – Tante Sophie, das gesamte Dienstpersonal, und fast zugleich auch die Herren aus der Schreibstube. Sie alle scheuchte der Sturm sofort dahin, wo Margarete stand, unter die Linden, an die festen Mauern des Weberhauses.

Nun, dem Herrn konnte nichts mehr geschehen! Die mächtige Thorwölbung dort, welche ihn aufgenommen, rüttelte auch der wütendste

Orkan nicht um; aber das Kind, das arme »Jüngelchen«, das war mit heruntergerissen, das lag erschlagen unter der grausen Last! Eben noch hatte es Bärbe von ihrem Küchenfenster aus auf dem Gange stehen sehen.

Das Gesicht der alten Köchin war fahl vor Entsetzen, wie das eines Gespenstes; aber noch im Laufen und gegen den Sturm kämpfend sagte sie mit zitternden Lippen: »Na, ihr Leute – da ist's ja! Hat nun die alte Bärbe recht oder nicht?« – Es war kaum zu verstehen, so erstickt von Staub, Sturm und Schrecken klang die Stimme; aber gesagt mußte es werden.

Tante Sophie band ihr Taschentuch um die flatternden Haare und nahm ihre Röcke fest zusammen. Ihr standen die Worte noch nicht wieder zur Verfügung, aber Hand und Fuß waren flink zum Handeln geblieben. Trotz der immer noch fallenden Ziegel und Holzstücke und des sie wütend umfauchenden Sturmes rannte sie über den Hof nach dem Trümmerhaufen, unter welchem das arme, erschlagene Jüngelchen liegen sollte, und die anderen folgten ihr unverweilt. Aber fast zu gleicher Zeit erschien auch der Kommerzienrat droben in der offenen Küchenthüre, welche auf den Gang hinausführte. Er winkte abwehrend mit der Hand. »Zurück! Es ist niemand verunglückt!« rief er hinab.

Nun Gott sei Dank! – Die Gesichter hellten sich auf. Mochte doch nun noch von dem wackeligen Dach herabfallen, was wollte – es that niemand weh, und den sonstigen Schaden heilten Zimmermann und Dachdecker. Man konnte getrost in die schützende Hausflur retirieren.

»Na ja – um ein Haar war's geschehen!« sagte Bärbe in resigniertem Tone und rieb sich mit der Schürze den Staub vom Gesicht. »Es ist mir unbegreiflich, daß der Junge davongekommen ist – rein unbegreiflich! Im allerletzten Augenblicke stand er doch gerade noch beim Geländer.« Sie schüttelte ungläubig den Kopf. »Na, es hat doch so sein sollen, und es ist ja ein Glück, ein Tausendglück, daß nicht das Allerärgste passiert ist! – Für unser Haus wär's ja auch ganz schrecklich gewesen, und niemand von uns hätte in seinem ganzen Leben wieder froh werden können –«

»Sei nicht so einfältig, Bärbe!« fuhr Reinhold auf sie hinein. Er war vorhin in der Hausflur zurückgeblieben, weil er im Sturm mit Recht seinen gefährlichsten Feind fürchtete. – »Du thust ja wirklich, als sei eines von unserer Familie in Gefahr gewesen, und die Lamprechts hätten womöglich Trauer anlegen müssen, wenn der Malerjunge verunglückt wäre. Albernes Gewäsch! – Aber so seid ihr alle! Nur was euresgleichen angeht, kann euch alterieren; der Schaden aber, den die Herrschaft von der dummen Geschichte hat, der ist für euch Lappalie! Ihr denkt, wir haben das Geld scheffelweise, und da kann drauf und drein gehaust und gewüstet werden – ich kenne euch!« – Er hob seine Hand mit den langen, dürren Fingern schüttelnd gegen das bei einander stehende Gesinde und wandte sich mit einem geringschätzenden Achselzucken von den Verblüfften ab.

»Der Spaß da drüben wird uns einen schönen Thaler Geldkosten«, sagte er zu den Herren der Schreibstube, indem er mit dem Kopfe nach dem Packhause hinnickte. »Es ist unverantwortlich vom Papa, daß er die Hintergebäude so verfallen läßt. Mir passiert so etwas später einmal ganz gewiß nicht; mir entgeht kein verschobener Ziegel – darauf können Sie sich verlassen – und sollte ich auf allen vieren in die Bodenecken kriechen und nachsehen! Ja, und« – er verstummte plötzlich, schob die Hände in die Hosentaschen und lehnte sich, die langen Beine vorstreckend, mit dem Rücken gegen die windgeschützte Flurwand – der Kommerzienrat kam eben über den Hof zurück.

Noch sah er tief alteriert aus und sein sturmzerwühltes Haar, das ihm wild in die Stirn hing, verstärkte den Eindruck. Aber beim Erblicken des noch in der Hausflur zusammenstehenden Menschentrupps nahm er sich sichtlich zusammen und reckte seine Gestalt zu ihrer ganzen Höhe empor. Sein Auge begegnete kalt abweisend den gespannten Blicken der Leute; es schien, als wolle er von vornherein jede Frage abwehren – das Sprechen mit seinen Untergebenen war ja überhaupt seine Sache nicht.

Er winkte dem Hausknecht, gab ihm ein Medizingläschen, welches er in der geballten Hand mitgebracht, und schickte ihn nach der Apotheke. »Der alten Frau drüben hat der Schreck geschadet; sie ist sehr unwohl, und von dem helfenden Mittel war kein Tropfen mehr im Glase«, sagte er kurz, fast barsch und doch wie verlegen entschuldigend zu Tante Sophie, und eine leichte Röte lief über seine Stirn – es war ja nur ein kleiner Samariterdienst, eine selbstverständliche Hilfeleistung einem erkrankten Mitmenschen gegenüber, aber von seiten des unnahbaren, hochmütigen Mannes war und blieb es eine unbegreifliche Herablassung, und wie es schien, am meisten in seinen eigenen Augen.

Margarete machte es in diesem Augenblick wie vorhin Tante Sophie, sie band mit flinken Händen ein Tuch über den Kopf und ging schweigend nach der Hofthüre.

»Wo hinaus, Gretchen?« fragte der Kommerzienrat und griff nach ihrem Arm.

Sie strebte nichtsdestoweniger weiter. »Ich will nach der kranken Frau sehen, wie es sich ja ganz von selbst versteht –«

»Das wirst du bleiben lassen, mein Kind«, sagte er gelassen und zog sie näher an sich. »Es versteht sich durchaus nicht von selbst, daß du dich um eines Krampfanfalles willen in die Gefahr begibst, selbst schwer verletzt zu werden ... Frau Lenz soll an derartigen Anfällen sehr oft leiden, und es ist noch niemand im Vorderhause eingefallen, ihr beizustehen. Ein solches ›Hinüber und Herüber‹ ist überhaupt nie Brauch bei uns gewesen, und ich wünsche durchaus nicht, daß darin etwas geändert werde.«

Bei diesem sehr bestimmt ausgesprochenen Wunsch und Willen löste Margarete schweigend die Tuchzipfel unter dem Kinn. Die Dienerschaft verschwand lautlos hinter verschiedenen Thüren, und die Herren zogen sich schleunigst in die Schreibstube zurück. Nur Reinhold blieb zurück.

»Das geschieht dir recht, Grete!« machte er schadenfroh. »Ja, eine blaue Schürze vorbinden und in die armen Häuser gehen, um kranke Leute zu pflegen und schmutzige Kinder zu waschen, das ist jetzt so Mode bei den jungen Mädchen; und da denkst du natürlich auch, wunder wie schön sich Grete Lamprecht als so eine heilige Elisabeth ausnehmen müßte! Es ist nur gut, daß der Papa solchen Unsinn nicht leidet! – Und morgen hört auch die Gelegenheit zu solch abgeschmacktem Gethue von selbst auf, gelt, Papa? Die Leute können doch unmöglich im Packhause bleiben, wenn gebaut wird? Die müssen doch heraus?«

»Das ist nicht nötig – die Leute bleiben, wo sie sind!« versetzte der Kommerzienrat kurz, worauf sich Reinhold, die Hände tiefer in die Hosentaschen vergrabend und die hohen Schultern noch höher hebend, in wortlosem Aerger umdrehte und nach der Schreibstube ging.

Der Kommerzienrat legte seinen Arm um die Tochter und führte sie nach der Wohnstube. Er rief nach Wein, und die ersten Gläser des schweren Burgunders wurden hinabgestürzt, als bedürfe es der ganzen Feuerglut des Weines, um eine innere Stockung zu lösen.

Margarete setzte sich auf den Fenstertritt, auf den Platz zu Tante Sophiens Füßen, wo sie als Kind immer gesessen. Sie verschränkte die Arme um die Kniee und lehnte den Kopf an das Sitzpolster des Armstuhles ... Sie war allein mit dem Papa. Inmitten dieser vier Wände war es heimlich und behaglich; vom Fensterbrett herab durchwürzten die Topfblumen die reine, sanfterwärmte Zimmerluft; die Uhr hatte sich durch den Aufruhr im Hause nicht irre machen lassen, sie tickte nach wie vor, und die

Schritte des schweigend auf und ab gehenden, ganz in sich versunkenen Mannes hielten gleichmäßig Takt mit dem sachtgehenden Pendel. Aber draußen in den Lüften brauste es schauerlich; die Fenster klirrten, und dann und wann kam über den Markt her der Lärm zuschmetternder Hausthüren, oder zurückgeschleuderter Fensterläden.

»Das wird schließlich noch den ganzen Dachstuhl vom Packhaus rütteln«, sagte Margarete und hob den Kopf.

»Ja, es werden noch Ziegel in Menge herabfliegen, aber das Dachgerüst nicht«, entgegnete der Kommerzienrat. »Ich habe auf dem Hausboden nachgesehen. Das alte Gebälk ist wie von Eisen, stark und festgefügt. Das, was zertrümmert im Hofe liegt, ist ein elendes Flickwerk neueren Datums gewesen.«

Er blieb einen Moment ihr zugewendet stehen, und das schon stark mit grauem Dämmern gemischte Tageslicht fiel auf seine Züge. Der Wein that seine Schuldigkeit; er machte das Blut wieder rasch durch die Adern kreisen und scheuchte die Schreckensblässe von Stirn und Wangen.

»Und der kleine Max ist wirklich heil und unversehrt geblieben?« fragte die Tochter.

»Ja – das losgerissene Dachstück ist über ihn hinweggeschossen.«

»Ein wahres Wunder! Da möchte man so gern glauben, daß sich zwei Hände behütend über den kleinen Lockenkopf gebreitet haben – die Hände seiner toten Mutter.«

Der Kommerzienrat schwieg. Er wandte sich weg und goß Wein in sein Glas.

»Ich kann den furchtbaren Eindruck nicht los werden – mir zittern noch Hände und Füße«, setzte sie nach einem augenblicklichen Schweigen hinzu. »Zu denken, daß dieser schöne Junge voll Kraft und Leben plötzlich tot oder gräßlich verstümmelt unter den Balken und Scherben liegen könnte –« Sie brach ab und legte die Hand über die Augen.

Einen Augenblick blieb es still im Zimmer, so still, daß man ein erregtes Stimmengemurmel von der Küche herüber hören konnte.

»Unsere Leute können sich auch noch nicht beruhigen, wie es scheint«, sagte Margarete. »Sie haben das Kind gern. – Der arme kleine Schelm! Er hat eine einsame Kindheit. Der deutsche Boden ist ihm fremd, die Mutter tot, und der Vater, den er nie gesehen hat, weit über dem Meer drüben –«

»Der Kleine ist nicht zu beklagen, er ist der Abgott seiner Angehörigen«, warf der Kommerzienrat ein. Er stand noch abgewendet, hielt das

Trinkglas gegen das Fensterlicht und prüfte den dunkelglühenden Inhalt; daher klang das, was er sagte, wie halb verweht.

»Auch der seines Vaters?« fragte das junge Mädchen herb und zweifelnd. Sie schüttelte den Kopf. »Der scheint sich sehr wenig um das Kind zu kümmern. Warum hat er es nicht bei sich, wo sein Platz ist, wohin es von Gott und Rechts wegen gehört?«

Das gefüllte Glas wurde unberührt wieder auf den Tisch gestellt, und ein schattenhaftes Lächeln flog um die Lippen des nähertretenden Mannes. »Da geht man wohl auch mit dem Papa schwer ins Gericht, der seine Tochter fünf Jahre lang von sich gegeben hat?« fragte er immer noch lächelnd, aber mit jenem nervösen Zucken der Unterlippe, das bei ihm stets ein Merkmal innerer Bewegung war.

Sie sprang auf und schmiegte sich an ihn. »Ach, das ist doch ganz etwas anderes!« protestierte sie lebhaft. »Deine wilde Hummel war dir zu jeder Zeit erreichbar, und wie fleißig hast du sie besucht und nach ihr gesehen! Du brauchst auch nur zu wünschen, und ich bleibe bei dir, jetzt und für immer. Der Vater des kleinen Lenz aber –«

»Für immer?« wiederholte der Kommerzienrat. Er ignorierte die letzten Worte und sprach laut und rasch: »Für immer? – Kind, wie lange noch, da kommt ein Wirbelwind aus dem Mecklenburger Lande und weht mir meine kleine Schneeflocke da fort, auch für immer!«

Sie trat von ihm weg, und ihr Gesicht verfinsterte sich. »Ach, weißt du das auch schon? – Sie haben es ja sehr eilig, die Guten!«

»Wen meinst du damit?«

»Nun, wen denn sonst, als die Großmama und Onkel Herbert, den gestrengen Herrn Landrat!« Sie fuhr sich in komischem Zorn mit der Hand durch die Locken und warf sie aus der Stirn. »Schauderhaft! Nun haben sie auch schon bei dir miniert, und es sind noch keine vierundzwanzig Stunden, seit ihnen Tante Elisens glorreiche Ausplauderei zu Ohren gekommen ist! ... Nun ja, ich soll schleunigst unter die Haube! Sie brauchen gerade jetzt eine ›Gnädige‹ in der Familie, eine fremde Namensglorie, so etliche Weihrauchopferwolken, die unser schlichtes Haus wohltätig verschleiern und allerhöchsten Orts angenehm in die Nase steigen – und dazu soll das arme Opfer, die Gretel, geschlachtet werden ... Aber so geschwind geht das nicht!« – Sie lächelte mutwillig. – »Vor allem müssen sie das Mädchen haben, wenn sie es binden wollen. Onkel Herbert –«

»Was machst du dir für einen seltsamen Begriff vom Onkel!« unterbrach er sie. »Der braucht uns Lamprechts nicht; ihm wird es sehr gleichgültig sein, was für einen Namen du künftig trägst. Der will alles durch sich selbst. Wie mancher scheitert durch dieses herausfordernde, wenig devote Prinzip – gerade in unserer Zeit, wo jedes Einzelstreben in einer großen Willensmacht aufgehen soll, ist es mißliebig, fast verpönt! Aber er darf sich das erlauben. Er ist ein Sonntagskind, dem sich alle Hände ungerufen entgegenstrecken, ob er sie auch schroff zurückweist. Ich glaube, selbst bei seiner Verheiratung wägt er immer wieder ab, ob ihm die schöne Heloise nicht doch mehr zubringt, als er gibt – daher sein Zögern.«

»Nicht möglich!« Sie schüttelte ungläubig und erstaunt den Kopf, schlug die Hände zusammen und lachte. »Das ist ja das schnurgerade Gegenteil von dem, was die Welt über ihn sagt –«

»Die Welt! – Den möchte ich sehen, der sich rühmen dürfte, zu wissen, was er denkt! ... Ja, im geselligen Verkehr hat er verbindliche, zuvorkommende Manieren; aber dies scheinbar Gefügige geht ihm kaum bis unter die Haut, so viel weiß ich! Der ist durch und durch fest und zielbewußt. Ich neide ihm seine Verstandeskühle, ach, und wie!« – Er seufzte tief auf, stürzte auf einen Zug das Glas Burgunder hinab, und dann sagte er: »Jene Charaktereigenschaften tragen ihn und haben ihn immer über sich nach den Sternen greifen lassen –«

»Gott bewahre, Papa – nicht immer!« unterbrach sie ihn lachend. »Es hat auch eine Zeit gegeben, wo er herabgestiegen ist und nach den Blumen der Erde gegriffen hat! – Die wunderschöne Blanka Lenz mit den langen, blonden Zöpfen, weißt du noch?« – Sie verstummte vor dem häßlichen, höhnischen Lachen, das ihr Vater plötzlich aufschlug. Und nun ging er wieder so stürmisch und dröhnenden Schrittes auf und ab, daß die alten Dielen unter seinen Füßen kreischten.

Es währte eine geraume Zeit, bis er wieder vor ihr stehen blieb, und da erschrak sie – er war ganz braunrot im Gesicht, und die Augen blickten wild wie gestern, da er das Bild der schönen Dore gegen die Wand gekehrt hatte. »Herabgestiegen! Ja, herabgestiegen – sagtest du nicht so?« – Er streckte den Zeigefinger wie beweisführend gegen sie aus. »Siehst du wohl, daß es mit deinem Nivellierungsprinzip nicht weit her ist? – Was weiß auch solch ein kleines Mädchen!« warf er achselzuckend hin und fuhr sich ungestüm mit der Hand durch das Haar. »Also eine Baronin Billingen soll meine Grete werden!« setzte er, sich bezwingend, nach einer Pause hinzu. »Mir wär's schon recht! Ich könnte stolz sein! Ich könnte vor alle die alten Herren in den Sälen oben hintreten und sagen: Seht her, meine Tochter ist's, die die siebenzinkige Krone in unsere Familie bringt –« Er brach ab und biß die Zähne zusammen, und Margarete, die anfänglich verletzt emporgefahren war, hing ihm plötzlich am Arme und sah ihm lächelnd unter das Gesicht.

»Nun, da nimm die Baronin Tochter, du stolzer Papa, und führe sie! Aber hübsch langsam, nicht so im Sturmschritt, wie du eben noch marschiert bist!« sagte sie und fuhr ihm mit linder Hand über die dunkelgefärbte Stirn. »Du bist mir da zu rot – das gefällt mir nicht! – So – eins zwei, eins zwei – immer hübsch im Schritt! Und wenn du meinst, es sei meine Ansicht, wenn ich im Sinne des Onkels spreche, dann bist du ein wenig im Irrtum ... Ein Mann, der schließlich am Fürstenhofe freit, ist mit seiner ersten Liebe zu einer armen Malerstochter ›herabgestiegen‹ – so urteilt die sogenannte Welt und er selbst, von seinem jetzigen Standpunkt aus, sicher in erster Linie ... Ueber dein ›kleines Mädchen und seine Prinzipien‹ aber darfst du dich nicht so mokieren, böser Papa – den Vorwurf der Inkonsequenz nehme ich sehr übel! – Mir wäre Blanka Lenz nicht feil gewesen gegen die pommersche Schönheit draußen im Prinzenhofe, mag die auch noch so weiß und rot und üppig sein – mir ganz gewiß nicht! War die schöne Malerstochter doch damals das Ideal meiner enthusiastischen Kinderseele! Ich bekam immer förmliches Herzklopfen, wenn sie plötzlich auf den Gang heraustrat, so strahlend frisch und anmutig, so unbeschreiblich lieblich, wie eine Märchenfee! Die hätte ich mit tausend Freuden Tante genannt – bei der herzoglichen Nichte werde ich's selbstverständlich bei einem tiefen Vorstellungsknix und der Frage nach gnädigem Befinden bewenden lassen!«

Sie sprach mit jenem Gemisch von Scherz und Ernst, das ihr ganzes Wesen charakterisierte, und der Vater ging in dem langsamen Tempo, wie sie angegeben, neben ihr. Er hatte den Kopf tief auf die Brust gesenkt, als sei er in seinen eigenen Gedankengang versunken und höre kaum auf das Geplauder, aber sein Herz schlug stark und ungestüm gegen ihren Arm – ruhig war er nicht.

»Und nun im Ernst – mit der Baronin Tochter ist's nichts, Papa, wirklich nicht – das wäre ein zu teurer Spaß!« fuhr sie in demselben Tone fort. »Ich meine, was fange ich mit einem bloßen Namen an, wenn ich mein ganzes Sein und Wesen, wie ich nun einmal bin, dafür hingegeben habe? Ein schlechter Tausch! ... Der gute Hans Billingen mag mich ja wohl gern haben – ich denke es nur, weil er für den Moment so total den Kopf verloren hat, daß er alles Ernstes um mich freit – aber ein entsetzlicher Katzenjammer bliebe für ihn nicht aus, das weiß ich! Der lange, dicke Goliath ist ein Hasenfuß, der ganz gehörig unter dem mütterlichen Pantoffel steht, und diese Mama ragt ebenso turmhaft und vierschrötig neben dem Sohne in die Höhe – und nun denke dir deine dünne, schmale Grete dazwischen, denke dir, wie ihr die fürchterlich adelstolze alte Schwiegermutter ein Federchen um das andere aus den Flügeln rupft, auf daß sie nie wieder zurück kann in das heimische Nest, und die vornehme Welt nicht den Kuckuck an seinen Federn erkenne! … Und über die Schamröte auf den Wangen dieser meiner Schwiegermama sollten sich die alten Herren droben freuen? Denke doch nicht! Sie würden sich für die ›Siebenzinkige‹ gerade so bedanken, wie ich!«

Sie hemmte ihre Schritte, vertrat ihm den Weg und legte die Hände auf seine Schultern. »Gelt, Papa«, bat sie beweglich, »du quälst mich nicht auch noch, wie es die andern machen? Du läßt deine ›Schneeflocke‹ wirbeln, wie sie will? Alt genug bin ich ja doch auch, um meinen Weg selbst zu finden!«

Er strich mit der Hand über den Lockenkopf, der sich an seine Brust schmiegte. »Nein, ich zwinge dich nicht, Gretchen!« antwortete er mit einer Sanftheit, die sie ergriff. »Vor Jahren hätte ich meine ganze Autorität eingesetzt, um dich zu bestimmen; heute aber will ich dich nicht verlieren – denn verloren wärst du mir in der Familie, wie du sie schilderst, doppelt verloren, wie die Verhältnisse jetzt liegen … Der Sturm draußen rüttelt an meiner Seele wie eine fanatische Predigerstimme, und ich bin müde und mürbe … Ich brauche meinen kleinen Kameraden mit seinen hellen Augen, seinem strammen Rechtsgefühl – wohl in der allernächsten Zeit, Grete –«

»Abgemacht!« rief sie und schüttelte ihm die Hand, kräftig und herzhaft, in der That wie ein Kriegskamerad. »Nun bin ich ruhig, Papa! Gerade jetzt, wo so manche unseres Standes eingeschüchtert unterducken und katzbuckeln und zu ihrem eigenen Schaden Altes, Vermorschtes neu stützen helfen, thut ein energisches Lebenszeichen des Bürgerstolzes not, und sei es auch nur der eines – Mädchens … Und nun will ich gehen und dir ein Glas frischen Wassers holen – du wirst immer heißer im Gesicht!«

Er hielt sie zurück mit dem Bemerken, daß er in seinem Zimmer ein Medikament gegen die Schwindelanfälle habe, die ihn wieder einmal täglich heimsuchten. Mit heißen Lippen küßte er sie auf die Stirn und ging hinaus.

»Das kommt und vergeht wie ein Dieb in der Nacht! Mache dir keine Sorgen, Gretel!« sagte Tante Sophie, die eben mit einem Arm voll Eßgerät eingetreten war, um den Abendtisch herzurichten, zu dem besorgten jungen Mädchen. Sie ergriff die Weinflasche und hielt sie gegen das Licht. »Leer bis auf eine kleine Neige!« schalt sie ärgerlich. »Da brauchst du dich nicht zu wundern, wenn der Kopf rot wird. Der Doktor eifert jahraus, jahrein gegen die starken Weine; wenn aber ein Schreck oder eine Sorge fortgespült werden soll, da muß allemal vom stärksten her! Sie werden aber nie klüger, die Herren!«

14

In der Wohnstube wurden die Rollvorhänge herabgelassen. Wer mochte auch noch hinaussehen auf den Markt, wo sich die unglücklichen Menschenwesen, die das gebieterische »Muß« ins Freie trieb, als unförmliche, flatternde Kleiderbündel mit Lebensgefahr um die Straßenecken kämpften, wo der heulende Unhold das Wasser im Brunnenbecken wütend peitschte und mit allem, was nicht niet- und nagelfest, bis über die Dachfirste hinauf Fangball spielte. Es war bitter kalt geworden, aber Tante Sophie löschte das Feuer im Ofen und stellte dafür die summende Theemaschine auf den Tisch – heute müsse man von innen heizen, sagte sie, in die Schlöte dürfe kein Feuerfunke mehr kommen. Sie hatte noch einmal die Runde durch das ganze Haus gemacht und alle Thüren, Fenster und Bodenluken untersucht und meinte, sie wolle sich nicht wundern, wenn heute nacht auch noch das Dach des Vorderhauses auf den Markt herunterspaziert käme – da oben sei es fürchterlich.

Ein behagliches Beisammensein gab es heute nicht. Der Kommerzienrat wollte nicht essen und blieb oben, und auch Reinhold zog sich, nachdem er mürrisch schweigend eine Tasse Thee getrunken, mit seinem unbesiegbaren Zorn über die Verwüstung des Packhauses, in seine Stube zurück. So blieben Tante Sophie und Margarete allein und wachten der gefahrdrohenden Nacht entgegen. Auch die Dienstleute gingen nicht zu Bette. Sie saßen in der Küche bei einander; die Mägde steckten frierend die Arme unter die Schürze und die Männer kauten an der kalten Pfeife und horchten in stummer Sorge auf das furchtbare Anschwellen der Sturmesstimme ... War es doch, als wolle der Orkan die uralte kleine Stadt, die, seit einem Jahrtausend als treuer Wächter an die Pforte des Thüringerwaldes geschmiegt, allen Stürmen, allen Kriegsungewittern getrotzt hatte, in dieser einen Nacht wie ein Kinderspielzeug in Splitter und Scherben zusammenschütteln. Unter seinen Stößen erbebte die Erde, Schlöte und Ziegel rasselten von den Dächern und zerbarsten auf dem Straßenpflaster, und in das Gebrüll und Zornesschnauben hinein mischte es sich wie ein unirdisches Wehklagen, als seien unter den Fußtritten des Dahinrasenden draußen auf dem stillen Fleck vor dem Thore die tiefgebetteten Schläfer erwacht und durchirrten suchend die Gassen, in denen sie vorzeiten gewandelt.

Und gegen die zwölfte Stunde that sich die Stubenthür auf, und Bärbe erschien auf der Schwelle, ganz blaß, schaudergeschüttelt, und den Zeigefinger der Rechten nach der Zimmerdecke emporgereckt. Es tappe und trampele wie mit Reiterstiefeln ganz greulich oben im Gange, und dazwischen werde gepocht und geklopft, als wenn jemand eingesperrt sei und »heraus wolle«, zischelte sie hinter ihren zusammenschlagenden Zähnen, verschwand aber sofort wieder hinter der sacht zugedrückten Thüre, als sich Tante Sophie, ohne ein Wort zu sagen, aus der Sofaecke erhob, die Sturmlaterne anzündete und mit Margarete das Zimmer verließ.

Oben im Flursaal brauste ihnen ein Zugwind entgegen, der sie zurückzuwerfen drohte. Auf dem letzten Büffett brannte die große Tischlampe des Kommerzienrates, und die Thüre nach dem Gange stand weit offen. Von dort her pfiff und orgelte es allerdings, als sause das wilde Heer durch den langen, dunklen Schlund. Tante Sophie trug schleunigst die Lampe, aus welcher die windgejagte Flamme hoch emporschlug, auf das geschützte vordere Büffett, und währenddem betrat Margarete mit hochgehobener Laterne den Gang.

Der Sturm hatte das Fenster am Ende des Ganges eingedrückt, sein eisiges Blasen und Fauchen kam dort direkt vom Himmel herein; er warf den aufgerissenen Flügel schmetternd hin und her und riß und stieß an den hingelehnten Bildern, von denen ein Teil bereits am Boden lag – das war wohl das Tappen und Pochen gewesen … Aber das Fenster war ja so klein; durch dieses enge Viereck konnte sich unmöglich die gewaltige Windsbraut zwängen, die das Mädchen wütend anfiel und Gang und Flursal mit ihrem Tosen erfüllte. Margarete kämpfte sich vorwärts, und da prallte sie plötzlich zurück.

Sie stand vor dem Treppchen, das seitwärts nach der Bodenkammer im Packhause hinabführte; sonst war das eine düstere, abgeschlossene

Ecke; jetzt aber sah der dämmernde Himmel mit seinen Sternbildern durch das Dachgerippe des Packhauses herein – der nie benutzte Thürflügel hing zurückgeworfen nur halb in den Angeln, und im Thürrahmen, mühsam gegen den Anprall sich haltend, stand ihr Vater.

Er sah den Laternenschein, der neben ihm hin auf die Dielen der Dachkammer draußen fiel, und wandte sich um. »Du bist's, Gretchen?« fragte er. »Jagt dich der Aufruhr auch durch das Haus? Es sieht schlimm aus hier oben. Wie vor den Posaunenstößen des Weltgerichts stürzt das bißchen Menschenwerk zusammen – nicht die Sonne allein, auch der Sturm bringt's an den Tag, mein Kind!« setzte er mit einem unheimlichen Lächeln, das sie betroffen machte, hinzu. »Schau, jahrhundertelang hat geheimnisvolles Dunkel unter dem alten Dach gespukt und nun scheinen die Sterne auf die Dielenbretter und man meint die Fußspur von denen zu sehen, die einst da gegangen sind.«

Er stieg das Treppchen herauf; Tante Sophie kam eben auch den Gang daher. Sie schlug die Hände zusammen. »Um alles in der Welt, hat denn der Spektakelmacher uns Lamprechts ganz extra aufs Korn genommen? Das ist ja die reine Wüstenei!« schalt sie empört und zeigte nach der aufgerissenen Thüre. »Seit Menschengedenken hat keine Seele an das Thürschloß gerührt, und nun! – das Loch muß auf der Stelle zugemacht werden, wenn wir nicht das Haus voll Ratten haben wollen!«

»Ratten?! – Mir war's eben noch, als käme eine weiße Taube hereingeflattert«, sagte der Kommerzienrat wieder mit jenem höhnisch bitteren Lächeln, das seine Lippen schmerzhaft aufzucken machte.

Tante Sophie erschrak. »Na, das fehlte noch, daß uns auch der Taubenschlag abgedeckt ist!« rief sie und trat resolut um einige Schritte hinaus, um zwischen dem Balkenwerk hindurch nach dem Dach des Weberhauses zu sehen, wo ihre gefiederten Pfleglinge hausten.

Der Kommerzienrat wandte sich achselzuckend ab und ging hinunter in die Erdgeschoßwohnung. Er kam bald darauf mit dem Kutscher und dem Hausknecht zurück, die eine Leiter und Balkenstücke trugen. Nur mit Mühe gelang es ihnen, die Thüre anzudrücken; dann wurden die Balken dagegen gestemmt.

»Vielleicht war's gut, daß der Sturm einmal da durchgefegt ist«, hörte Margarete den Kutscher bei der Arbeit halblaut zu dem andern sagen, während sie mit ihrem Vater und Tante Sophie bemüht war, die umgeworfenen Bilder wieder aufzurichten. »Da hinaus will's ja partout immer, das Unwesen! Ich hab's ja selbst einmal mit eigenen Augen gesehen – es müssen nun an die zehn Jahre her sein – wie die weiße Schleierwolke geradeswegs durch den Gang in die Ecke da schoß, als ging es direktement ins Freie 'naus – ja prosit! – da war die Welt mit Brettern verschlagen und das Schleierzeug zerflog und zerflatterte nur so an den Wänden – immer die nämliche Geschichte, seit die Frau tot ist und nicht in den Himmel kommen kann! … Nun ist aber da ein Luftloch gewesen, gerade weit genug, um so ein armes Weiberseelchen 'nauszulassen – das wär' gut für die Herrschaft, und ihr wollte ich die Ruhe auch gönnen. Verdient hat sie's freilich nicht; denn sie ist's doch gewesen, die ihren Liebsten 'rumgekriegt hat, daß er der ersten Frau sein Wort nicht halten durfte. An so einer Falschheit sind allemal die Weiber schuld, allemal!«

Der Zugwind trug jedes Wort deutlich herüber, und den stolzen Kommerzienrat mochte die Kritisierung seiner Vorfahren aus unberufenem Dienermund schwer ärgern – Margarete sah, wie er die geballte Hand hob, als wolle er den Sprecher züchtigen; aber er ließ es bei einem zornigen: »Vorwärts! sputet euch!« bewenden, worauf der Kutscher erschrocken die Leiter anlehnte und zu dem Fensterchen emporkletterte, das ebenfalls möglichst verbarrikadiert wurde.

Margarete verließ den Gang und trat für einen Moment in das nächste Fenster des Flursaales. Aus verschiedenen Fenstern des Vorderhauses fiel heller Lampenschein in den Hof, auf die sausenden Lindenwipfel und die spritzenden Wasser des Brunnens, und mit Schmerz sah das junge Mädchen, daß die steinerne Brunnennymphe über den vier wasserspeienden Röhren fehlte – der Sturm hatte auch sie herabgerissen, wie ein mächtiges Simsstück droben am Dache des spukhaften Flügels, über welche gähnende Lücke gerade ein breiter Lichtstreifen aus den oberen Flursaalfenstern hinlief. Droben wachte man auch.

Sie sah plötzlich ihren Vater neben sich stehen, während die beiden Männer mit ihrer Leiter geräuschvoll hinter ihnen weg nach dem Ausgange trabten. Er legte seine Hand schwer auf die Schulter der Tochter und zeigte empor nach dem unbeweglich auf dem Dach liegenden Lampenschein. »Das sieht so still aus inmitten des Aufruhrs, so stolz ruhig wie die Bewohner unserer vornehmen oberen Etage selbst … Wenn sie wüßten! – Morgen wird es einen Sturm da oben geben, einen Sturm, so wild wie der, unter welchem eben unser altes Haus in seinen Fugen bebt!«

Tante Sophie kam eben mit der Laterne um die Gangecke und da brach er kurz ab. »Auf morgen denn, mein Kind!« sagte er, dem jungen

Mädchen die Hand drückend; dann nahm er die Lampe vom Büffett und zog sich in sein Zimmer zurück. – –

Nach Mitternacht legte sich der Sturm. Die Lichter in den Häusern der Stadt erloschen, und die geängstigte Bewohnerschaft suchte noch schleunigst die wohlverdiente Ruhe. Auch im Hause Lamprecht wurde es still; nur Bärbe warf den Kopf in ihren buntgewürfelten Bettkissen hin und her und konnte vor Aerger nicht schlafen – es war eben kein richtiges, festes Glauben und auch kein Verlaß mehr in der Welt. Nun schwatzten die beiden dummen Menschen, der Kutscher und Friedrich, der Herrschaft auch »nach dem Munde«, und behaupteten, die Bilder seien es gewesen und erst hatten sie doch kreideweiß in der Küche gesessen und heilig und teuer geschworen, daß das Pochen und Stampfen oben im Gange nichts anderes als Teufelsspuk sein könne. Aber nur Geduld – es kam schon noch, es kam! –

Am anderen Morgen war es förmlich kirchenstill in den Lüften. Die Sonne übergoß alles Trümmerwerk, von den durchlöcherten Türmen und Kirchendächern an bis zum niedergeworfenen Gartenstaket herab, mit warmem gleißenden Gold und lockte ein wahres Brillantengefunkel aus den Scherben und Splittern der zerschlagenen Fensterscheiben. Ja, der »Spektakelmacher« hatte viel Unheil angerichtet, und die Handwerker hatten für die nächste Zeit vollauf zu thun, um den Schaden gutzumachen.

Aus Dambach war auch beim Morgengrauen ein Bote mit Hiobsposten gekommen. Das Unwetter sollte die Fabrikgebäude dermaßen beschädigt haben, daß eine längere Betriebsstörung zu befürchten stand. Daraufhin war der Kommerzienrat in aller Frühe hinausgeritten. Er habe ganz frisch ausgesehen und auch erst in aller Ruhe seinen Kaffee getrunken, sagte Tante Sophie auf das ängstliche Befragen Margaretens hin, die noch geschlafen hatte. Freilich habe er eine Sorgenfalte zwischen den Augen gehabt; es sei ja auch keine Kleinigkeit, wenn die Fabrik stille stehe, und außerdem müsse tief in den Beutel gegriffen werden, schon allein der Reparaturen an den Hintergebäuden wegen, denn da sehe es beim Tageslicht geradezu gottheillos aus.

Margarete trat auf die Thürstufen des Seitenflügels hinaus und überblickte den verwüsteten Hof, und in diesem Augenblick kam auch der Herr Landrat, gestiefelt und gespornt, und die Reitgerte in der Hand, vom Vorderhause her und ging nach den Pferdeställen. Ob er den alten Mann in der That nicht bemerkte, oder ob auch für ihn das Prinzip im Vorderhause galt, nach welchem das Dasein der Packhausbewohner möglichst ignoriert wurde, genug, er trat unter die Stallthüre, ohne die höfliche Begrüßung des Malers Lenz zu erwidern, der in der Nähe des Brunnens stand.

Der alte, weißhaarige Mann war, wie es schien, lediglich über den das ganze Packhaus absperrenden Trümmerhaufen geklettert, um die Bruchstücke der zerschlagenen Brunnennymphe zusammenzusuchen. Er hatte eben den Kopf des Steinbildes aus dem Grase aufgenommen, als Margarete zu ihm trat und ihm mit herzlichem Gruße die Hand hinstreckte. – Sie hatte ihn ja immer lieb gehabt, den stets heiteren, lebensfrohen, greisen Künstler, der mit so gutem, treuem Auge durch seine Brillengläser in die Welt sah; und heute noch stand ihr jener Moment vor der Seele, wo sie sich als Kind in ihrer trostlosen Verlassenheit mit dem wonnigen Gefühl des Geborgenseins an seine Brust geschmiegt hatte. Das vergaß sie nie.

Er freute sich wie ein Kind, sie wiederzusehen, und versicherte fröhlich auf ihre teilnehmenden Fragen nach seiner erkrankten Frau, daß daheim alles wieder wohlauf und zufrieden sei, wenn auch augenblicklich das Dach über dem Haupte fehle. Der Sturm habe schlimm gehaust, seine ruchloseste That sei aber doch die Zertrümmerung der Brunnennymphe, eines seltenen Kunstwerkes, das immer sein Augapfel gewesen sei. Und nun sprach er über die köstlichen Linien des Nymphenkopfes in seinen Händen und über verschiedene berühmte weibliche Statuen der antiken Welt, ein Thema, auf welches Margarete lebhaft einging, um so mehr, als der alte Mann ein ausgezeichnetes Kunstverständnis an den Tag legte … Und währenddem war der Landrat wieder in der Stallthüre erschienen; er hatte das junge Mädchen von dorther gegrüßt, und nun ging er wartend langsam unter den Linden auf und ab.

Margarete hatte seinen Gruß nur mit einem flüchtigen Kopfnicken erwidert – die Art und Weise, mit welcher sich der hochmütige Büreaukrat dort isolierte, empörte sie – nun, er brauchte ja auch für sie nicht da zu sein. Im Gespräch weiter gehend, begleitete sie den alten Maler durch den Hof nach dem Packhaus; dort sprang sie auf den Trümmerhaufen und hielt dem mühsam Hinaufkletternden helfend beide Hände hin. So leicht sie war, das locker übereinander geworfene Bollwerk krachte und wich doch unter ihren Füßen, und jeder noch so vorsichtige Tritt des alten Mannes brachte es in schütternde Bewegung.

Jetzt kam auf einmal Leben in die statuenhaft ruhige Erscheinung des Landrats. Er warf seine Reitgerte auf den Gartentisch und eilte in förmlichem Sturmschritt nach den Trümmern. Schweigend stieg er auf das nächste Balkenstück und reckte die Arme empor, um die Schwankende zu stützen und ihr herabzuhelfen.

»Ei beileibe nicht, Onkel! Du riskierst die Nähte deiner neuen Handschuhe!« rief sie mit einem halben Lächeln und den Kopf nur wenig nach ihm zurückwendend, während ihre Augen gespannt die letzte Anstrengung des alten Mannes verfolgten, der eben drüben glücklich den Boden erreichte. »Adieu, Herr Lenz!« rief sie ihm in warm herzlichem Tone zu, dann trat sie einen Schritt seitwärts und flog wie eine Feder über die emporstarrenden Holzstücke hinweg auf die Erde nieder.

»Das war eine unnütze Bravour, die schwerlich jemand bewundern dürfte«, sagte der Landrat frostig, indem er ein herabgefallenes kleines Lattenstück von seinem Fuße schüttelte.

»Bravour?« wiederholte sie ungläubig. »Denkst du wirklich an Gefahr dabei? – Hier unten erdrückt das morsche Bretterwerk niemand mehr.«

Seine Augen streiften seitwärts ihre zarte, biegsame Gestalt. »Es käme darauf an, wer zwischen diese nägelgespickten Trümmer geriete –«

»Ah, danach zählst du den guten alten Maler zu den körperlich und moralisch Unverwundbaren? Du rührtest weder Hand noch Fuß, ihm herüberzuhelfen, so wenig wie du vorhin seinen höflichen Morgengruß erwidert hast.«

Er sah fest und prüfend in ihre Augen, die in bitterer Gereiztheit flimmerten. »Das Grüßen ist wie Scheidemünze; es geht von Hand zu Hand und bleibt an keinem Finger hängen«, entgegnete er ruhig. »Wenn du also glaubst, beschränkter Hochmut hindere mich, einen Gruß zu erwidern, so irrst du – ich habe den Mann nicht gesehen –«

»Auch nicht, als er dort neben mir stand?«

»Du meinst, ich hätte hinzutreten und auch mein Gutachten über den Nymphentorso abgeben sollen?« unterbrach er sie und ein Lächeln flog um seinen Mund. »Möchtest du wirklich, daß sich der, welchem du ja nicht oft genug den ehrwürdigen Onkeltitel geben kannst, in seinen alten Tagen blamiere? ... Ich verstehe nichts von diesen Dingen, und wenn ich mich auch dafür interessiere, so habe ich doch nie Zeit gehabt, mich eingehend damit zu beschäftigen.«

»O, Zeit und Lust genug, Onkel!« lachte sie. »Ich weiß noch genau, wie dort unter den Küchenfenstern« – sie zeigte nach dem Vorderhause – »ein großer Junge stand, die Taschen voll Kiesel, und stundenlang die arme Brunnennymphe mit den hübschen, runden Steinchen bombardierte –«

»Ach sieh – so giebt es doch noch eine Zeit in deiner Erinnerung, wo auch ich jung für dich gewesen bin –«

»›Ursprünglich‹ willst du sagen, Onkel! – Eine Zeit, wo der Diplomatenfrack noch nicht die möglichste Reserve auferlegte, wo der Kletterbaum nur als Nebelbild in weiter Ferne dämmerte; eine Zeit, wo Glut und Leidenschaft in deinen Augen flammten und deine Hand regierten – ich hab's empfunden, dort!« – Sie deutete nach der Gartenmöbelgruppe unter den Linden. – »Gott weiß, in welcher Ecke sie jetzt unbeachtet zerfällt, die weiße Rose, um welche damals mit einer Erbitterung, einem Feuer gekämpft wurde, als sei sie das schöne, blonde Mädchen unter den Aristolochiabogen selbst!«

Sie sah mit Genugthuung, wie er wiederholt sich verfärbte. Von all denen, die den Herrn Minister in spe, den zukünftigen Verwandten des Fürstenhauses umschmeichelten, hätte es gewiß keiner gewagt, ihn an diese »Jugendtollheit« zu erinnern – sie that es mit Freuden. Er mußte sich schämen, wenn er jene erste enthusiastische Liebe mit seiner heutigen Selbstsucht und Herzensverknöcherung verglich.

Aber eigentlich beschämt oder bestürzt sah er doch nicht aus. Er wandte sich ab und überblickte den verwüsteten Gang des Packhauses, der einst mit seinem üppig wuchernden grünen Pflanzenschmuck das schönste Mädchenbild umrahmt hatte. Wie ein Zauberspuk war alles verschwunden. Das Rankengeflecht hatte das stürzende Dach mit heruntergerissen und bis auf das kleinste Blättchen unter dem grausen Scherben- und Splittergemenge begraben, und das Mädchen? – Seit sie damals durch das Thor des Packhauses in die weite Welt gegangen, hatte kein Menschenauge sie wiedergesehen, niemand wieder von ihr gehört.

»Fata Morgana!« sprach er halblaut vor sich hin, wie in die Erinnerung von damals verloren. Er hatte vorhin bei Erwähnung des Kletterbaumes leise gelächelt, und auch jetzt spielte derselbe Zug um seine Lippen, während ein leichtes Rot in seine Wangen stieg. »Die Rose nicht allein, auch eine blaue Seidenschleife, die der Wind von dem blonden Haar in den Hof herabgeweht hatte, und einige achtlos über das Ganggeländer geworfene, bekritzelte Papierschnitzel liegen noch als treubehütete Reliquien in der Brieftasche von damals bei einander«, sagte er, halb und halb ironisierend, und doch bewegt. Er schüttelte den Kopf. »Daß du dich des Vorfalles noch erinnerst!«

Sie lachte. »Wunderbar ist das doch nicht! Ich habe mich in jenem Moment vor dir und deiner stummen, bleichen Wut gefürchtet – so etwas vergißt ein Kind so wenig, wie einen Akt der Willkür, gegen den sich sein Gerechtigkeitsgefühl empört. Der große Herr Primaner hatte stets gegen Raub und Diebstahl gedonnert, wenn die Finger der ›naschhaften Grete‹ mit dem Obstteller der Großmama verstohlen in Berührung gekommen waren, und da griff er nun selbst heimlich wie ein Dieb nach dem Eigentum der schönen Blanka und ließ es in der Brusttasche verschwinden.«

Jetzt lachte auch er. »Und seit jenem Moment bist du meine Widersacherin –«

»Nein, Onkel, du hast ein schlechtes Gedächtnis. Gut Freund sind wir ja nie gewesen, auch vorher nicht. Du hast die Erstgeborne deiner Schwester nie leiden können, und ich habe dich konsequenterweise rechtschaffen dafür geärgert. Diese Rechnung ist stets ehrlich und redlich ausgeglichen worden.«

Seine Stirn hatte sich, während Margarete sprach, verfinstert und auch jetzt blieb er ernst. »Das wäre mithin abgemacht gewesen«, sagte er; »trotzdem bist du beflissen, jetzt erst recht Abrechnung mit mir zu halten –«

»Jetzt, wo ich mich eifrig bemühe, dich nach Titel und Würden streng zu respektieren?« Sie zuckte lächelnd die Schultern. »Wie es scheint, nimmst du mir den Fürwitz übel, mit welchem ich dich an die *rosa blanca* erinnert habe; und du hast ja auch recht, es war übereilt und nicht gerade taktvoll. Aber es ist seltsam; seit ich vorhin mit dem alten Mann gesprochen habe, steht mir ein verhängnisvoller Tag meiner Kindheit so lebhaft vor Augen, daß ich die Erinnerung nicht los werde. Da habe ich die Malerstochter zum letztenmal gesehen – sie war blaß und verweint, und das starke, blonde Haar hing ihr aufgelöst über den Rücken … Ich habe von klein auf eine fast närrische Schwäche für Mädchenschönheit gehabt – die lebendigen schlanken Griechenmädchen haben mich zum Aerger des Onkels ebenso interessiert, wie die ausgegrabenen Götterbilder, und in Wien bin ich einer schönen Serbin durch Gassen und Straßen nachgelaufen; und doch haben mir alle diese späteren Erscheinungen das Bild von Blanka Lenz nicht verdrängen können … Die Frage nach ihr schwebte mir vorhin auf den Lippen, trotzdem schwieg ich; mir war plötzlich, als müßte ich ihrem Vater mit dem Tochternamen wehe thun. Das Mädchen ist so völlig verschollen – ich glaube, niemand in unserem

Hause weiß, was aus ihr geworden ist, oder –?« Sie verstummte und sah ihn schelmisch beredt von der Seite an.

»Ich weiß es auch nicht, Margarete«, versicherte er mit Humor. »Seit jenem Morgen, wo sie abgereist ist, und ›der große Herr Primaner‹ in seiner wilden Verzweiflung erwog, ob wirklich das Leben des Weiterlebens noch wert, oder ein Schuß ins Herz vorzuziehen sei, habe ich nie wieder von ihr gehört. Aber es ist mir ergangen wie dir, ich habe sie nicht vergessen können, lange, lange nicht, bis plötzlich – die Rechte gekommen ist; denn das war sie trotz alledem nicht gewesen.«

Margarete sah bestürzt zu ihm auf – das klang so wahr, so aus tiefster Ueberzeugung heraus, daß ihr auch nicht der geringste Zweifel an der Echtheit seiner Gesinnung blieb. Er liebte diese Heloise von Taubeneck wirklich. Nicht um seiner Karriere willen strebte er nach ihrer Hand, wie die böse Welt behauptete – nein, er würde auch um sie werben, wenn sie die Malerstochter wäre … Der Papa hatte doch recht gehabt mit seiner Versicherung, daß Herbert bei all seinem brennenden Ehrgeiz, seinem energischen Emporstreben dennoch die krummen Wege verschmähe …

Mittlerweile war der Hausknecht wiederholt unter der Stallthüre erschienen, und jetzt winkte der Landrat ihm zu. Sein Pferd wurde herausgeführt, und er schwang sich hinauf.

»Du reitest nach dem Prinzenhofe?« fragte Margarete, indem sie ihre Hand in seine Rechte legte, die er ihr vom Pferde herab noch einmal bot.

»Nach dem Prinzenhof und weiter«, bestätigte er. »Nach der Richtung hin hat der Sturm schlimm gehaust, wie mir gemeldet wurde.« Mit sanftem Druck entließ er die Hand, die er bis dahin festgehalten, und ritt davon.

Margarete blieb unwillkürlich stehen und sah ihm nach, bis er seitwärts hinter dem Thorpfeiler des Vorderhauses verschwunden war. Sie hatte ihm unrecht gethan, und, was noch schlimmer war, sie hatte diesen falschen Standpunkt ihm gegenüber wiederholt in verletzender Weise betont – das war peinlich … Und er liebte sie wirklich, diese kühle, dicke, pomadige Heloise, den ausgesprochenen Gegensatz der graziösen Libelle, die einst dort unter dem grünen Blätterbehang gegaukelt! Unbegreiflich! Aber Tante Sophie hatte recht. »Ja, wo die Liebe hinfällt!« sagte sie stets achselzuckend, wenn sie von dem »Weltwunder« sprach, daß sich nämlich wirklich und wahrhaftig einer vorzeiten in ihre große Nase verliebt habe … Mit nachdenklich gesenkter Stirn ging sie langsam nach der Thüre des Seitenflügels zurück. Da, im Grase neben dem Brunnenbecken lag

143

das abgeschlagene Händchen der Nymphe. Sie hob es auf, und beim Anblick der charakteristischen Form mußte sie an die verschiedenen Hypothesen des alten Malers bezüglich des antiken Originales der Statue denken – aber auch nur einen Moment; dann verschleierten sich ihre Augen wieder hinter den Wimpern, und wie traumverloren stieg sie die Thürstufen hinauf – das interessanteste Problem war und blieb doch – die Menschenseele!

15

Später füllte sich der Hof mit Arbeitern. Das Aufräumen der Trümmerstätte verursachte einen wüsten Lärm, der das junge Mädchen bald aus ihrer trauten Hofstube verjagte ... Nun saß sie wieder wie ehemals auf dem Fenstertritt im Wohnzimmer und tunkte die Feder in das große porzellanene Tintenfaß, welches vor Jahren so viel Kleckse in den Schreibeheften und auf den Schürzen der ungeschickten Grete verschuldet hatte. – Sie wollte an den Onkel in Berlin schreiben, aber sie fand die rechte Sammlung nicht; ihre Gedanken waren fortwährend auf der Flucht vor der ängstlichen Spannung, welche sie seit heute nacht beunruhigte. »Morgen wird es da oben einen Sturm geben, so wild wie der, unter welchem eben unser altes Haus erbebt!« hatte ihr Vater im Hinweis auf die obere Etage gesagt. Was da geschehen sollte und mußte, war ihr ein Rätsel. Zwischen dem Papa und den Verwandten droben schien das beste Einvernehmen zu herrschen; auch nicht die geringste Spur eines Konfliktes trat zu Tage; und doch mußten innere Differenzen obwalten, die dem Chef des Lamprechtshauses nachgerade unerträglich geworden waren, denn er wollte ja um jeden Preis »ein Ende machen ...«

Unter den Fenstern des Vorderhauses war es auch nicht viel stiller, als im Hofe. Es war Markttag gewesen. Noch hörte man vereinzeltes Feilschen um Butter, Eier und Obst herüber, und geleerte Holz- und Getreidewagen rasselten heimwärts über das Pflaster. Dann zogen den Marktplatz entlang die Kurrendeschüler, der wohlbekannte, aus den Schülern der höheren Lehranstalten rekrutierte Singchor ... B. war eine von den wenigen thüringischen Städten, welche diese uralte, von den gabenheischenden Bettelmönchen und den späteren Bacchanten herstammende Sitte noch schützten und pflegten.

Wie eine Schar Dohlen kamen sie daher, die Knaben und Jünglinge, in ihren runden, schwarzen Mänteln, und schwarze Baretts auf die junge

Stirn gedrückt. Solch einer war auch Tante Sophiens Lieblingsheld, Martin Luther, gewesen, und gleichgesinnt wie dessen Beschützerin, die edle Frau Cotta in Eisenach, bestritt sie jahraus, jahrein den Mittagstisch für zwei arme Schüler aus ihrer eigenen Tasche.

Drüben vor der Apotheke sangen sie einen Choral, und bald darauf formierte sich der weite Kreis vor Lamprechts Hause und intonierte das Lied: »Es ist bestimmt in Gottes Rat«. – Sie sangen »schlecht und recht« mit ihren vom Stadtkantor gedrillten Kehlen, die, so jung, meist mit Seele und Ausdruck noch nichts zu schaffen haben; und doch griffen diese Töne seltsam bewegend an Margaretens Herz, und ein Gefühl banger Beklemmung überschlich sie – ja der gestrige furchtbare Schrecken, die Sturmesnacht und die augenblickliche innere Spannung machten sich nun doch geltend, man war wunderlicherweise ein wenig nervös.

Und Tante Sophie kam herein, inspizierte wiederholt den hergerichteten Mittagstisch und scheuchte eine naschhafte Fliege von der Obstschale. »Es muß schlimm aussehen draußen in der Fabrik, dein Vater kommt gar nicht wieder«, sagte sie zu dem jungen Mädchen am Fenster. »Bärbe brummt in ihrer Küche und jammert um die Pastetchen, die derweil Saft und Kraft verlieren.« – Und nach einem Blick aus dem Fenster über den Markt hin, wo die Schüler eben auseinander gingen, und der ersehnte Reiter sich immer noch nicht zeigte, meinte sie: »Du könntest schnell noch einmal die Treppe hinaufspringen, Gretel. Der Schlosser ist droben und bringt die Bodenkammerthüre in Ordnung. Ich hab' Sorge, daß er's mit den hingelehnten Bildern nicht genau nimmt.«

Margarete ging hinauf, an den unversehrten Bildern vorüber. Die vorgestemmten Balkenstücke waren wieder entfernt, und die Thüre stand offen wie in der vergangenen Nacht. Der Schlosser hantierte an den losgerissenen Angeln, und draußen unter dem freigelegten Dachgerüst waren Zimmerleute beschäftigt.

Sie trat auf die kreischenden Bodendielen, unter das eisenfeste, gebräunte Gebälk hinaus, das scharf gezähnt in den blauen Himmel hineinschnitt. Jetzt lag die klare Oktobersonne auf der Fußspur, von welcher der Papa in der Nacht gesprochen hatte. Sie schüttelte den Kopf – feine Sohlen waren sicher nie über diese rohen, ungehobelten Bretter gegangen, höchstens der benagelte Schuh der früheren Packer ... Alte Häuser haben freilich ihre Geheimnisse, und für die Sonntagskinder glitzern die Augen der Hausgeisterchen unter den schleierhaften Staubschichten und Spinnweben, und das Zischeln von lichtscheuen Thaten und sonstigen schlimmen Dingen kommt aus allen Ecken. Warum aber gerade hier, in den ehemaligen Lagerräumen unverfänglicher Leinenballen, der Sturm ein ungelöstes Rätsel habe aufjagen und an den Tag bringen sollen, das begriff sie jetzt unter dem lachenden Tageshimmel noch viel weniger, als in der Nacht, da der Papa so wunderlich gesprochen ...

Hier oben in den Lüften wehte ein ziemlich starker Zugwind, der dem jungen Mädchen das Haar aufflattern machte. Sie zog einen kleinen, schwarzen Spitzenshawl aus der Tasche, band ihn über den Kopf und wollte eben die Speicherräume entlang schreiten, als ein lautes Aufkreischen von Frauenstimmen aus den offenen Küchenfenstern ihren Schritt hemmte ... Kein Gesicht zeigte sich an den Fenstern, wohl aber stürzte in diesem Augenblick der Kutscher in den Hof und rannte nach den Ställen, und verschiedene andere Menschen, die nicht in das Haus gehörten, liefen mit. Die Arbeiter sprangen von dem Trümmerhaufen, und im Nu drängte sich inmitten des Hofes ein Menschenknäuel um einen Bauer, der mit fliegendem Atem und so scheuer, gedämpfter Stimme sprach, als fürchte er, es könne ein Widerhall von den Mauern laut werden.

»Hinter dem Dambacher Hölzchen«, klang es wie verloren herauf, und »hinter dem Dambacher Hölzchen haben sie ihn gefunden«, sagte plötzlich eine Stimme dicht an der halb offenen Thüre des nächsten Bodenraumes. Es war ein Lehrjunge, der von unten heraufkam. »Sein Pferd ist an einen Baum angebunden gewesen«, berichtete er atemlos weiter, »und er hat auf dem Moose gelegen – die Marktweiber haben gedacht, er schliefe. Nun haben sie ihn wieder in die Fabrik geschafft. Solch ein reicher Mann wie der, hat viele hundert Fabrikleute unter sich und Kutscher und Bedienten, und hat doch so allein –« Er verstummte erschrocken, vor dem entgeisterten Mädchenantlitz unter dem schwarzen Spitzentuch, vor den großen, entsetzten Augen und der schlanken Gestalt, die mit schlaff herabhängenden Armen wie nachtwandelnd an ihm und den Gesellen vorüberschritt. Sie fragte nicht: »Ist er tot?« Diese erblaßten Lippen waren wie im Krampfe geschlossen. Stumm glitt sie von Thür zu Thür, die Treppe des Packhauses hinab, und durch das offene Thor auf die Straße hinaus.

Und nun ging es eilenden Fußes durch die abgelegenen, menschenstillen Gassen, denselben Weg, auf welchem sie einst aus Furcht vor dem Institut davongelaufen war ... Ein erinnernder Gedanke an damals kam ihr freilich nicht; sie schritt auch nicht durch wogende Kornfelder, von der nachwirkenden Abendglut der Julisonne umbrütet – weithin breiteten sich die Stoppelflächen, von denen Krähenscharen aufflogen. Sie hörte auch nicht das scharfe Gekreisch der Vögel, die einzigen Laute über der grabesstillen Herbstflur – ihr war, als zöge der Schülerchor neben und hinter ihr. »Es ist bestimmt in Gottes Rat« klang es fort und fort und lief mit ihr … Und dann blieb sie sekundenlang stehen und preßte stöhnend die Hände auf die Ohren und schloß die Augen. Nein, nicht das Schlimmste war geschehen! Nicht wie die schwanke Aehre, die ein einziger Sensenschnitt hinmäht, sank solch eine eisenfest gefügte, kraftstrotzende Gestalt dahin; nicht so griff die dunkle Hand in das hochgesteigerte Getriebe menschlicher Pläne und Entschlüsse und wischte jäh entscheidende Worte von den Lippen! – Weiter flogen die Füße im rasenden Lauf über das Blachfeld, die Anhöhe empor und durch das raschelnde Laub, mit welchem der nächtliche Sturm den Weg hinter dem Wäldchen beschüttet hatte. Sie konnte ja nicht schnell genug hinkommen, um die unsägliche Qual los zu werden, um zu sehen, daß es nur ein heftiger Schwindelanfall gewesen, daß alles wieder gut, alles beim alten, daß die Stimme wie immer zu ihr sprach, die Augen sie anblickten, und diese entsetzliche Stunde wie ein grauenvoller Traum überstanden sei.

»Hinter dem Dambacher Hölzchen haben sie ihn gefunden«, klang es aber wieder aufschreckend in ihrem Ohr, und jetzt stockte ihr Fuß, und der ihr Herz süß beschleichende Glaube an einen täuschenden Traum zerrann grausam. Da, wo sich die Birken zwischen die Buchenstämme mischten, ja da war es gewesen! Da war der Boden von Menschenfüßen zerstampft wie ein Kampfplatz, da hatte man mächtige Aeste von den Bäumen gerissen, um Raum zu gewinnen. Ihre innere Kraft brach wie unter einem Streich zusammen, und als das Wäldchen und die ersten Dorfhäuser endlich hinter ihr lagen, und die Fabrikgebäude sich in Steinwurfsweite drüben hindehnten, da lehnte sie sich mit wankenden Knieen an eine der Linden, die dem Thor des Fabrikhofes gegenüber den Rast- und Erholungsplatz der Arbeiter beschatteten.

Im Hofe standen viele der Fabrikleute in Gruppen, aber kein Laut einer Menschenstimme kam von dorther; man hörte nur die Huftritte eines Pferdes – es war Herberts Brauner, der auf und ab geführt wurde. In demselben Augenblick, wo Margarete die Linden erreichte, trat der Landrat drüben aus dem Garten in den Fabrikhof, und fast zugleich bog von der seitwärts hinlaufenden Chaussee eine Equipage ab und brauste vor das Thor. Wie durch einen Nebel sah das junge Mädchen flatternde

Bänder und wallende Hutfedern – die Damen vom Prinzenhofe saßen im Wagen.

»Um Gotteswillen, bester Landrat, beruhigen Sie mich!« rief die Baronin Taubeneck Herbert entgegen, der an den Wagenschlag trat und sich verbeugte – er war bleich wie ein Toter. »Gerechter! Wie sehen Sie aus! Also ist es doch wahr, das Entsetzliche, Unglaubliche, das mir der Oberamtmann von Hermsleben eben beim Begegnen mitteilte? Unser lieber, armer Kommerzienrat –«

»Er lebt, Onkel – nicht wahr, er lebt?« sagte da eine flehende, in verhaltenem Schmerz vergehende Stimme dicht neben ihm, und heiße Finger preßten seine Hand.

Er fuhr in heftigem Schrecken herum. »Um Gott, Margarete –!«

Die Damen im Wagen bogen sich vor und starrten die reiche Kaufmannstochter an, die, erhitzt und bestaubt, im einfachen Morgenkleid und einen schwarzen Shawl um den Kopf gebunden, wie ein Dienstmädchen dahergekommen war. »Wie, Fräulein Lamprecht, Ihre Nichte, lieber Landrat?« fragte die dicke Dame stockend und ungläubig, aber auch mit jener beschränkten Neugier, die sich selbst in den peinlichsten Momenten vordrängt.

Er antwortete nicht, und Margarete hatte nicht einmal einen Blick für seine zukünftige vornehme Schwiegermutter – was wußte sie in diesem entsetzlichen Augenblick von den Beziehungen dieser drei Menschen zu einander! In wilder Angst haftete ihr Auge auf Herberts verstörtem Gesicht.

»Margarete –« er sprach nicht weiter, aber sein Ton voll innerer Qual sagte ihr alles. Sie schauderte in sich zusammen, stieß seine Hand, die sie noch fest umklammert hielt, von sich und schritt über den Hof nach dem Pavillon.

»Es scheint ihr sehr nahe zu gehen – sie hat den Kopf total verloren«, hörte sie die klare, kühle Stimme der schönen Heloise mitleidig hinter sich sagen. »Wie wäre es sonst möglich gewesen, so derangiert die Straßen der Stadt zu passieren!«

In dem Hausflur des Pavillons standen zwei im Fortgehen begriffene Aerzte der Stadt und die in Thränen schwimmende Faktorin, und halblaute Worte von Gehirnschlag und einem schönen, beneidenswerten Tod schlugen an Margaretens Ohr. Ohne die Augen zu heben, glitt sie an den Sprechenden vorüber und trat in das Zimmer, wo der Papa sich aufzuhalten pflegte. Ja, da lag er auf dem Ruhebett – sein schönes Gesicht hob sich in tiefer Blässe von dem dunkelroten Polster – ein friedlich Schlafender, dem die jähe, schmerzlos hinraffende Hand alle dunkeln Rätsel von der Stirn gestreift hatte! – Zu seinen Füßen saß der Großpapa den weißen Kopf in den Händen vergraben.

Der alte Mann sah auf, als die Enkelin in stummem Schmerz an dem Ruhebett niedersank – ihm war es nicht verwunderlich, sie »so derangiert« auf eigenen Füßen ankommen zu sehen, er kannte seine Gretel. Schweigend, mit sanfter Hand zog er sie an sich, und da, an seiner treuen Brust, brachen endlich die wohlthätigen Thränen unaufhaltsam hervor …

16

Im Flursaal, zwischen der Thüre des großen Salons und dem gegenüberliegenden mittleren Fenster, war der traditionelle Platz, wo alle, die im Leben den Namen Lamprecht getragen, noch einmal in glanzvoller, wenn auch stummer Abschiedsrolle erschienen, ehe sie das feuchte Mauergewölbe draußen auf dem stillen Platz vor dem Thore bezogen. Hier hatte auch die böse Frau Judith gelegen, einen lächelnden Glanz auf dem zornmütigen Gesicht – hatte sie doch ihren verzweifelten Kampf mit dem Tode, nach dem bindenden, ihrem Eheherrn mühsam abgerungenen Eid, sofort willig aufgegeben und ihren hageren, unschönen Leib zur ewigen Ruhe ausgestreckt.

Und hier, unter den fremdländischen, blühenden Gewächsen, die den silberbeschlagenen Sarg der reichen Frau umstanden, sollte Herr Justus Lamprecht die schöne Dore zum erstenmal gesehen haben. Sie war die verwaiste Tochter eines fernen Geschäftsfreundes gewesen, welcher Herrn Justus testamentarisch zu ihrem Vormund ernannt hatte. Und da sollte eines Abends eine Reisekutsche vor dem Lamprechtschen Hause gehalten haben, und weil keine Menschenseele sich um das Fuhrwerk gekümmert hatte, wohl aber erschrecklich viel Leute in das Haus und die glänzend helle Treppe hinaufgeströmt waren, da sollte das angekommene fremde Mädchen aus dem Wagen geschlüpft und mit den Leuten gegangen sein, bis sie oben mit erschreckten Augen vor der toten Frau gestanden. Das war ihr erster Einzug im Hause ihres zukünftigen Ehemannes gewesen, »ein ganz schlechtes Zeichen«, und auch schon um deswillen hatte es dann später so kommen müssen, daß sie schon nach wenigen Jahren auf derselben Stelle eingebahrt gelegen, wie ein schönes Wachsbild, mit ihrem toten Engelchen im Arm, und im strengen, blumenlosen Winter doch mit kostbaren, weither geholten Blumen förmlich überschüttet; und die weiße Seide ihres Sterbekleides war über den Sarg hinausgeflossen und hatte wie Schnee ellenlang die Dielen des Flursaales bedeckt. Das erzählten sich die Leute heute noch ...

Seitdem hatte noch manches stille Antlitz an dieser Stelle die letzten geflüsterten Richtersprüche über sich ergehen lassen müssen; Väter und Söhne, Mütter und Töchter, alle hatten auf dieser Station gerastet, und in Abwechselung mit den greisenhaften, lebensmüden Auswanderern des Hauses hatte auch manche vorzeitig in der Jugendblüte hingestreckte schöne Mannesgestalt da gelegen. Aber einen Toten, wie den letztverstorbenen Lamprecht, hatte der Flursaal noch nicht beherbergt. Alte Mütterchen, die unter dem Strom von Schaulustigen auch mühsam die Treppe hinaufgeklettert waren, wußten das ganz genau zu sagen; sie hatten ihr ganzes langes Leben hindurch nicht ein einziges Mal gefehlt, wenn in Lamprechts Hause der Trauersaal hergerichtet war. Und sie hatten recht mit ihrer Behauptung – lag doch dieser herrliche, reckenhafte Mann da, als werde und müsse er jeden Augenblick, verwundert über sein seltsames Bett, aufspringen, die Blumen abschütteln, den Schlaf aus den Gliedern recken und die Neugierigen mit seinen feurigen Augen spöttisch anstrahlen! ... Und andere, die Männer, die zusammen zischelten, hatten auch recht, wenn sie meinten, die letzte mächtige Säule des alten Hauses sei mit ihm gebrochen – was nun werden solle? – Die Schattengestalt, die da lang und schlotterig, den dünnen Hals in einen steifen Halskragen gezwängt, und die dürren Finger in stetem Frösteln aneinander reibend, hin und her glitt, sie war so jämmerlich anzusehen neben dem gewaltigen Toten, daß man mit diesem Erben unmöglich rechnen konnte.

Man hatte gefürchtet, der Schreck über die plötzlich hereinbrechende Katastrophe werde auch für ihn verhängnisvoll werden; aber er war eigentlich gar nicht sehr erschrocken gewesen; er hatte weit mehr erstaunt und konsterniert ausgesehen, und war am ersten Tage wie im Traume umhergegangen. Nachher hatte die Kühlheit seines Wesens die Leute im Kontor noch eisiger angeweht, als bisher, und bei dieser Fassung und Objektivität war es auch niemand verwunderlich gewesen, daß er schon am zweiten Tag probiert hatte, wie es sich auf dem verwaisten Schreibstuhl des Heimgegangenen sitze.

Die Trauerfeierlichkeiten waren vorüber. Der größte Teil der Versammelten hatte sich entfernt; nur da und dort zögerten noch einzelne, die sich nicht satt sehen konnten an diesem »letzten Mal« in seiner Pracht und Herrlichkeit. Die hervorragenden Teilnehmer an dem Einsegnungsakt, die Geistlichkeit, die Damen vom Prinzenhofe, der stellvertretende Adjutant des Herzogs und die nächsten Freunde des Hauses, verweilten noch im großen Salon, wo sich auch die Angehörigen des Verstorbenen versammelt hatten. Nur die Tochter des Hauses fehlte. Sie hatte sich hinter die schwarztuchene, das mittlere Fenster mit ihrem reichen Faltenwurf verhüllende Draperie zurückgezogen. Wie verwundet war sie in diese dunkle Ecke geflüchtet. Mußte es sein, dieses Zeremoniell, diese grausame Schaustellung des Toten und der schmerzvollen Trauer der Ueberlebenden? Hier oben, wo ihr war, als töne der plötzlich abgerissene Akkord eines Menschenlebens in seinen letzten Schwingungen fort, wo sie meinte, der Flügelschlag der geschiedenen Seele müsse mit rückwirkender Kraft nachzittern in dem ehemaligen irdischen Heim, hier hatten die Tapeziere tagsüber gepocht und gehämmert, und unermüdlich waren Tragbahren voll Orangerie treppauf geschleppt worden. – Und mußte es sein, daß sich eine Schar fremder Gesichter um den Sarg drängte, während der Geistliche innige, ergreifende Abschiedsworte sprach? Aber je mehr, desto größer die Ehre für die Familie! Mit jedem neuen Wagen, der donnernd drunten vorgefahren, war die zierliche Gestalt der die Honneurs machenden Großmama förmlich gewachsen … Und was für gedankenlose Redensarten gingen von Mund zu Mund! Ein plötzlich dazwischentretender Fremder hätte meinen müssen, der Verstorbene sei zeitlebens ein elender Krüppel, ein in jeder Hinsicht darbender, verkümmerter Mensch gewesen, weil ihm ja »die ewige Ruhe, die Heimberufung aus dieser Welt so zu gönnen war«.

»Ihm ist wohl!« In allen Varianten wurde es gesagt; aber keiner dieser Schönredner wußte, daß gerade in seinen letzten Lebensstunden eine geheimnisvolle Mission sein ganzes Denken und Wollen durchdrungen und ihn zur Ausführung unwiderstehlich gedrängt hatte.

Er hatte keine Ahnung davon gehabt, daß der Tod mit ihm reite, als er sein Haus verlassen. Draußen in der Fabrik war er der Ruhigste unter den durch die Verwüstungen beunruhigten Leuten gewesen. Er hatte überall die Schäden besichtigt und seine Befehle gegeben; dann war er heimwärts geritten – und da hatte es ihn gepackt. Vom Schwindel überfallen, war er vom Pferde gestiegen und hatte noch Kraft genug gefunden, das feurige Tier festzubinden und sich auf den weichen, laubbestreuten Moosboden hinzustrecken. Wer aber konnte wissen, welche Schrecken das plötzlich hereinbrechende Todesgefühl hinter der jetzt so glatten, kalten Stirn kreisen gemacht? Fortgerissen, ohne erfüllt zu haben, »was ein Ende nehmen sollte und mußte« – kam wirklich ein so völliges Vergessen über die entführte Seele, daß »ihr wohl« war, wie alle diese Leute wissen wollten?

Die letzten der noch im Flursaal anwesenden Leute waren gegangen, und es war so feierlich still geworden, daß man über das gedämpfte Stimmengemurmel im Salon hinweg das vereinzelte Knistern der herabbrennenden Wachskerzen hören konnte ... Da kam der Maler Lenz aus dem tiefen, dunkelnden Hintergrunde des Flursaales, er mochte wohl während der ganzen Zeremonie unbeachtet dort gestanden haben. Der alte Mann war nicht allein, sein kleiner Enkel ging mit ihm und schritt auf das Geheiß des Großvaters unverweilt nach dem schwarzbeschlagenen, um einige Stufen erhöhten Podium, auf welchem der Sarg stand. Der Kleine war eben im Begriff, den Fuß auf die erste Stufe zu setzen, als Reinhold wie toll aus dem Salon geschossen kam.

»Da hinauf kannst du nicht, Kind!« stieß er kurzatmig, mit unterdrückter Stimme, aber sichtlich empört hervor und zog den Knaben am Arme zurück.

»Erlauben Sie, daß mein Enkel die Hand küßt, die –« Der alte Maler kam nicht weiter, so bescheiden er auch seine Bitte vorbrachte.

»Das geht nicht, Lenz – so verständig sollten Sie doch selbst sein!« unterbrach ihn der junge Mann kurz abweisend. »Was hätte denn werden sollen, wenn alle unsere Arbeiter mit diesem Ansinnen an uns herangetreten wären? Und Sie werden mir doch zugeben, daß Ihr Enkel nicht um ein Titelchen mehr Recht hat, als die Kinder unserer anderen Leute –«

»Nein, Herr Lamprecht, das kann ich Ihnen nicht zugeben.« versetzte der alte Mann rasch. Das Blut stieg ihm dunkel ins Gesicht. »Der Herr Kommerzienrat war –«

»Mein Gott, ja«, – gab Reinhold mit einem ungeduldigen Achselzucken zu – »der Papa war allerdings oft unbegreiflich nachsichtig; aber so wie er im Grunde dachte, läßt sich durchaus nicht annehmen, daß er dem Jungen eine solche intime Annäherung im Beisein vornehmer Freunde« – er zeigte nach dem Salon zurück – »gestattet haben würde. Ich muß ihn deshalb auch zurückweisen ... Geh du nur hin!« – er schob das Kind an den Schultern weiter und zeigte nach dem Ausgang – »dein Handkuß ist nicht vonnöten!«

Margarete schlug empört die schwarze Gardine auseinander und trat aus der Fensternische. In demselben Augenblick kam aber auch Herbert eiligen Schrittes aus dem Salon – er hatte in der Nähe der Thüre gestanden. Ohne ein Wort zu sagen, nahm er den Knaben an der Hand und führte ihn an Reinhold vorüber die Stufen hinauf.

»Lieber auf den Mund!« sagte der Knabe, das erblaßte Gesichtchen von der wachsbleichen, in Blumen gebetteten Hand wegwendend, in seiner kurzen, knappen Ausdrucksweise halblaut zu seinem Führer. »Er hat mich auch manchmal geküßt – wissen Sie, im Thorweg, wo wir ganz allein waren.«

Der Landrat stutzte einen Moment; dann aber nahm er den Knaben auf seinen Arm und hob ihn über den Sarg. Und da bog sich der schöne Kinderkopf tief auf den »stillen Mann« nieder, so daß seine braunen Locken die kalte Stirn überfluteten, und küßte ihn auf die bärtigen Lippen.

Dem jungen Mädchen, das noch, wie im energischen Hervortreten begriffen, mit beiden Händen den schwarzen Tuchbehang auseinander hielt, ging es wie ein Aufleuchten über das verhärmte Gesicht, und ein dankbarer Blick flog hinüber zu dem, der mit ernstem, entschiedenem Protest die Lieblosigkeit von der geheiligten Stätte wies.

Indessen waren die im Fortgehen begriffenen Anwesenden geräuschlos aus dem Salon gekommen.

»Gott, wie erschütternd!« hauchte die Baronin Taubeneck, während der Landrat die Stufen herabstieg und den Knaben sanft aus seinen Armen entließ. »Aber wie ist mir denn?« – wandte sich die Dame leise an die Frau Amtsrätin – »ich kann mich mit dem besten Willen nicht erinnern, daß noch so junge Angehörige der Familie existieren.«

»Sie haben ganz recht, gnädige Frau; meine Schwester und ich sind die einzigen Ueberlebenden«, fiel ihr Reinhold fast heftig, tief erbittert und verbissen in das Wort. »Der zärtliche Kuß sollte nur ein Dank für genossene Wohlthaten sein; sonst hat der Junge in unserer Familie absolut nichts zu suchen – er gehört dem Manne da!« Bei diesen Worten zeigte er aufden alten Maler, der schweigend die Hand des Kindes ergriff und mit einer dankenden Verbeugung gegen den Landrat den Flursaal verließ.

Es war, als gehe jeder Laut menschlicher Stimmen mit ihm, ein so tiefes, verlegenes Schweigen trat ein. Der Widerspruch, so unschicklich laut am Sarge eines Geschiedenen erhoben, mochte das Gefühl aller peinlich berührt haben. Es fiel kein Wort mehr. Mit stummer Begrüßung ging man auseinander, und gleich darauf fuhren drunten die Wagen nach allen Richtungen weg.

»Daß du auch so frühe fort mußtest, Balduin!« murmelte der alte Amtsrat in schmerzlicher Klage. »Gnade Gott den armen Leuten, über die der herzlose Bursche nun Macht hat, die unter seine Fuchtel müssen!«

Der alte Herr war mit seiner Enkelin allein im Flursaal zurückgeblieben, während die anderen den Fortgehenden das Geleit gaben. »Geh, mach ein Ende, Gretel! Sei tapfer!« mahnte er bittend, indem er über das lockige Haar der Weinenden strich, die im bittern Abschiedsweh auf der obersten Stufe kniete. Sie küßte die kalte Hand – war ihr doch, als dürfe sie den Hauch des Kindermundes auf den Lippen des Toten nicht weglöschen – dann erhob sie sich und ging an der Hand des Großvaters nach den anstoßenden Zimmern.

»So, meine liebe Gretel, das Allerschwerste wäre überstanden!« sagte er drinnen. »Und nun gehe du in Gottes Namen auf ein paar Wochen nach Berlin zurück. Dort besinnst du dich am ersten wieder auf dich selber, und der arme, gequälte Kopf da lernt wieder fest und aufrecht sitzen … Dann aber denke auch an deinen alten Großvater. Es wird gar einsam werden draußen in unserem lieben Dambach, denn – er kommt nicht mehr!« – um den weißen Schnurrbart zuckte und bebte es. – »Mir war er ein guter Sohn, mein Kind; wenn mir auch sein eigentliches inneres Wesen zeitlebens ein Buch mit sieben Siegeln geblieben ist.«

Darauf ging er hinaus und schloß die Thüre hinter sich, und Margarete flüchtete in das abgelegenste Zimmer, den roten Salon – sie wußte, daß jetzt draußen mit dem Kerzenlicht der letzte Glanz eines in den Augen der Welt weit bevorzugten, reichen Erdendaseins erlosch, daß die letzten Vorbereitungen zu der morgen in aller Frühe stattfindenden Uebersiedelung nach dem stillen kleinen Haus vor dem Thore getroffen wurden … Ja, morgen um diese Zeit war alles vorüber, und auch sie war weit, weit weg vom verwaisten Vaterhause! Heute noch, mit dem letzten Zug kam der Onkel Teobald aus Berlin zu der Beerdigung, und morgen mittag reiste er wieder ab und sie mit ihm.

Sie ging auf und ab in dem schwach erleuchteten Zimmer, von dessen weiten, hohen Wänden jeder ihrer Schritte widerhallte. Man hatte die ausgeräumte Bel-Etage einstweilen nur notdürftig wieder hergerichtet – die Teppiche fehlten, und der gesamte Bilderschmuck stand noch im Gange des Seitenflügels. Ein mächtiges Viereck dunkelte auf der verblichenen Tapete – da hatte das Bild der Frau mit den Karfunkelsteinen gehangen, der Schönen, Heißgeliebten, deren arme Seele der grausame Aberglaube hundert lange Jahre im alten Kaufmannshause hatte umherirren lassen, bis der Sturm hereingebraust war und sie auf seine Flügel genommen haben sollte … O, jene Sturmnacht! Da hatte die Verwaiste zum letztenmal in das Vaterauge geblickt! »Auf morgen denn, mein Kind!« hatte er gesagt – das war der letzte Hauch seines Mundes für sie gewesen; dieses »morgen« kam nie, niemals! – Sie preßte die Stirn zwischen die Hände und lief von Wand zu Wand.

Da ging drüben die Salonthüre. Herbert kam herein und durchschritt mit suchendem Blick die Zimmerreihe. Er war im Ueberzieher und hatte den Hut in der Hand.

Margarete blieb stehen, als er auf die Schwelle trat, und ihre Hände sanken langsam von den Schläfen nieder.

»Haben sie dich so allein gelassen, Margarete?« fragte er innig mitleidsvoll, wie sie ihn vor Jahren meist zu dem kranken Kinde Reinhold hatte sprechen hören. Er kam herein, warf den Hut hin und ergriff die Hände des jungen Mädchens. »Wie kalt und erstarrt du bist! Das öde, düstere Zimmer ist kein Aufenthaltsort für dich. Komm, gehe mit mir hinüber!« bat er sanft und hob den Arm, um ihn stützend um ihre Gestalt zu legen; aber sie fuhr zurück und trat um einige Schritte von ihm weg. »Meine Augen schmerzen«, sagte sie hastig, erschrocken aus ihrer dämmernden Ecke herüber. »Das gedämpfte Licht thut ihnen gut nach der grausamen Helle im Flursaal … Ja, hier ist's öde; aber still, mitleidig still – eine wahre Wohlthat für eine wunde Seele nach so viel weisen Trostphrasen!«

»Es war auch manch gutgemeintes Wort darunter«, begütigte er. »Ich begreife, daß das heutige Zusammenströmen von Menschen und die Prunkentfaltung dein Gefühl verletzt haben. Aber du darfst nicht vergessen, daß unser Verstorbener allezeit Gewicht auf derartige öffentliche Kundgebungen gelegt hat – die glänzende Totenfeier ist ganz in seinem Sinne verlaufen. Das mag dir ein Trost sein, Margarete!«

Er zögerte einen Moment, als warte er auf ein Wort von ihren Lippen; aber sie schwieg, und da griff er wieder nach seinem Hut. »Ich fahre nach der Bahn, den Onkel Theobald abzuholen. Er wird es besser verstehen, als wir alle, erlösend zu deinem verschlossenen Schmerz zu sprechen; und deshalb bin ich froh, daß er kommt … Aber muß es sein, daß du mit ihm nach Berlin zurückkehrst, wie mir mein Vater eben sagte?«

»Ja, ich muß fort!« antwortete sie gepreßt. »Ich habe selbst nicht gewußt, wie gut mir's bisher in der Welt ergangen ist – man nimmt das schöne glatt und ungeprüft verlaufende Leben hin, wie das leichte Atemholen, um welches wir kaum wissen. Nun kommt zum erstenmal ein großes Unglück über mich, und ich bin ihm nicht gewachsen, ich stehe ihm fassungslos gegenüber – es hat eine furchtbare Macht über mich!« – Sie war ihm unwillkürlich wieder näher getreten und er sah, wie der mühsam verbissene Schmerz ihre Stirn furchte. »Es ist schrecklich, immer wieder ein und denselben Gedankengang durchlaufen zu müssen! Und doch habe ich nicht die Kraft, ihn abzuschütteln; ja, ich bin zornig auf die, welche von außen her den Kreis unterbrechen ... Und das wird hier nicht anders – drum muß ich fort. Der Onkel hat Arbeit für mich, strenge Arbeit, an der ich mir emporhelfen werde – er stellt einen neuen Katalog zusammen.«

»Und die Menschen dort sind dir auch sympathischer –«

»Sympathischer als der Großpapa und die Tante Sophie? Nein!« unterbrach sie ihn kopfschüttelnd. »Ich bin viel zu sehr ihresgleichen an Temperament und Charakter, als daß andere Bresche zwischen uns legen könnten.«

»Die beiden sind nicht deine einzigen Angehörigen hier, Margarete.«

Sie schwieg.

»Ach, die armen Totgeschwiegenen! Mit denen haben es die in Berlin freilich leicht!« sagte er bitter lächelnd. »Die Edlen aus Pommern oder Mecklenburg, oder irgendwoher können ruhig ihr Ritterschwert stecken lassen –« Er unterbrach sich und wurde rot unter ihrem unwilligen Blick. – »Verzeihe!« setzte er rasch hinzu. »Das durfte ich nicht – in diesen dunklen Stunden nicht!«

»Ja, in diesen Unglücksstunden ist es grausam, mich an ein ewig lächelndes Gesicht zu erinnern!« bestätigte sie fast heftig. »Ich fühle zum erstenmal, wie gram man solchen wohlgenährten, rosigen, gleichmütigen Menschen sein kann, wenn man tieftraurig ist ... Man fühlt sich als gebeugte Jammergestalt, und da ragen sie neben einem empor, blühend und seelenruhig, und in jedem Zuge steht zu lesen: ›Was ficht mich das an?‹ Die Junge vom Prinzenhofe stand heute auch so neben mir draußen am Sarge, stolz und frisch und kühl bis ins Herz hinein; ihr aufdringliches Parfüm erstickte mich fast, und das unaufhörliche Knistern ihrer langen Schleppe reizte meine Nerven bis zur Unerträglichkeit – ich hätte mit den Händen nach ihr stoßen mögen.«

»Margarete!« unterbrach er sie. Er ergriff mit sonderbaren Blicken ihre Hand; aber sie wand sich los.

»Besorge nichts, Onkel!« sprach sie herb. »So viel gute Manieren sind mir doch noch verblieben. Und wenn ich zurückkomme –«

»Nach abermals fünf Jahren, Margarete?« fiel er ihr ins Wort und sah ihr gespannt in das Gesicht.

»Nein. Der Großpapa wünscht meine baldige Rückkehr. – Anfang Dezember komme ich wieder.«

»Dein Wort darauf, Margarete!« Er sprach das hastig und streckte ihr abermals die Rechte hin.

»Was kann dir daran liegen?« fragte sie achselzuckend mit einem scheuen, halben Aufblick ihrer verweinten Augen; aber sie legte doch für einen Moment ihre kalten Fingerspitzen in seine Hand.

Drunten war der Wagen, der den Landrat nach der Bahn bringen sollte, längst vorgefahren; und jetzt erschien die Frau Amtsrätin im großen Salon und kam die Zimmerreihe daher. Sie sah klein aus wie ein Kind in dem schlichten, wollenen Trauerkleide, und das harte Schwarz ihrer Krepphaube machte das feine, verwelkte Gesichtchen förmlich mumienhaft. Neben der offiziellen feierlichen Trauer in ihren Zügen machte sich in diesem Augenblick aber auch eine Art von unwilligem Befremden geltend.

»Wie, hier finde ich dich, Herbert?« fragte sie, auf der Schwelle verweilend. »Du hast dich so eilig von unsern teilnehmenden Freunden verabschiedet, daß ich die Entschuldigung dafür nur in deiner beabsichtigten Fahrt nach dem Bahnhof finden konnte. Nun wartet der Wagen längst vor dem Hause, und du stehst hier bei unserer Kleinen, die schwerlich auf deine Tröstungen hören wird – dafür kenne ich die Grete ... Du wirst zu spät kommen, lieber Sohn!«

Ein undefinierbares, schwaches Lächeln flog um die Lippen des »lieben Sohnes«; aber er nahm pflichtschuldigst seinen Hut und ging schweigend hinaus, während die Frau Amtsrätin den Arm der Enkelin in den ihren zog, um sie fortzuführen. Droben in »Großmütterchens« Salon sei es wohlig warm und die Theemaschine summe, wie die alte Dame in trauervoll gedämpftem Tone sagte; Onkel Theobald werde wohl sehr erkältet ankommen, und da thue eine Tasse heißen Thees not ... Und es sei doch sehr zu beklagen, daß der Onkel dem Einsegnungsakt nicht habe beiwohnen können; eine solche illustre Trauerversammlung habe das Lamprechtsche Haus noch nie gesehen; geachtete Namen allerdings immer genug; nie aber hohen Adel – noch nie! Ob das nicht der herrlichste Abschluß eines stolzen Menschenlebens sei? Ein Abschluß, über den sich die Engel im Himmel freuen müßten.

17

Es war Winter geworden, so ein rechter Winter thüringischer Art, der die Federbetten der Frau Holle oft so lange über die Berge und Thaltiefen ausschüttet, bis nur noch die niederen Firste der Dorfhäuser aus dem silberweißen Gestäube hervorragen ... Auch die kleine Stadt an der Pforte des Thüringer Waldes erhielt ihr redliches Teil der warmen Schneedecke. Blank und glatt, und immer neue Millionen der Schneesternchen in sich einwebend, lag sie da; alle Missethaten der Oktoberstürme, die mühsam geflickten Schäden an Mauern, Dächern und Türmen und auch das wiederhergestellte Ziegeldach des Packhauses im Lamprechtschen Hofe verschwanden unter dem eintönigen Weiß.

Und draußen vor dem vergoldeten Eisengitter des halb offenen steinernen Häuschens, dessen Fallthüren sich vor acht Wochen über dem letztverstorbenen Lamprecht geschlossen hatten, türmte der Flockenwirbel eine alabasterne Mauer, ein Epitaphium; und wer lesen konnte, für den stand auf der glitzernden Schrägseite: »Bleibet fern! Was hinter mir liegt, hat mit euch draußen nichts mehr zu schaffen!« – Einsame Schläfer! Einer nach dem anderen waren sie hier eingerückt, und wohl ein jeder der alten Kauf- und Handelsherren hatte bei diesem notgedrungenen Abmarsch, beim Scheiden aus der geliebten Firma im stillen gemeint: »Es wird nicht gehen ohne dich!« Aber es war gegangen. Das Geschäftsgetriebe war stets über der vermeintlichen Lücke präzise zusammengeklappt, und die Bücher hatten danach keinerlei Verlust zu verzeichnen gehabt.

So hatte sich auch die letzte Wandlung anscheinend geräuschlos vollzogen. Reinhold war zwar noch minorenn, aber er hatte das achtzehnte Jahr überschritten und sollte binnen kurzem mündig gesprochen werden, eine leere Form, deren Vollziehung durchaus nicht erst abgewartet zu werden brauchte. Der junge Kaufmann mit den kühlen Prinzipien eines greisen Kopfes hielt die Zügel schon nach wenig Tagen stramm in den Händen; und er war sattelfest, das mußte ihm ein jeder lassen. Der erste Buchhalter und der Faktor, die einstweilen mit der Fortführung der Geschäfte betraut waren, sanken neben ihm an Macht und Willen zur Null herab, und machten ihr Einspruchsrecht, im Hinblick auf die kurze Dauer ihres Amtes und die Reizbarkeit des Erben, nur selten geltend. Die anderen aber, die Herren im Kontor und die in der Fabrik Beschäftigten, duckten sich scheu und finster über ihre Arbeit, wenn der nervöse lange Mensch, schlotterig in Haltung und Gliedmaßen, aber mit Augen voll entschlossener, unerbittlicher Härte, in den Arbeitsräumen erschien. Der Kommerzienrat war auch streng gewesen und hatte den Untergebenen selten ein freundliches Wort gegönnt; aber an seine Gerechtigkeit hatte man nie vergebens appelliert, dies und seine Noblesse in Bezug auf die Bezahlung seiner Leute – »leben und leben lassen« war sein Grundsatz gewesen – hatte ihm bei all seinem Hochmut dennoch die Herzen aller geneigt gemacht.

Daran übte jetzt der jugendliche Nachfolger eine geradezu vernichtende Kritik.

»Das alles hat ein Ende! – Dem Papa ist Geld genug durch die Finger gefallen – er hat gehaust wie ein Kavalier, Kaufmann ist er nie gewesen!« sagte er und begann »aufzuräumen« mit dem alten Schlendrian … Da wurde gleichsam über Nacht vieles anders …

Margarete war auch wieder da – seit vorgestern abend. Tante Sophie hatte die Stunde ihrer Ankunft gewußt und war mit dem Wagen an die Bahn gekommen, und die Frau Amtsrätin hatte sich herabgelassen mitzufahren, um die Verwaiste unter die großmütterlichen Flügel zu nehmen. Aber die alte Dame war nicht wenig überrascht gewesen, mit der Enkelin auch den Herrn Landrat aus dem Coupé steigen zu sehen … Er hatte sich als Abgeordneter des Landtages seit mehreren Wochen in der Residenz aufgehalten und war erst in den nächsten Tagen zurückerwartet worden. »Ein besonderer Fall« habe ihn für einige Stunden nach der nächsten größeren Station geführt, hatte er lächelnd gesagt, und da sei es ihm sehr lieb gewesen, die heimkehrende Nichte zu treffen und sie während des mehrstündigen Aufenthaltes auf dem Bahnhof beschützen zu können … Die Frau Amtsrätin hatte ärgerlich den Kopf geschüttelt über dies »unnütze Hin- und Herfahren« bei der Kälte. »Der besondere Fall« hätte sich jedenfalls bequem auch auf dem Heimwege abwickeln lassen; aber der Dampf mache es jetzt den Menschen allzuleicht, jeder Laune nachzugeben.

Und gestern in aller Frühe hatte er verabredetermaßen mit dem Schlitten vor der Thüre gehalten, um Margarete mitzunehmen. Er habe seinem Vater eine Mitteilung über das verpachtete Gut zu machen, hatte er gesagt, und da sei es die beste Gelegenheit auch für sie, den Großpapa zu begrüßen … Dann waren sie hingeflogen über die weite, weiße Fläche draußen. Der Himmel war eine kompakte Schneewolkenmasse gewesen, und eisige Windstöße hatten ihnen um die Ohren gepfiffen und ihr den Schleier vom Gesicht gerissen. Die Zügel mit einer Hand haltend, hatte er schleunigst die flatternde Gaze erfangen, war aus dem Aermel seines weiten Pelzes geschlüpft und hatte den freigewordenen Teil der zottigen Hülle um den frostbebenden Körper des jungen Mädchens geschlagen ... »Lasse doch!« hatte er gleichmütig gesagt und trotz ihres Sträubens den Pelz noch fester um sie gezogen. »Töchter und Nichten können sich das getrost, unbeschadet ihrer Mädchenwürde, von einem Papa oder alten Onkel gefallen lassen.«

Und mit einem scheuen Seitenblicke nach dem Prinzenhof hatte sie gemeint, man könne möglicherweise von dort aus die Mummerei sehen. »Nun, und wenn auch? Wäre das ein Unglück?« hatte er mit einem lächelnden Blick auf sie wieder geantwortet. »Die Damen werden wissen, daß das Rumpelstilzchen da neben mir gar niemand anderes sein kann, als meine kleine Nichte ...« Ja, freilich, die schöne Heloise war ihrer Sache so gewiß, daß sie unmöglich auf einen zweifelnden Gedanken kommen konnte!

Gegen Abend war er wieder in die Residenz zurückgekehrt, um einer letzten Sitzung beizuwohnen. In den gestrigen Tag hatte sich mithin so vieles zusammengedrängt, daß Margarete erst heute gewissermaßen zu sich selbst kommen konnte.

Es war Sonntag. Tante Sophie war in der Kirche, und die Dienstleute, Bärbe ausgenommen, waren auch gegangen, die Predigt zu hören. So herrschte tiefe, sonntägliche Stille im Hause, die der Heimgekehrten gestattete, die Eindrücke, die sie bei ihrer Rückkehr empfangen, zu überdenken.

Sie stand auf dem Fenstertritt und sah mit umflortem Blick über den schneeflimmernden Marktplatz hinweg ... War es doch, als herrsche nicht allein draußen bittere Winterkälte – die Atmosphäre im Hause war auch kalt und frostig, wie durchhaucht von unsichtbaren Eiszapfen ... Es hatte ja früher auch oft genug Zeiten gegeben, wo ein finsterer Geist durch das alte, liebe Heim gewandelt, wo die Melancholie des Hausherrn einen Druck auf die Gemüter ausgeübt hatte. Aber das war doch nur der Widerschein seiner Verstimmung gewesen, mit welcher er sich ohnehin meist in die Einsamkeit seines Zimmers vergraben hatte. Alles, was sonst das Vaterhaus traut und anheimelnd machen konnte, war dadurch nicht alteriert worden. Er hatte sich nie in die althergebrachten häuslichen Einrichtungen gemischt, hatte stets mit vollen Händen gegeben, und war somit bemüht gewesen, das Behäbige seines Hausstandes für die Seinen und die ihm dienten, zu erhalten ... Wie hatte sich das geändert!

Er saß in diesem Augenblick auch wieder drüben auf seinem Schreibstuhl, hinter dem geliebten »Soll und Haben«, der Nachfolger; aber das Kontor war nicht mehr allein der Schauplatz seiner Thätigkeit. Er war gleichsam überall. Wie ein Schatten spukte die lange Gestalt im Hause umher, vom Dachboden bis zum Keller hinab, und erschreckte die hantierenden Leute durch ihr plötzliches lautloses Erscheinen. Bärbe jammerte, daß er ihr wie ein »Gendarm« auf den Fersen sei, er rufe die fortgehenden Butter- und Eierfrauen an sein Kontorfenster und frage, wie viel sie in der Küche abgeliefert hätten, und dann käme er selbst hinüber und schimpfe über den »riesigen« Verbrauch; er ziehe ihr auch frisch aufgelegte Holzstücke aus dem Bratfeuer und habe die große Küchenlampe mit einer ganz kleinen vertauscht, die sich wie ein Fünkchen in der mächtig weiten Küche ausnehme, und wobei sich der Mensch die alten Augen blind gucken müsse.

»Geld verdienen, Geld sparen!« das war jetzt die Devise, und die kalten, blutleeren Hände aneinanderreibend, versicherte der junge Chef bei jeder Gelegenheit, jetzt erst solle die Welt wieder das Recht haben, die Lamprechts als die Thüringer Fugger zu bezeichnen – unter den letzten beiden Chefs sei der Geldruhm halb und halb in die Brüche gegangen.

Ueber Tante Sophiens Lippen war bis jetzt noch kein anklagendes Wort gekommen, aber sie war recht blaß geworden, das frische, geistige Leben war wie weggewischt aus ihrem lieben, treuen Gesicht, und heute morgen beim Kaffee hatte sie gesagt, daß sie mit dem nächsten Frühjahr ein paar Stuben und eine Küche an ihr Gartenhaus anbauen lasse; draußen in der schönen Gottesnatur zu wohnen, das sei immer ihr stiller Wunsch gewesen.

Jetzt kam sie über den Markt her. Die Kirche war aus. Massenhaft strömten die Andächtigen die Gasse herab, die von der Kirche nach der »Galerie«, dem stattlichen, die Ostseite des Marktes begrenzenden Pfeilergang führte. Dort wehten Schleier und Hutfedern, schleiften Samt und Seide über die Steinplatten. Reich und arm, alt und jung, wanderten sie nebeneinander, ihres Lebens und Daseins so sicher und gewiß – und vielleicht nächsten Sonntag schon ging so mancher nicht mehr mit. Wer hört das Rauschen des Zeitwaltens über seinem Haupte? – So sicher und gewiß waren einst auch die stolzgeschmückte Frau Judith und die schöne Dore den Weg über den Markt hergegangen, den jetzt Tante Sophie in ihrem neuen Pelzmantel beschritt.

Auch die Kurrendeschüler kamen choralsingend daher. Margarete zog ihr Pelzjäckchen über der Brust zusammen und ging hinaus, die Tante an der Thüre zu begrüßen, und in dem Augenblicke, wo sie den Thorflügel öffnete, stimmten die jungen Kehlen draußen das herrliche »Die Himmel rühmen des Ewigen Ehre« in ergreifender Weise an.

»Hab' mir's ganz extra für den Sonntag bestellt – sonst werden nur Choräle gesungen«, sagte Tante Sophie eintretend und schüttelte den Schnee von den Schuhen. Aber Margarete hörte kaum, daß sie sprach. Sie stand und horchte atemlos auf den hohen Sopran, der seraphimgleich, sieghaft und silberklar über den anderen Stimmen schwebte.

»Nun ja, 's ist der kleine Max aus dem Packhause«, sagte die Tante. »Der kleine Kerl muß nun auch ums Brot singen.«

Margarete trat auf die Schwelle der halboffenen Thüre und sah hinaus. Dort stand er, das schwarze Barett auf den Locken, die blühenden Wangen noch tiefer gerötet durch die scharfe Winterluft, und mit den Tönen, die der warmen, jungen Brust entquollen, wurde der Hauch des Atems zum Dampf vor seinem Munde.

Sobald der letzte Ton verklungen war, winkte ihm Margarete, und er kam sofort herüber und neigte sich wie ein kleiner Kavalier vor der jungen Dame.

»Geschieht es mit dem Willen deiner Großeltern, daß du bei der Kälte vor den Thüren singst?« fragte sie in fast unwilligem Ton, wobei sie die Hand des Knaben ergriff und ihn zu sich auf die Schwelle zog.

»Das können Sie sich doch denken, Fräulein!« antwortete er unumwunden und wie empört. »Die Großmama hat's erlaubt, und da ist's dem Großpapa auch recht. Es ist ja auch nicht immer so kalt, und das macht auch nichts – die frische Luft ist mir gesund.«

»Und wie kommt es, daß du unter die Schüler gegangen bist?«

»Ja, wissen Sie denn nicht, daß wir Jungens damit viel Geld verdienen?« – Er warf einen hastigen Blick hinter sich, wo eben die letzten kleinen Nachzügler weiter gingen. »Lassen Sie mich!« drängte er ängstlich. »Der Präfekt zankt!« Er zog sein kaltes Händchen gewaltsam aus der Rechten der jungen Dame, und fort war er.

»Da hat sich wohl auch vieles im Packhause geändert?« fragte Margarete beklommen, wie mit zurückgehaltenem Atem.

»Jawohl, meine liebe Grete, alles!« antwortete Reinhold an Stelle der Tante. Er stand an seinem offenen Kontorfenster. »Und du sollst auch sogleich erfahren, in welcher Weise sich's geändert hat. Habe nur zuvörderst die Freundlichkeit, die Thüre zu schließen, es kommt mörderisch kalt herein ... Die Nachbarsleute werden sich wohl gefreut haben, daß Fräulein Lamprecht die selige Frau Cotta in Eisenach nachäfft und die Kurrendeschüler ins Haus ruft – schade, daß du nicht auch einen Napf voll Suppe in der Hand hattest! Das wäre noch rührender gewesen.«

Tante Sophie schloß die Thüre und entfernte sich schweigend.

»Die Tante macht jetzt immer ein Gesicht, als wenn sie Essig verschluckt hätte«, sagte Reinhold achselzuckend. »Der neue, scharfe Besen, mit welchem jetzt das Haus ausgefegt wird, gefällt ihr nicht – selbstverständlich, den Alten mag es freilich nicht behagen, wenn frische Luft durch ihr warmes, verrottetes Nest fährt; aber das ficht mich nicht an, und noch weniger werde ich der Tante den Gefallen thun, das alte Lotterleben fortbestehen zu lassen und notorische Faullenzer im Geschäft zu behalten. Der alte Lenz ist schon seit fünf Wochen entlassen und hat mit Neujahr das Packhaus zu räumen ... So, nun weißt du's, Grete, weshalb der Junge vor den Thüren singt. Andere Kinder müssen das auch – es fällt ihnen keine Perle aus der Krone – und ich sehe nicht ein, weshalb der Prinz aus dem Packhause zu gut dafür sein soll.«

Er schlug das Fenster zu, und Margarete ging ohne ein Wort der Entgegnung in die Hofstube. Dort hüllte sie sich in einen Shawl, schob eine kleine Geldrolle in die Tasche und schritt gleich darauf über den Hof nach dem Packhause.

18

Die Thüre des alten Hauses fiel schwerfällig hinter der jungen Dame zu, und sie blieb einen Moment regungslos am Fuße der Treppe stehen. – Diese Stufen war sie an jenem entsetzlichen Tage heruntergekommen, um nach Dambach zu laufen und die grause Gewißheit zu erlangen, daß sie eine Waise sei ... Wenn er wüßte, wie der Unmündige jetzt hauste! Wie er ohne Gnade und Erbarmen alles ausschied, was nicht ganz mit seinen Rechenexempeln stimmte! ... An dem kleinen Max hatte der Verstorbene sein Wohlgefallen gehabt – mußte sie doch oft dabei an Saul und David denken – der finstere, melancholische Mann hatte sich auch dem Zauber nicht entziehen können, den der schöne, hellschauende Knabe auf alle ausübte. Sie erinnerte sich, mit wie weicher Stimme er zu dem Kinde gesprochen, wie er seinem Schwiegervater versichert hatte, daß er den Knaben später in sein Kontor aufnehmen werde. Und hatte er nicht auch damals, inmitten des verwüstenden Sturmes am Fenster gesagt, daß der Knabe wohl nicht dazu bestimmt sei, andere zu amüsieren? ... Und nun sang das Kind in schneidender Winterkälte vor den Thüren! –

Sie stieg die Treppe hinauf. Das Bretterwerk unter ihren Füßen war schneeweiß, und ein feiner Wacholderduft wehte sie an – der echte Thüringer Sonntagsduft!

Auf ihr leises Anklopfen erfolgte kein Herein, und auch ihr Eintreten wurde nicht sofort bemerkt, obgleich die wachsame Philine sofort in der Küche anschlug. In der einen tiefen Fensternische saß Frau Lenz und strickte an einer bunten Wolljacke, und in der anderen stand der Arbeitstisch ihres Mannes; er saß tiefgebückt über seiner Arbeit. Erst bei dem lauten, freundlichen Gruß der jungen Dame sahen die beiden alten Leute auf und erhoben sich.

Den erstaunten, gespannten Mienen des Ehepaares gegenüber geriet Margarete plötzlich in Verlegenheit. Ihr warm aufquellendes Gefühl hatte sie hierher getrieben, aber sie kam aus dem Hause, wo den alten Leuten ein unerbittlicher Feind lebte, der ihnen das Brot vom Munde nahm und sie hinausstieß in Sorge und Elend. Mußten sie nicht Bitterkeit und Mißtrauen gegen alles empfinden, was von dorther kam?

Der alte Maler kam ihr zu Hilfe. Er bot ihr herzlich die Hand und führte sie nach dem Sofa ... Da saß sie nun in derselben Ecke, wo man vor zehn Jahren das abgehetzte, fiebergeschüttelte Kind zärtlich gehegt und gepflegt hatte. Jener Abend trat ihr in allen Einzelheiten vor die Seele, und sie begriff nicht, wie der Papa nach solchen Beweisen von Hilfsbereitschaft und Güte für sein Kind in seinem Hochmut gegenüber den Bewohnern des Packhauses bis an sein Ende hatte verharren mögen. Und wie schlimm stand es jetzt erst um die alten Leute!

Noch war der Mangel nicht sichtbar. Die Stube war wohlig durchwärmt. Ein großer warmer Teppich bedeckte den Fußboden; weder Möbel noch Gardinen sahen verkommen und abgenutzt aus – man sah, es war all die Jahre her Geld und Sorgfalt aufgewendet worden, das Behäbige des Heims zu erhalten. Inmitten des Zimmers stand der hergerichtete Mittagstisch. Das frisch aufgelegte Tischtuch glänzte wie Atlas, die Servietten steckten in feinen Ringen, und neben den gemalten Porzellantellern lagen Silberlöffel.

»Ich habe Sie in Ihrer Arbeit gestört«, sagte Margarete entschuldigend, während sie den nächsten Stuhl einnahm und Herr und Frau Lenz sich auf das Sofa setzten.

»Es war keine Arbeit, nur ein Zeitvertreib«, erwiderte der alte Maler. »Ein festes Arbeitspensum habe ich nicht mehr, und da male ich an einer Landschaft, die ich vor Jahren angefangen habe. Freilich geht es langsam. Ich bin auf dem einen Auge völlig erblindet, und das andere ist auch ziemlich schwach; so bin ich immer nur auf die wenigen hellen Mittagsstunden angewiesen.«

»Man hat Ihnen Ihr festes Arbeitspensum genommen?« fragte Margarete, unumwunden auf ihr Ziel losgehend.

»Ja, mein Mann ist entlassen«, bestätigte Frau Lenz bitter. »Entlassen wie ein Tagelöhner, weil er als gewissenhafter Künstler die Arbeit nicht so massenhaft lieferte, wie die jungen gedankenlosen Schmierer.«

»Hannchen!« unterbrach er sie mahnend.

»Ja, lieber Ernst, wenn ich nicht spreche, wer soll es sonst?« erwiderte sie herb, und doch auch mit einem wehmütigen Lächeln in den vergrämten Zügen. »Soll ich in meinen alten Tagen aufhören, das zu sein, was ich zeitlebens gewesen bin, der Anwalt meines allzu bescheidenen, guten Mannes?«

Er schüttelte den grauen Kopf. »Ungerecht dürfen wir aber auch nicht sein, liebe Frau«, sagte er mild. »Für mein festes Einkommen habe ich allerdings in den letzten zwei Jahren nicht mehr die entsprechende Arbeit geliefert, meiner Augen wegen. Ich habe das auch gesagt und um Bezahlung per Stück gebeten, aber der junge Herr will davon nichts hören. Nun, ihm steht ja das Verfügungsrecht zu, wenn er auch noch nicht mündig erklärt ist, und die Testamentseröffnung noch bevorsteht … Auf dieses Testament hoffen noch manche von den alten Arbeitern draußen in Dambach, denen es ähnlich ergeht wie mir.«

Margarete wußte von Tante Sophie, daß ein Testament ihres Vaters vorhanden war, welches in den nächsten Tagen eröffnet werden sollte; aber es war nur eine flüchtige Erwähnung gewesen, die Tante mochte nichts Näheres wissen. Das sagte die junge Dame auf den eigentümlich gespannten Blick des alten Mannes hin. Sie hatte auf diese Thatsache wenig Gewicht gelegt, noch weniger aber war ihr der Gedanke gekommen, daß die letztwillige Verfügung des Verstorbenen möglicherweise Reinholds Eigenmächtigkeiten rückgängig machen könne.

»Mein Gott«, rief sie lebhaft, »wenn Sie meinen, daß das Testament vieles ändern kann –«

»Es wird und muß vieles ändern«, fiel Frau Lenz mit sonderbar harter Betonung und Bestimmtheit ein.

Margarete verstummte für einen Moment, betroffen in den noch immer schönen, blauen Augen der alten Frau forschend – eine Art von wilder Genugthuung funkelte in ihnen auf. »Nun ja«, setzte sie dann nachdrücklich, mit schwerem Vorwurf hinzu, »wozu dann die Grausamkeit, das Kind ums Brot auf der Straße singen zu lassen?«

Frau Lenz fuhr empor und trat auf ihre Füße. Sie war lahm und konnte sich nur schwer fortbewegen; aber in diesem Moment schien sie von Schmerz und Schwäche nichts zu fühlen. »Grausam? Wir? Gegen unser Kind, unseren Abgott, unser alles?« rief sie wie außer sich.

Der alte Maler ergriff begütigend ihre Hand. »Ruhig Blut, liebes Herz!« mahnte er mild lächelnd. »Grausam sind wir zwei alten Menschen nie gewesen, gelt, Hannchen? Nicht gegen die kleinste Kreatur der Schöpfung, geschweige denn gegen unseren Jungen … Sie haben ihn singen hören?« wandte er sich zu Margarete.

»Ja, vor unserem Hause, und das Herz hat mir wehe gethan. Es ist so bitterkalt – ich meinte, der Atem müsse ihm vor dem Munde gefrieren. Er wird sich erkälten.«

Herr Lenz schüttelte den Kopf. »Der kleine Bursche hat sich selbst hart gewöhnt. Die Stube da ist ihm zu eng für seine Stimme, und da steht er oft, ehe wir uns dessen versehen, droben am Bodenfenster oder auf dem offenen Gange und singt in Sturm und Schneegestöber hinein.«

Er war bei den letzten Worten aufgestanden, hatte zärtlich den Arm um seine Frau geschlungen und sie sanft in die Sofaecke zurückgedrückt. »So – das Stehen macht dir Schmerz, lieber Schatz. Und du mußt auch deinen Alten nicht so ängstigen mit der Erregtheit, die dir allemal schadet! … Ja, wissen Sie, Fräulein, solch ein Frauenherz ist ein Wunder an Liebeskraft und Liebesfähigkeit«, sagte er, seinen Platz wieder einnehmend, zu der jungen Dame. »Man meint, mit der Hingebung und Aufopferung für die Kinder müsse es erschöpft sein, und da kommen die Enkel, und das Großmutterle ist wieder dieselbe Löwin, die sie in der Jugendkraft gewesen.«

Margarete dachte mit Bitterkeit an die alte Dame im oberen Stock des Vorderhauses, für welche Kinder und Kindeskinder nur Stufen waren, auf denen sie emporsteigen wollte.

»Sehen Sie, da an den warmen Ofenkacheln lehnen die Hausschuhe, und in der Ofenröhre steht heißes Warmbier für unseren kleinen Kurrendeschüler«, fuhr er fort. »Und wenn er heimkommt, da strahlt er allemal vor Freude; denn seiner Meinung nach hat er jetzt einen mächtigen Wirkungskreis – er sorgt für seine Großeltern.« – Der alte Mann lächelte, und dabei wischte er sich unter der Brille eine Thräne der Rührung fort.

»Ja, es kamen ein paar fatale, ein paar schlimme Tage für uns, nachdem der junge Herr mir aufgesagt hatte«, hob er wieder an. »Wir hatten die Schneider- und Schuhrechnung für Max gezahlt, und unseren Kohlenvorrat angeschafft, und eine Summe, auf die wir stets pünktlich rechnen konnten, war plötzlich weggefallen; und da kam ein Abend, an welchem wir vor der leeren Kasse standen und nicht wußten, wovon wir am andern Tag auch nur eine Suppe kochen sollten ... Ich wollte gehen und ein paar von unseren Silberlöffeln verkaufen; aber das Frauchen da« – er zeigte mit zärtlichem Blick auf seine Frau – »kam mir zuvor. Sie nahm Stickereien und Strickereien, die sie mit ihren geschickten Händen in Mußestunden gearbeitet hatte, aus der Kommode und ging – so sauer ihr auch das Gehen wird – mit Max in die Kaufläden, und da brachte sie nicht nur Geld, sondern auch viel Bestellungen mit heim ... Nun lasse ich alter Kerl mich von der Hand ernähren, an die ich einst den Verlobungsring gesteckt hatte, in der unerschütterlichen Ueberzeugung, daß mein Mädchen das Leben einer Prinzessin an meiner Seite haben solle. – Ja, sehen Sie, das ist nun Künstlerleben und Künstlerhoffen!«

»Ernst!« unterbrach ihn Frau Lenz und drohte mit dem Finger. »Willst du wirklich Fräulein Lamprecht weismachen, ich sei so eine gewesen, die sich ein Schlaraffenleben bei dir erträumt hätte? ... Nein, Fräulein, er fabelt, der alte Künstlerkopf! Zum Faulenzen habe ich nie Talent gehabt, dazu bin ich immer zu rasch gewesen. Schaffen und Helfen, das war stets mein Lebenselement, und die Ader hat auch Max von mir. ›Großmama,‹ sagte er auf dem Nachhauseweg, ›morgen gehe ich unter die Kurrendeschüler. Der Herr Kantor hat zu mir gesagt, solch einen kleinen Jungen mit meiner Stimme könnte er brauchen für seinen Chor, und die Jungens bekommen ganze Taschen voll Geld‹ –«

»Wir suchten ihm die Idee auszureden«, fiel Herr Lenz ein; »aber er ließ nicht nach; er bat und weinte und schmeichelte, und da gab meine Frau endlich den Ausschlag und erlaubte es –«

»Aber nicht um des Erwerbes willen!« unterbrach sie ihn fast heftig protestierend. »Denken Sie das um Gotteswillen nicht! Die paar Groschen liegen unberührt im Kasten; sie sollen als ein Denkzeichen an die Zeit aufbewahrt werden, wo das bittere ›Muß‹ dem Kinde den Gedanken eingegeben hat, ums liebe Brot vor dem Hause zu singen, das –«

»Hannchen!« mahnte der alte Mann mit großem Ernst und Nachdruck.

Sie preßte die Lippen aufeinander und sah mit seltsam loderndem, beredtem Blick durch das gegenüberliegende Fenster in die froststarrende Luft hinein. Es lag etwas Rachedürstendes in ihrem ganzen Wesen. »Das Kind ist schlecht genug behandelt worden in dem großen, stolzen Hause, seit es die deutsche Heimat betreten hat«, sagte sie mit noch weggewandtem Blick grollend, wie zwischen zusammengebissenen Zähnen hervor. »Der Kies im Hofe war zu vornehm für seine Sohlen, und der Gartentisch unter den Linden wurde entweiht durch seine Bücher, seine schreibenden Händchen. Und von dem Sarge droben im großen Saal sollte er weggescheucht werden wie –« Sie brach ab und legte die Hand über die Augen.

»Mein Bruder ist krank und deshalb keines Menschen Freund; mit ihm dürfen Sie nicht so streng ins Gericht gehen, auch andere müssen unter seiner Schroffheit leiden«, tröstete Margarete sanft. »Dagegen weiß ich, daß mein Vater den kleinen Max sehr gern gehabt hat, wie alle in unserem Hause. Ich weiß, daß er für seine Zukunft hat Sorge tragen wollen, und aus dem Grunde bin ich gekommen ... Es würde auch ihm gewiß, wie mir, ans Herz gegangen sein, das prächtige Kind draußen vor der Thüre stehen zu sehen, und deshalb möchte ich Sie bitten, dem kleinen Kurrendeschüler die gegebene Erlaubnis von heute ab zu verweigern und mir die Freude zu gönnen –« Sie schob heißerrötend die Hand in die Tasche.

»Nein, kein Almosen!« rief Frau Lenz fast wild und legte die Hand auf den Arm der jungen Dame. »Kein Almosen!« wiederholte sie beruhigter, als Margarete die leere Hand aus der Tasche zog. »Ich fühle, Sie meinen es gut. Sie haben von klein auf ein edles, braves Herz gehabt. Niemand weiß das besser als ich – Sie trifft kein Vorwurf! ... Aber lassen Sie uns auch das bißchen Stolz darauf, den über uns verhängten Schlag aus eigener Kraft pariert zu haben ... Sehen Sie«, – sie zeigte nach einer großen Korbwanne im Fensterbogen, die bis an den Rand mit bunter Stickerei gefüllt war – »das ist lauter fertige Arbeit! Wir brauchen vorläufig nicht zu darben, und später wird Gott helfen! ... Max soll nicht wieder auf der Straße singen, ich verspreche es Ihnen heilig und teuer! Er wird zwar jammern, aber er muß sich hineinfinden.«

Margarete nahm die Rechte der alten Frau in ihre Hände und drückte sie warm. »Ich kann Sie verstehen und werde gewiß nicht wieder so plump ›mit der Thüre ins Haus fallen‹«, sagte sie mit einem flüchtigen Lächeln. »Sie werden mir dagegen gewiß erlauben, das Kind nach wie vor lieb zu haben und seinen Lebensgang im Auge zu behalten.«

»Wer weiß, Fräulein – die Verhältnisse wandeln oft ganz plötzlich die scheinbar festesten Ansichten – wer weiß, wie Sie nach vier Wochen darüber denken!« erwiderte Frau Lenz mit schwerer Betonung.

»Nicht anders als heute auch, dafür möchte ich meinen alten Kopf verwetten!« rief ihr Mann ganz enthusiastisch. »Ich habe das kleine Gretchen in seinem Thun und Wesen beobachtet, als es noch im Hofe spielte. Es gehört eine starke Geschwisterliebe und Aufopferungsfähigkeit dazu, immer wieder das geduldige Pferdchen eines verzogenen, kränklichen Bruders zu sein und sich widerstandslos schlagen und peinigen zu lassen. Ich habe ferner gesehen, wie das liebe, kleine Ding nach der Küche rannte und von der brummenden Bärbe für die Bettelkinder in der Hausflur Butter auf die Brotstücken ertrotzte ... Wollte ich alle die erlauschten Züge eines guten, wackeren Herzens aufzählen, ich würde nicht fertig. Und ich weiß, das Weltleben draußen hat von dem reichen Fonds nichts genommen – das hat der alte Lenz gleich in den ersten Tagen nach der Rückkehr an sich selbst erfahren.«

Margarete hatte sich währenddem erhoben – sie war ganz rot und verlegen. »Nun, dann haben doch wenigstens ein paar Augen die wilde Hummel nachsichtig beurteilt«, sagte sie lächelnd. »Aber Sie sollten nur die Zensuren von damals sehen, sollten wissen, wie oft mir der Kopf gewaschen werden mußte meiner Frevelthaten wegen! Das ist freilich Geheimnis des Vorderhauses geblieben und konnte Ihre gütige Meinung nicht alterieren ... Nur in dem einen Punkte gebe ich Ihnen recht – ich habe einen harten Kopf, den die Macht der Verhältnisse doch nicht so leicht binnen vier Wochen wandeln dürfte.«

Sie reichte den beiden alten Leuten Abschied nehmend die Hand und verließ, von ihnen bis zur Treppe geleitet, das Packhaus. Sie ging weit gedankenvoller, als sie gekommen war ... War das ein köstliches Zusammenleben in dem alten Hause da hinter ihr! Je heftiger das Schicksal auf die Herzen einstürmte, desto enger schlossen sie sich aneinander an.

Ihr Blick flog unwillkürlich über die vornehme obere Etage des Vorderhauses – da herrschte freilich ein anderer Geist, »Anstand, gute Sitte, Konvenienz« nannte ihn die Großmama, und »verknöcherte Selbstsucht, gepaart mit verachtungswürdigem Unterwerfungstrieb gegen Hochgestellte« der alte Mann, der lieber einsam draußen auf dem Lande lebte, als daß er die Eisesluft atmete, in welcher sich die distinguierte Frau Gemahlin gefiel. War es da ein Wunder, wenn Herbert – aber nein, selbst im Geiste durfte sie ihn nicht mehr durch das Vorurteil kränken, daß er herzlos sei! ... Er war gut zu ihr. Er hatte ihr sogar zweimal nach Berlin geschrieben, fürsorglich, als sei er ihr Vormund, und sie hatte ihm geantwortet. Daraufhin war er ihr bei ihrer Rückkehr auf die letzte größere Station entgegengekommen, in dem zartsinnigen Wunsche, ihr das Wiederbetreten des vereinsamten Vaterhauses in etwas zu erleichtern ... Das hatte die Großmama freilich nicht erfahren; sie hätte diese Zuvorkommenheit und Herablassung des Herrn Landrats gegen das junge Ding, die Grete, sicher nicht gebilligt, schon aus dem Grunde nicht, weil sie ihr das Leid angethan hatte, durchaus nicht Baronin von Billingen werden zu wollen. Die alte Dame hatte bitterböse darüber an ihre Schwester und Margarete geschrieben ... Wie Herbert über das Scheitern dieser Wünsche dachte, das war dem jungen Mädchen bis zur Stunde dunkel geblieben. Er hatte die delikate Angelegenheit in keinem seiner Briefe erwähnt, und sie war auf ihrer Hut gewesen, auch nur mit einem Worte daran zu rühren ...

Mit diesen abschweifenden Betrachtungen war sie längst in die Hofstube zurückgekehrt und hatte die Geldrolle wieder in den Kasten des Schreibtisches gleiten lassen – unter einem abermaligen Erröten. So konnte und durfte sie ihre Teilnahme für den kleinen Max nicht wieder bethätigen wollen – der Weg war ihr verschlossen. Sie fühlte sich machtlos; die Verhältnisse übersehen und wissen, wie da zu wirken sei, das konnte nur ein Mann. Sie nahm sich vor, mit Herbert darüber zu sprechen ...

216

19

Seitdem waren zwei Tage verstrichen. Der Landrat war noch nicht zurückgekehrt, und deshalb herrschte tiefe Ruhe auf der sonst so frequentierten Treppe und im oberen Stock. Margarete ging jeden Morgen pflichtschuldigst hinauf, um der Großmama guten Tag zu sagen. Das war stets ein saurer Gang; denn die alte Dame grollte und zürnte noch heftig. Sie schalt zwar nicht laut – Gott behüte, nur keine offenkundige Leidenschaftlichkeit! Der gute Ton hat ja dafür feinere und desto sicherer treffende Waffen: Messerschärfe in Blick und Stimme, und Dolch- und Nadelspitzen auf der Zunge. Aber diese Art und Weise des Angriffs empörte die Enkelin doppelt, und sie brauchte oft ihre ganze Selbstbeherrschung, um gelassen und schweigend zu ertragen ... Meist ungnädig entlassen, ging sie dann immer mit dem Gefühl der Erlösung die Treppe wieder hinab, um für einen Moment in den Flursaal einzutreten. Es herrschte zwar eine mörderische Kälte in dem weiten Saal, und Papas Privatzimmer waren versiegelt; nicht einer der traulichen Räume, in denen er gelebt und geatmet, nicht der kleinste Gegenstand, den seine Hand berührt, waren ihr zugänglich; sie mußte sich mit der Stelle begnügen, wo sie ihn zum letztenmal friedlich schlafend, einen Schein der Verklärung auf der im Leben so finsteren Stirn, gesehen hatte. Aber an dieser Stelle überkam sie doch immer das wehmütig wohlthuende Gefühl, als spüre sie einen Hauch seiner Nähe. Drunten geschah ja alles, um die Spuren seines Daseins und Wirkens möglichst schnell zu verwischen ...

Heute morgen nun hatte Margarete beim Verlassen des Flursaales eine Begegnung gehabt. Sie war rasch auf die Schwelle der Thüre getreten und hatte plötzlich Auge in Auge vor der eben vorübergehenden schönen Heloise gestanden. Der jungen Dame um einige Schritte voraus war die Baronin Taubeneck die Treppenwendung hinaufgekeucht; sie hatte, von der Anstrengung des Emporsteigens ganz benommen, die aus dem Flursaal Tretende gar nicht gesehen; ihre Tochter dagegen hatte sehr freundlich gegrüßt, ja, ihr Blick war sogar mit dem unverkennbaren Ausdruck von Teilnahme über die Mädchengestalt in tiefer Trauer hingeglitten, das konnte Margarete sich selbst nicht wegleugnen; und doch war sie in Versuchung gewesen, den höflichen Gruß zu ignorieren und ohne ihn zu erwidern, in den Flursaal zurückzuflüchten ... Diese schöne gerühmte Heloise war ihr nun einmal in tiefster Seele unsympathisch – weshalb? Sie wußte es selbst kaum ... So in nächster Nähe gesehen war die herzogliche Nichte in der That am schönsten. Die herrliche Sammethaut des jungen Gesichts, die Pracht der Farben und die großen, glänzend blauen Augen blendeten förmlich, und der Großpapa hatte recht, wenn er sagte, davor müsse sich seine Enkelin, das braune Maikäferchen, verkriechen. Selbst die phlegmatische Ruhe ihres Wesens machte sich im Gehen nur als stolze Würde und Vornehmheit geltend. »Was, Neid, Grete?« hatte sich das junge Mädchen selbst in diesem Augenblicke des aufsteigenden Grolles und Widerwillens gefragt. Nein, Neid war es nicht! Ihr war es ja stets ein Genuß gewesen, in ein schönes Mädchenantlitz zu sehen – Neid war es ganz bestimmt nicht! Wohl aber mochte es die angeborene Verbitterung des plebejischen Blutes gegen die Widersacher des Bürgertums sein – ja, das war der Grund! Und als die Großmama droben unter einem Wortschwall der Freude und Beglückung dem Besuch entgegengekommen war, da hatte das junge Mädchen die Hände auf die Ohren gelegt und war die Treppe hinabgeflohen.

Drunten aber hatte der herrschaftliche Schlitten, eine herrliche Muschel mit kostbarer Pelzdecke, vor der Thüre gehalten, und nachdem später die Damen wieder eingestiegen waren, da hatte die schöne Heloise mit ihrem weißen Schleier und wehenden Goldhaar ausgesehen, als fliege eine Fee über den Schnee hin. O weh, wie lächerlich dagegen mochte neulich das zusammengeduckte »Rumpelstilzchen« im Schlitten gehockt haben, wie frostgeschüttelt und hilfsbedürftig neben Herberts vornehmer Erscheinung! –

Den ganzen Tag über hatte sie bittere, aufdringliche Gedanken und Empfindungen nicht los werden können; und dazu war es dunkel in allen Stuben. Der Himmel schüttelte unermüdlich ein dichtes Flockengestöber über die kleine Stadt her, und nur selten fuhr ein Windstoß lichtend durch die stürzenden Schneemassen, die wie ein silberstoffener Behang alle Aussicht in Gassen und Straßen verschloß ... Erst am Abend, als die Lampe auf dem Tische brannte, wurde es heimlicher in der Wohnstube und stiller in Margaretens Seele. Tante Sophie war trotz des Schneewetters ausgegangen, um einige unaufschiebbare Bestellungen zu machen, und Reinhold arbeitete in seiner Schreibstube; er kam überhaupt nur noch herüber, wenn er zu Tisch gerufen wurde.

Margarete ordnete den Abendtisch. Im Ofen brannten die Holzscheite lichterloh und warfen durch die Oeffnung der Messingthüre einen breiten, behaglichen Schein über die Dielen, und von dem Gesims der unverhüllten Fenster her, gegen die draußen die Schneeflocken wie hilflos flatternde Seelchen taumelten, um an den erwärmten Scheiben rettungslos zu sterben, dufteten doppelt süß Tante Sophiens Pfleglinge, ganze Scharen von Veilchen und Maiblumen ... Nein, gerade dem häßlichen Tage zum Trotze sollte nun der Abend gemütlich werden! Bärbe brachte sauber garnierte kalte Schüsseln herein, und Margarete entzündete den Spiritus unter der Theemaschine; und als Reinhold sagen ließ, man möge ihm ein belegtes Butterbrot hinüberschicken, er werde nicht kommen, da wurde das Herz der Schwester erst recht leicht.

Draußen fuhren mehrere Wagen vorüber, und es war auch, als halte einer derselben vor dem Hause. War der Landrat zurückgekommen? – Nun, das erfuhr man ja morgen, früher freilich nicht! – Margarete fuhr fort, Schinkenscheibchen auf Reinholds Brot zu legen; sie sah auch nicht auf, als ein leises Thürgeräusch an ihr Ohr schlug. – Bärbe brachte jedenfalls noch etwas für den Tisch herein; aber ein so kalter Luftzug, wie er eben über ihre Wange strich, kam doch nicht von der warmen Küche her; unwillkürlich blickte sie auf, und da sah sie den Landrat an der Thüre stehen. Sie schrak heftig zusammen, und die Gabel mit dem Schinken entfiel ihrer Hand.

Er lachte leise auf und trat näher an den Tisch. Er war noch im Reisepelz, und auf seiner Mütze glitzerten Schneeflocken, also direkt von draußen kam er herein.

»Aber solch ein Schrecken, Margarete!« sagte er kopfschüttelnd. »Warst wohl, trotz deiner hausmütterlichen Beschäftigung, im sonnigen Griechenland, und der Hans Ruprecht im Pelz riß dich in die rauhe Thüringer Wirklichkeit zurück? … Nun, guten Abend auch!« setzte er in treuherzig Thüringer Weise hinzu und bot ihr die Hand – war ihr doch, als müsse es Freude sein, die sie aus seinen Augen unter der Pelzmütze hervor anleuchtete.

»Nein, in Griechenland war ich nicht«, antwortete sie, und die augenblickliche innere Erregung bebte noch in ihrer Stimme nach. »Trotz Schnee und Eis bin ich um die Weihnachtszeit doch lieber hier. Aber es ist für mich etwas Unerhörtes, dich in unsere Wohnstube eintreten zu sehen. Du wirst selbst wissen, daß diese Stube stets abseits von deinem Wege gelegen hat. Früher mag dich der Kinderlärm verscheucht haben, und später« – der schmerzhafte Zug, der seit dem Tode ihres Vaters ihre Lippen umlagerte, wich momentan einem schelmischen Lächeln – »später das ausgesprochene Spießbürgertum in der Einrichtung und dem Leben und Weben hier unten.«

Er zog ein kleines Paket aus der Rocktasche und legte es auf den Tisch. »Das ist's, weshalb ich hier eingetreten bin, das einzig und allein!« sagte er ebenfalls lächelnd. »Weshalb soll ich ein ganzes Pfund Thee, das ich für Tante Sophie in der Residenz besorgt habe, zwei Treppen hinaufschleppen?« Nun nahm er die Pelzmütze ab und schleuderte die letzten funkelnden Schneereste fort. »Uebrigens irrst du in deiner Annahme – ich finde es urgemütlich hier, und dein Theetisch sieht nichts weniger als spießbürgerlich aus.«

»Darf ich dir eine Tasse Thee anbieten? Er ist eben fertig –«

»Ei wohl! Er wird mir gut thun nach der kalten Fahrt. Aber dann mußt du mir auch erlauben, daß ich meinen Pelz ablege.« Er mühte sich, die schwere Last abzustreifen. Unwillkürlich hob Margarete den Arm, um zu helfen, wie sie es bei Onkel Theobald zu thun gewohnt war; aber er fuhr zurück und ein Zornesblitz sprühte aus seinen Augen. »Lasse das!« wies er sie fast rauh zurück. »Die töchterliche Hilfe mag bei Onkel Theobald nötig sein – bei mir noch nicht!«

Unmutig, mit einem letzten kräftigen Ruck riß er den Pelz von der Schulter und warf ihn auf den nächsten Stuhl.

»So, nun bin ich allerdings hilfsbedürftig – ich lechze nach deinem heißen Thee!« sagte er gleich darauf und ließ seine elegante Gestalt in die Sofaecke gleiten. Seine Stirn war wieder heiter, und er strich sich behaglich den Bart. »Aber ich bin auch hungrig, liebes Hausmütterchen, und solch ein appetitliches Butterbrot, wie du es eben vor meinen Augen zurechtgemacht hast, sollte mir schon schmecken und jedenfalls besser munden, als die Butterbrote droben, die meine Mutter konsequent durch die Köchin herrichten läßt … Später, am eigenen Herd, werde ich mir das allerschönstens verbitten – die Hausfrau muß mir eigenhändig dergleichen Bissen mundgerecht machen, wenn sie nicht will, daß ich hungrig vom Tische aufstehe.«

Margarete reichte ihm den Thee; aber sie schwieg und sah ihn nicht an. Sie mußte denken, ob die stolze Heloise wirklich die Etikette so beiseite setzen und mit ihren wundervollen weißen Händen die Butterbrötchen für den Herrn Gemahl streichen würde? – Und Herbert selbst? Dachte er im Ernst so spießbürgerlich häuslich, Großmamas Sohn, der Mann der Formen, mit denen er der Welt imponierte?

»Du bist sehr still, Margarete«, unterbrach er das eingetretene kurze Schweigen; »aber ich sah ein spöttisches Zucken deiner Mundwinkel, und das spricht deutlicher als Worte. Du mokierst dich innerlich über die Häuslichkeit, wie ich sie haben will, und meinst, mein Wille könne an so manchem scheitern. Ja, siehst du, ich lese in deinen Zügen wie in einem Buche – du brauchst deshalb nicht gleich so rot zu werden wie ein Pfingströschen – ich weiß mehr von deinen Seelenvorgängen, als du denkst.«

Jetzt sah sie verletzt und unwillig auf. »Schickst du deine Gendarmen wirklich auch auf die Hetzjagd nach Gedanken, Onkel?«

»Ja, meine liebe Nichte, das thue ich mit deiner gütigen Erlaubnis, und das mußt du dir schon gefallen lassen«, antwortete er leise lachend. »Mich interessieren alle oppositionellen Gedanken und mehr noch solche, denen der Kopf selbst nur widerwillig Raum gibt, gegen die er ankämpft, wie das junge Roß gegen seinen oktroyierten Herrn, und die schließlich glänzend siegen, weil ein mächtiger Impuls hinter ihnen steht.«

Er führte seine Tasse zum Munde und sah dabei aufmerksam zu, wie die zierlichen Mädchenfinger flink das gewünschte Butterbrot zurechtmachten.

»Ein Einblick in die Wohnstube hier muß in diesem Augenblick außerordentlich behaglich und anmutend sein«, hob er mit einem Blick auf die unverhüllten Fenster nach einem momentanen Schweigen wieder an. »Da drüben« – er neigte den Kopf nach der jenseitigen Häuserfront des Marktes – »könnte man uns füglich für ein junges Ehepaar halten.«

Margarete wurde flammendrot. »O nein, Onkel, die ganze Stadt weiß –«

»Daß wir Onkel und Nichte sind – ganz richtig, meine liebe Nichte«, fiel er sarkastisch gelassen ein und griff abermals nach seiner Tasse.

Margarete widersprach nicht; aber eigentlich hatte sie sagen wollen: »Die ganze Stadt weiß, daß du verlobt bist …« Nun, mochte er denken, was er wollte! Er neckte sie in fast übermütiger Weise, und Humor, den sie bis jetzt nicht an ihm gekannt, prickelte in jedem seiner Worte. Er war offenbar froh gelaunt und brachte jedenfalls stillbeglückende Aussichten aus der Residenz mit. Aber sie selbst war nicht in der Stimmung, sich mit ihm zu freuen, sie war unsäglich deprimiert und wußte nicht weshalb, und wie man oft im inneren Zwiespalt unbewußt gerade nach Widerwärtigem greift, nur um eine Wendung herbeizuführen, so sagte sie, indem sie ihm das fertige Brötchen hinreichte: »Heute morgen hatte die Großmama Besuch – die Damen vom Prinzenhofe waren da.«

Er richtete sich lebhaft auf, und eine unverkennbare Spannung malte sich in seinen Zügen. »Hast du sie gesprochen?«

»Nein«, erwiderte sie kalt. »Ich hatte nur eine flüchtige Begegnung mit der jungen Dame im Treppenhause. Du weißt am besten, daß sie mich einer Anrede nicht würdigen kann, weil ich im Prinzenhofe noch nicht vorgestellt bin.«

»Ach ja, ich vergaß! – Nun, du wirst das ja wohl nunmehr in den allernächsten Tagen abmachen.«

Sie schwieg.

»Ich hoffe, du thust das schon um meinetwillen, Margarete.«

Jetzt sah sie ihn an; es war ein finsterer Grollblick, der ihn traf. »Wenn ich das Opfer bringe, mich in tiefer Trauer und in meiner jetzigen Seelenstimmung zu der Komödie hinausschleppen zu lassen, so geschieht es einzig und allein, um dem Drängen und den Quälereien der Großmama ein Ende zu machen«, versetzte sie herb. Sie hatte sich auf den nächsten Stuhl gesetzt und kreuzte die Hände auf dem Tische.

Ein kaum bemerkbares Lächeln schlüpfte um seinen Mund. »Du fällst aus deiner Rolle als Hausmütterchen«, rügte er gelassen und zeigte auf ihre feiernden Hände. »Die Gastlichkeit verlangt, daß du mir Gesellschaft leistest und auch eine Tasse Thee nimmst –«

»Ich muß auf Tante Sophie warten.«

»Nun, wie du willst! Der Thee ist vortrefflich und soll mir trotz alledem schmecken. Aber ich möchte dich doch einmal fragen, was hat dir denn die junge Dame im Prinzenhof gethan, daß du stets so – so bitter wirst, wenn von ihr die Rede ist?«

Eine glühende Röte schoß ihr in die Wangen. »Sie – mir?« rief sie wie erschrocken, wie ertappt auf einem bösen Gedanken. »Nicht das mindeste hat sie mir angethan! Wie könnte sie auch, da ich bis jetzt kaum in ihre stolze Nähe gekommen bin?« Sie zuckte die Schultern. »Ich fühle aber instinktmäßig, daß das der Kaufmannstochter noch bevorsteht –«

»Du irrst. Sie ist gutmütig –«

»Vielleicht aus Phlegma – möglich, daß sie sich ungern echauffiert. Ihr schönes Gesicht –«

»Ja, schön ist sie, von einer unvergleichlichen Schönheit sogar«, fiel er ein. »Und ich möchte gern wissen, ob heute morgen nicht etwas wie ein heimliches Glück in ihren Zügen zu lesen gewesen ist – sie hat gestern Hocherfreuliches erfahren.«

Ach, also darum war er heute abend so übermütig, so voll übersprudelnder Laune; das »Hocherfreuliche« betraf ihn und sie zusammen. »Das fragst du mich?« rief sie mit einem bitteren Lächeln. »Du solltest doch am besten wissen, daß die Damen vom Hofe viel zu gut geschult sind, um ihre Gemütsaffekte jedem profanen Blick auszusetzen. Von ›heimlichem Glück‹ konnte ich nichts bemerken; ich bewunderte nur ihr klassisches Profil, die blühenden Farben, die prächtigen Zähne bei ihrem gnädigen Lächeln und erstickte fast in dem Veilchenparfüm, mit welchem sie das Treppenhaus erfüllte, und das, dieses Uebermaß war nicht vornehm an der Aristokratin –«

»Sieh, da war ja gleich wieder der bittere Nachgeschmack!«

»Ich kann sie nicht leiden!« fuhr es ihr plötzlich heraus.

Er lachte und strich sich amüsiert den Bart. »Nun, das war gutes, ehrliches Deutsch!« sagte er. »Weißt du, daß ich in der letzten Zeit manchmal des kleinen Mädchens gedacht habe, das ehemals mit seiner geradezu verblüffenden derben Offenheit und Wahrheitsliebe die Großmama nahezu in Verzweiflung gebracht hat? ... Das Weltleben draußen hatte nun diese Geradheit in allerliebste, kleine, graziöse Bosheiten verwandelt, und ich meinte schon, auch der Kern der Individualität sei umgewandelt. Aber da ist er, blank und unberührt! Ich freue mich des Wiedersehens und muß wieder an die Zeiten denken, wo der Primaner öffentlich im Hofe als Spitzbube gebrandmarkt wurde, weil er eine Blume annektiert hatte.«

Schon bei seinen ersten Worten war sie aufgestanden und nach dem Ofen gegangen. Sie schob unnötigerweise ein Stückchen Holz um das andere in die hellodernden Flammen, die ihre finster zusammengezogene Stirn, ihre sichtlich erregten Züge anglühten ... Sie ärgerte sich unbeschreiblich über sich selbst. Das, was sie gesagt hatte, war allerdings die strikte Wahrheit gewesen, aber dabei eine Taktlosigkeit, deren sie sich bis an ihr Lebensende schämen mußte.

Sie blieb am Ofen stehen und zwang sich zu einem Lächeln. »Du wirst mir glauben, daß ich jetzt nicht mehr so penibel denke«, erwiderte sie von dorther. »›Das Weltleben‹ härtet die Seele gegen allzu feine Auffassung. Es wird in der heutigen Gesellschaft so viel gestohlen an Gedanken, man nimmt vom guten Namen des lieben Nächsten, von seinem ehrenhaften Streben, von der Rechtlichkeit seiner Gesinnungen so viel, als irgend zu nehmen ist, und möchte gar oft am liebsten die ganze Persönlichkeit vom Schauplatz verschwinden machen, wie damals die Rose in deine Tasche eskamotiert wurde. Diesen Kampf ums Dasein, oder eigentlich diesen Diebstahl aus Selbstsucht und Neid kann man am besten im Hause eines Mannes von Namen beobachten. Ich habe mir viel davon hinter das Ohr geschrieben, und diese Weisheit allerdings auch mit einem guten Teil meiner kindlich naiven Anschauung bezahlt ... Du könntest mithin vor meinen Augen alle Rosen der schönen Blanka in die Tasche stecken –«

»Die wären jetzt sicher vor meiner räuberischen Hand –«

»Nun, dann meinetwegen das ganze Rosenparterre vor dem Prinzenhofe!« fiel sie schon wieder erregter ein.

»O, das wäre denn doch zu viel für das Herbarium meiner Brieftasche, meinst du nicht, Margarete?« Er lachte leise in sich hinein und lehnte sich noch behaglicher in seine Sofaecke zurück. »Ich brauche mich auch nicht als Dieb dort einzuschleichen. Die Damen teilen redlich mit mir und meiner Mutter, was an Blumen und Früchten auf ihren Fluren wächst, und auch du wirst dir bei deinem Besuche einen Strauß aus dem Treibhause mitnehmen dürfen.«

»Ich danke. Ich habe keine Freude an künstlichen Blumen«, sagte sie kalt und ging nach der Stubenthüre, um sie zu öffnen. Tante Sophie war zurückgekommen und stampfte und schüttelte draußen den Schnee von ihren Schuhen und Kleidern.

Sie machte große Augen, als sich Herberts hohe Gestalt aus der Sofaecke erhob und sie begrüßte. »Was, ein Gast an unserem Theetische?« rief sie erfreut, während Margarete ihr Mantel und Kapotte abnahm.

»Ja, aber ein schlecht behandelter, Tante Sophie!« sagte er. »Die Wirtin hat sich schließlich in die Ofenecke zurückgezogen und mich meinen Thee allein trinken lassen.«

Tante Sophie zwinkerte lustig mit den Augen. »Da hat's wohl ein Examen gegeben, wie vor alten Zeiten? – Das kann die Gretel freilich nicht vertragen. Und wenn Sie vielleicht ein bißchen ins Mecklenburgsche hineinspaziert sind, um hinzuhorchen –«

»Keineswegs«, antwortete er plötzlich ernst, mit sichtlichem Befremden. »Ich habe gemeint, das sei abgethan?« setzte er fragend hinzu.

»Bewahre! Noch lange nicht, wie die Gretel alle Tage erfährt!« entgegnete die Tante stirnrunzelnd im Hinblick auf die Quälereien der Frau Amtsrätin.

Der Landrat suchte prüfend Margaretens Augen, aber sie sah weg. Sie hütete sich, auch nur mit einem Worte auf dieses widerwärtige Thema einzugehen, das die Tante unvorsichtigerweise berührt hatte ... Aber er sollte es nur wagen, mit der Großmama gemeinschaftlich vorzugehen und in sie zu dringen, ihren Entschluß doch noch zu ändern – er sollte es nur wagen!

Sie trat, beharrlich schweigend, hinter die Theemaschine, um Tante Sophiens Tasse zu füllen; Herbert aber kehrte nicht wieder an den Tisch zurück. Er übergab der Tante den mitgebrachten Thee und wechselte in verbindlicher Weise noch einige Worte mit ihr; dann nahm er den Pelz auf den Arm und hielt Margarete seine Rechte hin. Sie legte ihre Fingerspitzen flüchtig hinein.

»Kein ›Gutenacht‹?« fragte er. »So bitterböse, weil ich dich bei Tante Sophie verklagt habe?«

»Das war dein Recht, Onkel – ich war nicht höflich. Böse bin ich nicht; aber gerüstet!«

»Gegen Windmühlen, Margarete?« – Er sah ihr lächelnd in die zornig aufblickenden Augen; dann ging er.

»Sonderbar, wie sich der Mann geändert hat!« sagte Tante Sophie und sah über ihre Tasse hinweg heimlich lächelnd in das blasse Mädchengesicht, das, den Fenstern zugewendet, mit verfinstertem Blick in das Schneegestöber hinausstarrte. »Er ist immer gut und voll Höflichkeit gegen mich gewesen, das kann ich nicht anders sagen; aber er war und blieb mir doch ein Fremder, von wegen seiner vornehmen, kühlen Art und Weise … Jetzt ist mir aber oft ganz kurios zu Mute, ganz so, als hätte ich ihn auch, wie euch, unter meiner Zucht gehabt. Er ist so herzlich, so zutraulich – und daß er heute abend den Thee hier unten genommen hat –«

»Das will ich dir erklären, Tante!« unterbrach sie das junge Mädchen kalt. »Es gibt Stunden, in denen man die ganze Welt umarmen möchte, und in einer solchen Stimmung ist er aus der Residenz, vom Fürstenhofe zurückgekommen. Er hat, wie er selbst sich ausdrückte, ›hocherfreuliche Nachrichten‹ mitgebracht. Wir dürfen demnach in der Kürze die endliche ›Proklamation‹ seiner Verlobung erwarten.«

»Kann sein!« meinte Tante Sophie und leerte den Rest ihrer Tasse.

20

Margarete stand am andern Morgen im offenen Fenster der Hofstube. Sie fegte das dicke Schneepolster vom Steinsims draußen und streute Brotkrumen und Körner für die hungernden Vögel. Droben über dem weiten Viereck des Hofes stand ein klarblauer, frostflimmernder Himmel; nicht das kleinste Flöckchen hatte er zurückbehalten, und wenn es noch da und dort silbern herniederstäubte, so kam es von einem der müde gewordenen Lindenzweige, die einen Teil der schweren Schneelast zu Boden sinken ließen … Es war sehr kalt. Keine Taube wagte sich heraus auf die Flugstange, und die Vögel, für welche der Futterplatz zurechtgemacht wurde, hungerten auch lieber in ihren Verstecken – nicht das leiseste Fluggeräusch unterbrach die tiefe Morgenstille des Hofes.

Margarete wollte eben frostdurchschauert das Fenster schließen, als die Thüre des Stallraumes im Weberhause geöffnet wurde, und der Landrat auf seinem schönen Braunen über die Schwelle ritt. Er grüßte herüber und kam direkt unter das Fenster.

»Du reitest nach Dambach zum Großpapa?« fragte sie wie mit zurückgehaltenem Atem.

»Zunächst nach dem Prinzenhofe«, antwortete er, und zog glättend an seinem neuen, eleganten Handschuh. »Vielleicht gelingt es mir besser als dir, in den Zügen der jungen Dame zu lesen, was ich wissen will – was meinst du dazu, Margarete?«

»Ich meine, daß du das bereits weißt und durchaus nicht nötig hast, ein Orakel zu befragen«, sagte sie schroff. »Ob dir aber die Dame so in aller Frühe Rede stehen wird, das ist eine andere Frage. Sie sieht zu wohlgepflegt aus, als daß man an ein Frühaufstehen glauben möchte.«

»Da bist du wieder sehr im Irrtum. Ich wette, sie ist in diesem Augenblick bereits bei ihrer Lady Milford im Stalle und sieht nach dem Rechten. Das Reiten ist ihre Passion – du hast sie noch nicht zu Pferde gesehen?«

Sie schüttelte den Kopf und warf ihn zurück.

»Nun, sie reitet süperb und wird viel bewundert. Sie sieht in der That aus wie eine Walküre, wenn sie auf ihrem stattlichen Pferd daherkommt. Diese Lady Milford ist übrigens kein englisches Vollblut, ist vielmehr eine ehrliche Mecklenburgerin, schön gebaut und fromm – du kennst vielleicht die Rasse –«

»Jawohl, Onkel. Herr von Billingen hat zwei prächtige Mecklenburger Wagenpferde.« Mit diesem Namen warf sie selbst trotzig den Fehdehandschuh hin. Mochte er nun auf dem Terrain vorgehen, wie die Großmama; das war ihr doch lieber, als die unerschöpflichen Lobpreisungen einer Verhaßten anhören zu müssen. Gerüstet war sie ja, sie fühlte eine wahre Kampfbegierde in sich aufglühen.

Er bog sich vor und klopfte seinem Braunen, der unruhig wurde, den Hals. »Zu diesen prächtigen Pferden gehört selbstverständlich ein eleganter Wagen?« fragte er gelassen.

»Gewiß – ein sehr schöner, selbst in Berlin bewunderter Wagen. Es sitzt sich ganz hübsch im Fond, auf den silbergrauen Atlaspolstern. Herr von Billingen hat Tante Elise und mich öfter ausgefahren –«

»Ein vornehmer, stattlicher Kutscher –«

»O ja, stattlich wohl, wie ich dir schon einmal gesagt habe! Groß und breit, und weiß und rot wie eine Apfelblüte! Ganz der norddeutsche Typus, wie zum Beispiel die junge Dame im Prinzenhofe.«

Er warf einen schnellen Blick auf ihren trotzig geschwellten Mund, ihre dunkel geröteten Wangen und lächelte. »Geh, schließe das Fenster, Margarete! Du wirst dich erkälten«, sagte er. »Solche Dinge erzählt man sich am besten am gemütlichen Theetisch.« Er neigte sich grüßend und ritt fort, und sie schloß hastig das Fenster.

Auf den nächsten Stuhl niedersinkend, vergrub sie das Gesicht in den verschränkten Armen, die sie auf den Fenstersims legte. Sie hätte weinen mögen vor Erbitterung und Aerger über sich selbst – sie zog seiner lächelnden Ruhe gegenüber stets den kürzern – – –

Gegen Mittag kehrte Herbert wieder zurück und bald darauf kam die Großmama herunter, um mit großer Feierlichkeit anzuzeigen, daß die Herrschaften im Prinzenhofe sie und die Enkelin heute nachmittag bei sich zu sehen wünschten.

Nun flog der Schlitten in der dritten Nachmittagsstunde wieder über die weite Schneefläche draußen. Diesmal saß die Großmama neben dem jungen Mädchen, erwartungsvoll und hoch aufgeregt; sie strotzte von Samt und Seide.

Herbert fuhr selbst. Er saß hinter den Damen, und wenn er sich vorbog, da konnte Margarete seinen Atem an ihrer Wange spüren. Heute brauchte sie seinen Pelz nicht; sie hatte sich schleunigst einen warmen Pelzumhang gekauft, und es war ihr vorgekommen, als habe er diese neue Acquisition beim Einsteigen mit sarkastischem Blick gemustert.

Das Rokokoschlößchen rückte wie im Fluge immer näher. Mit seinen mächtigen, sonnenglitzernden Spiegelscheiben lag es in der weiten Schneelandschaft wie ein Schmuckstück auf weißem Sammetpolster … Drüben in Dambach qualmten die Fabrikschlöte, und diese Zeugen der Arbeit stiegen als riesige schwarze Säulen in den Himmel hinein und verschleierten auf weite Strecken hin sieghaft seine klare Bläue; aber die durchsichtige Luftschicht über dem Prinzenhofe berührten sie nicht. Die Frau Amtsrätin bemerkte das mit hörbarer Befriedigung dem Sohn gegenüber.

»Wir haben augenblicklich Westluft«, sagte er. »Der Nordwind verfährt nicht so glimpflich; er trägt oft die Rauchspuren bis in die Fenster hinein, wie die Damen klagen.«

181

»Aber mein Gott, ließen sich denn da nicht Vorkehrungen treffen?« rief die alte Dame ganz empört.

»Ich wüßte keine anderen, als daß man bei solcher Windrichtung einfach das Feuer ausbliese –«

»Und dann ginge ein Teil der Arbeiter spazieren und hätte nichts zu essen«, warf Margarete bitter ein.

Die Großmama fuhr herum und sah ihr ins Gesicht. »Ist das ein Ton! ... Du bist ja hübsch vorbereitet auf deine Vorstellung in einem hochadligen Hause! Ich muß dich sehr bitten, dich und uns nicht etwa zu blamieren mit liberalen Gemeinplätzen, wie ich sie leider an dir kenne! Der Liberalismus ist nicht mehr Mode – Gott sei Dank! – In den Kreisen, in denen ich zu leben das Glück habe, hat er nie Boden gefunden, und wenn hier und da einer der Unseren mit dem früheren Humanitäts- und Freiheitsschwindel kokettiert hat, so ist er jetzt desto gründlicher kuriert und – will es nicht gewesen sein.«

Herbert ließ in diesem Augenblick die Peitsche auf dem Rücken der Pferde spielen und mit doppelter Schnelligkeit sauste der Schlitten über die glatte Bahn, um nach kaum einer Minute vor der Hauptthüre des Prinzenhofes zu halten. – –

»Ach ja, wir wohnen schauerlich einsam hier!« bestätigte die Dame des Hauses eine dahin zielende Bemerkung der Frau Amtsrätin, und sah mit einem tiefen Seufzer in die totenstille Schneelandschaft hinaus. Die Vorstellung war vorüber, und man hatte sich im Salon niedergelassen.

In den Kaminen der ineinandergehenden Zimmer knisterten und knackten die brennenden Holzscheite; man saß behaglich und warm inmitten alter Pracht und Herrlichkeit. Das Inventar des Prinzenhofes war seit alters her dasselbe verblieben, gleichviel, ob ein apanagierter Prinz oder eine fürstliche Witwe die jeweiligen Bewohner gewesen waren. Herrliche Möbel aus den Zeiten Ludwig des Vierzehnten füllten die Zimmer, und das eingelegte Schmuckwerk ihrer Holzflächen in Silber, Bronze und Schildpatt schimmerte und blitzte heute noch wie vor länger als hundert Jahren. Nur die Polsterbezüge und die Gardinen schien man für die jetzigen Bewohnerinnen erneuert zu haben; sie waren frisch und geschmackvoll, aber sehr einfach.

»Ich habe seit meinem sechzehnten Jahre in der großen Welt gelebt«, fuhr die dicke Dame fort, »und qualifiziere mich absolut nicht zum Eremitendasein. Ich würde thatsächlich hier verkümmern, wüßte ich nicht, daß nunmehr eine Erlösung kommen muß.« Sie warf dem Landrat einen lächelnden, verständnisinnigen Blick zu, und er neigte zustimmend den Kopf. Die kleine Frau Amtsrätin aber wuchs förmlich unter jenem Blicke. Sie sah entzückt zur Seite, wo die schöne Heloise saß.

Die junge Dame lehnte in ihrem Armstuhl, reich gekleidet und stolz nachlässig wie eine Fürstin. Sie hatte ein paar freundliche Worte zu Margarete gesprochen und verhielt sich seitdem schweigsam. Aber es sprach in der That heute mehr Seele aus ihren Zügen, und das erhöhte ihre Schönheit wahrhaft überraschend. Ziemlich entfernt, aber in gerader Linie hinter ihr an der Schmalseite des Salons hing das Oelbild einer Dame, ein Kniestück. Sie war in schwarzem Samtkleide; herrliches blondes Haar quoll unter einem Hütchen mit langer weißer Feder hervor, und ihre linke Hand ruhte auf dem Kopfe eines neben ihr stehenden Windspieles.

Die Aehnlichkeit zwischen ihr und der schönen Heloise war eine frappante, und das sprach die Frau Amtsrätin mit bewundernden Blicken aus.

»Ja, die Aehnlichkeit ist groß und leicht begreiflich – es ist das Bild meiner Schwester Adele«, sagte die Baronin Taubeneck. »Sie war an den Grafen Sorma verheiratet und starb zu meinem großen Schmerz vor zwei Jahren. Und denken Sie sich, mein Schwager, der sechzigjährige Mann, spielt uns jetzt den Streich und heiratet die Tochter seines Gutsverwalters! Ich bin außer mir!«

»Das begreife ich«, sprach die Frau Amtsrätin ganz empört. »Es ist hart, solche Elemente in der Familie dulden zu müssen, wirklich deprimierend. Aber meines Erachtens sind die modernen Heiraten von der Bühne weg, wie sie die hohen Herren jetzt belieben, doch noch viel schrecklicher. Wenn ich mir denke, daß eine Theaterprinzessin, vielleicht gar eine Ballerina, die noch wenige Tage zuvor in schamlos kurzen Röckchen von der Herrenwelt beklatscht worden ist, plötzlich als Herrin in solch ein altes Grafenhaus einzieht, da schaudert mir die Haut, da empört sich jeder Blutstropfen in mir!«

Der Landrat räusperte sich, und die Dame des Hauses ergriff ein Flacon und atmete den Duft so eifrig ein, als sei ihr übel geworden.

In diesem Augenblicke trat ein Bedienter ein und überreichte Fräulein von Taubeneck auf silbernem Teller einen Brief. Sie ergriff das Schreiben mit ganz ungewohnter Hast und zog sich in das Nebenzimmer zurück, und nach wenigen Augenblicken berief sie den Landrat zu sich.

Margarete saß dem Eckkamin des Salons gerade gegenüber. Der mächtige, etwas nach vorn geneigte Spiegel über demselben warf einen Teil des Salons mit all seinen blinkenden Gerätschaften zurück, aber er fing auch eine Fensterecke des Nebenzimmers auf, einen lauschigen Winkel voll Blumen hinter Tüllgardinen.

In dieser Fensterecke stand Heloise und reichte dem eintretenden Landrat den geöffneten Brief hin. Er überflog den Inhalt und trat noch näher an die junge Dame heran. Sie sprachen leise und eingehend miteinander, und mitten im Gespräch bog sich die schöne Heloise plötzlich seitwärts, brach eine vollaufgeblühte rote Kamelie vom Stock und befestigte sie eigenhändig mit einem vielsagenden Lächeln in Herberts Knopfloch.

»Mein Gott, wie blaß Sie sind, Fräulein!« rief die Baronin in diesem Moment und griff nach Margaretens Hand. »Sind Sie unwohl?«

Das junge Mädchen schüttelte heftig, in sich zusammenfahrend, den Kopf, und alles Blut schoß ihr in die Wangen. Sie sei gesund wie immer, versicherte sie, und das Blaßwerden sei wohl eine Nachwirkung der kalten Fahrt.

Und jetzt kam auch Fräulein von Taubeneck in Herberts Begleitung wieder herüber.

Die Baronin hob mit einem Lächeln den Zeigefinger drohend gegen den Landrat. »Was, mein schönstes Kamelienbäumchen haben Sie geplündert? Wissen Sie nicht, daß ich's eigenhändig pflege, daß jede Blüte gezählt ist?«

Heloise lachte. »Die Schuldige bin ich, Mama! Ich habe ihn dekoriert! ... Und habe ich nicht alle Ursache dazu?«

Die Mama nickte lebhaft zustimmend mit dem Kopfe und nahm eine Tasse Kaffee von dem Präsentierbrett, das ein Bedienter eben herumreichte. Und nun blieben die Kamelien das Gesprächsthema. Die Baronin war eine eifrige Blumenzüchterin, und der Herzog hatte ihr deshalb einen kleinen Wintergarten einrichten lassen.

»Den müssen Sie sich nachher ansehen, Fräulein«, sagte sie zu Margarete. »Die Großmama kennt ihn bereits, sie bleibt bei mir und wir plaudern derweil ein wenig, während der Landrat Sie hinüberführt.«

Herbert kam dieser Aufforderung ziemlich eilig nach. Er ließ Margarete kaum Zeit, eine Tasse Kaffee zu trinken, weil er meinte, es würde sehr bald dämmerig werden. Das junge Mädchen erhob sich, und während Heloise ihre seidenrauschende Gestalt auf den Sessel vor dem geöffneten

Flügel sinken ließ und ziemlich ungeschickt zu präludieren begann, verließen die beiden den Salon.

Sie durchschritten eine ziemlich lange Zimmerflucht, und von allen Wänden sahen Angehörige des Herrscherhauses auf sie herab, im gestickten Hofkleide, oder mit harnischgeschützter Brust – ein helläugiges Geschlecht mit weißer Haut und blühenden Wangen und einem intensiven Rotgold auf den mächtigen Schnauzbärten oder dem zierlichen Henriquatre.

»In deiner langen Wollschleppe schwebst du geräuschlos wie die Ahnenfrau der Rotbärte da oben durch das alte interessante Prinzenschlößchen«, sagte Herbert zu seiner schweigenden Begleiterin.

»Die würden mich nicht anerkennen«, versetzte sie mit einem über die Bilder streifenden Blick; ich bin zu dunkel.«

»Allerdings, ein deutsches Gretchen bist du nicht!« meinte er lächelnd. »Du könntest leicht das Modell zu Gustav Richters italienischem Knaben gewesen sein.«

»Wir haben ja auch welsches Blut in den Adern – zwei Lamprechts haben sich ihre Frauen aus Rom und Neapel mitgebracht. Weißt du das nicht, Onkel?«

»Nein, liebe Nichte, das weiß ich nicht; ich bin in eurer Hauschronik nicht so bewandert. Aber so wie ich gewisse Charakterzüge an der Nachkommenschaft beurteile, müssen diese Frauen zum mindesten Dogentöchter oder sonstige Prinzessinnen aus italienischen Palästen gewesen sein.

»Schade, daß ich dir diese Illusion zerstören muß, Onkel! Sie paßt so hübsch zu deinen und Großmamas Wünschen, und gerade unter diesen stolzen Augen allen« – sie zeigte nach den Bildern – »wird dir die Berichtigung nicht angenehm sein; aber daran läßt sich nichts ändern, daß die eine der Frauen ein Fischerkind, und die andere eine Steinmetztochter gewesen ist.«

»Sieh da, wie interessant! Da haben ja die alten, gestrengen Handelsherren doch auch ihre romantischen Anwandlungen gehabt! ... Aber im Grunde genommen, was geht denn mich die Vergangenheit des Lamprechtschen Hauses an?«

Eine Art schmerzhaften Erschreckens ging durch die Züge des jungen Mädchens. »Nichts, gar nichts hast du damit zu schaffen!« antwortete sie hastig. »Es steht dir ja frei, die Verwandtschaft zu ignorieren. Mir kann das nur lieb sein; dann habe ich von deiner Seite keine Einmischung und Quälerei zu befürchten, wie ich sie täglich von der Großmama erleiden muß.«

»Sie quält dich?«

Sie schwieg einen Moment. Anklagen hinter dem Rücken anderer war nie ihre Sache gewesen, und hier sprach sie zum Sohn über seine Mutter. Aber die bösen Worte waren ihr nun einmal entschlüpft und nicht rückgängig zu machen.

»Nun, ich war ja auch ungehorsam und habe einen ihrer Lieblingswünsche nicht erfüllt«, sagte sie, während Heloise drüben aus ihrem Präludium in ein rauschendes modernes Musikstück überging. »Diese bittere Enttäuschung nagt an ihr – das thut mir leid, und ich entschuldige ihre Mißstimmung gegen mich, soviel ich kann. Aber das ist mir unfaßlich, wie sie trotz alledem noch hoffen mag, mich umzustimmen, meine Entscheidung null und nichtig zu machen. Ich kann das leidenschaftliche Verlangen, jenem exklusiven Kreise verwandtschaftlich nahe zu kommen, überhaupt nicht verstehen; und ist es nicht auch dir verwunderlich, daß die Großmama so selbstverständlich auf das Anathema eingehen mochte, das die Baronin gegen den Eindringling, die Zukünftige ihres Schwagers, schleuderte? Was bin ich denn anderes als diese Gutsverwalterstochter?«

Er lächelte und zuckte die Achseln. »Herr von Billingen ist ein Graf, und die Lamprechts genießen das Ansehen eines alten Patrizierhauses, so mag meine Mutter denken, und deshalb ist mir ihr Verhalten nicht so ›verwunderlich‹. Weniger verständlich bist du mir … Woher die leidenschaftliche Erregung gegen jene Geburtsbevorrechteten, die oft in so erbitterter Weise zu Tage tritt?«

Sie hatten bei diesen letzten Worten den Wintergarten betreten; aber weder die Farbenpracht der blühenden Pflanzen, noch der ihr entgegenströmende Blumenduft schienen für Margarete vorhanden. Sichtlich erregt blieb sie dem Eingang nahe stehen.

»Du beurteilst mich ganz falsch, Onkel«, sagte sie. »Nicht jene Exklusiven sind es, mit denen ich zürne – dazu kenne ich sie zu wenig. Ich weiß nur, daß sich von alters her große Vorrechte und Privilegien an ihre Namen knüpfen, und daß vor ihrer Hochburg ein Engel mit feurigem Schwerte steht. Wie sollte mich das feindselig stimmen? Die Welt ist weit, und man kann seinen Weg gehen, ohne daß Anmaßung und Geburtsdünkel verletzend an einen herantreten dürfen. Also darin trifft mich der Vorwurf der Verbitterung nicht; wohl aber grolle ich mit jenen, die meinesgleichen sind, und von denen Unzählige so glücklich sind wie ich, auf eine große Summe bürgerlicher Tugenden in ihrer Familie zurückblicken zu können. Sie sind so gut ›Geborene‹ wie jene, sie haben auch Ahnen, von denen verschiedene in tapferer Verteidigung ihres Eigentums so manchen hochgeborenen Strauchritter in den Sand gestreckt haben.«

Er lachte. »Und trotzdem weist eure gemalte Ahnensammlung keinen Mann in Wehr und Waffen auf?«

»Wozu auch?« fragte sie bitterernst zurück. »Im Leben und Streben ist jeder ein ganzer Mann gewesen, wie der blühende Wohlstand seines Hauses, sein Ansehen bei den Zeitgenossen bewiesen – braucht es da noch äußerer Abzeichen? – Wäre es immer so geblieben, das Bürgertum hätte auch seine respektierte Hochburg. Aber die Nachkommen ziehen es vor, zu katzbuckeln, ja sogar in serviler Weise Steine hinzuzutragen, welche jene anderen zum Wiederaufbau alter, gestürzter Schranken und Postamente brauchen ... Das Genie, der Reichtum, die großen Talente, sobald sie dem bürgerlichen Boden in aufsehenerregender Weise entsteigen, werden wie von einem Magnet in jene Sphäre gezogen und gehen drin auf, Macht und Ansehen derselben immer aufs neue stärkend, während die ›Erhobenen‹ dem geachteten Namen ihrer Vorfahren undankbar ins Gesicht schlagen, um in dem neuen Stand mit Widerwillen und Geringschätzung von den Erbeingesessenen geduldet zu werden.«

Er war sehr ernst geworden. »Seltsames Mädchen! Wie tief geht dir die Erbitterung über Dinge, die für andere junge Mädchen deines Alters kaum existieren!« sagte er kopfschüttelnd. »Und wie hart klingt die Verurteilung in deinem Munde! Noch vor kurzem wußtest du wenigstens diese herbe, strenge Auffassung unter lächelnder Satire und Grazie zu verstecken.«

»Ich habe seit dem Tode meines Vaters Lachen und Scherz verlernt«, fiel sie mit zuckenden Lippen ein, und Thränen verdunkelten ihren Blick. »Weiß ich doch, daß gerade ihn Vorurteil und falscher Wahn verblendet und sein Leben unheilvoll verdüstert haben, wenn ich auch den eigentlichen Grund seiner Seelenqual nicht kenne. Doch genug davon! Ich bitte dich nur um eins, Onkel! Nun du weißt, wie ernst ich's meine, wirst du auch nicht anstehen, die Großmama zu bestimmen, daß sie mich nicht länger bestürmt – sie erreicht doch nichts!«

»Wenn du den Mann liebtest, dann würden deine strengen Prinzipien unterliegen, er bliebe der Sieger!«

»Nein! Und tausendmal nein!«

»Margarete!« – Er trat plötzlich auf sie zu und ergriff ihre beiden Hände. »Ich sage ›wenn du ihn liebtest‹. Kannst du dir wirklich nicht denken, daß man, um das Glück eines anderen Menschenlebens zu werden, seine Antipathien, seine liebsten Neigungen, ja, ganz und gar sich selbst überwindet und hingibt?«

Sie preßte die Lippen aufeinander und schüttelte heftig den Kopf.

»Du willst sagen, daß du kein Verständnis für das Wesen der Liebe hast?« Er drückte ihre Hände fester, die sie ihm zu entziehen strebte.

Ihre Augen hafteten am Boden, sie sah nicht auf. »Muß das sein?« murmelte sie mit tieferblaßten Lippen. »Ist ein solches Verständnis nötig für jedes Menschenkind, und kann man nicht auch durchs Leben gehen, ohne jener dämonischen Macht Raum zu geben?« Sie richtete sich plötzlich auf und entzog ihm mit einem gewaltsamen Ruck ihre Hände. »Ich will nichts mit ihr zu schaffen haben«, rief sie und in ihren Augen brannte ein wildes Feuer. »Seelenfrieden will ich und nicht jenen mörderischen Kampf –« Einen Moment hielt sie wie erschrocken inne, als ertappe sie sich selbst auf einer Unvorsichtigkeit. – »Ich würde übrigens nicht unterliegen«, setzte sie beherrschter hinzu. »Mein bester Helfer wäre der Kopf – ich hoffe, er ist hell und stark genug dazu.«

»Glaubst du? Nun, so versuche es und leide, bis –« Er brach ab, und sie sah scheu zu ihm auf – so tief erregt hatte sie seine Züge noch nicht gesehen. Aber er hatte eine wunderbare Gewalt über sich selbst. Nachdem er den Wintergarten einmal durchschritten, trat er wieder auf sie zu.

»Wir müssen wieder in den Salon zurückkehren«, sagte er ganz ruhig. »Du würdest in Verlegenheit kommen, wenn man dich drüben um dein Urteil befragte, denn du hast nichts gesehen. Drum betrachte dir hier das prächtige Palmenexemplar, dort die kanarische Dracaena. Und sieh, hier über das Tulpen- und Hyazinthenbeet hängt der spanische Flieder seine Trauben; sie sind am Aufbrechen – ein wahres Frühlingsbild! Hast du dich nun ein wenig orientiert?«

»Ja, Onkel!«

»Ja, Onkel«, wiederholte er spöttisch. »Der Titel kommt dir ja heute wieder einmal recht flott von den Lippen; du siehst hier wohl ganz besonders die altehrwürdige Respektfigur in mir?«

»Hier nicht anders als daheim auch.«

»Also immer! Der Onkeltitel geht und steht mit mir, wie mit jenem der Zopf, ›der ihm hinten hing‹. Nun, ich will ihn ertragen, bis du dich vielleicht einmal auf meinen Namen besinnst.«

Bald nachher saßen die drei wieder im Schlitten; aber sie fuhren nicht nach der Stadt zurück. Der Landrat lenkte in den Feldweg ein, der das Ackerland seitwärts durchschnitt und direkt nach Dambach führte. Sein Vater habe heute morgen über Rheumatismus in der Schulter geklagt, und da wolle er doch sehen, wie es um den Patienten stünde, sagte Herbert und trieb die Pferde an.

Die Frau Amtsrätin kauerte mißgelaunt in ihrer Ecke. Der Abstecher war durchaus nicht nach ihrem Geschmack, aber sie wagte nicht, offen zu protestieren. Statt dessen sprach sie sich mißbilligend und sehr scharf über Margaretens Schweigsamkeit aus – sie habe zwischen den Damen gesessen wie eine Landpomeranze, der man jedes Wort abkaufen müsse, und die nicht »drei« zählen könne.

»Das Schweigen hat auch sein Gutes, Persönlichkeiten gegenüber, deren Antezedenzien man nicht ganz genau kennt, liebe Mama«, raunte der Landrat dicht an ihrem Ohr. »Mir wäre es heute auch lieber gewesen, du hättest dich nicht so rückhaltslos über die Ballerinen ausgesprochen – die Baronin Taubeneck ist auch eine gewesen!«

»Großer Gott!« Die Frau Amtsrätin sank mit diesem Ausruf wie vernichtet in sich zusammen. »Nein, nein, das ist ein Irrtum, Herbert, eine bodenlose Verleumdung böser Zungen!« raffte sie sich nach kurzem Besinnen wieder auf. »Die ganze Welt weiß, daß die Gemahlin des Prinzen Ludwig von altem Adel gewesen ist –«

»Gewiß. Aber die Familie war seit langem total verarmt. Die letzten Träger des alten Namens waren Subalternbeamte, und die zwei schönen Schwestern, die Baronin Taubeneck sowohl, als auch die verstorbene Gräfin Sorma haben unter angenommenem Namen als Tänzerinnen ihr Brot verdient!«

»Und das sagst du mir heute erst?«

»Ich weiß es selbst erst seit kurzem.«

Die Frau Amtsrätin sprach kein Wort mehr. Wenige Minuten später hielt der Schlitten im Dambacher Fabrikhofe. Das Abenddunkel war längst hereingebrochen, und aus den langen Fensterreihen der Arbeitssäle fiel heller Lichtschein auf die breite Schneefläche des Hofes.

Die alte Dame zog tief aufseufzend, unter hörbarem Frostschütteln den Pelz über der Brust zusammen und trippelte am Arm ihres Sohnes über den schneebedeckten Kiesweg des Gartens. Bei der Biegung der Weglinie um den festgefrorenen Teich sahen sie den Amtsrat am offenen

Fenster seines Zimmers stehen. Die Lampe brannte auf dem Tische hinter ihm; er war im Schlafrock und klopfte seine Pfeife am Fensterbrett aus.

»Nun sehe mir einer den Mann!« schalt die Frau Amtsrätin geärgert mit unterdrückter Stimme. »Er behauptet, rheumatisch zu sein und stellt sich bei der entsetzlichen Kälte ans offene Fenster!«

»Ja, das sind so Reckengewohnheiten, Mama – die ändern wir nicht«, lachte der Landrat und führte sie nach der Thüre des Pavillons.

»O je, was für ein rarer Besuch!« rief der alte Herr, sich vom offenen Fenster zurückwendend, während seine Frau über die Schwelle schritt. »Potztausend, Franziska, bist du's denn wirklich? Und so bei Nacht und Nebel, bei Schnee und Eis? Das hat seinen Haken!« Er schloß schleunigst das Fenster, durch welches allerdings ein eisiger Zugwind fauchte. »Soll ich Kaffee kochen lassen?«

Die alte, kleine Dame schüttelte sich förmlich. »Kaffee? Um diese Zeit? Nimm mir's nicht übel, Heinrich, aber du verbauerst entsetzlich in deinem Dambach! es ist ja nahezu Theezeit! … Wir kommen vom Prinzenhofe –«

»Dacht' ich's doch! Da sitzt der Haken –«

»Und wollten nicht in die Stadt zurückkehren, ohne uns zu erkundigen, wie es dir geht.«

»Danke für gütige Nachfrage. Je nun, es reißt und zwickt mich in der linken Schulter, und der Rumor wird mir manchmal ein bißchen zu bunt – das ist richtig. Ich habe heute schon ein paarmal dazu gepfiffen, um wenigstens Takt in die Geschichte zu bringen.«

»Sollen wir dir nicht doch den Arzt herausschicken, Vater?« fragte Herbert besorgt.

»Nichts da, mein Sohn! In die alte Maschine da« – er zeigte auf seine breite Brust – »ist zeitlebens kein Tropfen Quacksalbergift gekommen, da werde ich mir doch nicht in meinen alten Tagen noch das Blut verderben! Die Faktorin ist mir mit Senfspiritus fürchterlich zu Leibe gegangen und hat mir ein Wergbündel übergebunden; sie behauptet, das würde helfen –«

»Ja, besonders, wenn du bei der Kälte ans offene Fenster trittst, wie vorhin!« sagte die Frau Amtsrätin anzüglich und fuhr mit dem Muff zerteilend durch den Tabaksdampf, der sich nun bei geschlossenem Fenster sehr bemerklich machte. »Ich weiß schon, mit dem Arzt darf man dir nicht kommen; aber du solltest es wenigstens mit einem Hausmittel versuchen.«

»Vielleicht einem Täßchen Kamillenthee, Fränzchen?«

»Nein, Lindenblüte mit Zitronensaft würde praktischer sein; das hilft mir immer – du mußt schwitzen, Heinrich!«

»Brr!« schüttelte er sich. »Dann lieber gleich ins Fegfeuer! Siehst du, Maikäferchen«, – er schlang seinen Arm um Margaretens Schultern, die längst Hut und Mantel abgeworfen hatte und an seiner Seite stand – »so soll dein alter Großvater malträtiert werden! In den Spittel mit ihm, wenn er wirklich Lindenblüte trinkt – meinst du nicht!«

Sie lächelte und schmiegte sich an ihn. »In solchen Dingen bin ich unerfahren wie ein Kind, Großpapa, da darfst du nicht an mein Urteil appellieren. Aber erlauben mußt du mir schon, daß ich bei dir bleibe. Du darfst nachts mit deinen Schmerzen nicht allein sein. Ich stopfe dir immer frische Pfeifen, lese vor und erzähle, bis dir der Schlaf kommt.«

»Das wolltest du, kleine Maus?« rief er erfreut. »Ach ja, mir wär's schon recht! Aber morgen ist ja Testamentseröffnung, da darfst du nicht fehlen.«

»Ich werde den Onkel bitten, mir den Schlitten herauszuschicken –«

»Und der fürsorgliche Onkel wird pünktlich Sorge tragen«, sagte der Landrat mit einer ironisch tiefen Verbeugung.

»Abgemacht!« rief der Amtsrat. »Aber, Franziska, du retirierst ja in halbem Sturmschritt nach der Thüre! – Na ja, du wirst für die da drüben« – er hob die Hand in der Richtung des Prinzenhofes – »deinen besten Staat angezogen haben, und der wird hier eingeräuchert. Ich hab's freilich ein bißchen schlimm gemacht mit dem Qualmen und Dampfen.«

»Und mit was für einer Sorte!« warf sie maliziös und naserümpfend ein und schüttelte an ihrer Seidenschleppe.

»Nun, nun, ich bitte mir's aus! Es ist ein feines Kraut, ein kräftiges Kraut! Davon verstehst du aber so wenig, wie ich von deinem Pekkothee, Fränzchen ... Aber geniere dich nur nicht! Es prickelt dir in deinen kleinen Pedalen, so schnell wie möglich in die frische Luft zu kommen. Du hast mehr als deine Schuldigkeit gethan, hast dich in meine ›verräucherte Spelunke‹ gewagt – wer mir das vor einer halben Stunde gesagt hätte! ... Drum gib deiner kleinen Mama den Arm, Herbert, und bringe sie schleunigst und fein säuberlich in den Schlitten zurück.«

Er öffnete galant die Thüre, und die alte Dame schlüpfte an ihm vorüber, beide Hände im Muff vergraben, und war gleich darauf im Dunkel jenseits der Hausthüre verschwunden.

In diesem Augenblick bückte sich Margarete und nahm die Kamelie vom Boden auf, die Herbert beim Lüften seines Pelzes unbewußt abgestreift hatte. Stumm reichte sie ihm die Blume hin.

»Ah, beinahe wäre sie zertreten worden!« sagte er bedauerlich und hielt die Kamelie prüfend in den Lampenschein. »Das hätte mir sehr leid gethan! Sie ist so schön, so frisch und strahlend wie die Geberin selbst – findest du das nicht auch, Margarete?«

Sie wandte sich schweigend weg, nach dem Fenster, an welches die Großmama draußen ungeduldig klopfte, und er schob die rote Blume, wie einst die weiße Rose, in seine Brusttasche und schüttelte seinem Vater zum Abschied die Hand – dann ging auch er.

21

Die Testamentseröffnung war vorüber und hatte so manchem der plötzlich entlassenen mißliebigen Fabrikarbeiter die bitterste Enttäuschung gebracht. Das Schriftstück war alten Datums gewesen. Wenige Jahre nach seiner Verheiratung war der Kommerzienrat mit dem Pferde gestürzt, die Aerzte hatten ihm und den Seinen nicht verhehlen können, daß Lebensgefahr vorhanden sei, und da hatte er eine letztwillige Verfügung getroffen. Dieses Dokument war sehr kurz und knapp abgefaßt gewesen, wie sich bei der heutigen Eröffnung herausgestellt. Die verstorbene Frau Fanny war zur Universalerbin ernannt; auch war verfügt, daß das Geschäft verkauft werden solle, weil damals noch kein männlicher Erbe existiert hatte – Reinhold war erst ein Jahr später geboren. Dieser letzte Wille war mithin nicht mehr rechtskräftig, und die beiden einzigen Erben, Margarete und Reinhold, traten in ihre unverkürzten, natürlichen Rechte.

Margarete war sofort nach dem Schluß des Eröffnungsaktes nach Dambach zurückgekehrt, »weil der Großpapa sie noch brauche«. Reinhold dagegen hatte sich auf seinen Schreibstuhl gesetzt, hatte die kalten Hände aneinander gerieben und dabei streng und finster wie immer die arbeitenden Kontoristen gemustert. Seine Miene war unverändert – was auch hätte das Testament bringen können, das ihm die bereits usurpierten Rechte auch nur um ein Titelchen zu kürzen vermochte? ... Und die Leute schielten ängstlich mit gelindem Grauen nach dem unerbittlichen gespensterhaften Menschen, der den Platz des ehemaligen Chefs nunmehr vollberechtigt einnahm, und welchem sie auf Gnade und Ungnade für immer überantwortet waren.

Es war in der vierten Nachmittagsstunde desselben Tages. Der Landrat war eben heimgekommen, und die Frau Amtsrätin stand im Vorsaal, mit einer Verkäuferin um eine Henne feilschend. Da kam der Maler Lenz herein. Schwarzgekleidet vom Kopf bis zu den Füßen trat er in einer Art von ängstlicher Hast auf die alte Dame zu; sein sonst so friedensvolles, freundliches Gesicht war ungewöhnlich ernst und trug die Spuren innerer Erregung.

Er fragte nach dem Landrat, und die Dame wies ihn kurz nach dessen Arbeitszimmer; aber sie musterte ihn doch prüfenden Blickes, bis er nach einem bescheidenen Anklopfen im Zimmer ihres Sohnes verschwunden war. Der Mann war sichtlich verstört, irgend eine schwere Last lag auf seiner Seele. Sie fertigte die Handelsfrau schleunigst ab und ging in ihr Zimmer. Sie hörte den Mann drüben sprechen; er sprach laut und ununterbrochen, und es klang, als erzähle er einen Vorgang … Der alte Maler war für sie bis auf den heutigen Tag eine abstoßende Persönlichkeit verblieben; sie konnte es ihm nicht vergessen, daß seine Tochter Blanka ihr einst schlaflose Nächte verursacht hatte … Was mochte er wollen? – Sollte der Landrat bei Reinhold ein gutes Wort einlegen, auf daß der Entlassene in Brot und Wohnung verbleiben dürfe? Das durfte nun und nimmer geschehen! –

Die Frau Amtsrätin war eine äußerst feinfühlige, eine hochgebildete Dame, das war männiglich bekannt. Wer behauptet hätte, ihr kleines Ohr unter dem feinen Spitzenhäubchen komme zuzeiten in nahe Berührung mit der Zimmerthüre ihres Sohnes, der wäre als böswilliger Verleumder gebrandmarkt worden. Nun stand sie aber in der That da, auf den Zehen und weit hinübergereckt und horchte, horchte, bis sie plötzlich wie von einem Schuß getroffen zurückfuhr und weiß bis in die Lippen wurde.

Im nächsten Augenblick hatte sie die Thüre aufgerissen und stand im Zimmer ihres Sohnes.

»Wollen Sie die Gewogenheit haben, Lenz, das, was Sie soeben behaupteten, auch mir in das Gesicht hinein zu wiederholen?« herrschte sie gebieterisch, aber sichtlich an allen Gliedern bebend, dem alten Manne zu – alle Sanftheit war wie weggeblasen von dieser schrillen Stimme.

»Gewiß will ich das, Frau Amtsrätin!« antwortete Lenz sich verbeugend mit bescheidener Festigkeit, »Wort für Wort sollen Sie meine Erklärung noch einmal hören. Der verstorbene Herr Kommerzienrat Lamprecht war mein Schwiegersohn – meine Tochter Blanka ist seine rechtlich angetraute Ehefrau gewesen –«

Die alte Dame brach in ein hysterisches Gelächter aus. »Lieber Mann, bis zum Fasching haben wir noch weit – sparen Sie Ihre unfeinen Späße bis dahin auf!« rief sie mit zermalmendem Hohn und wandte ihm verächtlich den Rücken.

»Mama, ich muß dich dringend bitten, in dein Zimmer zurückzukehren!« sprach der Landrat und reichte ihr den Arm, um sie hinwegzuführen – auch er war bleich wie ein Toter, und in seinen Zügen malte sich eine tiefe, innere Bewegung.

Sie wies ihn unwillig zurück. »Wäre es eine Amtsangelegenheit, um die es sich handelt, dann hättest du recht, mich aus deinem Geschäftszimmer zu weisen; hier aber ist's ein schlau eingefädeltes Bubenstück, das unsere Familie beschimpfen will –«

»Beschimpfen?« wiederholte der alte Maler mit einer Stimme, die vor Entrüstung bebte. »Wäre meine Blanka das Kind eines Fälschers, eines Spitzbuben gewesen, dann müßte ich die schwere Beleidigung schweigend hinnehmen; so aber verwahre ich mich entschieden gegen jede derartige Bezeichnung. Ich selbst bin der Sohn eines höheren Regierungsbeamten geachteten Namens; meine Frau stammt aus einer vornehmen, wenn auch verarmten Familie, und wir beide sind völlig unbescholten durchs Leben gegangen; nicht der geringste Makel haftet an unserem Namen, es sei denn der, daß ich mein Brot als akademisch ausgebildeter Künstler schließlich aus Mangel an Glück in der Fabrik habe suchen müssen ... Aber es ist in den bürgerlichen Familien, die zu Reichtum gelangt sind, Mode geworden, auch von Mesalliance zu sprechen, wenn ein armes Mädchen hineinheiratet, und zu thun, als sei das Blut entwürdigt, wie der Adel den bürgerlichen Eindringlingen gegenüber behauptet. Und diesem völlig unmotivierten Vorurteil hat sich leider auch der Verstorbene gebeugt und damit eine schwere Schuld gegen seinen zärtlich geliebten Sohn auf sich geladen.«

»O, bitte – ich wüßte nicht, daß der Kommerzienrat Lamprecht seinem einzigen Sohn, meinem Enkel Reinhold, gegenüber irgend eine Schuld auf dem Gewissen gehabt hätte!« warf die Frau Amtsrätin höhnisch, mit verächtlichem Achselzucken ein.

»Ich spreche von Max Lamprecht, meinem Enkel.«

»Unverschämt!« brauste die alte Dame auf.

Der Landrat trat auf sie zu und verbat sich ernstlich und entschieden jeden ferneren verletzenden Einwurf. Sie solle den Mann ausreden lassen – es werde und müsse sich ja herausstellen, inwieweit seine Ansprüche begründet seien.

Sie trat in das nächste Fenster und wandte den beiden den Rücken zu. Und nun zog der alte Maler ein großes Briefkouvert hervor.

»Enthält das Papier die gerichtlich beglaubigten Dokumente über die gesetzliche Vollziehung der Ehe?« fragte der Landrat rasch.

»Nein«, erwiderte Lenz; »es ist ein Brief meiner Tochter aus London, in welchem sie mir ihre Verehelichung mit dem Kommerzienrat Lamprecht anzeigt.«

»Und weiter besitzen Sie keine Papiere?«

»Leider nicht. Der Verstorbene hat nach dem Tode meiner Tochter alle Dokumente an sich genommen.«

Die Frau Amtsrätin stieß ein helles Gelächter aus und fuhr herum. »Hörst du's, mein Sohn?« rief sie triumphierend. »Die Beweise fehlen – selbstverständlich! Diese nichtswürdige Beschuldigung Balduins ist ein Erpressungsversuch in *optima forma*.« Sie zuckte die Achseln. »Möglich, daß die Verführungskünste der kleinen Kokette, die einst vor unseren Augen auf dem Gang des Packhauses ihr Wesen getrieben hat, nicht ohne Wirkung auch auf ihn geblieben sind; möglich, daß sich daraufhin draußen in der Welt eine intimere Beziehung zwischen ihnen angesponnen hat – das ist ja nichts Seltenes heutzutage, wenn ich auch Balduin einen solchen Liebeshandel nimmermehr zugetraut hätte. Indes, ich will es zugeben – aber eine Verheiratung? Eher lasse ich mich in Stücke hacken, als daß ich solchen Blödsinn glaube!«

Der alte Maler reichte Herbert den Brief hin. »Bitte, lesen Sie«, sagte er mit völlig tonloser Stimme, »und bestimmen Sie mir gütigst eine Stunde, zu welcher ich Ihnen morgen auf dem Amte das weitere vortragen darf! Es ist mir unmöglich, noch länger mein totes Kind so schmachvoll verlästern zu hören ... Nur mit der größten Selbstüberwindung gestatte ich fremden Augen den Einblick in das Schreiben –« Sein schmerzlicher Blick hing wie sehnsüchtig an dem Briefe, den der Landrat an sich genommen hatte. »Es kömmt mir vor, wie ein Verrat an meiner Tochter, welche die einzige Schuld, die sie je auf ihre Seele genommen hat, in den Zeilen ihren Eltern beichtet. Wir haben keine Ahnung gehabt, daß mein Chef und Brotherr hinter unserem Rücken unser Kind zu einem Liebesverhältnis verleitet hat – auf seinen dringenden Wunsch, sein strenges

Gebot hin hat sie uns alles verschwiegen ... Wäre sie kinderlos gestorben, ich hätte die ganze Angelegenheit auf sich beruhen lassen. Sie ist in fremdem Lande heimgegangen; niemand in dieser Stadt hier hat um die seltsamen Verhältnisse gewußt, es wäre somit keine Veranlassung dagewesen, für ihre Ehre einzutreten. So aber gilt es, ihrem Sohn zu seinem Rechte zu verhelfen, und das will und werde ich mit allen Mitteln, die mir zu Gebote stehen –«

»Sie hätten das schon bei Lebzeiten meines Schwagers thun müssen!« unterbrach ihn der Landrat fast heftig, nachdem er in sichtlich großer Aufregung das Zimmer durchmessen.

»Herbert!« schrie die alte Dame auf. »Ist es möglich, daß du diesem empörenden Lügengewebe auch nur den allergeringsten Glauben schenkst?«

»Sie haben recht, ich bin dem herrischen Mann gegenüber allerdings schwach gewesen«, versetzte Lenz, ohne auf den Ausruf der Amtsrätin zu hören. »Ich durfte mich nicht mit Versprechungen von Zeit zu Zeit hinhalten lassen, wie es leider geschehen ist ... Als wir vor einem Jahre unseren Enkel sehen und zu uns nehmen durften, da sagte der Kommerzienrat, daß ihm augenblicklich die Verhältnisse noch nicht gestatteten, mit der öffentlichen Anerkennung seines in zweiter Ehe geborenen Sohnes hervorzutreten. Dagegen werde er schleunigst sein Testament machen, um schlimmstenfalls dem kleinen Max seine Sohnesrechte zu sichern ... Nun, er hat sein Versprechen nicht gehalten – im Vollgefühl seiner Kraft mag ihm dieser ›schlimmste Fall‹, sein plötzlicher Tod, ganz unmöglich erschienen sein ... Aber ich verzage nicht – die Legitimationspapiere sind ja da, der Trauschein, das Taufzeugnis meines Enkels, diese Papiere müssen sich im Nachlaß finden. Und deshalb komme ich zu Ihnen, Herr Landrat – es widerstrebt mir, einen Rechtsanwalt hineinzuziehen. Ich lege die Sache in Ihre Hände.«

»Ich nehme sie an«, versetzte Herbert. »In diesen Tagen werden die Siegel abgenommen, und ich gebe Ihnen mein Wort, daß alles geschehen soll, um Licht in die Angelegenheit zu bringen!«

»Ich danke Ihnen innig!« sagte der alte Mann und reichte ihm die Hand. Dann verbeugte er sich nach der Richtung, wo die Frau Amtsrätin stand, und ging hinaus.

Eine kurze Zeit blieb es still im Zimmer, so bedrückend still, wie es nach dem ersten Windstoß eines heranziehenden Gewitters zu sein pflegt – man hörte nur das Knistern der Papiere, die Herbert aus dem

Kouvert nahm und entfaltete, während die Amtsrätin wie geistesabwesend nach der Thüre starrte, hinter welcher »der Unglücksmensch« verschwunden war ... Nun aber raffte sie sich auf.

»Herbert«, rief sie entrüstet ihrem lesenden Sohn zu, »kannst du wirklich deine Mutter in ihrer furchtbaren Aufregung und Erbitterung vor dir stehen sehen, während du dich in das lügenhafte Geschreibsel jener erbärmlichen Kokette vertiefst?«

»Es ist kein lügenhaftes Geschreibsel, Mama«, sagte er aufblickend, sichtlich erschüttert.

»Ah, du bist gerührt, mein Sohn? ... Nun, das Papier ist geduldig, und die schöne Dame wird selbstverständlich alle ihre Schreibekünste aufgeboten haben, um ihren Eltern gegenüber ihrem Fehltritt ein Mäntelchen umzuhängen ... Und ein Mann wie du läßt sich auch bethören und glaubt daraufhin –«

»Ich habe schon vorher geglaubt, Mama.«

»Lächerlich! – Das Gerede eines alten, halbblöden Mannes –«

»Liebe Mama, gib es auf, dich und mich mit falschen Vorspiegelungen beruhigen zu wollen; sieh lieber der Wahrheit gefaßt ins Auge! ... Mit den ersten erklärenden Worten des alten Malers war es, als würde mir eine Binde von den Augen gerissen. Balduins ganzes geheimnisvolles Gebaren während der letzten Jahre, zu welchem wir vergebens den Schlüssel gesucht haben, es liegt entschleiert vor mir! Er hat einen furchtbaren inneren Zwiespalt mit sich herumgetragen. Hätte ihm der Tod nicht diese zweite Frau entrissen, dann wäre es anders gekommen. Das schöne, hochgebildete Weib an seiner Seite, hätte er es wohl über sich vermocht, nach Jahr und Tag mit ihr in die heimischen Verhältnisse zurückzukehren. So aber ist der Zauber gebrochen gewesen. Ihm ist nichts geblieben, als die Thatsache, daß er der Schwiegersohn des alten Lenz sei, und da hat der Feigling in ihm gesiegt – der erbärmliche Feigling!« zürnte er. »Wie hat er's über das Herz bringen können, den Knaben, diesen prächtigen Jungen, der sein Stolz sein mußte, in seinem eigenen Hause, im Vaterhause des Kindes zu verleugnen? Wie hat er's ertragen, daß Reinholds schielender Neid oft genug den kleinen Bruder tückisch getroffen hat? ... Armer, kleiner Kerl! Wie er mir am Sarg des Verstorbenen ins Ohr flüsterte: ›Ich will ihn lieber auf den Mund küssen. Er hat mich auch manchmal geküßt, im Thorweg, wo wir ganz allein waren‹ –«

»Siehst du, mein Sohn, das alles beweist nur, daß ich recht habe, daß dieser ›prächtige Junge‹ ein – Bastard ist«, unterbrach ihn die Amtsrätin.

Sie war ganz ruhig geworden; es spielte sogar ein verlegenes Lächeln um ihren Mund. »Den Hauptgrund aber, weshalb Balduin eine zweite Ehe nicht eingehen konnte und durfte, scheinst du ganz zu übersehen: sein Gelöbnis, das Fanny mit ins Grab genommen hat –«

»Ja, das ist's, was ich meiner Schwester nur schwer verzeihen kann!« sagte Herbert fast heftig. »Es ist eine Grausamkeit, eine Unnatur ohnegleichen, den Trennungsschmerz eines Zurückbleibenden zu benutzen, um solch einen unglückseligen Mann für Lebenszeit an eine Totenhand zu schmieden –«

»Nun, darüber wollen wir nicht streiten; ich sehe das mit anderen Augen an und sage mir, daß uns dieser Umstand die beste Gewähr ist und bleibt. Denke an mich, die Papiere werden sich nicht finden – sie haben nie existiert! ... Nun, desto besser! Die Sache läßt sich mit Geld abmachen; das Vermögen der beiden rechtmäßigen Erben wird freilich bluten müssen; allein was hilft es? Das kann in aller Stille abgewickelt werden und ist doch dem Skandal, einen Stiefbruder so vulgärer mütterlicher Abkunft zu haben, weit vorzuziehen.«

Ihr Sohn sah ihr starr ins Gesicht. »Sprichst du im Ernste, Mutter?« fragte er gepreßt. »Du ziehst es vor, den Verstorbenen mit der Schuld eines ehrlosen Verführers in der Erde belastet zu sehen? Großer Gott, bis zu welcher Unmoralität verirrt sich doch das unselige Standesvorurteil! ... War Fanny nicht auch die Tochter eines Bürgerlichen? Und war ihre eigene Mutter, die erste Frau meines Vaters, nicht auch ein einfaches Mädchen aus dem Volke gewesen?«

»Recht so! Schreie diese Thatsachen in die Welt hinaus, jetzt, wo wir im rapiden Steigen begriffen sind!« zürnte die alte Dame mit unterdrückter Stimme. »Ich begreife dich nicht, Herbert. Woher auf einmal diese penible Auffassung?«

»Ich habe nie anders gedacht«, rief er empört.

»Nun, dann ist es deine Schuld, wenn ich mich irre. Weiß man doch nie, wie du denkst. Ein intimeres Aussprechen, wie es sich zwischen Mutter und Sohn eigentlich von selbst versteht, gibt es bei uns nicht – man tappt dir gegenüber stets im Finstern ... Uebrigens denke du über die Sache, wie du willst, ich stehe fest auf meinem Standpunkt. Ich ziehe es in der That vor, eine mit Geld aufgewogene, gesühnte und verschwiegene Schuld in der Familie zu wissen, als plötzlich die liebe Muhme oder Base von Krethi und Plethi zu werden ... Dann möchte ich aber auch fragen: Hast du denn gar kein Herz für Fannys Kinder? – Wenn ein dritter rechtmäßiger Erbe auftritt, so erleiden sie einen ungeheuren Verlust.«

»Es bleibt ihnen immer noch mehr als genug –«

»In deinen Augen vielleicht, aber nicht in denen der Welt ... Gretchen ist eine der ersten Partien im Lande, und wenn sie auch kopflos genug die glänzendsten Aussichten jetzt noch von der Hand weist, so wird und muß doch eine Zeit kommen, wo sie verständig wird und diese Dinge ansieht, wie sie sind. Wie es aber um diese ihre brillanten Aussichten stehen würde, wenn ein Drittel des Lamprechtschen Vermögens einem Nachgeborenen zufiele, darüber bin ich keinen Augenblick im Zweifel.«

»Ein Mädchen wie Margarete wird begehrt werden, auch wenn ihr Vermögen noch so sehr zusammenschmilzt«, sagte Herbert. Er war ans Fenster getreten, wo er abgewendet von seiner Mutter verharrte. »Je weniger, desto besser!« setzte er fast murmelnd hinzu.

Sie schlug die Hände über dem Kopfe zusammen. »Die Grete? Ohne Geld? Was machst du dir für Illusionen, Herbert! – Nimm ihr diesen Nimbus, und das schmächtige Ding wird sein wie ein armer Vogel, dem man allen Federschmuck ausgerupft hat! ... Nun wahrhaftig, fast möchte ich wünschen, du kämst nach meinem Tod in die Lage, das Mädchen unter die Haube bringen zu müssen!«

»Das sollte mir nicht schwer werden«, sagte er mit einem unmerklichen Lächeln.

»Ein klein wenig schwerer denn doch, als wenn du einen neuen Schreiber anzustellen hättest – das glaube deiner alten Mutter, mein Sohn!« entgegnete sie spöttisch. »Aber wozu um des Kaisers Bart streiten!« schnitt sie kurz den Wortwechsel ab. »Wir sind beide erregt; ich über die Unverschämtheit des Menschen, der uns eine Bombe ins Haus wirft, welche sich, näher besehen, als ein Schreckschuß erweist, und du, weil dir das Seelenbekenntnis einer ehemaligen Flamme zu Gesicht gekommen ist ... Wenn wir ruhiger geworden sind, dann wollen wir weiter sprechen ... Selbstverständlich bleibt die Angelegenheit vorläufig unser beider Geheimnis. Die Kinder, Margarete und Reinhold, erfahren es noch zeitig genug, wenn es gilt, die Abfindungssumme aus ihrem Erbe zu entnehmen, um – für die unselige Verirrung ihres Vaters zu büßen – arme Kinder!«

Damit verließ sie das Geschäftszimmer ihres Sohnes.

22

Heute lag die Sonne breit über der Stadt, eine bleiche, machtlose Wintersonne, die vergeblich an dem frostgehärteten Schneepanzer der Dächer sog und leckte. Wohl rannen einzelne feine Wasserfäden abwärts, allein sie blieben als kleine silberne Fransen an der Dachrinne hängen. Die zarten, sehnsüchtigen Zimmerblumen hinter den Fenstern freuten sich aber trotz alledem des blassen Sonnenlächelns, und Papchen im Salon der Frau Amtsrätin schrie und lärmte, als seien die Goldfunken, die seinem Messingring und den glänzenden Bilderrahmen an den Wänden entsprühten, eitel Sommerglanz, der hinunter ins Grüne des Hofes locke ... Papchen war aber auch noch extra vergnügt. Er hatte seit langem nicht so viel Kosenamen, so viel Biskuit und Zuckerbrot von seiner Herrin erhalten, als heute. Es war überhaupt, als fliege noch ein besonderer Sonnenschein durch die vornehme obere Etage des Lamprechtshauses. Die Bettelkinder bekamen mehr Brot und weniger Strafpredigten als gewöhnlich, die Köchin verließ öfter als billig ihren Kochherd, um den schönen, fast noch neuen Hut immer wieder aufzuprobieren, den ihr die Frau Amtsrätin geschenkt hatte, und das Stubenmädchen überlegte unter lustigem Trällern, wie sich wohl ihr Geschenk, ein Kaschmirkleid der alten Dame, am schönsten modernisieren lasse.

Drunten in der Lamprechtschen Küche sah es anders aus, weil man ja doch ein Herz und keinen Stein in der Brust hatte, wie Bärbe immer sagte. Um das Packhaus hatte man sich freilich nicht zu kümmern, wie es seit Jahren Brauch und Gesetz im Vorderhause war; aber wenn in einer Wohnung »nur über den Hof 'nüber« eine Schwerkranke lag, da konnte es doch ein Christenmensch nicht fertig bringen, zu thun, als sei dieses Haus ein bloßer Steinhaufen, in welchem keine menschlichen Herzen lebten, die in Angst und Bedrängnis schlugen. Und deshalb war man still und gedrückt in der Küche und hantierte unwillkürlich geräuschloser als sonst üblich.

Bärbe hatte gestern gegen Abend Wasser am Hofbrunnen geschöpft, und da war auch die Aufwärterin aus dem Packhause gekommen, um einen frischen Trunk zu holen. Die Frau hatte tief alteriert erzählt, daß Frau Lenz vor einigen Stunden einen Schlaganfall gehabt habe, sie könne nicht sprechen und die linke Seite sei gelähmt – der Doktor, der noch an ihrem Bette sitze, nehme die Sache sehr bedenklich. Und die Thränen waren ihr aus den Augen geschossen bei der Schilderung, wie der alte

Herr Lenz totenblaß im Zimmer auf und ab gehe und die Hände ringe und in seiner Angst und Herzensnot nicht einmal einen Blick für den kleinen Max habe, der in einer Ecke am Bett der Großmama kauere, ihr immerfort in das entstellte Gesicht sähe, und auch nicht den kleinsten Mundbissen zu sich nähme. Und dann hatte sie der alten Köchin weiter ins Ohr geraunt, Frau Lenz habe schon den ganzen Tag über sehr aufgeregt ausgesehen, und nachmittags sei der alte Herr nach Hause gekommen, ganz weiß im Gesicht und mit einer so heiseren Stimme, als verlechze ihm die Kehle. Sie, die Aufwärterin, sei in die Küche an ihre Aufwaschgelte gegangen; aber gleich darauf habe sie einen dumpfen Fall gehört, und das sei drüben im Zimmer die Frau Lenz gewesen, die zu Boden gestürzt sei ... Was geschehen sein müsse, worüber sich die arme Frau erschreckt habe, wisse sie nicht, hatte die Aufwärterin gesagt. Aber die Frau Amtsrätin wußte es – der Landrat hatte den alten Lenz auf das Amt kommen lassen, um ihm die unerbittliche Thatsache mitzuteilen, daß sich nichts, auch nicht das kleinste Papierblättchen, nicht die geringste Notiz, weder über den gesetzlichen Ehevollzug des verstorbenen Kommerzienrates mit seiner zweiten Frau, noch bezüglich des nachgeborenen Sohnes im Nachlaß gefunden habe. – –

Das Geheimnis, das vom Packhause herüber mit seinen Fäden das stolze Vorderhaus zu umspinnen gedroht hatte, schien somit dem Dunkel verfallen, das so viele ungelöste Rätsel der Welt für alle Zeiten deckt. Noch blieb dem alten Lenz allerdings die persönliche Nachforschung in den Kirchen von London, wo die Trauung seiner Tochter, die Taufe seines Enkels stattgefunden; allein in dem Briefe der jungen Frau war die Kirche nicht genannt, in welcher sie »als glückseliges Weib an seiner Seite gestanden und den Ehering empfangen habe« ... Der alte Lenz hatte ferner dem Landrat erzählt, er habe eines Tages von der Pflegerin seiner Tochter, die zugleich ihre Freundin gewesen, die Nachricht erhalten, daß ihm ein Enkel geboren sei, und drei Tage darauf sei ein Telegramm eingelaufen mit der Meldung, daß die junge Frau im Sterben liege. Er habe zwar schleunigst die Reise nach London angetreten, um sein einziges Kind noch einmal zu sehen, sei aber doch zu spät gekommen – die Erde habe sie bereits gedeckt. – Das Heim seiner Tochter, eine wahrhaft fürstlich eingerichtete Wohnung, habe er verlassen gefunden; nur die Pflegerin sei noch dagewesen, um auf Befehl des Kommerzienrates alles Mobiliar versteigern zu lassen. Sie habe ihm mitgeteilt, daß der Kommerzienrat, nachdem er die letzte Handvoll Erde auf den Sarg der Verstorbenen geworfen, sofort abgereist sei. Er habe sich wie ein Wahnsinniger gebärdet, so daß sie ihm meist angstvoll aus dem Wege gegangen sei. Seinen Knaben habe er nicht einmal angesehen, geschweige denn geliebkost – weil das arme Kind die Veranlassung zu Blankas Tode gewesen. Trotzdem habe er den kleinen Neugeborenen samt der Amme mit sich genommen, denn London wolle er nicht wiedersehen, sollte er gesagt haben. Den ganzen Nachlaß der Verstorbenen an Kleidungsstücken, Leibwäsche und dergleichen habe er ihr für die Pflege geschenkt, hatte die Dame hinzugesetzt, aus dem Schreibtisch aber habe er alle Briefschaften und sonstigen Papiere an sich genommen. Nicht ein beschriebenes Blättchen sei mehr in den Fächern zu finden gewesen, hatte der alte Lenz dem Landrat weiter berichtet, und ein solch schriftliches Andenken von seiner Tochter sei das einzige gewesen, das er sich gewünscht, auf welches er Anspruch gemacht habe. So sei ihm nichts geblieben, als ihr kleiner Liebling, das Hündchen Philine, das verlassen in einer Zimmerecke gekauert und ihm dankbar die liebkosende Hand geleckt habe ... Erst nach Jahresfrist sei damals der Kommerzienrat in seine deutsche Heimat zurückgekehrt, ein völlig verwandelter Mann, dessen Ausbrüche der Verzweiflung die alten Eltern seines heimgegangenen Weibes tief erschüttert und geängstigt hätten ... Im Dunkel der Nacht sei er zu ihnen gekommen. Da erst hätten sie erfahren, daß er den kleinen Max nach Paris in die Pflege der Witwe eines verstorbenen Geschäftsfreundes, einer hochgebildeten, ausgezeichneten Frau gegeben habe. Das Kind sei damals gut aufgehoben gewesen; der Kommerzienrat habe mit der Dame unausgesetzt korrespondiert und sei stets von allem genau unterrichtet gewesen, was seinen kleinen Sohn angegangen; dagegen habe er sich nie entschließen können, das Kind selbst wiederzusehen ... Nun sei aber vor einem Jahre die Dame in Paris plötzlich gestorben, und der Kommerzienrat habe den Entschluß ausgesprochen, den Knaben in einem Institut unterzubringen. Dagegen sei indes Frau Lenz entschieden aufgetreten – das Kind sei noch zu jung, es brauche notwendig noch das ruhige, beglückende Leben, die Pflege inmitten der Familie, und nunmehr reklamiere sie als Großmutter den Knaben; sie habe lange genug die Sehnsucht nach Blankas Kinde unterdrücken müssen; und erschreckt durch ihre Drohung, die Hilfe seiner Verwandten anzurufen, falls er auf seinem Vorhaben bestehe, habe er den kleinen Max eines Tages in die deutsche Heimat, in das großelterliche Haus bringen lassen ... Wie ein Wunder habe sich damals eine plötzliche Umwandlung vollzogen; beim Anblick des schönen, intelligenten Knaben sei wie mit einem Schlage die tiefste Vaterzärtlichkeit unwiderstehlich in dem Herzen des finsteren Mannes erwacht. Oft sei er spät abends ins Packhaus gekommen und habe stundenlang schweigend am Bett des schlafenden Kindes gesessen, sein Händchen in der seinen haltend. Er habe sich auch mit großen Plänen für die Zukunft dieses seines nachgeborenen Sohnes getragen.

Das alles hatte der alte Maler schlicht und einfach dem Landrat im stillen Amtszimmer mitgeteilt, und wenn noch ein Zweifel in Herberts Seele gelebt hätte, vor der schmucklosen Darstellung des tiefbewegten alten Mannes wäre er sofort verflogen. Aber hier entschied nicht die festeste Ueberzeugung, und wäre sie die der ganzen Welt gewesen, sondern der Buchstabe, das »Schwarz auf Weiß«. »Ohne gesetzlich beglaubigte Dokumente schweben alle Ansprüche rechtlos in der Luft, deshalb reisen Sie!« hatte Herbert gesagt. »Sie werden auf große Schwierigkeiten stoßen und viel Zeit und Geld brauchen; aber um ihrer gerechten Sache willen werden Sie die Schwierigkeit nicht scheuen und Ihre Zeit gern opfern, und das Geld, nun das wird sich schon zur rechten Zeit finden, darum sorgen Sie sich nicht!« Das war wenigstens ein schwacher Trost, ein Strohhalm gewesen, an den man sich in der Bedrängnis klammern konnte; aber diesen Trost hatte der alte Mann seiner Frau nicht einmal geben können – schon bei seinen ersten Worten war sie vor seinen Augen zusammengebrochen ...

In der Schreibstube ging währenddem alles seinen gewohnten Gang. Hätte der junge Chef ahnen können, daß es fern am Horizont gewitterhaft aufblitze, er würde sein Augenmerk auf ganz andere Dinge gerichtet haben, als es die Kleinigkeitskrämerei war, mit der er sich immer noch vorzugsweise beschäftigte. Mit dem Aufräumen des alten Schlendrian war er immer noch nicht fertig. Es gab noch da und dort Hinterthüren, durch welche sich der Unterschleif ermöglichen ließ. Nicht allein im Hause mußte man jedes Eckchen immer wieder inspizieren, nein, auch der Hof verlangte wachsame Augen mit seinem zweiten Ausgang, dem Packhausthor. Da gingen und kamen die Taglöhnerinnen, da konnten leicht Viktualien und Holz aus der Küche und Hafer aus den Pferdeställen »weggeschleppt« werden; deshalb wurde jeder »Ausguck« in den Hof freigelegt, wurden jahrelang verschlossen gewesene Fensterläden täglich zurückgeschlagen. Die Nachteile dieser Observationsposten hatte bereits Bärbe gestern empfunden, als sie mit ihrem Eimer vom Brunnen zurückgekehrt war. Gleich darauf war der junge Herr in die Küche gekommen, hatte die alte Köchin heftig ausgescholten und sich ein für allemal den »neumodischen Mägdeklatsch« am Hofbrunnen verboten.

Heute nachmittag war auch Margarete von Dambach zurückgekehrt. Sie konnte zufrieden sein mit dem Erfolg ihrer sorgsamen Pflege, dem Großpapa ging es viel besser. Aber der Hausarzt, den der Landrat insgeheim befragt, war der Ansicht gewesen, daß das Uebel in dem allen Stürmen und Wettern preisgegebenen, leichtgebauten Pavillon keinenfalls gänzlich gehoben werden könne; der alte Herr möge doch lieber für die strengste Winterzeit nach der Stadt übersiedeln. Damit hatte sich der Amtsrat einverstanden erklärt, und zwar um so eher deshalb, weil er nicht in der oberen Etage wohnen sollte. Ein paar, gerade über den Lamprechtschen Wohnräumen gelegene Zimmer der Bel-Etage sollten um des erwärmten Fußbodens willen für ihn eingerichtet werden.

Nun galt es, dem alten Herrn die Wohnung behaglich zu machen, und deshalb war Margarete in der Stadt. Tante Sophie war glücklich, sie wieder zu haben, wenn auch Bärbe ganz erschrocken meinte, daß das liebe »Gretelgesichtchen« gar so schmal und vergrämt aussehe. Tante Sophie freute sich aber auch im stillen, daß der Amtsrat nach der Stadt übersiedeln sollte; da war doch wieder ein männlicher Wille im Hause, eine Stimme, die, wenn sie sich zum Befehl erhob, Furcht und Respekt einflößte. Und das that not, der kleinen, herrschsüchtigen Frau im zweiten Stock gegenüber, die nun, nachdem sich die Augen des ehemaligen Hausherrn geschlossen, ihre geheime Abneigung gegen »das derbe, unverschämt gerade Frauenzimmer, die Sophie«, frei zu Tage treten ließ, die sich in die Hausangelegenheiten mischte und an dem Thun und Lassen »der alten Jungfer« mäkelte, als sei sie ihr untergeben.

Gleich in der ersten Stunde erfuhr Margarete von dem Jammer im Packhause. Tante Sophie und Bärbe berieten in der Küche, wie sie wohl einige Erfrischungen für die Kranke unbemerkt an den alten Lenz gelangen lassen könnten.

»Ich trage sie hinüber«, sagte Margarete.

Bärbe schlug die Hände über dem Kopfe zusammen. »Um Gotteswillen nicht – das gäbe Mord und Totschlag!« bat und versicherte sie. Der junge Herr lauere an allen Hinterfenstern; die Leute im Packhause seien ihm nun einmal ein Dorn im Auge; er verachte sie noch viel mehr als der selige Herr Kommerzienrat. Ihr, dem alten Dienstboten, habe er gestern abend den Kopf gewaschen und den Text gelesen, nach Noten, bloß weil sie mit der Aufwärterin gesprochen; und wenn nun gar die eigene

Schwester sich »so gemein mache« – nein, den Mordspektakel wolle sie nicht erleben!

Margarete ließ sich nicht beirren. Sie nahm schweigend das Körbchen mit den Geleebüchsen und ging in die Hofstube. Dort hüllte sie sich in einen weiten, weißen Burnus von flockigem Wollstoff und trat ihren Gang an.

Aber sie traf es schlecht. In dem Augenblicke, wo sie die Stufen nach dem Hausflur hinunterschritt, kam die Großmama in elegantem pelzbesetztem Samtmantel die große Treppe herab. Sie war offenbar im Begriff, einen Besuch in der Stadt zu machen.

»Was, so schneeweiß inmitten der tiefsten Trauer, Gretchen?« rief sie. »Du wirst dich doch hoffentlich nicht so in der Stadt sehen lassen?«

»Nein. Ich gehe ins Packhaus«, sagte Margarete fest, warf aber doch einen scheuen Blick nach dem Kontor, wo das Fenster klirrte.

»Ins Packhaus?« wiederholte die Frau Amtsrätin und trippelte doppelt geschwind die letzten Stufen herab. »Da muß ich denn doch erst ein Wörtchen mit dir reden.«

»Ich auch!« rief Reinhold herüber und schlug das Fenster wieder zu. Gleich darauf trat er in den Hausflur.

»Gehen wir in die Wohnstube!« sagte die Großmama. Sie warf ihren Schleier zurück und ging voran, und Margarete mußte wohl oder übel folgen, denn Reinhold schritt dicht hinter ihr wie ein eskortierender Gendarm.

23

Kaum in das Zimmer eingetreten, griff er ungeniert nach Margaretens Mantel und schob ihn von dem Körbchen an ihrem Arme weg. »Himbeergelee, Aprikosengelee«, – las er von den Etiketten der Glasbüchsen ab – »lauter gute Sachen aus unserem Keller! ... Und die soll der Mosje Kurrendeschüler drüben essen, Grete?«

»Der nicht!« sagte Margarete ruhig. »Du wirst wohl wissen, daß Frau Lenz schwerkrank ist, daß sie einen Schlaganfall gehabt hat.«

»Nein, das weiß ich nicht, mir kommen solche Dinge nicht zu Ohren, weil ich nie mit unseren Leuten klatsche. Ich halte es genau wie der Papa, der nie danach gefragt hat, ob die Leute im Packhause leben oder sterben.«

»Und das ist die richtige Art«, bestätigte die Großmama. »Strenge Zurückhaltung muß der Fabrikherr beobachten – wo käme er sonst hin, seinen Hunderten von Arbeitern gegenüber? ... Aber sage mir nur ums Himmels willen, Grete, was dir einfällt, am hellichten Tage den Theatermantel da umzuhängen?« Ihr Blick glitt mit scharfer Mißbilligung über die weiße Umhüllung.

»Ich wollte nicht so unheimlich dunkel an das Bett der Kranken treten –«

»Was? Um dieser Frau willen unterbrichst du die Trauer für deinen Vater?« rief die alte Dame erbittert.

»Er wird es mir verzeihen –«

»Der Papa?« lachte Reinhold kurz und hart auf. »Sprich doch nicht Dinge, an die du selbst nicht glaubst, Grete! Damals, wo du auch, vor unser aller Augen, die barmherzige Schwester im Packhause spielen wolltest, da hat er dir streng ein für allemal den Besuch verboten, ›weil ein solches Hinüber und Herüber nie Brauch im Hause gewesen sei‹. Und daß es bei seinem Wunsch und Willen bleibt, dafür werde ich sorgen ... Ist es nicht schon an und für sich eine unverzeihliche Taktlosigkeit von dir, zu dem Menschen zu gehen, den wir wegen notorischer Faulheit entlassen mußten.«

»Der Mann ist halb erblindet –«

»So, weißt du das auch schon? Nun ja, er sucht sich damit zu entschuldigen; aber es ist nicht so schlimm. Uebrigens ist er bei weitem nicht lange genug im Geschäft, als daß wir – selbst diese fingierte Erblindung angenommen – verpflichtet wären, uns um ihn und seine Familie zu kümmern. Frage den Buchhalter, der wird dir sagen, daß ich ganz korrekt handle! – Lege nur deinen Theatermantel ab! Du wirst einsehen, daß du dich nachgerade lächerlich machst mit deinen unverlangten Samariterdiensten!«

»Nein, Reinhold, das kann ich nicht einsehen«, entgegnete sie sanft, aber fest; »so wenig wie ich glaube, auch hart und unbarmherzig sein zu müssen, weil du es bist. Ich widerspreche dir ungern, weil ich weiß, daß dich jeder Widerspruch aufregt; aber bei dem Wunsche, dir jeden Aerger zu ersparen, darf ich nicht andere Pflichten verletzen.«

»Dummheit, Grete! Was geht dich die Malersfrau an?«

»Sie hat Anspruch auf Hilfe und Beistand ihrer Mitmenschen wie jeder andere Kranke auch, und deshalb sei gut, Reinhold, und hindere mich nicht, das zu thun, was ich für gut und recht halte!«

»Und wenn ich dir es trotzdem verbiete?«

»Verbieten?« wiederholte sie erregt. »Dazu hast du nicht das Recht, Reinhold!«

Er fuhr auf sie hinein und seine bläuliche Gesichtsfarbe verdunkelte sich unheimlich.

Die Frau Amtsrätin ergriff beschwichtigend seine Hand. »Wie magst du ihm nur so schroff entgegentreten, Grete!« zürnte sie. »Allerdings steht ihm bereits ein gewisses Recht zu. In kurzem wird er unumschränkter Herr hier sein; denn so viel wirst du doch wissen, daß mit der Firma das alte Erbhaus der Lamprechts an den einzigen männlichen Träger des Namens zu fallen hat –«

»Der Tochter wird dann einfach ihr Anteil hinausgezahlt, und sie hat auf dem Grund und Boden nichts mehr zu sagen und zu suchen, und wenn es zehnmal ihr Geburtshaus ist!« fiel Reinhold mit seiner hämischen, knabenhaften Stimme so hastig ein, als habe er schon längst auf die Gelegenheit gelauert, der Schwester diese Eröffnung zu machen.

»Ich weiß das, Reinhold«, sagte sie traurig, mit umflortem Blick, und der gramvolle Zug um ihren Mund vertiefte sich. »Ich weiß, daß ich mit dem Papa auch das alte, liebe Heim verloren habe. Aber noch bist du nicht der Herr hier, der mich ausweisen darf, wenn ich mich nicht in allem widerspruchslos unterwerfe –«

»Und deshalb wirst du für die paar Wochen auch noch der Dickkopf bleiben, der du immer gewesen bist, und à tout prix ins Packhaus gehen, gelt, Grete?« unterbrach sie Reinhold mit boshaften Augen. Er schob in fingiertem Gleichmut nach gewohnter Art die Hände in die Taschen, obwohl er vor Aerger bebte. »Nun, meinetwegen«, fügte er achselzuckend hinzu, »wenn du denn durchaus nicht auf mich hören willst, so soll dir Onkel Herbert den Kopf zurechtsetzen!«

»Den lasse aus dem Spiele, Reinhold«, wehrte die Großmama lebhaft ab; »der wird sich schwerlich hineinmischen! Hat er es doch auch entschieden abgelehnt, Gretes Vormund zu werden – nun, was siehst du mich denn so sonderbar erschrocken an, Grete? Mein Gott, was für Augen! ... Du wunderst dich, daß ein Mann wie er sich hütet, einen Mädchenkopf in Zucht zu nehmen, der so voll Eigenwillen steckt wie der deine? Nun, mein Kind, wer dich kennt, wird schwerlich in eine solche Beziehung zu dir treten – denke nur an dein unverzeihliches Verhalten in Bezug auf die Partie, die wir alle so sehr für dich wünschen! – Doch das gehört nicht hierher! Ich habe Eile; mein Krankenbesuch bei der Geheimrätin Sommer fällt sonst in unschickliche Zeit, und deshalb will ich dir kurz sagen, daß du dir selbst einen Schlag ins Gesicht versetzest, wenn du zu den Leuten ins Packhaus gehst ... In der allernächsten Zeit werden dir Dinge zu Ohren kommen, haarsträubende Dinge, die dich möglicherweise ein schönes Stück Geld kosten können. Willst du aber trotzdem deinen Kopf behaupten, so verbiete ich dir hiermit, als deine Großmutter, ein für allemal den Besuch und hoffe den Gehorsam zu finden, der sich ziemt!«

Sie nahm ihren Muff vom Tische, zog den Schleier über das Gesicht und wollte sich entfernen; aber Reinhold hielt sie zurück. »Du sprachst von Geld, Großmama?« fragte er in atemloser Spannung. »Ich will doch nicht hoffen, daß der Mensch da drüben die Unverschämtheit hat, Nachforderungen an unser Haus zu stellen? – Er hat sich wohl gar an Onkel Herbert gewendet?«

»Echauffiere dich nicht, Reinhold!« beschwichtigte die alte Dame. »Die Sache schwebt sehr in der Luft; wer weiß, ob sie je Grund und Boden findet. Auf alle Fälle aber wissen wir, daß diese Lenzens Schlimmes im Schilde führen – deshalb kein Mitleid, sage ich! Man verschwendet nicht Wohlthaten an seine notorischen Feinde.«

Sie verließ das Zimmer. Reinhold aber nahm das Körbchen mit den Einmachbüchsen, das Margarete auf den Tisch gestellt hatte, und rief nach Tante Sophie. Sie kam aus der Küche und er forderte ihr den Kellerschlüssel ab.

»I Gott bewahre! den bekommst du nicht – in meinem Einmachkeller hast du absolut nichts zu suchen!« erklärte Tante Sophie entschieden. »Bist ja ein greulicher Topfgucker! ... Und den Topf lasse du nur ruhig stehen – du hast kein Recht an die Sachen! Das ist Obst aus meinem Garten, das ich jedes Jahr für arme Kranke einkoche.«

Er stellte den Korb schleunigst auf den Tisch zurück; denn das wußte er von Kindesbeinen an, die Tante war die lautere Wahrheit selbst, da gab es für ihn keinen Zweifel. »Nun ja, dann habe ich freilich nichts damit zu schaffen«, gab er zu, »und du kannst mit deinem Obst thun, was dir beliebt. Nur ins Packhaus darfst du nichts schicken – das leide ich nicht!«

»So – das leidest du nicht? Hör' mal, der Kopf da –« sie tippte sich mit dem Zeigefinger gegen die Stirn – »der hat seit vierzig Jahren – denn so lange sind meine guten Eltern tot – für sich allein, schnurstracks nach seinem guten Glauben gehandelt und sich nicht drehen und wenden lassen, wie es anderen Leuten gerade paßte, und jetzt will solch ein

›Kiekindiewelt‹ kommen und mir Vorschriften machen? Das hat selbst dein seliger Vater nicht gethan!«

»O, der wäre noch ganz anders aufgetreten, wenn er gewußt hätte, daß dieser Mosje Lenz sein Feind im stillen gewesen ist! Ich habe der Gesellschaft im Packhause nie getraut; ihr scheinheiliges, stilles Gethue ist mir von klein auf zuwider gewesen. Nun, da der Papa die Augen zugethan hat, nun weisen sie die Zähne – die reine Jesuitengesellschaft! … Von der Großmama aber ist es unverantwortlich, uns solch beunruhigende Nachricht mit ungewissen Andeutungen zuzuraunen – ich hätte auf volle Offenheit bestehen sollen! Aber ich weiß schon, es ist mit ihr nichts anzufangen, wenn sie in ihrem Visitenmantel steckt; da brennt ihr der Boden unter den Füßen, und sie thut, als hinge das Wohl der ganzen Stadt von ihren Besuchen ab … Na, endlich wirst du vernünftig, Grete! Recht so, trage deinen weißen Mantel wieder in den Schrank! Aber denke ja nicht, daß ich dabei an deine vollständige Bekehrung glaube! Ich werde ein scharfes Auge auf den Hof und das Packhaus haben, darauf verlasse dich.«

Mit dieser Drohung verließ er die Wohnstube, während Margarete den Mantel über den Arm hing, um ihn fortzutragen.

»Aber sage mir nur, Gretel, was sind denn das für kuriose Geschichten? Was ist's mit den alten Lenzens?« rief Tante Sophie, nachdem sich die Thüre hinter dem Fortgehenden geschlossen hatte.

»Sie sollen unsere Feinde sein«, antwortete das junge Mädchen bitter lächelnd.

»Unsinn! Was wird noch alles in dem oberen Stock ausgeheckt werden!« zürnte die Tante. »Wenn der alte Mann mit seinem guten, treuherzigen Gesicht falsch und hinterrücks ist, da kann man nur getrost da zuschließen«, – sie zeigte nach ihrem Herzen – »dann taugt die ganze Menschheit nichts und ist nicht wert, daß man sich um ihr Schicksal kümmert! … Aber die Geschichte ist nicht wahr, da will ich gleich meinen kleinen Finger verwetten!«

»Ich glaube so wenig daran, wie du, und alle Andeutungen und Drohungen würden mich nicht abhalten, zu der kranken Frau zu gehen«, sagte Margarete. »Aber um Reinholds willen darf ich nicht. Er wird bei der geringsten Aufregung so blau im Gesicht und das ängstigt mich unbeschreiblich, Tante! Sein Zustand hat sich offenbar verschlimmert, wenn auch der Arzt es nicht zugeben will. Wie dürfte ich da etwas thun, das ihn reizt und ärgert? – Wir müssen auf andere Mittel und Wege sinnen, der Kranken ein wenig zu Hilfe zu kommen.«

Ein wenig später ging sie hinauf in die Bel-Etage; sie hatte die für den Großpapa bestimmten Zimmer vorläufig lüften und heizen lassen. Die im Oktober beabsichtigte Renovierung der Bel-Etage war bis jetzt selbstverständlich unterblieben; noch standen die Bilder und Spiegel im Gange des spukhaften Seitenflügels.

Nun sollte wieder einiges Leben in die stillen Räume kommen, ein Wärmehauch in die eisige Luft des mächtigen Flursaales, von welcher die junge Verwaiste heute meinte, sie halte noch das ganze Wehe der unglückseligen Katastrophe in ihrer Erstarrung gefangen ... Hier, wo alle Fenster nach Norden gingen, herrschte ein winterlich trübes Licht, und draußen auf der weiten Schneelandschaft, die sich jenseits der Stadt hinbreitete und fern, fern an den wolkenlos blauen Himmel stieß, glitzerte auch nur der bleichgelbe Schein der späten Nachmittagssonne, alles so kalt und ohne Leben, so trostlos, als könne es dort nie wieder grün oder in goldenen Halmen aus der Erde steigen, als würden die dürr und schwarz in den Himmel starrenden Aeste der Obstbäume sich nie mehr mit Blüten bedecken.

Margarete trat in das letzte Fenster des Flursaales. Hier hatte sie die Stimme ihres Vaters zum letztenmal für dieses Leben gehört, und hier in die tiefe, dunkle Nische war sie nach fünfjähriger Abwesenheit in jugendlichem Uebermut geschlüpft, um »das neue Lustspiel« im väterlichen Hause unbemerkt mit anzusehen ... Ja, und da war auch der ehemalige Student als erster Beamter der Stadt zu ihr getreten, und sie hatte sich über den »Herrn Landrat« lustig gemacht und ihn innerlich verspottet ... O, daß sie mit all ihrer gerühmten Kraft, ihrem Eigenwillen diesen Standpunkt nicht wieder zu erringen vermochte! Ihre Hand ballte sich unwillkürlich, und ihr Blick fuhr in ohnmächtiger Erbitterung über die weite Welt draußen hin. Aber in diesem Moment erschrak sie und fuhr heftig zurück – der Landrat kam über den Hof, vom Packhausthor her. Er hatte möglicherweise ihre Zorngebärde beobachtet, denn er lächelte und grüßte hinauf, und da floh sie in das für den Großpapa bestimmte Wohnzimmer, den roten Salon.

Aber ihr schleuniges Zurückziehen half ihr nichts; wenige Augenblicke nachher stand Herbert vor ihr ... Er war fast jeden Tag nach Dambach gekommen um seines Vaters willen, und doch reichte er ihr jetzt so froh die Hand hin, als habe er sie seit lange nicht gesehen.

»Es ist gut, daß du wieder da bist!« sagte er. »Nun wollen wir unsern Patienten zusammen pflegen. Aber auch für dich selbst war es an der Zeit, in dieses Haus mit seinen hohen, luftigen Räumen zurückzukehren – der Aufenthalt in der engen, dumpfen Pavillonstube hat dir nicht gut gethan, du bist so blaß geworden.«

Er suchte mit einem sarkastischen Lächeln und doch auch besorgt ihre Augen, aber sie sah weg, und da fuhr er fort: »Das bleiche Mädchengesicht am Fenster hat mich ein wenig erschreckt, als ich aus dem Packhause trat –«

»Aus dem Packhause?« fragte sie ungläubig.

»Nun ja, ich habe nach der armen, schwerkranken Frau gesehen – hast du etwas dagegen einzuwenden, Margarete?«

»Ich? – Ich sollte es dir verargen, wenn du so echt menschlich und barmherzig handelst?« rief sie feurig. Ihr Blick strahlte auf; sie war in diesem Augenblick vollkommen wieder das enthusiastische Mädchen, dem das warme, edle Empfinden das Blut rascher in die Adern trieb. »Nein, darin denke ich genau wie du – Onkel!«

»Nun sieh, da habe ich doch endlich einmal etwas in deinem Geist und Sinn gethan – ich höre es an dem Herzenston deiner Stimme! ... Wir empfinden beide jugendlich warm – dazu paßt aber ein ergrauter, knochensteifer Onkel nicht; du fühlst das auch, denn der ehrwürdige Titel kam dir eben recht schwer von den Lippen – wollen wir ihn nicht lieber begraben, den alten Onkel?«

Jetzt glitt doch auch ein schwach lächelnder Zug um ihren Mund. Trotzdem sagte sie abweisend: »Nein, es muß dabei bleiben! – Was würde auch die Großmama sagen, wenn ich in meine ›Kinderunart‹ zurückfiele?«

»Das wäre doch am Ende lediglich deine und meine Sache.«

»O nein, so unbedingt ganz gewiß nicht! Die Großmama wird ihre Obervormundschaft über uns alle, solange sie lebt, nicht aus den Händen geben, das weiß ich!« antwortete sie bitter. »Und du kannst von Glück sagen, daß sie deinen Besuch im Packhause nicht bemerkt hat; sie würde sehr böse sein.«

Er lachte. »Und was würde die Strafe für den alten Knaben sein? In der Ecke knieen, oder kein Abendbrot bekommen? – Nein, Margarete«, setzte er ernst hinzu, »so sehr ich auch bestrebt bin, Aergernis und Verdruß von meiner Mutter fern zu halten und ihr das Leben nach Kräften leicht und angenehm zu machen, so wenig darf ich ihr aber auch entscheidenden Einfluß auf meine Handlungen gestatten. Und deshalb wirst du mich noch öfter aus dem Packhaus kommen sehen.«

Sie sah hellen Blickes zu ihm auf. »Hätte sich vorhin ein Zweifel in meine Seele geschlichen, vor deinem ruhigen Urteil wäre er geschwunden! Der alte Maler, den ich von meiner Kindheit an lieb gehabt habe, kann nicht unser Feind sein!«

»Wer sagt das?«

»Die Großmama. Ist es wahr, daß er Nachforderungen an uns Geschwister stellt?«

»Ja, Margarete, es ist wahr«, bestätigte er sehr ernst. »Er hat viel von euch zu fordern. Würdest du das ohne Protest über dich ergehen lassen?«

»Wie könnte ich anders, wenn die Forderung eine gerechte wäre?« versetzte sie ohne Zögern; aber die Röte eines plötzlichen Befremdens schlug über ihr Gesicht.

»Auch wenn diese Forderung dein Erbteil bedeutend schmälerte?«

Sie lächelte flüchtig. »Es ist bisher immer von seiten anderer für mich gesorgt und bezahlt worden; ich kann deshalb den eigentlichen Wert des Geldbesitzes nicht beurteilen; darin aber bin ich meiner selbst gewiß, daß ich tausendmal lieber mein Brot mit Nähen verdienen, als auch nur einen Groschen haben möchte, der mir nicht zukäme ... Ich weiß ja auch, daß du nichts Unbilliges unterstützen würdest, und deshalb bin ich zu jedem Opfer bereit!«

»Kleine Tapfere, die den Fuß sofort im Bügel hat, wenn es gilt, eine brave That auszuführen!«

Ihr Gesicht verfinsterte sich. »Ein schlecht gewähltes Bild für mich, die ich nicht reiten kann«, warf sie herb und achselzuckend hin. »Die vornehme Welt spielt in alle deine Gedanken hinein, Onkel!«

Er verbiß ein Lächeln. »Was willst du? Dem Bann der Sphäre, in der man viel lebt, entzieht sich so leicht keiner. Wärst du die Freiheitsdurstige, die glühende Verfechterin eines stolzen, starken Bürgertums geworden, wenn du nicht im Hause des Onkels Theobald gelebt hättest? Ich glaube schwerlich.«

»Du irrst! Das ist nicht angeflogen, nicht eingeimpft, das ist mit mir geboren. Es wäre Eigentum meines Blutes, meiner Seele gewesen, auch ohne den erweckenden äußeren Einfluß, ungefähr so wie man sagt«, – ein Zug ihres ehemaligen Mutwillens umspielte ihren Mund – »daß Raphael ein großer Maler gewesen sei, auch wenn er ohne Hände das Licht der Welt erblickt hätte.« Sie wurde aber sofort wieder ernst und kam auf

Herberts Mitteilung zurück. »Auf welches Recht stützt der alte Lenz seine Ansprüche?« fragte sie unumwunden. »Inwiefern ist er unser Gläubiger?«

»Du wirst kurze Zeit Geduld haben müssen«, antwortete er zögernd, und seine Augen streiften prüfend ihr Gesicht, als schwanke er, ob er jetzt schon sprechen solle oder nicht.

»Ach, das ist wohl eigentlich Sache meines Vormundes?« fragte sie scheinbar gleichgültig, aber ihre Wangen färbten sich und ihre Stimme klang geschärft.

»Noch hast du keinen Vormund«, entgegnete er leise lächelnd.

»Allerdings vorderhand nicht – du hast es ja nicht werden wollen.«

»Ah, ist dir das auch schon hinterbracht worden? – Nun ja, ich habe es entschieden abgelehnt, weil mir alles Zwecklose in der Seele zuwider ist.«

»Zwecklos? – Ach so, dann hat ja die Großmama recht, wenn sie sagt, du bedanktest dich für diesen Posten, weil mit meinem bodenlosen Eigenwillen doch nichts auszurichten sei.«

»Nun, stichhaltig wäre diese Begründung in der That – böse genug bist du ja!« Er sah sie schalkhaft von der Seite an. »Indes, ich würde mich nicht fürchten, ich würde mit diesem ›bodenlosen Eigenwillen‹ schon fertig werden. Aber ich habe einen anderen Grund und den sollst du in der allernächsten Zeit erfahren.«

Sie wurden unterbrochen; ein Tapezier trat herein. Der Landrat wollte neue Fußteppiche für seinen Vater legen lassen. Nun kam der Mann, um den Fußboden der Zimmer auszumessen, und während Herbert mit ihm verhandelte, schlüpfte Margarete hinaus. –

»Ja, recht hast du, Jette, 's ist ein wahres Elend!« sagte Bärbe seufzend zu dem Hausmädchen in dem Augenblick, als Margarete drunten in der offenen Küchenthüre vorüber nach der Hofstube ging. Die alte Köchin rollte Teig auf dem Nudelbrett aus. »Ja, Sünd' und Schande ist's, daß der Mensch hier im Hause nicht einen Finger rühren darf, um den armen Leuten drüben beizuspringen!« ereiferte sie sich. »Was wär's denn nun weiter, wenn ich einen Topf voll Nudelsuppe 'nübertrüge für den alten Mann und das Kind? Aber – daß Gott erbarm'! – das wollt' ich nicht probieren! Der in der Schreibstube thät einem ja den Kopf abreißen!«

Sie streute zornig eine Handvoll Mehl über die breite Teigfläche. »Ja, und es muß schlecht stehen um die alte Frau; die Aufwärterin hat eben wieder Eis vom Brunnen geholt, und den Doktor hab' ich heute schon zweimal kommen sehen – paß auf, Jette, die Frau stirbt! Sie stirbt! Meine

Kochtöpfe haben nicht für die liebe Langeweile den ganzen Vormittag im Ofen gesungen, das bedeutet allemal Tod im Hause, allemal!«

24

Am andern Tage herrschte viel Rumor in der Bel-Etage. Tapeziere, Tüncher und Ofenputzer kamen und gingen, und Margarete war von früh an viel in Anspruch genommen. Und das war gut; es blieb ihr nicht viel Zeit zum Nachgrübeln, das ihr ohnehin die Nachtruhe geraubt – sie hatte fast die ganze Nacht mit offenen Augen gelegen und heftige Stürme waren ihr durch Kopf und Herz gegangen.

In dem roten Salon sollten die Bilder an ihren alten Platz gehangen werden ... Zum erstenmal wieder, seitdem die Totenkerzen im Flursal gebrannt hatten, schloß Tante Sophie den Gang hinter Frau Dorotheens Sterbezimmer auf, und Margarete folgte ihr mit Wischtuch und Federstäuber; sie wollte das Reinigen der Bilder selbst besorgen.

Ein Grauen überlief sie beim Betreten des düsteren Ganges – es war ihr umheimlich, ja fürchterlich geworden. Das geheimnisvolle Gebaren ihres Vaters an jenem Nachmittage, da er sich in das Zimmer der schönen Dore eingeschlossen, seine rätselhaften Andeutungen in der Sturmnacht – von welcher er gesagt, daß auch sie, nicht die Sonne allein, Verborgenes an den Tag bringe – und der grauenhafte Weg, der sie selbst über diese alten, ächzenden Dielen und den Bodenraum des Packhauses hinweg an die Leiche des so jäh Hingerafften geführt hatte, dies alles beklemmte und erschütterte sie von neuem.

Sie trat so scheu und zaghaft auf, als müsse das Geräusch ihrer Schritte die an den Wänden hingereihten Gestalten erwecken und beleben, und alle Geheimnisse des alten Hauses, die sie ins Grab mitgenommen, würden plötzlich mit ihnen laut werden.

Noch lehnte das Bild der schönen Dore abgewendet in der Schrankecke, wie der Verstorbene es damals hingeschleudert, der Sturm hatte nicht daran gerührt ... Doppelt erschütternd und herzbezwingend trat ihr beim Umwenden das schöne Weib aus dem Rahmen entgegen, nachdem sie von so manchem ausdruckslosen, alltäglichen Frauengesicht den Staub weggewischt hatte. Sie kniete vor dem Bilde noch einige Augenblicke und sann, was wohl diese mächtigen Augen, der lieblich lächelnde rote Mund verschuldet haben mochten, um noch nach hundert Jahren eine solche Erbitterung hervorzurufen, wie sie der Verstorbene in jenem unheimlichen Moment an den Tag gelegt hatte ...

Drunten aber sagte Friedrich, der Hausknecht, der aus dem roten Salon gekommen war und einen scheuen Blick in den offenen Gang geworfen hatte: »Unser Fräulein kniet jetzt gar vor ›der mit den Karfunkelsteinen‹! Wenn sie nur wüßte, was ich weiß! Die Frau muß bei Lebzeiten ein wahrer Satan gewesen sein, daß sie nicht einmal in ihrem Rahmen Ruhe hat. Das gottheillose Bild gehört von Rechts wegen auf den Boden, hinter den Schlot, sag' ich – da kann sie meinetwegen ohne Rahmen 'rumspazieren!«

Aber das Bild kam nicht auf den Hausboden. Margarete hing es selbst mit Hilfe des Tapeziers an seinen alten Platz. Dann ging sie hinunter in ihre stille Hofstube, um sich ein wenig zu erwärmen.

Sie setzte sich an das Fenster und sah in den beschneiten Hof hinaus. Die Temperatur war etwas milder geworden, hier und da sank ein gelöstes Schneebällchen von den Lindenästen; Finken, Meisen und Spatzen tummelten sich auf den für sie hergerichteten Futterplätzen, und auch die Haustauben kamen herab und halfen die reichlich gestreuten Körner aufpicken.

Aber plötzlich flog die ganze Vogelgesellschaft lärmend auf – es mußte jemand in dem Hof vom Packhause herkommen. Margarete bog sich über die Brüstung, und da sah sie den kleinen Max, wie er, die ängstlich suchenden Augen auf die Küchenfenster geheftet, direkt auf das Vorderhaus zu, durch den Schnee stampfte.

Die junge Dame erschrak. Wenn Reinhold den Knaben bemerkte, dann gab es einen Sturm ... Sie öffnete das Fenster und rief das Kind mit halb unterdrückter Stimme zu sich. Es kam sofort herüber und zog sein Mützchen, und da sah sie Thränen in den trotzigen Augen.

»Die Großmama will umgebettet sein, und der Großpapa kann sie nicht allein heben«, sagte er hastig. »Die Aufwärterin ist fortgegangen; ich habe sie überall gesucht und bin in der Stadt herumgelaufen, aber ich kann sie nicht finden. Nun haben wir niemand! Ach, das ist zu schlimm! Und da wollte ich zu der guten Bärbe –«

»Gehe nur und sage dem Großpapa, es würde sofort Hilfe kommen!« raunte Margarete hinab und schloß eilig das Fenster.

Der Kleine lief sporenstreichs heim, und Margarete griff nach ihrem weißen Burnus und ging nach der Wohnstube.

Tante Sophie war eben im Begriff, auszugehen.

Das junge Mädchen teilte ihr im Fluge mit, daß augenblickliche Hilfe im Packhause nötig sei, und schließlich sagte sie: »Ich weiß jetzt, wie ich unbemerkt hinüber kommen kann – durch den Gang und über den Bodenraum des Packhauses! Hast du den Schlüssel zu der Dachkammer in Verwahrung?«

Die Tante reichte ihr einen neuen Schlüssel vom Haken. »Da, Gretel, gehe du in Gottes Namen!«

Margarete flog die Treppe hinauf, nicht ohne einen ängstlichen Seitenblick nach dem Kontorfenster zu werfen; aber der Vorhang hing unbeweglich hinter den Scheiben; es war still und menschenleer in der Hausflur, wie sich vorhin auch kein Gesicht an den Fenstern nach dem Hofe gezeigt hatte, und droben im roten Salon waren nur noch die Tapeziere beschäftigt, den Teppich zu legen.

Sie huschte durch den Flursaal und die noch zurückgeschlagene Thüre des Ganges; das neue Schloß der Dachkammerthüre war schnell geöffnet, und auf dem ganzen Bodenraum trat ihr kein Hindernis in den Weg, alle Thüren standen offen, auch die nach der Treppe führende war unverschlossen.

Tief aufatmend trat Margarete in die Wohnstube der alten Leute. Es war niemand drin; aber aus der nur angelehnten Küchenthüre kam leises Geräusch. Die junge Dame öffnete die Thürspalte weiter und sah in den mit Kochdunst erfüllten Raum hinein.

Der alte Maler stand am Herd und bemühte sich eben, Brühe aus dem dampfenden Fleischtopf in eine Tasse zu gießen. Er hatte die Brille auf die Stirn hinaufgeschoben und machte ein ängstliches Gesicht – die ungewohnte Beschäftigung des Kochens schien ihm viel Mühe und Kopfzerbrechen zu verursachen.

»Ich will Ihnen helfen!« sagte Margarete, indem sie die Küchenthüre hinter sich zuzog.

Er sah auf. »Mein Gott, Sie kommen selbst, Fräulein?« rief er freudig erschrocken. »Der Max hat mir den Streich gespielt, ohne mein Vorwissen in Ihrem Hause Hilfe zu suchen – er ist eben ein resoluter kleiner Bursche, der nie unverrichteter Sache heimkommen will.«

»Er hat recht gethan, der brave Junge!« sprach die junge Dame. Dabei nahm sie dem alten Mann den Fleischtopf aus der Hand und goß die Brühe durch den Seiher, den der ungeschickte Koch vergessen hatte, in die Tasse.

»Das ist die erste kräftige Nahrung, die meine arme Patientin genießen darf«, sagte er mit glücklichem Lächeln. »Gott sei Dank, es geht ihr um vieles besser! Sie hat die Sprache wieder und der Doktor hofft das beste.«

»Wird es ihr aber nicht schaden, wenn ein ungewohntes Gesicht, wie das meine, ihr plötzlich nahe kommt?« fragte Margarete besorgt.

»Ich werde sie vorbereiten.« Er nahm die Tasse und trug sie durch die Wohnstube in die anstoßende Kammer.

Margarete blieb zurück – sie brauchte nicht lange zu warten. »Wo ist sie, die Gute, die Hilfreiche?« hörte sie die Kranke fragen. »Sie soll hereinkommen! – Ach, wie mich das freut und tröstet!«

Die junge Dame trat auf die Schwelle und Frau Lenz streckte ihr den gesunden Arm entgegen. Ihr Gesicht war so weiß wie das Leinen, auf welchem sie lag, aber die Augen blickten bewußt.

»Weiß und licht wie eine Friedenstaube kommt sie!« sprach sie bewegt. »Ach ja, Weiß trug sie auch so gern, die von uns gegangen ist, um nie wieder zu kommen –«

»Sprich jetzt nicht davon, Hannchen!« mahnte ihr Mann ängstlich. »Du sehntest dich ja, in eine bequemere Lage gebracht zu werden, und deshalb ist Fräulein Lamprecht gekommen, wie ich dir schon sagte; sie will mir helfen, dich umzubetten.«

»O, ich danke! Ich liege gut, und wenn ich bis jetzt auf Nesseln gelegen hätte, ich glaube, ich würde es nicht mehr fühlen ... Mir ist jetzt so wohl! Der Anblick des lieben, jungen Gesichts erquickt mich ... Ja, ich hatte auch eine Tochter, jung und schön und ein Engel an Herzensgüte. Aber ich war wohl zu stolz auf dies Gottesgeschenk, und dafür –«

»Aber Hannchen«, unterbrach sie der alte Mann in sichtlicher Angst. »Du darfst nicht so viel sprechen! Und Fräulein Lamprecht wird sich nicht so lange bei uns aufhalten können –«

»Ich bitte dich, lasse mich reden!« rief sie heftig erregt. »Mir liegt ein Stein auf der Brust, und der muß heruntergesprochen werden ...« Sie schöpfte tief und schwer Atem. »Kannst du dir nicht selbst sagen, daß eine unglückliche Mutter auch einmal die traurige Wonne genießen will, vor anderen von ihrem toten Liebling zu sprechen? ... Sei unbesorgt, Ernst, du Guter, Getreuer!« setzte sie beherrschter hinzu. »Hat mich nicht schon der Besuch des Herrn Landrats gestern halb gesund gemacht? ... Ich konnte ihn freilich nicht sehen und sprechen; aber gehört habe ich alles, was er dir drüben sagte. Er glaubt an uns, der edle Mann, und da war jedes gute Wort Heilung für mich.«

Sie zeigte auf ein Porzellanbildchen in Ovalform, das über ihrem Bette hing. »Kennen Sie diese?« fragte sie, und ihr Blick richtete sich fast verzehrend auf das Gesicht der jungen Dame.

Margarete trat näher. Ja, diesen Kopf mit den taufrischen Lippen, den cyanenblauen Augen und der goldenen Glorie einer mächtigen Haarfülle über der Stirn, diesen hinreißend schönen Kopf kannte sie! –

»Die schöne Blanka!« sagte sie bewegt. »Ich habe sie nie vergessen! – An jenem Abend, wo mich Herr Lenz auf seinem Arme hier heraufgetragen hat, da hing das Haar, das auf dem Bilde als Flechte über die Brust fällt, gelöst und glitzernd wie ein Feenschleier über ihren Rücken hinab.«

»An jenem Abend«, wiederholte die Kranke aufseufzend, »ja, an jenem Abend, wo sie sich mit ihrem stürmisch bewegten Herzen ins Dunkel geflüchtet hatte! O, über die ahnungslosen Eltern!« brach es von ihren Lippen. »O, über die blinde Mutter, die ihr Lamm nicht zu hüten verstanden hat!«

»Hannchen!«

Die alte Frau beachtete den Einwurf und die flehentlich bittende Miene ihres Mannes nicht.

»Geh, mein liebes Kind«, wandte sie sich an den kleinen Max, der am Fußende des Bettes saß. »Geh in die Küche zu Philine! Hörst du sie winseln? Sie will herein, und der Arzt hat's doch verboten.«

Der Knabe stand gehorsam auf und ging hinaus.

»Ist er nicht ein gutes, schönes Kind?« fragte die Kranke aufgeregt, und in ihren Augen funkelten Thränen. »Müßte nicht jeder Vater stolz sein, ein solches Himmelsgeschenk zu besitzen? … O, und er –! Ob er wohl der himmlischen Seligkeit teilhaftig wird, der seines Sohnes Ehre und Lebensglück ins Grab mitgenommen hat?«

»Ich bitte dich, liebe Frau, sprich nicht mehr! Nur heute nicht!« bat der alte Mann inständigst – er zitterte sichtlich an allen Gliedern. »Ich werde Fräulein Lamprecht bitten, uns morgen noch einmal zu besuchen, dann wirst du kräftiger und ruhiger sein.«

Die Kranke schüttelte schweigend, aber energisch verneinend den Kopf und ergriff mit der Rechten Margaretens Hand. »Wissen Sie noch, was ich Ihnen sagte, als Sie mir versicherten, daß Sie unseren Max lieb hätten und seinen Lebensgang im Auge behalten würden?«

Margarete drückte die Hand sanft und beruhigend. »Sie sagten, die veränderten Verhältnisse wandelten oft eine Ansicht ganz plötzlich, und wer könne wissen, ob ich nach vier Wochen noch so dächte, wie in jenem

Augenblicke ... Nun denn, die Beziehungen zwischen uns haben sich bereits geändert, wie man mir sagt – inwiefern dies geschehen ist, weiß ich freilich noch nicht; indes, mag sie doch sein, welcher Art sie will, was hat denn diese Wandlung mit meiner Vorliebe für das Kind zu schaffen? Wird es dadurch weniger liebenswert? ... Aber nun möchte auch ich herzlich bitten, sprechen Sie heute nicht mehr! – Ich will jeden Tag zu Ihnen kommen, und Sie sollen mir alles sagen, was Ihnen das Herz erleichtern kann.«

Die alte Frau lächelte bitter. »Man wird Ihnen die Besuche bei der verhaßten Familie vielleicht heute schon nach Ihrer Rückkehr verbieten.«

»Ich gehe einen Weg, der für die anderen nicht existiert. Ich bin auch heute über Ihren Hausboden gekommen.«

Die Augen der Kranken öffneten sich weit in schmerzlicher Aufregung. »Den Unglücksweg, auf den mein armes Lamm gelockt worden ist?« rief sie leidenschaftlich. »Ach ja, da ist sie mir zu Häupten hingegangen, und die Mutter, die ihr Herzblut hingegeben hätte, um die Seelenreinheit ihres Kindes zu bewahren, sie ist blind und taub gewesen, sie hat geschlafen wie die thörichten Jungfrauen in der Bibel ... Ich habe ihn nie betreten, den unheilvollen Gang, durch den die weiße Frau Ihres Hauses wandeln soll; aber ich weiß, es ruht ein Fluch auf ihm, und sie, mein Abgott, ist daran zu Grunde gegangen. Gehen Sie ihn nicht wieder!«

»Das soll mich nicht abhalten – ich gehe ihn ja in Ausübung der Nächstenpflicht!« sagte Margarete mit unsicherer Stimme und stockendem Atem. Ihr war, als sehe sie plötzlich in eine geheimnisvolle, dunkle Tiefe hinein, aus welcher bekannte Umrisse aufdämmerten.

»Ja, Sie sind gut und barmherzig wie ein Engel; aber Sie können bei allem guten Willen über menschliches Ermessen auch nicht hinaus!« rief die Kranke, indem sie sich mit gewaltsamer Anstrengung in den Kissen aufrichtete. »Auch Sie werden uns schließlich verurteilen, wenn Sie hören, daß wir Ansprüche erhoben haben, ohne die Beweise dafür erbringen zu können ... O, guter Gott, nur einen einzigen Lichtstrahl in dieser qualvollen Finsternis! ... Man wird uns hinausjagen, und Blankas Sohn wird nicht wissen, wohin er sein Haupt legen soll, das Kind, dem sie ihr junges Leben hat hinopfern müssen!«

Mit völlig entfärbten Lippen ergriff Margarete die Hand der alten Frau. »Nicht diese halben Andeutungen!« bat sie, mühsam die eigene furchtbare Aufregung bemeisternd, die ihr Herz stürmisch klopfen machte und ihr fast den Atem raubte. »Sagen Sie mir unumwunden, was Ihnen das Herz belastet, Sie sollen mich ruhig finden, mögen diese Enthüllungen sein, welcher Art sie wollen!«

Der alte Maler bog sich hastig über die Kranke und flüsterte ihr einige Worte ins Ohr.

»Sie soll es noch nicht erfahren?« fragte sie und wandte unwillig den Kopf weg. »Und weshalb nicht? Will man warten, bis du von London zurückgekehrt bist, und wenn mit leerer Hand, dann bleibt es für alle Zeit ein ungelichtetes Dunkel? ... Nein, dann soll sie wenigstens wissen, daß es ein rechtmäßiger Erbe ist, der ausgestoßen wird aus dem Hause seines Vaters, weil er nichts Schriftliches aufweisen kann ... Max ist so gut Ihr Bruder, wie der böse Gestrenge in der Schreibstube!« sagte sie mit unerbittlicher Entschlossenheit zu der jungen Dame. »Blanka war für ein kurzes Jahr Ihre Mutter, sie war die zweite Frau Ihres verstorbenen Vaters.«

Erschöpft sank ihr Kopf in die Kissen zurück; Margarete aber stand einen Augenblick wie versteinert. Es war weniger die plötzliche rückhaltslose Entschleierung der Thatsache, vor welcher sie erstarrte, als das grelle Licht der Erkenntnis, das in einem einzigen Moment eine ganze Kette dunkler Vorgänge beleuchtete.

Ja, diese heimliche Ehe war es gewesen, welche die letzten Lebensjahre ihres Vaters so furchtbar verdüstert hatte! Sie wußte jetzt, daß er den Sohn dieser zweiten Ehe zärtlich geliebt und doch den Mut nicht gefunden hatte, ihn öffentlich anzuerkennen. Aber sie wußte auch, daß mit jenem entsetzlichen Moment, wo er fürchten mußte, dieses geliebte Kind läge erschlagen unter den herabgestürzten Dachtrümmern, der feste Entschluß in ihm gereift war, es nunmehr in alle seine Rechte einzusetzen. »Morgen wird es einen Sturm da oben geben, einen Sturm, so wild wie der, unter welchem eben unser altes Haus in seinen Fugen bebt«, hatte er unter Hinweis auf die obere Etage in jener Sturmnacht gesagt. Ja, heftigen Auftritten hatte er in der That entgegensehen müssen. Nun, der Tod hatte ihm diesen Zusammenstoß mit den Vorurteilen der von ihm so sehr gefürchteten vornehmen Welt erspart, aber um welchen Preis! –

»Sie haben keine schriftlichen Beweise in den Händen, sagten Sie nicht so?« fragte sie mit halb erstickter Stimme.

»Keine«, erwiderte der alte Maler tonlos, und eine bittere Enttäuschung sprach aus dem Blicke, den er auf die plötzliche Frage hin der jungen Dame hinwarf. »Wenigstens keine solchen, die vor dem Gesetz gelten. Diese hat der Verstorbene beim Tode meiner Tochter an sich genommen;

aber sie sind in seinem Nachlaß nicht zu finden gewesen, sie sind spurlos verschwunden.«

»Sie müssen und werden sich finden«, sagte sie fest. Damit ging sie nach der Küche und kam gleich darauf, den kleinen Max an der Hand, wieder herein. »Er soll mir zeitlebens ein lieber Bruder sein«, sagte sie bewegt, indem sie den rechten Arm um den Knaben schlang und ihre Linke wie zum Schutz auf seinen Lockenkopf legte. »Das Kind ist ein Vermächtnis meines Vaters für mich – ein heiliges! ... Niemand hat einen Einblick in das Geheimnis seiner letzten Lebensjahre gehabt; nur seiner Aeltesten hat er zuletzt Andeutungen gemacht. Sie waren freilich rätselhaft für mich; aber jetzt weiß ich die Lösung. Hätte mein Vater nur noch zwei Tage gelebt, dann trüge diese arme Waise hier längst unseren Namen ... Aber ich werde nicht ruhen noch rasten, bis sein entschiedener letzter Wille, der ihm vor seinem Tode ausschließlich Kopf und Herz erfüllt hat, zur Geltung kommt ... Nein, sprechen Sie nicht mehr!« rief sie, die Hand abwehrend gegen die kranke Frau ausstreckend, die mit dem Ausdruck des Glückes in den Zügen die Lippen öffnen wollte. »Sie müssen jetzt ruhen! Gelt, Max, die Großmama muß schlafen, damit sie bald wieder gesund wird?«

Der Knabe nickte und streichelte die Hand der Großmama. Er nahm seinen Platz am Fußende des Bettes wieder ein, während die junge Dame, gefolgt von Herrn Lenz, in die Wohnstube ging. Hier in dem tiefen Fensterbogen teilte er ihr zur Orientierung noch Näheres leise, in flüchtigen Umrissen mit, und sie weinte still dabei in ihr Taschentuch hinein. Die Nervenerschütterung war zu heftig gewesen, und um der Kranken willen hatte Margarete standhaft die innere Bewegung beherrscht; nun aber kam die Reaktion, und die erleichternden Thränen ließen sich nicht mehr zurückdrängen.

Ehe sie ging, sah sie noch einmal in die Schlafstube. Der kleine Max deutete auf die Kranke und legte den Finger auf den Mund – sie schlief augenscheinlich süß und fest; sie hatte die Last von der Seele gewälzt, und eine Jüngere, Starke hatte sie auf ihre Schultern genommen. – – –

Wenige Minuten später stieg Margarete die Bodentreppe im Packhause wieder hinauf. Sie ging wie im Traume, aber in einem sturmvollen. Es war nicht viel mehr als eine halbe Stunde vergangen, seit sie ahnungslos diese Stufen hinabgehuscht war, aber welchen Umschwung aller Verhältnisse schloß diese eine halbe Stunde in sich! ... Nun war es ja klar geworden, weshalb der Papa an ihre Kraft und Treue appelliert hatte! Einer unseligen Schwäche hatte er sich angeklagt – ja, diese Schwäche, die Furcht, daß ihndie vornehme Gesellschaft um seiner zweiten Heirat willen in Bann und Acht thun werde, sie war es gewesen, die ihm das Leben vergiftet hatte! –

Sie blieb unwillkürlich stehen und sah nach dem Vorderhause hinüber. Ein schneidender Wind pfiff durch die offene Dachluke, und glitzernde Eiszapfen umstarrten wie Drachenzähne den schmalen Rundbogen. Margarete schauerte in sich zusammen, aber nicht vor der Winterkälte, die kühlte ihr wohlthuend das glühende Gesicht – ihr traten die Kämpfe vor die Seele, die sich in dem alten Hause dort abspielen mußten, bis das Recht triumphieren und der Jüngstgeborene in das väterliche Haus einziehen durfte ... Und hatte die kranke Frau nicht recht? War dieser schöne, kräftige Knabe nicht ein wahres Himmelsgeschenk für das Haus Lamprecht, das nur noch auf zwei Augen stand? – Aber was kümmerte die kaltherzige, hochmütige alte Dame im oberen Stock der gesicherte Fortbestand der stolzen geliebten Firma? Das Kind war der Enkel der mißachteten »Malersleute«, und das genügte, um ihr jeden Blutstropfen zu empören und sie anzuspornen, die Anerkennung der Waise so lange wie möglich zu hintertreiben. Und Reinhold, der sparsame Kaufmann, der beide Hände fest auf den ererbten Geldkasten gelegt hatte, er gab sicher keinen Groschen heraus, ohne die heftigste Gegenwehr! –

Sie schritt weiter auf den Bodendielen, die unter ihren Füßen ächzten ... Ach ja, es waren nicht bloß die groben Sohlen der Packer darüber hingegangen, auch feine, beflügelte Mädchenfüße hatten huschend die ungehobelten Bretter berührt – »eine weiße Taube« war einst hier aus und ein geflogen. Bei diesem plötzlichen Gedanken stieg in ihr eine heiße Röte nach dem Gesicht, das sie einen Augenblick in den Händen vergrub; dann schritt sie rascher der Thüre zu, die nach dem unheilvollen Gange führte – sie ahnte nicht, daß in der That das Unheil hinter dieser Thüre lauere.

25

Im Vorderhause hatte sich inzwischen eine aufregende Szene abgespielt. Bärbe hatte den Tapezieren eine Erfrischung hinaufgetragen, und nach einem kurzen Gespräch mit den Leuten hatte sie die Thüre geöffnet, um den roten Salon zu verlassen; aber schmetternd war der Thürflügel sofort wieder zugeflogen, und die alte Köchin war mit einem Aufschrei ins

Zimmer zurückgewankt. Sie hatte im ersten Augenblick nicht zu sprechen vermocht; mit der Hand nach der Thür deutend, war sie in den nächsten Stuhl gesunken und hatte sich die Schürze verhüllend über den Kopf geworfen. Aber draußen war nun absolut nichts Besonderes zu finden gewesen, wie der eine Arbeiter versicherte, der hinausgegangen war, um zu sehen, was der robusten Alten einen solchen Schrecken eingejagt habe.

»Glaub's gern, nicht alle sehen's! Ach, das ist mein Tod!« hatte Bärbe unter ihrer Schürze hervorgestöhnt. Dann hatte sie versucht, wieder auf die Beine zu kommen; aber die waren so schwach und zitterig gewesen, daß sie eine geraume Weile auf ihrem Stuhle hatte sitzen bleiben müssen. Nur ganz allmählich hatte sie die Schürze fallen lassen und sich scheu umgesehen, und ihre gesunde braunrote Gesichtsfarbe hatte ins Aschgraue gespielt. Aber sie war still gewesen – das waren ja fremde Leute, die Gesellen da, denen durfte man doch den Mund nicht aufsperren, die trugen's weiter, und dann wußte in ein paar Stunden die ganze Stadt, was bei Lamprechts passiert war! –

Zum Glück waren die Arbeiter bald darauf mit ihrer heutigen Aufgabe fertig gewesen. Da hatte sie doch nicht allein den langen Flursaal passieren müssen. Sie war mit den beiden Gesellen gegangen, hatte nicht rechts noch links gesehen, und war endlich wieder in ihre Küche geschlichen – ja, »geschlichen«, hatte der Hausknecht ausgesagt, – wie ein Gespenst sei sie dahergekommen und auf die Aufwaschbank hingesunken. – Hier war aber ihr Mundwerk wieder flotter gegangen. Nun war sie ihr auch erschienen, die mit den Karfunkelsteinen, und nun sollte nur einer kommen und ihr ausreden wollen, was sie mit ihren eigenen Augen gesehen hatte! Er sollte nur kommen!

Und der Hausknecht samt der alten Jette hatten »Mund und Nase« aufgesperrt; der Kutscher war auch dazu gekommen, und just in dem Moment, wo der Friedrich gefragt hatte: »War sie auch im grasgrünen Schleppkleide, wie bei mir dazumal?« – da war auch ein Lehrling aus der Schreibstube gekommen, um ein Glas Zuckerwasser für den jungen Herrn zu fordern.

»I bewahre – grün nicht!« hatte Bärbe kurzatmig, aber unter energischem Kopfschütteln verneint. »Weiß, schneeweiß ist's in dem Gange hin um die Ecke geflogen! Akkurat so muß sie im Sarge gelegen haben.« Und daran hatte sie eine Schilderung geknüpft, die selbst dem Lehrling das Haar sträuben gemacht.

Durch ihn aber war das Geschehnis bis in die Schreibstube gedrungen. Reinhold war über das lange Ausbleiben des jungen Menschen heftig erzürnt gewesen, und da hatte sich derselbe mit dem Aufstand in der Küche entschuldigt.

Gleich darauf war der junge Herr herüber gekommen. Er hatte in einem dicken Pelzrock gesteckt und seine warme Ottermütze auf dem Kopfe gehabt. »Du gehst jetzt mit mir hinauf und zeigst mir die Stelle, wo du die weiße Frau gesehen haben willst!« hatte er streng der an allen Gliedern zitternden alten Köchin befohlen. »Ich will doch sehen, ob man dem Gespenst nicht endlich einmal auf den Grund kommen kann! ... Ihr Hasenfüße bringt mir das Haus immer mehr in Verruf – wie soll ich da Mieter bekommen, wenn ich später einmal alle überflüssigen Räume abgeben will? ... Vorwärts, Bärbe! Du weißt, ich verstehe absolut keinen Spaß!«

Und da hatte Jungfer Bärbe nicht einen Laut des Widerspruchs über ihre bebenden Lippen gebracht. Sie war ihm mit einknickenden Knieen gefolgt, die Treppe hinauf und den Flursaal entlang, ihr entsetzensvolles Sträuben an der Gangecke hatte ihr auch nichts geholfen; er hatte sie am Arme gepackt und an den sie geisterhaft anstarrenden Bildern vorüber geschoben, bis zu dem Treppchen, das seitwärts nach dem Boden des Packhauses führte.

Aber da war er plötzlich wie toll hinabgesprungen, hatte die nur angelehnte Thür der Dachkammer ein wenig weiter aufgeschoben und durch den Spalt hineingelugt, und als er Bärbe das Gesicht wieder zugewendet, da waren seine großen, grauen, toten Augen voll Leben gewesen, sie hatten gefunkelt wie die einer tückischen Katze.

»Nun marschiere du wieder hinunter in deine Küche«, hatte er boshaft grinsend befohlen, »und sage den anderen Hasenfüßen, ein Gespenst, das einen Korb voll eingemachter Früchte bei sich habe, sei nicht gefährlich! Vorher aber gehe hinauf zur Großmama. Ich lasse sie bitten, in den roten Salon zu kommen.«

Bärbe hatte sich schleunigst aus dem Staube gemacht. Aber es war ihr plötzlich nicht ganz geheuer zu Mute gewesen; sie hatte das unbestimmte Gefühl gehabt, als habe sie einen recht dummen Streich gemacht. Und als Tante Sophie gleich darauf von ihrem Ausgang zurückgekehrt war, da hatte sie nach einigen Präliminarien zu erzählen begonnen, aber schon nach wenigen Sätzen war die Tante entsetzt zurückgefahren. »O, du

Unglücksbärbe, du!« hatte sie gejammert und war so, wie sie von der Straße hereingekommen, in Hut und Mantel, die Treppe hinaufgeeilt.

Sie hätte alles darum gegeben, ihrer »Gretel« einen heftigen Auftritt zu ersparen, oder ihn wenigstens durch vorherige Vorstellung und Fürsprache zu mildern, aber sie kam zu spät. In demselben Augenblick, wo sie den Flursaal betrat, kam Reinhold in Begleitung der Großmama aus dem roten Salon.

Er machte eine tiefe ironische Verbeugung nach dem Gange hin, und die Frau Amtsrätin rief hinüber: »Ei, meine liebe Grete, du scheinst dir ja als schöne Dore recht zu gefallen! Neulich kamst du, wie aus dem Rahmen gestiegen, in ihrem Brautrock, und heute erschreckst du die Leute im Hause als weiße Frau –«

»Ja, als die Frau mit den Karfunkelsteinen!« ergänzte Reinhold. »Bärbe ist wie verrückt! Sie hat den famosen weißen Theatermantel da durch den Gang laufen sehen und das ganze Haus rebellisch gemacht. So muß es kommen! Ihr da unten haltet gegen mich wie die Kletten zusammen, und nun verrät eine die andere, wenn auch wider Willen!«

Während dieses impertinenten Zurufes war Margarete um die Gangecke gekommen. Sie antwortete nicht – die Bestürzung schien ihr die Lippen zu verschließen.

»Betrügerin!« schnauzte Reinhold sie an, indem er ihr näher trat. »Also auf solchen Schleichwegen gehst du? Hast ja schöne Dinge draußen in der Welt gelernt!«

»Reinhold, mäßige dich!« wies ihn Margarete mit ruhigem Ernst und wirklicher Hoheit in die Schranken, während sie an ihm vorüber zu Tante Sophie gehen wollte; aber er vertrat ihr den Weg. »'s ist recht, flüchte du nur zu deiner Gouvernante! da hast du ja von jeher Schutz und Hilfe gefunden!« –

»Du auch!« fiel Tante Sophie ein. »Eure Gouvernante war ich nie;« – eine Art trockenen Auflachens kam ihr von den Lippen – »ich kann weder Französisch noch Englisch, und aufs Polieren verstehe ich mich auch nicht – aber so etwas, wie ungefähr der getreue Eckard, das bin ich gewesen. Ich hab' euch über Leib und Seele meine beiden Hände gehalten, so gut ich's eben konnte, und mein bißchen Kraft eingesetzt, solange ihr sie brauchtet, und wie dich deine schwachen Beinchen jahrelang nicht tragen wollten, da sind es meine Arme gewesen, auf denen du durch Haus und Hof und in die frische Luft hinausspaziert bist – ich habe dich niemals fremden Händen überlassen … Nun kannst du laufen, aber nicht zu anderer Freude. Du läufst wie ein Kerkermeister horchend von Thür zu Thüre, gönnst deinen Mitmenschen nicht einmal die Luft, geschweige denn eigene Gedanken und eigenes Genießen – alle sollen nach deiner Pfeife tanzen – das alte Lamprechtshaus kommt mir nachgerade vor wie ein Zuchthaus. Und drum mein' ich, es sei hoch an der Zeit, daß man geht. Dich und dein Gnadenbrot brauche ich nicht; aber die Gretel, die nehm' ich mit!«

Während dieser schneidigen Strafpredigt war der Kopf des langen jungen Menschen immer tiefer in den dickzottigen Pelzkragen geschlüpft, und seine Augen irrten scheu an den Wänden hin. Er erinnerte sich recht gut, wie die Tante Sophie wochenlang Nacht für Nacht an seinem Krankenbette gewacht, ihm, dem meist Appetitlosen, eigenhändig jeden Bissen mundgerecht zubereitet, und ihn noch als siebenjährigen Knaben die Treppen hinaufgetragen hatte, und da mochte wohl das Rot, das augenblicklich sein fahles Gesicht überflog, Schamröte sein. Die Frau Amtsrätin aber war sichtlich empört.

»Glauben Sie wirklich, wir würden unsere Enkelin mit Ihnen ziehen lassen?« fragte sie erzürnt. »Das ist ein wenig kühn und voreilig, meine Liebe! Ich meine, die reiche Erbin wird sich doch wohl bedenken, im ersten besten Armeleutestübchen unterzukriechen.«

Tante Sophie lächelte humorvoll. »Es ist nur gut für den Staat, daß Sie nicht Einschätzungskommissar sind, Frau Amtsrätin! So schlimm, wie Sie denken, ist's wirklich nicht – ich müßte ja nicht Lamprecht heißen! Wohlgemerkt, ich sage das nur, um die Beschuldigung der Kühnheit und Voreiligkeit von mir zu weisen!«

Margarete trat auf die Tante zu und legte zärtlich den Arm um die geliebte Gestalt. »Die Großmama irrt«, sagte sie. »Erstens bin ich nicht die reiche Erbin, für die man mich hält, und dann würde ich recht herzlich gern mit dir auch in ein Armeleutestübchen ziehen, wenn ich nur bei dir bleiben dürfte. Aber vorläufig dürfen wir beide das Haus nicht verlassen; ich habe eine Mission zu erfüllen, und du mußt mir beistehen, Tante!«

»Nun, der Missionsweg soll dir von nun an verschlossen sein, Grete – ich werde die Thüre nach dem Packhause zumauern lassen – sie hat ohnehin keinen Zweck – und damit basta! Ich will doch sehen, ob ich mir nicht Ruhe verschaffen kann!« sagte Reinhold, indem er frostgeschüttelt den Pelz fester über die Brust zusammenzog und nach dem Ausgang schritt – die schwache Regung eines guten Gefühls war bereits wieder unterdrückt. »Uebrigens ist es – gelinde gesagt – ein klein wenig unverschämt von dir, an deinem Erbteil zu mäkeln«, setzte er, sich noch einmal zurückwendend, hinzu. »Du erhältst weit mehr, als es der Tochter von Rechts wegen zukommt. Hätte der Papa – wie es seine Pflicht mir, dem Geschäftsnachfolger, gegenüber gewesen wäre – beizeiten ein Testament gemacht, dann stünden die Sachen jetzt anders; so aber muß ich Unsummen an dich hinauszahlen.«

»Ja, der Ansicht bin ich auch, daß mir dieses große Erbe nicht zukommt – ich werde teilen müssen!« versetzte Margarete bedeutsam.

»Mit mir noch einmal?« lachte Reinhold höhnisch auf. »Das wirst du bleiben lassen! Du hast noch nicht einmal das Recht, darüber zu verfügen. Und ich will auch deine Großmut gar nicht, so wenig wie es mir einfällt, auch nur einen Pfennig, oder das kleinste Rechtstüttelchen von dem Meinigen herauszugeben. – Jeder bleibe für sich, das ist meine Maxime! ... Bei dieser Gelegenheit will ich dir auch sagen, Großmama, daß nirgends auch nur eine Spur von einem Geschäftskontrakt zwischen dem Papa und dem Menschen da drüben« – er deutete nach dem Packhause – »zu finden ist. Jene Nachforderung, mit welcher du so geheimnisvoll thust, ist mithin Schwindel und für mich abgethan – ich will nun gar nichts Näheres wissen! ... Uebrigens danke ich dir, daß du auf meine Bitte heruntergekommen bist; du hast dich nun selbst überzeugen können, wie perfide und hinterrücks meine Schwester zu handeln gewohnt ist.«

Er ging hinaus und ließ die Thüre schallend hinter sich zufallen.

Margarete war bis in die Lippen erblaßt.

»Nimm dir's nicht zu Herzen, Gretel!« tröstete die Tante Sophie. »Hast's ja von klein auf nicht besser gewußt, bist immer der Sündenbock und Prügeljunge gewesen! Und er ist dadurch ein herzloser Bursche, ein grausamer Egoist geworden –«

»So jung schon ein ganzer Mann wollen Sie sagen, liebe Sophie, ein Mann, der sich kein X für ein U vormachen und nicht mit sich spaßen läßt«, fiel die Frau Amtsrätin ein. »Margarete trägt selbst die Schuld, wenn er ihr böse Dinge gesagt hat. Sie durfte nicht zu den Leuten gehen, von denen sie wußte, daß sie unstatthafte Ansprüche an die Erben erheben.«

»Jene Ansprüche sind gerecht«, sprach das junge Mädchen fest.

»Was«, – fuhr die Großmama auf – »diese Elenden haben gegenüber der Tochter, als Dank für ihren Samaritergang, über den verstorbenen Vater gesprochen? Und du glaubst die Fabel?« Sie zog mit hastigen

Händen an ihrer Kapotte. »Hier ist mir's zu kalt – du gehst jetzt mit mir hinauf, Grete, die Sache muß besprochen werden!«

Margarete folgte ihr schweigend, während Tante Sophie mit einem besorgten Blick nach ihr die Treppe hinabging.

26

Oben im Salon kreischte und schimpfte der Papagei beim Eintreten des jungen Mädchens; sie hatte von Kindheit an das boshafte verhätschelte Tier nicht leiden können, und das wußte Papchen sehr gut.

»Sei artig, mein Liebling, mein Goldchen!« schmeichelte die alte Dame. Sie reichte dem Schreier ein Biskuit und liebkoste ihn; dann nahm sie langsam und bedächtig die Kapotte von ihrem Spitzenhäubchen und den Umhang von den Schultern und legte beides sorgfältig zusammen.

Margarete wurde bald rot, bald blaß vor innerer Unruhe und Aufregung; sie biß sich auf die Lippen, aber kein Wort entschlüpfte ihr; sie kannte ja diese fingierte Gelassenheit – die Großmama zeigte sich nie kälter und bedächtiger, als wenn sie innerlich erregt war.

»Nun, ich glaubte, du habest mir wunder was für weltumstürzende Mitteilungen zu machen«, sagte die alte Dame endlich über die Schultern nach ihr hin, während sie langsam den Kasten zuschob, in welchen sie Kapotte und Umhang gelegt hatte; »statt dessen stehst du am Fenster und siehst über den Markt hin, als zähltest du die Eiszapfen an den Dachrinnen.«

»Ich erwarte, daß du mich fragst, Großmama«, erwiderte das junge Mädchen ernst. »Wäre ich doch so ruhig, um mich so harmlos beschäftigen zu können, wie du meinst! Aber an mir bebt jeder Nerv.«

Die Großmama zuckte die Achseln. »Das hast du dir selbst zuzuschreiben, Grete! Dein Vorwitz ist bestraft – du hattest im Packhause nichts zu suchen ... Ich war auch erschrocken, als uns der Mensch mit seiner unerhörten Behauptung plötzlich wie vom Himmel herunter ins Haus fiel; aber in meinen Jahren geht der Kopf mit dem Schrecken nicht mehr durch. Ich erkannte sehr schnell den Schwindel und habe dem gewiegten Juristen, meinem Sohn, der sich merkwürdigerweise düpieren ließ, vorausgesagt, wie es kommen mußte: der Alte kann seine Behauptung nicht aufrecht erhalten, weil ihm all und jede Begründung fehlt. Er hat sich auf den Nachlaß deines seligen Vaters berufen – aber was brauche ich dir das alles zu sagen?« unterbrach sie sich. »Du weißt es ja aus dem

Munde deines Protegés selbst; natürlicherweise unter der Beleuchtung, die er der Sache zu geben beliebt; denn sonst würdest du vorhin nicht behauptet haben, seine Ansprüche seien gerecht.«

Margarete war lautlos über den Teppich hingeglitten, und jetzt stand sie, ganz entfärbt vor innerer Erschütterung, wie ein Geist vor der alten Dame. »Daß jene Ansprüche vollkommen gerecht und begründet sind, weiß ich aus einem anderen Munde, Großmama – aus dem meines Vaters«, sagte sie mit bebender Stimme.

Die Frau Amtsrätin prallte zurück. Im ersten Moment sprachlos vor Bestürzung, starrte sie die Enkelin mit weit offenen, entsetzten Augen an. »Bist du von Sinnen?« stieß sie endlich hervor. »Du wirst mir doch nicht Dinge weismachen wollen, die kein vernünftiger Mensch glauben kann? – Dein Vater! Mein Gott, man muß ihn gekannt haben, den strengverschlossenen Mann, der sich mit einem einzigen zurückweisenden Blick unnahbar zu machen wußte, er sollte einem unmündigen Ding wie dir ein solches Geheimnis mitgeteilt haben? – Nein, meine liebe Grete, so alt war er noch lange nicht, um so kindisch geworden zu sein. – Du maßest dir da eine Mitwissenschaft an, über die ich lachen würde, wenn ich dabei nicht deine Verblendung beklagen müßte. Wäre es denn wirklich so schön und beglückend, dieses Kuckucksei im Lamprechtschen Nest zu wissen? … Ich bitte dich, stehe nicht gar so weise und überlegen vor mir – eine Haltung und Miene, die jeden Blutstropfen in mir zur Wallung bringt!« – Sie trat im heftigsten Unwillen um ein paar Schritte von dem jungen Mädchen weg, knüpfte mit unsicher tappenden Fingern die Haubenbänder fester unter dem Kinn und fuhr sich mit dem Taschentuch über die Stirn.

»Wenn du deiner Sache so gewiß bist und sie so energisch vertrittst«, hob sie nach einem augenblicklichen Schweigen wieder an, »dann kann ich auch verlangen, daß du mir Wort für Wort wiederholst, was dein Vater gesagt haben soll.«

»Nein, Großmama, verzeihe, aber das kann ich nicht!« entgegnete Margarete mit feuchten Augen. »Mir ist sein Vertrauen ein Heiligtum, das ich nie profanieren werde. Nur wo es gilt, für ihn zu handeln, da er es selbst nicht mehr kann, da werde ich rücksichtslos seinen letzten Willen zur Geltung zu bringen suchen. Gerade an seinem Todestage hat er den kleinen Bruder in alle ihm zukommenden Rechte einsetzen wollen –«

Sie hielt inne; die alte Dame hatte ein häßliches Hohngelächter aufgeschlagen. »Den kleinen Bruder!« wiederholte sie zornbebend. »Du hast wirklich die Stirn, eine solche Ungeheuerlichkeit deiner Großmutter gegenüber gelassen auszusprechen? ... Aber den Wortlaut dessen, was dir mitgeteilt worden sein soll, willst du aus purer heiliger Scheu und Pietät nicht wiederholen? Ich will dir sagen, weshalb du so rücksichtsvoll bist – weil du nichts Positives weißt! Du hast läuten und nicht schlagen hören, hast hier und da ein vereinzeltes dunkles Wort deines Vaters aufgefangen, und nun hältst du diese Brocken neben die neue Wundergeschichte, und da es zu klappen scheint, fühlst du dich berufen, dein Licht leuchten zu lassen! ... Es ist ja auch gar schön, für die Verkannten und Verfolgten öffentlich in die Schranken zu treten! Und was kümmert es solch eine sensationsbedürftige Natur, wenn dabei ein seit Jahrhunderten respektierter Familienname in den Schmutz fällt?«

»Sensationsbedürftig?« wiederholte das junge Mädchen mit finsterer Stirn, indem es stolz den Kopf zurückwarf. »Ich bin gewiß, daß dieser häßliche Zug unserer Zeit meine Seele auch nicht einmal gestreift hat; diese Beschuldigung darf ich mithin getrost zurückweisen ... Und die Wiederverheiratung eines Mannes mit einem unbescholtenen Mädchen von feiner Bildung sollte seinem Familiennamen Unehre machen, das soll ich glauben?« Sie schüttelte den Kopf. »Liebe Großmama, sei nicht böse, aber du bist ja auch eine zweite Frau, und wie hochgeachtet stehen meine Großeltern da!«

»Unverschämt!« brauste die alte Dame auf. »Wie kannst du mich mit der ersten besten hergelaufenen Person vergleichen! Du – aber wofür ereifere ich mich denn!« unterbrach sie sich und reckte ihr zierliches Figürchen empor, um die verlorene würdevolle Haltung wiederherzustellen. »Die ganze Geschichte dreht sich ja doch nur um eine Beutelschneiderei, eine Erpressung von seiten der Eltern; die verschollene Tochter kommt dabei kaum in Frage, wir thun ihr damit nur eine unverdiente Ehre an – wer weiß, wo sie sich herumtreibt!«

»Sie ist tot, Großmama! Schmähe sie nicht in der Erde!« rief Margarete empört. »Du darfst es nicht, eben um unserer Familienehre willen; denn – du magst dich selbst täuschen wie du willst – sie ist trotz alledem die zweite Frau meines Vaters gewesen!«

»Wirklich, Grete? – Nun, dann frage ich nur, wo sind denn die Dokumente, die es beweisen? ... Gesetzt, es verhielte sich alles genau so, wie die Leute im Packhause behaupten, und du es in deiner unglaublichen

Verblendung vertrittst – gesetzt, er sei in der That durch seinen jähen Tod verhindert worden, die geheime Ehe öffentlich anzuerkennen, dann, sage ich, müßte sich doch irgend ein darauf bezügliches Papier in seinem Nachlaß gefunden haben. Nichts von alledem! Nicht die kleinste eigenhändige Notiz, geschweige denn gerichtlich beglaubigte Atteste und Zeugnisse. Aber ich will noch weiter gehen. Ich will selbst annehmen, daß die Dokumente in der That selbst existiert haben«, – sie machte eine augenblickliche Pause – »so kämen wir dann notwendig zu dem Schlusse, daß sie der Verstorbene selbst vernichtet hat, weil er nicht gewillt gewesen ist, die Sache an das Licht der Oeffentlichkeit zu bringen. Und das, meine ich, sollte dir genügen, die wahnsinnige Idee aufzugeben, infolge deren du dich für die Vollstreckerin seines vermeintlichen letzten Willens hältst.«

Margarete war zurückgewichen, als sei sie auf eine Schlange getreten. »Das kann unmöglich dein Ernst sein, Großmama! Was hat dir mein Vater gethan, daß du ihm einen solchen Schurkenstreich zutraust ... Ach, sein Zaudern, seine Furcht vor dem Urteil der Welt, vor dem Standesvorurteil, dem Moloch, der das Lebensglück Tausender verschlingt, wie hart strafen sie sich in diesem Augenblick! Wie hat sich diese unselige Schwäche schon bei Lebzeiten gerächt durch die Qual inneren Zwiespaltes! ... Und nun dieses Ende, dieser grauenvolle Abschluß, der ihm selbst kein Auslöschen seiner Verschuldung auf Erden gestattet hat! Aber ich weiß, was er gewollt hat – Gott sei Dank, daß ich das weiß, daß ich eine solche Verdächtigung, ein solches Brandmal von seinem Andenken abwehren –«

»Und damit einen Skandal an die große Glocke schlagen kann, gelt, Grete?« ergänzte die Großmama hohnvoll. »O, du Verblendete! ... Aber das ist dieser verrückte heutige Idealismus, der blind und taub gegen die Wände und Schranken rennt und nicht fragt, was dabei zusammenstürzt, wenn nur der falsche Wahn, die überspannte, schiefe und sentimentale Weltanschauung siegt! ... Magst du doch die Mitteilungen deines Vaters verstanden haben wie du willst! ich bleibe dabei, daß er selbst gewünscht hat, den Schleier über einer dunklen Stelle seines Lebens zu belassen. Und er hat es wünschen müssen, schon um unsertwillen – ich will sagen, der Familie Marschall wegen. Wir hätten es wahrlich nicht um ihn verdient, wenn durch seine Schuld auch ein Schatten auf unseren schönen, makellosen Namen fiele, wenn über uns gezischelt würde in der Stadt und bei Hofe, gerade jetzt, wo wir diesem erlauchten Kreise so nahe treten sollen! Ich sage, um jeden Preis muß es verhindert werden, daß von dem Erpressungsversuch des alten Lenz auch nur ein Laut in das Publikum dringt – die böse Welt glaubt gar zu gern das Schlimmste und munkelt weiter, auch wenn ihr sonnenklar bewiesen wird, daß sie sich irrt – und da hilft nur eines: Geld! – Um ein paar tausend Thaler werdet Ihr freilich ärmer werden; aber mit dieser Abfindungssumme wird sich der alte Schwindler aus dem Staube machen und dahin zurückkehren, woher er unseligerweise gekommen ist.«

»Und das Kind? Der Knabe, der dieselben Rechte hat wie Reinhold und ich, was soll aus ihm werden?« rief Margarete mit flammenden Augen. »Soll er hinausziehen in die Welt, ohne das Erbe, das ihm von Gott und Rechts wegen zukommt, ohne den Namen, auf den er getauft worden ist? Und mir mutest du zu, mit einer ungeheuren Lüge auf dem Gewissen durchs Leben zu gehen? Ich sollte je wieder einem ehrlichen Menschen ins Auge sehen können, wenn ich mir sagen müßte, daß ein großer Teil meines Erbes gestohlenes Gut sei, daß ich einen Menschen um sein kostbares Eigentum, um den geachteten Namen seines Vaters betrogen habe? Und das forderst du von mir, die Großmutter von der Enkelin?«

»Ueberspannte Närrin! Ich sage dir, das würden alle Vernünftigen, alle, die auf Ehre und Reputation ihres Hauses halten, von dir fordern.«

»Herbert nicht!« rief das junge Mädchen mit leidenschaftlichem Protest.

»Herbert?« rügte die Frau Amtsrätin scharf, mit hochmütigem Befremden. »Trittst du wieder in die Kinderschuhe zurück? ›Der Onkel‹, willst du sagen!«

Ein jäher Farbenwechsel flutete über das Gesicht der Gemaßregelten. »Nun denn – der Onkel!« verbesserte sie sich hastig. »Er wird nie zu jenen gewissenlosen ›Vernünftigen‹ gehören, nie, niemals! Ich weiß es! Er soll entscheiden –«

»Gott bewahre! Du unterstehst dich nicht, mit ihm darüber zu sprechen, bis –«

»Bis wann, Mama?« fragte der Landrat plötzlich von seinem Zimmer her.

Die alte Dame schrak zusammen, als sei ein jäher Donnerschlag ihr zu Häupten hingerollt. »Ah, bist du schon so früh zurück, Herbert?« stotterte sie, verlegen sich umwendend. »Du kommst ja wie hereingeschneit!«

»Keineswegs. Ich stehe seit lange hier in der offenen Thüre, allein ich fand keine Beachtung.« Mit diesen Worten kam er herüber. Er sah ernst, ja finster aus, und doch war es dem jungen Mädchen, als leuchte sein Blick blitzartig auf, indem er ihr Gesicht streifte.

»Ich würde mich sofort diskret zurückgezogen haben«, wandte er sich an seine Mutter, »wenn die leidenschaftliche Verhandlung zwischen dir und Margarete nicht auch mich anginge – du weißt, ich habe es mir zur Aufgabe gemacht, Licht in die Angelegenheit zu bringen.«

»Auch jetzt noch, nachdem du dich hast überzeugen müssen, daß jeder gesetzliche Anhaltspunkt fehlt?« fragte die alte Dame zitternd vor Aerger. Sie zuckte die Schultern. »Nun, meinetwegen, steckt Fackeln an, um einen Schandfleck zu beleuchten – mehr werdet ihr nicht erreichen! Dich, Herbert, begreife ich nicht! Es liegt doch auf der Hand, daß die Papiere – wenn sie je existiert haben, was ich durchaus bezweifle – aus guten Gründen verschwunden sind. Sagst du dir nicht selbst, daß du dich mit diesem Aufbauschen des widerwärtigen Handels an Balduin schwer versündigst?«

»Wie – eine Versündigung nennst du es, wenn ich mich bemühe, seine Schuld gutzumachen?« zürnte ihr Sohn. »Uebrigens kommt es für mich gar nicht mehr in Frage, ob eine Vertuschung von seiten des Verstorbenen stattgefunden oder nicht; ich vertrete hier das Recht des Lebenden, der nicht bestohlen werden darf. Ich weiß bereits zu viel, um es geschehen zu lassen, daß das Dunkel über dem ›widerwärtigen Handel‹, wie du die schwebende Frage nennst, verbleibt. Oder glaubst du, ich würde mich je zum passiven Mitwisser einer verschwiegenen Schuld qualifizieren? Margarete sagt aus –«

»Komme mir nicht mit diesen Hirngespinsten!« rief die Frau Amtsrätin, in erbitterter Abwehr beide Hände gegen ihn ausstreckend. »Man weiß zur Genüge, daß es für solch einen müßigen Mädchenkopf nur eines sehr geringen Anhaltes bedarf, um daran ein ganzes Gewebe von Phantastereien zu knüpfen.«

Der Landrat wandte den Kopf seitwärts nach dem jungen Mädchen. »Lasse es dich nicht kränken, Margarete!« sagte er.

»Was für ein liebevoll tröstender Ton!« spottete seine Mutter. »Wirst du mit einemmal ein zärtlicher Onkel, du, der für Fannys Aelteste nie auch nur eine Spur von Sympathie gehabt hat? … Immerhin! Haltet zusammen gegen mich, die allein den Kopf oben behält! Mich werdet ihr nicht überführen, es sei denn, daß ich's schwarz auf weiß sehe!«

»Du wirst es schwarz auf weiß sehen, Mama!« sprach Herbert ruhig und bestimmt. »Die Kirchenbücher in London werden nicht auch verbrannt sein.«

»O, mein Gott! Damit willst auch du sagen, Onkel, daß mein Vater die in seinen Händen befindlichen Papiere selbst vernichtet haben müsse?« rief Margarete in einer Art von stiller Verzweiflung. »Das ist nicht wahr! Er hat es nicht gethan! Ich werde ihn verteidigen und gegen diesen schmachvollen Verdacht ankämpfen, solange ich Atem in der Brust habe! ... Ich habe die unerschütterliche Ueberzeugung, daß es keiner Reise nach London bedarf; die Papiere müssen sich hier finden, wir müssen besser suchen.«

»In dieser Illusion kann ich dich leider nicht bestärken«, entgegnete Herbert. »Der ganze schriftliche Nachlaß, alle Dokumente, selbst die Geschäftsbücher sind auf das Gewissenhafteste durchsucht worden, auch nicht das kleinste Briefblatt ist unseren Augen und Händen entgangen. Ich habe die ganze Bel-Etage durchforscht, auch alle Fächer und Kasten der unbenutzten Möbel in den Gesellschaftsräumen.«

In diesem Augenblick flog eine tiefe Glut bis über die Schläfen des jungen Mädchens – es war, als durchschüttere ein jäher Schrecken ihren Körper.

»In den Gesellschaftsräumen der Bel-Etage, sagtest du?« fragte sie wie mit zurückgehaltenem Atem. »Und die Zimmer im Seitenflügel?«

Der Landrat sah sie groß an. »Wie hätte mir auch nur der Gedanke kommen können, dort zu suchen?«

»Im Spukzimmer der schönen Dore, das seit Jahren kein Menschenfuß betreten hat!« setzte die Frau Amtsrätin mit Hohnlächeln hinzu. »Da siehst du ja, Herbert, wie logisch es in solch einem kunterbunten Mädchengehirn zugeht!«

»Ich habe den Papa kurz vor seinem Tode hineingehen sehen«, sagte Margarete scheinbar ruhig, aber ihre Stimme wankte vor innerer Bewegung. »Er hat sich damals eingeschlossen.«

»So gehen wir unverzüglich!« rief der Landrat überrascht.

Sie flog hinunter, um die Schlüssel zu holen. Nach wenigen Minuten kehrte sie zurück und traf mit Herbert an der Thüre des Flursaales zusammen; aber er war nicht allein; seine Mutter, in dicke, warme Shawls und Tücher gewickelt, ging an seinem Arm. Sie müsse doch auch dabei sein, wenn der Schatz gehoben werde, sagte sie mit einem spöttischen Seitenblick auf die Enkelin.

27

Margarete eilte voraus und schloß die Thüre des Zimmers auf. – Zum erstenmal in ihrem Leben trat sie auf diese Schwelle, hatte sie das wundervolle Deckengemälde zu Häupten. Eine mit dem schwachen Hauch verdorrter Blumenreste gemischte, rötlich durchschimmerte Luft schlug ihr entgegen – die tiefstehende Nachmittagssonne fiel durch die roten Klatschblumen der zermürbten, aber in den Farben ziemlich erhaltenen Brokatgardinen … Ueber diese Schwelle sollte die weiße Frau schlüpfen, und manche der Gespensterseher hatten auch die spinnwebige, furienhafte Frau Judith hinzugedichtet; über diese Schwelle waren aber auch die Füßchen in den Hackenschuhen gehuscht, aus dem Prunkgemach nach dem Dachboden des Packhauses, und hatten die Leute im Hause erschreckt und die Sage von der wandelnden schönen Dore neu aufleben gemacht.

Die Frau Amtsrätin fuhr beim Eintreten mit dem Taschentuch durch die Luft. »Puh, was für eine häßliche Atmosphäre! Und diese Staubmassen!« rief sie ganz empört und zeigte über die Möbel hin. – Da blinzelten allerdings Samt- und Seidenschimmer und der Glanz der Vergoldung, die herrlichen Spiegelscheiben nur schwach durch die weißgrauen Staubschleier. – »Und da willst du uns weismachen, dein Vater habe hier in seinen letzten Lebenstagen verkehrt, Grete? … Ich sage dir, seit Jahren ist diese Thüre nicht aufgemacht worden! … Nun, ein Wunder ist's freilich nicht, wenn du in dem Gange draußen alle möglichen Visionen gehabt hast – da ist's ja zum Fürchten schrecklich!«

Margarete schwieg. Sie sah den Landrat bedeutungsvoll an und zeigte auf eine Fußspur, die über das staubige Parkett hinweg direkt nach dem Schreibtisch am Fenster lief.

Herbert zog die Fenstergardinen auseinander, und der abgesperrte Sonnenschein kam breit herein und ließ in seinem blassen Gold die köstlichen Perlmutter- und Metallarabesken an dem Schreibtisch matt aufleuchten … Es war ein herrliches Stück Möbel mit geschweifter Tischplatte und einem mächtigen Aufsatz, dessen Mitte eine Schrankthüre, zu beiden Seiten flankiert von einer Unzahl kleiner Schiebekasten, breit einnahm.

Die Frau Amtsrätin hatte ihren Kleidersaum aufgenommen und war, sichtlich betroffen, auch der Fußspur nachgegangen. Nun stand sie mit langem Halse hinter Sohn und Enkelin und konnte eine nervöse Spannung nicht verbergen.

Der Schrankschlüssel drehte sich leicht und willig unter Herberts Hand, und die Thüre sprang auf. Der Landrat fuhr zurück, und die alte Dame stieß einen schwachen Schrei aus; über Margaretens Gesicht aber flog verklärend ein Gemisch von freudiger Ueberraschung und tiefer Wehmut. »Da ist sie!« rief sie wie erlöst von Angst und Spannung.

Ja, das war der herrliche Frauenkopf, wie ihn einst die Aristolochiabogen umrahmt hatten! Das war der unvergleichliche, lilienhafte Schimmer der Haut, der die Mädchenstirn so unschuldsvoll leuchten gemacht, das waren die in tiefem Blau funkelnden Augensterne, über denen sich feine, dunkle Brauen wölbten! Nur die blonden, einst über Brust und Nacken hinabfallenden Mädchenzöpfe fehlten – das Haar türmte sich wellig gelockt hoch über der Stirn, und in der matten Goldflut glitzerten die Rubinsterne der schönen Dore ... Ach, deshalb sollten diese Steine »nie wieder ein Frauenhaar schmücken, solange er lebe«, wie der Verstorbene an jenem Gesellschaftsabend in so leidenschaftlicher Aufregung erklärt hatte! – Ja, diese Frau mit den Karfunkelsteinen war ebenso geliebt und beweint worden, wie die erste, die wandelnde weiße Frau des Lamprechtschen Hauses! Der alte Justus hatte sich nie wieder verheiratet und war ein finsterer, verbitterter Mann bis an sein Lebensende verblieben, wie sein Nachkomme, der vielbeneidete Balduin Lamprecht auch ... Was für ein dämonischer Zug der Seelen mochte die schöne Blanka wohl veranlaßt haben, sich genau so zu kostümieren wie ihre unglückliche Vorgängerin, die den gleichen verhängnisvollen Schritt wie sie gethan, und ihn mit ihrem jungen Leben gebüßt hatte! –

Ein betäubender Duft entquoll dem Schranke; rings um das Bild waren Rosen aufgehäuft, Rosenmumien, die wie Weihopfer hier hatten welken müssen. Vor dem Bilde lag auch der letzte kleine Strauß, den Margarete an jenem Nachmittag in der Hand ihres Vaters gesehen – die schöne Blanka mußte Rosen und Rosenduft sehr geliebt haben.

»Nun, das Bild beweist noch nichts!« rief die Frau Amtsrätin mit vibrierender Stimme in das plötzlich eingetretene Schweigen der Ueberraschung, der Erschütterung hinein. »Es wird so sein, wie ich dir sagte, Herbert! Bewiesen ist in der That nur, daß der Schwächling allerdings für eine Zeit in die Netze der Kokette gefallen ist.«

Ohne zu antworten zog der Landrat an einem der kleinen Schiebekasten, allein derselbe gab nicht nach.

»Der Schrank wird ähnlich konstruiert sein, wie Tante Sophiens Schreibtisch in der Hofstube«, sagte Margarete. Sie griff in das Innere des Schrankes und zog an einer schmalen, vorspringenden Holzleiste; mit diesem einen Ruck waren alle Kasten zur Linken erschlossen.

In den unteren Fächern lagen viele moderne Schmuckstücke, vermischt mit bunten Bandschleifen, jedenfalls lauter Reliquien für den verwaisten Mann; dann kam aber ein mit Papieren gefüllter Kasten an die Reihe. Margarete hörte, wie plötzlich die Atemzüge der jetzt dicht hinter ihr stehenden Großmama tief und schwer gingen; das alte, feine Frauenprofil erschien über ihrer Schulter – es war vollständig entfärbt, und die Augen bohrten sich förmlich in den Kasteninhalt.

Nur einige mit schwarzem Band umwickelte Briefpakete machten diesen Inhalt aus; obenauf aber lag ein einzelnes Kouvert mit der Aufschrift von der Hand des Verstorbenen.

»Dokumente, meine zweite Ehe betreffend!« las der Landrat laut.

Die Frau Amtsrätin stieß einen Aufschrei der Entrüstung aus. »Also doch?« rief sie, die Hände zusammenschlagend.

»Großmama, sei barmherzig!« bat Margarete innig flehend.

»Es bedarf keiner Barmherzigkeit, Margarete«, sprach der Landrat stirnrunzelnd. »Ich begreife nicht, Mama, wie es dir überhaupt möglich gewesen ist, die Nichtbestätigung zu wünschen. Das sonnenklare Recht des Knaben wäre auch ohne diese Papiere zur Geltung gekommen, und die Welt hätte in der Kürze erfahren müssen, daß ein nachgeborener Sohn aus zweiter Ehe existiere. Das Auffinden dieser Dokumente hier hat mithin nur insofern Wert, als es uns, den Nächststehenden, beweist, daß Balduin nicht beabsichtigt hat, die Ehre seines toten Weibes, seines Kindes um des Anathemas der vornehmen Welt willen zu schädigen.«

»Das habe ich gewußt!« rief Margarete mit aufstrahlenden Augen. »Nun bin ich ruhig!«

»Ich aber nicht!« zürnte die alte Dame. »Mir vergällt dieser Skandal meine letzten Lebensjahre. Schande über ihn, der uns eine so empörende Komödie hat mitspielen lassen! Ich habe bei Hofe sein Lob gesungen, so viel ich konnte. Sein Ansehen bei den höchsten Herrschaften verdankte er mir, mir allein. Wie wird man zischeln und spotten über die ›blödsichtige Marschall‹, die ahnungslos den Schwiegersohn des alten Lenz in die höchsten Kreise eingeführt hat! ... Ich bin blamiert für alle Zeiten! Ich bin unmöglich geworden bei Hofe! ... O, hätte ich mich doch nie herbeigelassen, in das Krämerhaus zu ziehen! Jetzt wird man mit Fingern auf dieses Haus zeigen, und wir, die Marschalls, wohnen drin, und du, der erste Beamte der Stadt – ich bitte dich, Herbert, nur nicht diese gelassene Miene!« unterbrach sie sich mit großer Heftigkeit. »Dieser Gleichmut kann dir teuer zu stehen kommen! Auch für dich wird die schmutzige Geschichte möglicherweise Folgen haben, die –«

»Ich werde sie zu tragen wissen, Mama«, fiel er mit unerschütterlicher Ruhe ein. »Balduin –«

»Still! Wenn du noch einen Funken von Sohnesliebe in dir hast, so nenne diesen Namen nicht! Ich will ihn nie wieder hören, mit keinem Laut will ich je wieder an ihn erinnert sein, der uns belogen und betrogen hat, der Meineidige –«

»Halt!« rief Herbert, indem er stützend seinen Arm um Margarete legte, die totenblaß und zitternd sich an der Tischkante festhielt. Die Adern schwollen ihm auf der Stirn. »Keinen Schritt weiter, Mutter!« protestierte er heftig zürnend, es klang aber auch ein tiefschmerzlicher Ton mit. »Sagst du dich so schonungslos, so unglaublich selbstisch los von Balduin und mithin auch von seiner Waise, so stehe ich zu ihr! Ich dulde es nicht, daß noch ein einziges böses Wort fällt, unter welchem sie leiden muß, die ohnehin noch schwer am Trennungsschmerz trägt! ... Aber auch Balduin lasse ich nicht länger schmähen! – Wohl, er ist schwach gewesen, und mir ist sein unmännliches Schwanken unfaßlich; allein es liegen Milderungsgründe für seine Handlungsweise vor ... Du selbst beweisest in diesem Augenblicke am schlagendsten, was für Stürme ihn umtobt haben würden, wenn er zur rechten Zeit männlich offen gesprochen hätte ... Er hat sich bethören lassen durch die Lockung, der gesuchte Mann eines exklusiven Kreises zu sein; er hat sich Schritt um Schritt tiefer verstrickt in einem Netz der unnatürlichsten Widersprüche, und ich sage selbst, dir und allen denen gegenüber, die so denken wie du, Mama, hat ein gewisser Mut dazu gehört, plötzlich als ein Mann aufzutreten, der sich von all euren Vorurteilen emanzipiert hat und dem natürlichen Zuge seines Herzens gefolgt ist ... Dieser Fall in der eigenen Familie sollte dir doch die Augen öffnen und dir zeigen, wohin diese geschraubten Ansichten, dieses Verleugnen der Natur des gesund und richtig empfindenden Menschenherzens führen muß: zu verschwiegenen, entnervenden Seelenqualen, zu Lug und Trug, und gar oft zum Verbrechen ... Ein Teil von Balduins Schuld fällt auch auf die heutige Gesellschaft, ihn trifft nicht allein der Vorwurf, eine Komödie aufgeführt zu haben!«

Die Frau Amtsrätin hatte sich immer weiter von Herbert entfernt, während er sprach; es war, als wolle sie die Kluft, die sich plötzlich durch den Kontrast der Ansichten zwischen Mutter und Sohn aufthat, auch räumlich erweitern. Mit fest zusammengepreßten Lippen schritt sie zur Thüre – dort wendete sie sich noch einmal um.

»Auf alles, was du mir eben gesagt hast, habe ich selbstverständlich kein Wort der Erwiderung«, rief sie mit zornbebender Stimme in das Zimmer zurück. »Ich sollte meinen, mit meinen Prinzipien sei ich bisher ganz leidlich durch die Welt gekommen; sie sind der beste Teil meines Ich, sie sind mein Stolz, mit ihnen stehe und falle ich! ... Du aber sieh dich vor! Dieses Liebäugeln mit dem grundsatzlosen modernen Liberalismus verträgt sich nie und nimmer mit deiner Stellung! ... doch was rede ich da! Ich bin viel zu taktvoll, um dir gute Ratschläge geben zu wollen. Draußen im Prinzenhofe und vor den Ohren unserer allerhöchsten Herrschaften wirst du dich wohlweislich hüten, solche Ansichten laut werden zu lassen.«

»Mit den Damen im Prinzenhofe politisiere ich grundsätzlich nicht; der Herzog aber kennt meine Gesinnungen bis auf den Grund, ich habe ihn darüber nie im Zweifel gelassen«, versetzte der Landrat sehr ruhig.

Sie sagte nichts mehr. Mit einem leisen ungläubigen Auflachen überschritt sie die Schwelle und drückte die Thüre hinter sich zu.

Margarete hatte sich währenddem in die nächste Fensterecke zurückgezogen; sie war vorhin erschreckt dem stützenden Arm sofort entschlüpft. »Du hast dich mit ihr entzweit um unsertwillen«, klagte sie jetzt mit schmerzhaft zuckenden Lippen.

»Das darfst du dir nicht so zu Herzen nehmen«, erwiderte er, noch mit der Aufregung kämpfend, die ihn so heftig durchschüttert hatte. »Sei du ganz ruhig!« setzte er sanft begütigend hinzu. »Der Riß heilt wieder zu. Meine Mutter wird sich besinnen; sie wird sich erinnern, daß ich ihr immer ein guter Sohn gewesen bin, trotzdem ich mit meinen Lebensanschauungen auf eigenen Füßen stehe.«

Er prüfte die Dokumente und nahm sie an sich. »Ich gehe jetzt ins Packhaus«, sagte er. »Jede Verzögerung ist eine Sünde den alten Leuten gegenüber ... Das ist ein Weg, um welchen mich alle guten Menschen beneiden müssen! Aber noch eins: Bist du dir auch völlig klar darüber, wie es sein wird, wenn ein Dritter neben euch, den verwöhnten ›beiden Einzigen‹, in gleiche Rechte tritt? Wenn der Knabe aus dem Packhause plötzlich zu denen zählt, die von den Wänden eures Hauses niedersehen, und auf welche du so stolz bist? ... Du hast heute die Aufklärung aus allen Kräften erstrebt, um einen entehrenden Verdacht von dem Andenken deines Vaters zu nehmen –«

»Gewiß. Aber ich habe auch zugleich für das Recht des kleinen Bruders gekämpft. Mir soll er tausendmal willkommen sein – ich werde ihn mit offenen Armen empfangen! Gibt er doch auch meinem Dasein einen neuen Wert. Ich werde für ihn denken und sorgen dürfen; ich will ihn bewachen als ein Kleinod, das mir mein Vater anvertraut hat. Und eine solche Aufgabe ist wohl des Lebens wert!«

»Bist du so arm an Hoffnungen für dein eigenes junges Leben, Margarete?«

Ein finsterer Blick traf ihn. »Dein Beileid brauche ich nicht – bemitleidenswert arm ist man nur, wenn man sich mit seinem Schicksal nicht abzufinden weiß«, versetzte sie schroff.

»Nun, da behüte dich Gott, daß dir nicht einmal dieses schöne, thönerne Piedestal unter den Füßen zusammenbricht!« – Ein leises Lächeln stahl sich um seine Lippen; sie bemerkte es nicht, weil sie über die Schulter weg in den Hof hinaussah. – »Aber ich will dich ja nicht kränken, Gott soll mich bewahren! Wir sind heute so hübsch im ›gleichen Schritt und Tritt‹ gegangen – wer weiß, was uns das ›Morgen‹ bringt! Drum gib mir eine Hand, eine *Freundes*hand!«

Er hielt ihr die Rechte hin, und sie legte die ihre hinein, ohne Druck, ohne die geringste Bewegung auch nur der Fingerspitzen. »Hu, wie kalt, wie beleidigend kalt! ... Nun, ein alter Onkel muß auch eine Unfreundlichkeit hinnehmen können; dafür hat er ja die Last der Jahre und die Weisheit voraus«, setzte er mit gutem Humor hinzu und entließ die Hand aus der seinen.

Er schob die Holzleiste an ihren alten Platz, verschloß den Schrank und nahm den Schlüssel an sich. »Den Zimmerschlüssel werde ich mir in diesen Tagen noch einmal ausbitten«, sagte er. »Ich bin gewiß, daß der Schreibtisch noch manches enthält, was uns die Regulierung der ganzen Angelegenheit erleichtern wird ... Und nun halte dich hier nicht länger auf, Margarete! Ich habe es empfinden müssen, daß du bis ins Herz hinein frierst.«

Gleich darauf hatte er das Zimmer verlassen. Margarete aber ging noch nicht. Sie stand in der Fensterecke und blickte über den Hof hin. Sie fror nicht; die Zimmerkälte kühlte ihr wohlthätig die pochenden Schläfen.

Drunten am Brunnen stand Bärbe und ließ Wasser in ihren blanken Eimer laufen. Die abergläubische Alte ahnte noch nicht, daß die Rolle ihrer Frau mit den Karfunkelsteinen ausgespielt war für immer … Ja, nun war das Rätsel gelöst, das jahrelang verdunkelnd über dem Lamprechtshause geschwebt hatte!

Margarete sah hinüber nach den schneebeladenen Linden vor dem Weberhause. Dort hatte einst die »wilde Hummel« gesessen und die sogenannte »Vision« von der schneeweißen Stirn zwischen den buntseidenen Fenstergardinen gehabt. Und jetzt stand sie selbst hier oben und wußte, daß es die schöne Blanka gewesen war, die schleierverhüllt als weiße Frau gespukt hatte … Welch ein Zauber war von dieser Gestalt ausgegangen, von diesem rosenduftenden Mädchen, das selbst den gereiften älteren Mann, den stolzen Chef ihres Vaters zu ihren Füßen gezwungen! … Neben ihm hatte freilich der damalige hochaufgeschossene Primaner mit dem rotwangigen Jünglingsgesicht gar nicht in Frage kommen können. Jetzt allerdings war das anders, o, so ganz anders! Er war der Vielumworbene, dem sich selbst die stolze Schönheit, die herzogliche Nichte, zu eigen geben wollte – Margarete schrak zusammen, denn da kam er eben über den Hof her und schritt rasch nach dem Packhause.

Er winkte grüßend herauf, Bärbes Kopf fuhr herum; der Eimer entglitt ihren Händen, und das verschüttete Wasser strömte über die schützende Holzdecke des Brunnenbassins. Die alte Köchin stand, zur Salzsäule geworden, unter dem spukhaften Fenster, aus welchem das junge Menschenkind aus Fleisch und Bein auf sie herniedersah.

Margarete trat zurück und zog die Vorhänge zusammen. Nun herrschte wieder jenes Dämmerlicht, das die Wände rötlich überhauchte und den spielenden Amoretten an der Zimmerdecke ein geheimnisvolles Leben verlieh. Diese pausbäckigen Lockenköpfchen da oben hatten zu verschiedenen Zeiten auf zwei schöne junge Frauen des Lamprechtshauses so schalkhaft herabgelugt, wie sie auch heute noch, unter Blumengewinden und Schleierwolken hervor, dem druntenstehenden, tiefbewegten Mädchen zublinzelten … Die dunkelhaarige Frau hatte ihren Liebestraum hier beschlossen, die mit den goldigen Mädchenzöpfen ihn aber begonnen. Beide hatten früh sterben müssen. Ein Jahr, ein kurzes Jahr des Glückes war ihnen vergönnt gewesen; aber wog diese Spanne Zeit nicht ein ganzes langes Leben voll Entsagung auf? – Das junge Mädchen ballte die Hände und biß die Zähne zusammen – waren sie schon wieder da, diese qualvollen Gedanken und Empfindungen, mit denen sie rang auf Tod und Leben?

241

Sie hatte sich gerühmt, ihr bester Helfer sei der Kopf, und dieses Wort durfte nicht zu Schanden werden, sie mußte daran festhalten, und wenn sie dabei zu Grunde gehen sollte. Sie übernahm jetzt neue ernste Pflichten – genügte nicht auch treue Pflichterfüllung, um das Leben liebenswert zu machen? Mußte es durchaus ein überschwengliches Glück sein?

Sie trat hinaus in den Gang und verschloß die Zimmerthüre …

Und als bald darauf der Abend hereinbrach, und es dunkel wurde in allen Gängen und Winkeln des Hauses, da hatten die Hausgeisterchen viel miteinander zu flüstern. Das alte Geschlecht der »Thüringer Fugger« stand nicht mehr allein auf zwei Augen – ein kräftiger, kraftstrotzender kleiner Nachkomme trat neben den ärmlichen, dahinwelkenden Sproß, den der alte Stamm zuletzt getrieben; und die Kauf- und Handelsherren, die noch im Konterfei, in Reih und Glied an den Wänden des dunklen Ganges lehnten, konnten stolz sein; denn der kleine Bursche war wirklich und leibhaftig einer der Ihren, wie sie ja auch im Leben samt und sonders schöne, intelligente Leute voll Kraft und Körperstärke gewesen waren.

Und im Packhause saß dieser hoffnungsvolle Erbe auf den alten Knieen seines Großvaters, neben dem Bett der genesenden Frau und aus den Augen der alten Leute strahlte das Glück. Nun waren Kummer und Seelenpein überwunden; und ob auch draußen am niederen Dach die Eiszapfen blinkten und ein dickes Schneepolster gegen die Scheiben drückte, hier innen ging ein belebender Frühlingsodem durch die Räume. Im Kachelofen knisterte das Feuer, und der sanfte Lampenschein breitete sich über jedes liebe Stück der altgewohnten Einrichtung, und zum erstenmal wieder überkam das traute Heimgefühl die alten Leute, die ja bereits mit einem Fuß in der weiten Welt gestanden und nicht gewußt hatten, wohin sie mit dem ausgestoßenen Enkel ihre müden Schritte lenken sollten.

Im Vorderhause aber legten sich die Wogen, die der ereignisvolle Tag aufgestürmt hatte, nicht so bald. Die Frau Amtsrätin hatte sich in ihr Zimmer eingeschlossen und ließ niemand vor. Ihre Leute schüttelten verwundert die Köpfe über das Gebaren der alten Dame, die »so voll Gift und Galle und bis in den Grund der Seele hinein geärgert«, heraufgekommen war. Sie hatte befohlen, daß das Abendbrot dem Herrn Landrat allein serviert werde, und nachdem sie Papchen einen widerwärtigen Schreier gescholten, war sie in ihr Schlafzimmer gegangen und hatte innen den Riegel vorgeschoben …

Und Bärbe hätte auch nie gedacht, daß sie das erleben werde, was ihr der heutige Tag gebracht hatte: die Erkenntnis, daß sie ein ganz nichtsnutziges Frauenzimmer und nicht wert sei, daß die Sonne sie bescheine ... Sie war vor einer Stunde ganz entsetzt vom Brunnen gekommen und hatte Tante Sophie zugeraunt, daß sie Fräulein Gretchen leibhaftig und mutterseelenallein am Fenster der Spukstube gesehen habe. Aber da war endlich ein schweres Gericht über sie und ihren unseligen Aberglauben ergangen! Es hatte von seiten der Tante Sophie eine »Kopfwäsche« gegeben, an die sie denken mußte, solange ihr ein Auge im Kopfe stand ... O, über die dumme, blinde, alte Person, die Bärbe! Sie hatte ja das liebe Gretchen für die Frau mit den Karfunkelsteinen angesehen, hatte mit ihrem Geschrei das ganze Haus auf die Beine gebracht und den bösen Gestrengen aus der Schreibstube auf die Schwester gehetzt – ach, und da sollten böse, böse Reden gefallen sein! ... Nein, sie war wirklich nicht wert, daß der liebe Herrgott seine Sonne über sie scheinen ließ, und eher wollte sie sich die Zunge abbeißen, als daß ihr je wieder ein Wort über das Unwesen droben im Gange entschlüpfte! ... Und so saß sie auf der Küchenbank und weinte herzbrechend in ihre Schürze hinein.

Währenddem gingen Margarete und Tante Sophie in der Wohnstube auf und ab. Das junge Mädchen hatte den Arm um die Tante gelegt und ihr den gewaltigen Umschwung im väterlichen Hause mitgeteilt ... Es war dunkel in der Stube; die brennende Lampe war sofort wieder hinausgeschickt worden – es brauchte niemand zu sehen, daß die Tante geweint hatte; eine solche Weichmütigkeit gestattete sie sich nur äußerst selten. Aber war es nicht ein Jammer, daß der Mann neun volle Jahre mit seinen verschwiegenen Seelenqualen neben ihr gegangen war? Und sie hatte sich harmlos ihres Lebens gefreut und nicht geahnt, daß sich rund um sie her ein solches Drama abspiele! ... Und das Kind, der liebe, prächtige Junge, er hatte nicht das väterliche Haus betreten, nicht an seines Vaters Tische essen dürfen – das Herz hätte sich ja doch dem Balduin im Leibe umwenden müssen! ... »Du lieber Gott, was sich doch die Menschen alles anthun um ein bißchen mehr oder weniger, höher oder niedriger willen!« sagte sie zum Schluß und wischte sich die letzte Thränenspur vom Gesicht. »Unser Herrgott hat sie geschaffen, ohne Wehr und Waffen als ein friedliches Geschlecht; aber da schärfen sie sich die Zunge zum Messer und schmieden sich selber eiserne Panzer um die Herzen, auf daß nur ja niemals Friede sei auf Erden!«

An der Schreibstube ging der Sturm heute noch ungehört vorüber. Der junge »Gestrenge« saß hinter seinen Büchern und kalkulierte. Er ließ sich nicht träumen, daß er falsch rechne, daß mit nächstem ein Fingerchen an dieser Schreibstube anpochen, und der kleine Verhaßte aus dem Packhause Einlaß, Sitz und Stimme fordern werde – von Rechts wegen!

28

Die Frau Amtsrätin hatte am andern Tage noch nicht ausgetrotzt. Sie war für niemand sichtbar; nur das Stubenmädchen durfte bei ihr aus und ein gehen, und als der Landrat mittags vom Amt zurückkam und um Zutritt bitten ließ, da wurde ihm der Bescheid, daß die Nerven der alten Dame noch allzusehr erschüttert seien, sie bedürfe für einige Tage der ungestörtesten Ruhe. Er zuckte die Achseln und machte keinen weiteren Versuch, in das selbstgewählte Exil seiner Mutter einzudringen.

Nachmittags kam er herunter in die Bel-Etage. Er hatte sein Pferd satteln lassen und war im Begriff auszureiten.

Margarete war allein in dem für den Großpapa bestimmten Wohnzimmer und legte eben die letzte Hand an die behagliche Einrichtung. Am Spätnachmittag sollte sie im Glaswagen nach Dambach fahren, um am nächsten Morgen mit dem Patienten in die Stadt zurückzukehren.

Sie hatte Herbert heute schon gesprochen. Er war in aller Frühe im Packhause gewesen und hatte ihr Morgengrüße von dem kleinen Bruder und seinen Großeltern und die Beruhigung gebracht, daß die gestrige heftige Nervenerschütterung der Kranken nicht im geringsten geschadet habe; sie gehe im Gegenteil ihrer völligen Wiederherstellung mit raschen Schritten entgegen, wie er vom Arzt wisse.

Nun kam er hier herein, um auch noch einmal Rundschau zu halten. Margarete placierte eben ein schönes, altes, den Lamprechts gehöriges Schachbrett in der Zimmerecke unter dem Pfeifenbrette. Er übersah von der Thüre aus den äußerst gemütlichen Raum.

»Ah, wie das anheimelt!« rief er näherkommend. »Da wird unser Patient seine einsame Pavillonstube nicht vermissen! Ich freue mich, daß wir ihn endlich hier haben werden! Wir wollen ihn zusammen pflegen und für sein Behagen und Wohlbefinden treulich sorgen – ist dir's recht, Margarete? Es soll ein schönes, inniges Zusammenleben werden!«

Sie hatte sich weggewendet und zog und ordnete an den verschobenen Falten der nächsten Portiere. »Ich weiß mir nichts Lieberes, als mit dem

Großpapa zusammen zu sein«, antwortete sie, ohne sich umzusehen. »Aber mein kleiner Bruder hat jetzt auch Ansprüche an mich, und ob der Großpapa sich an das Kind so schnell gewöhnen wird, um es neben mir in seiner Nähe zu dulden, das steht doch sehr in Frage. Ich muß dann meine Zeit zwischen ihnen teilen.«

»Ganz recht«, gab er zu. »Und die Sache hat auch noch eine Seite, die beleuchtet sein will. Nichts ist natürlicher, als daß sich die Jugend zur Jugend gesellt; wir zwei alten Leute – mein guter Papa und ich – können mithin nicht von dir verlangen, daß du dich für uns allein aufopferst. Aber – lasse mit dir handeln – dann und wann ein Abendplauderstündchen, willst du?«

Sie wandte sich mit einem schattenhaften Lächeln nach ihm um, und er griff nach seinem hohen Hut, den er auf den Tisch gelegt hatte – sein nicht zugeknöpfter Ueberzieher ließ einen tadellos eleganten Gesellschaftsanzug sehen.

Er bemerkte ihren befremdeten Blick. »Ja, es liegt heute noch vieles vor mir«, sagte er erklärend. »Zunächst habe ich die Aufgabe, meinem Vater Mitteilung von dem Umschwunge der Verhältnisse in eurer Familie zu machen, und dann« – er zögerte einen Moment, dann fügte er um so rascher hinzu: »Du bist die erste, die es erfährt, selbst meine Mutter weiß es noch nicht – dann gehe ich nach dem Prinzenhofe zur Verlobung!«

Sie wurde schneeweiß über das ganze Gesicht, und ihre Rechte hob sich unwillkürlich nach dem Herzen. »Dann darf ich dir ja wohl jetzt schon Glück wünschen«, stammelte sie tonlos.

»Noch nicht, Margarete«, wehrte er ab, und auch in seinen Zügen malte sich plötzlich eine tiefe innere Bewegung; aber er unterdrückte sie rasch. »Heute abend, wenn ich nach Dambach komme, um von da nach der Stadt zurückzukehren, sollst du Gelegenheit haben, ›den Onkel‹ glücklich zu sehen.«

Er winkte mit der Hand nach ihr zurück und ging eiligen Schrittes hinaus. Bald darauf sah sie ihn über den Markt reiten.

Sie blieb bewegungslos am Fenster stehen. Die krampfhaft verschränkten Hände fest auf die Brust gedrückt, starrte sie in das Stück Himmel hinein, das sich, heute durch einen schmutzig grauen Wolkendunst getrübt, über den weiten Marktplatz spannte ... Wohl durchkreiste das Blut in wilder Wallung ihre Adern, und doch fühlte sie sich tödlich matt, als sei sie mit einem Streich zu Boden gestreckt worden ... Ja, dahin war sie gekommen! Vor wenigen Monaten noch war ihr die Welt zu eng gewesen, himmelstürmend in Uebermut, Jugendlust und Freiheitsdrang hatte sie jede Fessel verlacht, und heute dominierte in dem armseligen bißchen Gehirn ein einziger Gedanke, und ihre arme Seele wand sich kläglich hilflos am Boden, zum Gaudium all derer, die gern am Boden kriechen, die stolze Seelen hassen und verfolgen. Aber mußte denn die Welt um die Wunden wissen, die ihr in Kopf und Herzen brannten? Gingen nicht viele durchs Leben und nahmen Geheimnisse mit ins Grab, um die kein Mitlebender gewußt hatte? – Und dazu mußte auch sie die Kraft finden. Sie mußte lernen, ruhig in ein Paar Augen zu blicken, welche die größte Macht über sie hatten; sie mußte es über sich gewinnen, zuvorkommend mit einer schönen Frau zu verkehren, die sie verabscheute, und in einem Heim aus und ein zu gehen, in welchem diese Frau als Herrin, als ihre hochgeborene Tante schaltete und waltete.

Später kam sie in die Wohnstube herunter und rüstete sich zur Fahrt nach Dambach. Tante Sophie schalt, daß sie den Kaffee stehen lasse und den Kuchen nicht anrühre, den die zerknirschte Bärbe heute morgen einzig und allein für sie gebacken habe; allein das junge Mädchen hörte kaum, was sie sagte. Sie knüpfte schweigend die Hutbänder unter dem Kinn; dann legte sie den Arm um Tante Sophiens Hals – und da überkam sie eine plötzliche Schwäche, nämlich der tiefe, sehnsüchtige Wunsch, hier, wie sonst in ihrer Kindheit, in jeglicher Bedrängnis Zuflucht zu suchen und in das Ohr der Tante alles zu flüstern, was ihr Inneres durchtobte – unter dem Zureden der treuen Pflegerin war sie ja stets ruhiger geworden. Aber nein, das durfte nicht geschehen! Die Tante durfte nicht den Jammer erleben, sie so unglücklich zu wissen!

Und so schloß sie die Lippen fest aufeinander und bestieg den Wagen.

Draußen, jenseits der Stadt, ließ sie das Glasfenster herunter. Von Süden her kam ein leichter Wind und wehte sie an mit jenem süßen Hauch, der das starre Eis zu rinnenden Thränen zwingt, der die Schneelast von Baum und Strauch löst, und ein wundersames Regen in allem weckt, was da lebt und webt, auch im Menschenherzen – es war Tauwetter im Anzuge ... Und weich wie die Luft lag auch das erste Abenddämmern auf der Gegend; die harten, unvermittelten Töne der winterlichen Tagesbeleuchtung erloschen zu einem einzigen milden Grau, aus welchem bereits da und dort das Lampenlicht vereinzelter Dorfhäuser auftauchte. Und dort zur Rechten flimmerte es, als liege eine Perlenkette in schwach goldigem Glanze zu Füßen der alten Nußbäume – die ganze Fensterreihe des Prinzenhofes war beleuchtet, die Verlobungskerzen brannten ...

Sie drückte sich tief in die Wagenecke, und erst als der Kutscher von der Chaussee ab in den Fahrweg nach der Fabrik einlenkte, und der Prinzenhof im Rücken liegen blieb, da sah sie auf, scheu und ungewiß, fast wie ein furchtsames Kind, das sich zu vergewissern sucht, ob eine unheimliche Erscheinung auch in der That verschwunden sei.

Der Großpapa empfing sie mit freudigem Zuruf, und bei dem Laute der lieben, rauhen Stimme raffte sie sich auf und suchte möglichst unbefangen seinen Gruß zu erwidern. Aber der alte Herr war heute auch ernster als sonst. Zwischen seinen Brauen lag ein Zug finstern Grolles. Er rauchte nicht, seine Lieblingspfeife lehnte kalt in der Ecke, und nachdem die Enkelin Hut und Mantel abgelegt, nahm er seine Wanderung durchs Zimmer, welche sie durch ihre Ankunft unterbrochen hatte, wieder auf.

»Ja gelt, wer hätte das gedacht, Maikäferchen?« rief er plötzlich vor ihr stehen bleibend. »Ein Narr, ein vertrauensseliger Schwachkopf ist dein alter Großvater gewesen, daß er die Augen nicht besser aufgemacht hat! Nun kommt das wie ein plötzlicher Hagelschauer aus blauem Himmel über einen her, und man steht da wie in den April geschickt, und muß die Bescherung hinnehmen und ›Ja und Amen‹ dazu sagen, als wenn man's gar nicht anders erwartet hätte.«

Sie schwieg und sah zu Boden.

»Arme Kleine, wie verstört und elend du aussiehst!« sagte er, indem er die Hand auf ihren Scheitel legte und ihr Gesicht der Lampe zuwendete. »Nun, ein Wunder ist's nicht; Schwerenot noch einmal, das ist mehr als genug, um einen alten Kerl wie mich außer Rand und Band zu bringen! Und du verbeißest es und trägst es still und tapfer! ... Herbert sagt, wie ein Mann, ein braver, mutiger Kamerad habest du neben ihm gekämpft.«

Sie wurde feuerrot und sah ihn an, als schrecke sie aus einem Traume empor. Er sprach von den Enthüllungen in ihrer Familie, während sie gemeint hatte, sein Groll gelte Herberts Verlobung ... Es stand schlimm um sie! So ausschließlich beherrschte sie der Gedanke an das, was zu dieser Stunde drüben im Prinzenhofe vorging, daß alles andere daneben spurlos versunken war.

»Aber, nun paß auf, Kind!« hob er wieder an. »In der Kürze wird man uns in unserem guten Krähwinkel auf das Allerschönste zerzausen. Die Klatschbasen haben vollauf zu thun, und es soll mich nur wundern, wenn sie nicht den Ausrufer auf den Markt schicken und die pikante Geschichte, so da geschehen im Hause Lamprecht, ausschellen lassen ... Na, thut nichts! Um das Gerede in der Stadt hab' ich mich mein Lebtag nicht gekümmert, und die Sache an sich wird ja wohl auch zu ertragen sein; nur eines verwinde und verzeihe ich nicht – pfui Teufel, über die Feigheit, die Grausamkeit, mit der ein Vater sein Kind verleugnet und –«

»Großpapa!« unterbrach ihn Margarete flehentlich bittend und legte ihre Hand auf seinen Mund.

»Nun, nun«, brummte er und schob die kleinen kalten Finger von seinem Schnauzbarte, »ich will still sein, um deinetwillen, Gretel. Ich will dir auch das Leben nicht sauer machen mit ungewünschten Ratschlägen und zudringlichen guten Lehren; denn du wirst selbst am besten wissen, daß ihr viel gutzumachen habt an dem kleinen Burschen, der euch ins Haus gefallen ist, und auch an dem armen Kerl, dem alten Lenz. Möcht' nur wissen, wie der's fertig gebracht hat, nicht mit beiden Beinen hineinzuspringen in die Geschichte und von dem – na, von deinem Vater, gleich zu Anfang das klare Recht für den Jungen zu fordern! Na ja, ein Künstler, eine stille Mondscheinnatur; wie soll da der Ingrimm, die Empörung hineinkommen!« –

Die Frau Faktorin hatte einen schönen Abendtisch hergerichtet; aber Margarete konnte nicht essen. Sie bediente den Großpapa und sprach lebhaft dabei, und nach Tische stopfte sie ihm eine Pfeife. Dann packte sie seine Bücher in eine Kiste und trug alles herbei, was sich zur morgigen Fahrt nötig machte. Sie lief treppauf, treppab, und da blieb sie plötzlich an einem Fenster der unbeleuchteten Oberstube stehen und preßte beide Hände gegen die Brust, in welcher das Herz zu zerspringen drohte. Fast greifbar nahe blitzten dort die hohen, lichtfunkelnden Fenster des Prinzenhofes durch das Nachtdunkel herüber, und bei diesem Anblick brach der letzte Rest von Selbstbeherrschung, den sie mit fast übermenschlicher Kraft dem Großpapa gegenüber behauptet hatte, in ihr zusammen.

Mit einem Jammerlaut aus tiefster Brust warf sie sich auf das nahestehende Sofa und wühlte das Gesicht in die Polster. Da zogen sie nun sieghaft an ihr vorüber, die Bilder, denen sie hatte entrinnen wollen! Sie sah frohe, glückliche Menschen in den blumendurchdufteten, strahlenden Räumen des kleinen Schlosses, sah vor allem die Braut, die blonde Schönheit, die das Fürstenblut in ihren Adern nicht geltend machte, die ihren stolzen Namen aufgehen ließ in dem eines bürgerlichen Beamten um ihrer Liebe willen. Und er daneben – sie sprang auf und floh aus dem Zimmer.

Drunten saß der Amtsrat in seiner Sofaecke hinter dem Tische. Er war offenbar ruhiger geworden, denn er las die Zeitung und rauchte seine frischgestopfte Pfeife.

Margarete griff nach ihrem Mantel. »Ich muß einen Augenblick in die frische Luft hinaus, Großpapa!« rief sie von der Thüre her dem Lesenden zu.

»Geh du, Kind«, sagte er. »Wir haben Südwind, der löst die Spannung in der Natur und ihren Kreaturen und macht vieles gut, was der Mosje Isegrimm vom Nordpol her verbrochen hat.«

Sie ging hinaus, an dem Teich vorüber, der, hartgefroren unter seiner Schneedecke, kaum vom Wege zu unterscheiden war. In den Fabrikräumen brannte längst kein Licht mehr – es war still im Hofe, und nur der grimme Kettenhund kam aus seiner Hütte und schlug an, als die junge Dame das Thor passierte.

Draußen über die Felder her sauste der Tauwind, der in der hereingebrochenen Nacht allmählich zum Sturm anwuchs; er zerwühlte das unbedeckte Haar der Dahinschreitenden, aber ihr Gesicht badete er gleichsam in weichen, feuchten, schmeichelnden Wogen.

Es war sehr dunkel; auch nicht das kleinste Sternenlicht blinzelte der Erde zu; der Himmel hing voll schwerer, tiefgehender Wolken, die jedenfalls in dieser Nacht noch als warmer Regen niederrieselten. Dann war allerdings die Spannung gelöst, und es tropften wohlthätige Thränen von Ast und Zweig und nahmen der Mutter Erde den weißen Totenschleier vom Gesicht. Ja, wer sich ausweinen konnte! Aber so mit trockenen, brennenden Augen in ein Leben voll unausgesprochener Schmerzen hineinsehen zu müssen!

Wo hinaus sie wollte? Immer dem Lichte nach, dem verderblichen Lichte, das dem Nachtfalter die Flügel verbrennt und ihn tötet! Und wenn ihr dort aus den Fenstern lodernde Flammen entgegengeschlagen wären, sie hätte den Fuß nicht rückwärts zu wenden vermocht! Weiter, weiter, selbst in den Tod hinein, wenn es sein mußte!

Sie lief mehr als sie ging den festgetretenen Weg entlang, der das Ackerland durchschnitt. Noch knirschte der Schnee unter ihren Füßen; das war bisher der einzige Laut gewesen, der die Nachtstille unterbrochen; aber nun, nachdem auch die Chaussee überschritten war, und das weite Parterre des Prinzenhofgartens sich vor ihr hinbreitete, trug ihr der Wind rauschende Akkorde zu – im Schlosse wurde Klavier gespielt. Da saß die Braut am Flügel – keine zarte heilige Cäcilie mit durchgeistigtem Gesicht, weit eher eine Rubensgestalt von üppiger Fülle und blühendstem Inkarnat – das volle Blondhaar glitzerte im Lichte der Kronleuchter, und die schöngebogenen Finger glitten über die Tasten – aber nein, unter ihren Fingern erbrauste das Instrument nicht in so erschütternd beseelter Weise, Heloise von Taubeneck spielte stümperhaft und geistlos, wie sie neulich zur Genüge gezeigt hatte! – Aber wer es auch sein mochte, der da spielte, er hatte teil an der Feier, die man heute beging – ein wahrer Sturm von Jubel und Begeisterung brauste durch den Vortrag.

Vor der Nordfront des Schlößchens breitete sich ein mächtiger Lichtschein hin. Der weite, im Sommer von buntfarbigen Blumengruppen unterbrochene Rasengrund lag fleckenlos weiß, ein einziges glitzerndes Schneefeld, hinter dem Rankrosenspalier, das ihn von dem dicht an die Hausmauern stoßenden Kiesplatz schied. Dieser Platz war ziemlich von Schnee gesäubert, nur eine dünne, festgetretene Schicht lag auf den Kieseln.

Margarete war bis hierher gekommen, ohne irgendwie durch Menschennähe erschreckt zu werden. Nun mäßigte sie ihren Laufschritt und ging unter den Fenstern hin. Was sie hier wollte? Sie wußte es selbst kaum – eine geheimnisvolle, furchtbare Gewalt trieb sie wie der Sturm in den Lüften vor sich her; sie mußte laufen und sehen und wußte doch, daß gerade der Anblick der Glücklichen ihr wie Dolchstiche das Herz zerfleischen mußte.

In dem Salon, wo der Flügel stand, waren die weißen Rollvorhänge herabgelassen; kein Schatten einer menschlichen Gestalt bewegte sich hinter dem transparenten Gewebe, man lauschte, wie es schien, regungslos dem meisterlichen Spiele. Dagegen waren die drei Fenster des anstoßenden Zimmers, in dessen Nähe das junge Mädchen stehen geblieben war, nicht verhüllt. Das Licht des Kronleuchters floß in grellem Glanze durch die Scheiben und auf die Fürstenbilder, die im Hintergrunde des Zimmers von der Wand herabsahen. Das war der Speisesaal; hier hatte das Verlobungsdiner stattgefunden; zwei Lakaien waren beschäftigt, die Tafel abzuräumen; sie hielten die angebrochenen Flaschen gegen das Licht und tranken die Reste aus den Weingläsern.

Die Schlußakkorde des Musikstückes waren längst verhallt, und noch stand Margarete neben einer der niederen Kugelakazien, welche da und dort das Rankrosenspalier unterbrachen. Der Wind warf ihr das Haar von Stirn und Schläfen zurück und stäubte die gelockerten Schneereste von dem dürren Gezweig des Bäumchens über sie her. Sie fühlte es nicht.

Ihr Herz hämmerte in der Brust, mühsam rang sie nach Atem, während ihre heißen Augen unablässig über alle unverhüllten Fenster irrten – einmal mußten sich die Glücklichen doch zeigen. O, der Thörin, die in Wind und Wetter harrte und aushielt, um einen tödlichen Streich zu empfangen! – Da wurde plötzlich eine Thüre, ziemlich am Ende der Hausfront, geöffnet. Aus einem schwach beleuchteten Entree trat ein Mann und stieg die niedere Freitreppe herab, während die Thüre hinter ihm wieder geschlossen wurde.

Einen Augenblick stand die Lauscherin wie gelähmt vor Schrecken. Das Rosenspalier hinderte sie, über den Rasengrund in die Dunkelheit des freien Feldes hinaus zu flüchten, und vor ihr lag der lange, fast tageshell beleuchtete Kiesplatz. Aber da gab es kein Besinnen, gesehen wurde sie, und nur ihre flinken Füße konnten sie vor einer unausbleiblichen Demütigung retten. So floh sie wie gejagt den Kiesplatz entlang und über die Auffahrt vor dem westlichen Portal des Schlößchens hinaus ins Freie.

Hier packte sie der Wind; er trieb sie vor sich her wie eine Schneeflocke und erleichterte ihr die Flucht; allein weder er, noch ihr eigenes Dahinfliegen konnten ihr helfen – die Männerschritte, die sie verfolgten, kamen näher und näher. Der Weg war glatt und schlüpfrig geworden, sie glitt plötzlich aus und sank auf ein Knie nieder – in diesem Moment eines namenlosen Entsetzens umfaßte sie ein kräftiger Arm und hob sie empor.

»Spottdrossel, hab' ich dich?« rief Herbert und schlang auch den anderen Arm um das atemlose, an allen Gliedern bebende Mädchen. »Nun sieh, wie du wieder frei wirst! Mit meinem Willen niemals! Der ›Spottvogel‹, der mir unbesonnen ins Garn geflogen ist, gehört mir von Gott und Rechts wegen! Bist du's wirklich, Margarete? – Ah, ›sie ist gekommen in Sturm und Regen‹!« recitierte er und verhaltener Jubel durchbebte seine Stimme.

Sie strebte vergebens, sich loszuwinden, er umschloß sie desto fester. »O Gott, ich wollte –«

»Ich weiß, was du wolltest«, unterbrach er die fast weinend hervorgestoßenen Worte. »Du wolltest die erste sein, die dem Onkel gratulierte! Deshalb bist du durch Sturm und Wetter über weite, öde Felder gelaufen, hast vor lauter Eifer vergessen, eine warme Hülle über deinen Tollkopf zu werfen, und bei alledem hast du dich rettungslos verflogen und wirst obendrein deine Glückwünsche nicht los werden, es sei denn, daß wir umkehrten und dem Prinzen Albert von X und seiner Braut unsere

Aufwartung machten. Aber du wirst einsehen, daß dein windzerzauster Lockenkopf in diesem Augenblick nicht gerade salonfähig ist.«

Jetzt hatte sie sich losgerissen. »Dein Glück macht dich übermütig!« stieß sie in schmerzlichem Zorn hervor. »Das ist ein grausamer Scherz!«

»Ruhig, Margarete!« mahnte er mit sanftem Ernst, indem er sie wieder an sich zog und ihre widerstrebende Hand fest in seine Linke nahm. »Ich scherze nicht. Fräulein von Taubeneck ist nach längerem Hoffen und Harren endlich mit hoher landesherrlicher Bewilligung die Braut des Prinzen von X geworden; und jetzt darf es ja ausgesprochen werden, daß ich in dieser Angelegenheit der Vermittler gewesen bin. Die rote Kamelie, mit welcher ich neulich dekoriert wurde, war ein Dankesausdruck für meine sieggekrönten Bemühungen ... Darin also hast du schwer geirrt. Dagegen muß ich dir nach einer anderen Seite hin recht geben. Ich bin wirklich übermütig! Ich triumphiere! Ist mir nicht mein Glück von selbst in die Arme gelaufen? Ja, bist du nicht gekommen ›in Sturm und Regen‹, getrieben von böser Eifersucht, die ich längst in deinem Herzen gelesen habe? Denn du bist und bleibst die Grete, deren gerades, offenes Wesen keine Weltpolitur hat schädigen können. Nun leugne noch, wenn du kannst, daß du mich liebst –«

»Ich leugne nicht, Herbert!«

»Gott sei Dank, er ist begraben, der alte Onkel! Und du bist fortan nicht meine Nichte, sondern –«

»Deine Grete –« sagte sie mit schwacher Stimme, von dem jähen Wechsel zwischen Glück und Leid völlig überwältigt.

»Meine Grete, meine Braut!« ergänzte er mit siegerhaftem Nachdruck. »Nun wirst du auch wissen, weshalb ich es abgelehnt habe, dein Vormund zu werden.«

Er hatte sich längst so gestellt, daß er sie mit seiner hohen Gestalt vor dem brausenden Winde schützte; nun bog er sich nieder und küßte sie innig; dann nahm er den Seidenshawl von seinem Halse und band ihn sorglich über ihr unbedecktes Haar.

Nunmehr schritten sie in raschem Tempo der Fabrik zu; und dabei erzählte er der Aufhorchenden, daß er von der Universitätszeit her mit dem jungen Fürsten von X befreundet sei. Derselbe habe ihn gern und gebe viel auf sein Urteil. Vor einem halben Jahre nun habe der jüngere Bruder des Fürsten die schöne Heloise am Hofe ihres Onkels kennen gelernt und eine tiefe Neigung für sie gefaßt. Diese Neigung sei auch von ihrer Seite erwidert worden, und ihr Onkel, der Herzog, habe dieselbe begünstigt. Dagegen sei der fürstliche Bruder ein entschiedener Gegner der Verbindung gewesen, auf Grund der illegitimen Geburt der jungen Dame. Der Herzog habe schließlich ihn, Herbert, in das Geheimnis gezogen und die Vermittelung in seine Hand gelegt, und daß dieselbe zum glücklichen Ziele geführt, beweise die heutige Feier im Prinzenhofe.

»Hast du das wundervolle Klavierspiel gehört?« fragte er zum Schluß. Sie bejahte.

»Nun, das war er, der Bräutigam, der sein Glück in alle Lüfte hinausjubelte ... Morgen wird unsere gute Stadt auf dem Kopfe stehen vor Erstaunen über das Ereignis. An beiden Höfen ist das strengste Stillschweigen beobachtet worden, und daß ich das Geheimnis ebenso streng behütet habe, versteht sich von selbst. Nur mein guter Papa hat darum gewußt. Ich hätte es nicht ertragen, wenn er auch nur stutzig geworden wäre gegenüber dem allgemein kolportierten, albernen Märchen von meiner Bewerbung um Fräulein von Taubenecks Hand! ... Aber mit dir habe ich nun noch eine Rechnung abzumachen. Du hast mich für einen Erzbösewicht verschrieen, hast mir die schnödesten Bitterkeiten gesagt über mein Buhlen um Fürstengunst; einer jener gewissenlosen Streber sollte ich sein, die, über das Lebensglück anderer hinweg, die höchste Spitze des ›Kletterbaumes‹ zu erreichen suchen, gleichviel, ob sie für eine hohe, verantwortliche Stellung befähigt sind oder nicht, und was dergleichen schöne Dinge mehr sind – was hast du darauf zu sagen?«

»O, sehr viel!« antwortete sie, und wenn es nicht tiefdunkle Nacht gewesen wäre, so hätte er sehen müssen, wie das liebliche, schalkhafte Lächeln, das ihn beim ersten Wiedersehen an der »übermütigen Grete« überrascht und entzückt hatte, ihr Gesicht belebte. »Wer hat mich geflissentlich in dem Glauben bestärkt, daß der Landrat Marschall um die Nichte des Herzogs freie? Du selbst. Wer hat das schlimme Feuer der Eifersucht in einem armen Mädchenherzen entfacht und böswillig zur hellen Flamme angeblasen? Du, nur du! Und wenn ich anfänglich nicht glauben konnte, daß du Liebe, wahre, tiefe Liebe für die schöne, aber erschrecklich indifferente Heloise fühltest, so geschah das aus Respekt vor deiner geistigen Ueberlegenheit, und ich mußte, wie die böse Welt auch, zu dem Schluß kommen, daß die weißen Hände der herzoglichen Nichte erkoren seien, dich auf die höchste Staffel des Kletterbaumes, den Ministerposten, zu heben ... Abbitten werde ich nicht mehr – wir sind quitt! Du hast selbst glänzend Revanche genommen. Denke nur an das arme Mädchen, das du der Nacht und Nebel zu einem ›Gang nach Canossa‹ getrieben hast!«

Er lachte leise in sich hinein. »Das konnte ich dir nicht ersparen – ich habe ja selbst dabei gelitten. Aber es war doch schön, zu beobachten, wie du mir Schritt um Schritt näher kamst! Nun aber genug des Kampfes! Friede, seliger Friede sei zwischen uns!« Er schlang seinen Arm um ihre Schultern, und nun ging es in wahrem Sturmschritt fürbaß.

29

Am anderen Morgen war es, als sei die gute Stadt B. durch plötzlichen kriegerischen Trommelwirbel aus dem gewohnten Geleise des Werkeltages aufgeschreckt worden. Das Gerücht von der Verlobung im Prinzenhofe lief von Mund zu Mund, und daß keine Menschenseele auch nur »eine blasse Ahnung« davon gehabt hatte, ja, daß selbst die Damenkränzchen mit ihrem unbestrittenen Monopol für Spürsinn und Kombinationen so stockblind gewesen waren, das machte allerdings die Leute nahezu auf dem Kopfe stehen.

Durch das Stubenmädchen kam auch die alarmierende Nachricht brühwarm in das Schlafzimmer der Frau Amtsrätin. »Unsinn!« rief die alte Dame verächtlich, fuhr aber doch mit beiden Füßen aus dem Bette und stand nach wenigen Minuten im Schlafrock und Nachthäubchen vor ihrem Sohne.

»Was ist das für ein fabelhaft dummes Gerede über Heloise und den Prinzen von X, das die Bäckerjungen und Metzgerfrauen von Haus zu Haus tragen?« fragte sie, das Thürschloß in der Hand.

Er sprang auf von seinem Schreibstuhl und bot ihr die Hand, um sie tiefer ins Zimmer zu führen; aber sie wies ihn zurück. »Lasse das!« sagte sie hart. »Ich habe nicht die Absicht, hier zu bleiben. Ich will nur wissen, wie es möglich ist, daß ein solch grundloses Gerücht entstehen konnte.«

Er zögerte einen Moment. Sie that ihm leid, daß sie diesen bittern Kelch leeren mußte, wenn sie auch selbst die Schuld trug; aber nun sagte er ruhig: »Liebe Mama, die Leute reden die Wahrheit, Fräulein von Taubeneck hat sich allerdings gestern mit dem Prinzen von X verlobt.«

Das Thürschloß entglitt ihrer Hand – sie fiel fast um. »Wahr?« stammelte sie und griff nach ihrer Stirn, als zweifle sie an ihrem eigenen Verstande. »Wirklich wahr?« wiederholte sie und sah ihren Sohn mit funkelnden Augen an; dann brach sie in ein hysterisches Gelächter aus und schlug die Hände zusammen. »Da hast du dich ja schön an der Nase herumführen lassen!«

Er blieb vollkommen gelassen. »Ich bin nicht geführt worden, wohl aber habe ich das Brautpaar zusammengeführt«, entgegnete er ohne die mindeste Gereiztheit und knüpfte daran mit wenig Worten die Mitteilung des Sachverhaltes.

Sie hatte ihm, während er sprach, immer mehr den Rücken gewendet und nagte erbittert an der Unterlippe. »Und das alles erfahre ich jetzt erst?« fragte sie, nachdem er geendet, mit zuckenden Lippen über die Schulter zurück.

»Kannst du von deinem Sohne wünschen, daß er ein ihm anvertrautes Geheimnis vor Damenohren laut werden läßt? Ich habe nach Möglichkeit gegen deinen Irrtum angekämpft; ich habe dir oft genug erklärt, daß mir Fräulein von Taubeneck vollkommen gleichgültig sei, daß es mir nicht einfiele, mich je ohne Liebe zu binden. Du hast für alle diese Versicherungen stets nur ein geheimnisvolles Lächeln und Achselzucken gehabt –«

»Weil ich sah, wie dich Heloise mit ihren Blicken verfolgte und –«

Er errötete wie ein Mädchen. »Und ist das nicht einseitig gewesen? Kannst du dasselbe von mir behaupten? Fräulein von Taubeneck ist sich ihrer Schönheit bewußt und kokettiert mit allen. Solche Blicke sind wohlfeil – mir machen sie nicht den geringsten Eindruck. Du aber solltest doch wissen, daß das ein leichter amüsanter Tauschhandel ist, den die meisten für erlaubt und durchaus nicht für verpflichtend halten. Fräulein von Taubeneck wird trotz alledem eine brave Frau werden – dafür bürgt schon ihre große Gemütsruhe.«

Die Thüre fiel wieder zu, und die alte Dame verschwand mit blassem, verstörtem Gesicht abermals in ihrem Schlafzimmer. Aber eine Stunde später eilte das Stubenmädchen zur Schneiderin und in die Putzhandlung, und der Hausknecht rumorte auf dem Boden und schleppte verschiedene Koffer und Köfferchen die Treppe hinab – die Frau Amtsrätin wollte nach Berlin zu ihrer Schwester reisen.

Und als gegen Mittag der Amtsrat seinen Einzug hielt und am Arme seines Sohnes die Treppe im Lamprechtshause hinaufstieg, da kam just seine Frau im Pelzmantel und Schleierhut von oben herab, um in der Stadt Abschiedsbesuche zu machen. Sie sprach überall von ihrem längstgehegten, sehnsüchtigen Wunsche, doch auch wieder einmal eine gute Oper und Konzerte zu hören, der sie nunmehr unwiderstehlich nach Berlin locke. Das Ereignis im Prinzenhofe wurde nur nebenbei berührt, und lächelnd als etwas längst Gewußtes behandelt, über das sich selbstverständlich jedes loyale Herz innig freuen müsse; der Allerintimsten aber flüsterte sie ins Ohr, daß sie den anfänglichen Widerstand des Fürsten von X sehr wohl begreife – es sei nicht jedermanns Sache, die Tochter einer ehemaligen Ballerina in seine Familie aufzunehmen.

Mit ihrer Abreise wurde es für einige Tage still und friedlich im alten Kaufmannshause; aber dann kam noch ein Sturm, der allen Bewohnern das Herz erbeben machte. Reinhold mußte endlich die Umwandlung der Familienverhältnisse erfahren. Der alte Amtsrat und Herbert waren möglichst vorsichtig zu Werke gegangen; allein die Enthüllungen hatten trotz alledem die Wirkung einer zerspringenden Bombe gehabt. Reinhold geriet in eine furchtbare Aufregung. Er schrie und tobte und erging sich in den heftigsten Anklagen gegen seinen verstorbenen Vater. Sein leidenschaftlicher Protest half ihm freilich nichts, er mußte sich schließlich fügen. Aber von da an zog er sich noch mehr als früher zurück von der Familie – er aß sogar allein auf seinem Zimmer, aus Furcht, daß er dem kleinen Bruder einmal in der Wohnstube begegnen könne; denn mit »dem Burschen« wolle er nie und nimmer etwas zu schaffen haben, und wenn er hundert Jahre alt werden solle, wiederholte er immer wieder.

Für diesen Ausspruch hatte der alte Hausarzt immer nur ein melancholisches Lächeln – er wußte am besten, wie es um die Altersaussichten seines Patienten stand. Er forderte deshalb möglichste Nachgiebigkeit und Schonung von seiten der Verwandten für den Kranken, und das geschah bereitwilligst. Der kleine Max kreuzte seinen Weg nie. Die Thüre nach dem Packhause war nicht zugemauert worden; auf diesem Wege wurde der lebhafte Verkehr zwischen dem Vorder- und Hinterhause vermittelt ... Der Amtsrat hatte den prächtigen Knaben an sein Herz genommen, als sei er auch ein Kind seiner verstorbenen Tochter, und Herbert war sein Vormund geworden.

In Stadt und Land machte, wie vorausgesehen, das geoffenbarte Geheimnis des Lamprechtshauses großes Aufsehen; es blieb lange Tagesgespräch, und in den Klubs, den Damenkränzchen und auf den Bierbänken wurde für und wider debattiert – die Lamprechts wurden in der That »auf das Allerschönste zerzaust«. Dieser Widerstreit blieb jedoch ohne jedwede Einwirkung auf das jetzige friedvolle Zusammenleben in Großpapas Zimmer, dem roten Salon. Man kam da täglich zusammen, ein enger Kreis von Menschen, die innige Liebe und Zuneigung verband.

Und auf dieses Bild der Eintracht zwischen alt und jung sah »die Frau mit den Karfunkelsteinen« lächelnd und augenstrahlend herab.

»Die Schönheit der Frau da oben ist so dämonisch und packend, daß man sich vor ihr fürchten könnte«, sagte Frau Lenz eines Abends erblassend zu Tante Sophie, die neben ihr auf dem Sopha saß und Margaretens Namenschiffre in eine Ausstattungsserviette stickte. Eine Lampe stand auf der Kommode unter dem Bilde, und aus dem Lichtstrom tauchte das junge Weib so lebenatmend empor, als werde es im nächsten Augenblick die Lippen öffnen, um auch ein Wort in die Unterhaltung zu werfen.

»Dieser verderbliche Zauber muß sich meiner armen Blanka förmlich an die Fersen geheftet haben, als sie von hier wieder in die Welt hinausgegangen ist«, setzte die alte Frau mit gepreßter Stimme hinzu. »Sie hat sich am liebsten mit den Steinen geschmückt, die dort in den dunklen Haaren stecken, und in ihren letzten Fieberträumen hat sie mit der schönen Dore gerungen, die – ›sie mitnehmen wolle‹.«

Der Landrat stand auf und rückte die Lampe fort, so daß die Gestalt wieder ins Halbdunkel zurücktrat. »Ich habe die Rubinsterne heute in den Händen gehabt und sie weggeschlossen … In dein Haar werden sie nie kommen!« sagte er zu Margarete.

Sie lächelte. »Denkst du wie Bärbe?«

»Das nicht – aber an ›den Neid der Götter‹ muß ich denken. Und so mag das unheimliche rote Gefunkel für künftig in Frieden ruhen!«

Bärbe aber sagte fast zu derselben Stunde drunten in der Küche zu den anderen: »Der Weg, den unser Junge jetzt alle Tage durch den Gang machen muß, will mir aber nicht gefallen. Die mit den Karfunkelsteinen hat ihr Kindchen mit in die Erde nehmen müssen, und da ist nun so ein schöner strammer Stammhalter dageblieben, und das macht boshaftig.«

»Jetzt müssen Sie sich aber die Zunge abbeißen, Bärbe!« sagte der Hausknecht. »Sie haben ja von dem Unwesen in Ihrem ganzen Leben nicht wieder sprechen wollen.«

»Ach was, ›einmal ist keinmal!‹ Am besten wär's, der Gang würde vermauert; denn wer kann's wissen, ob nicht jetzt gar auch noch der schöne Flachskopf neben der Schwarzhaarigen umgehen thut?« …

Der Glaube an dunkle Mächte wird nicht sterben, solange das schwache Menschenherz liebt, hofft und fürchtet!

Biographie

1825   *5. Dezember:* Friederike Henriette Christiane Eugenie John wird in Arnstadt als Tochter des Kauf- und Handelsherrn Johann Friedrich Ernst John geboren.

1830   Beginn der Schulbildung an der Mädchenschule in Arnstadt.

1841   Gefördert durch die Fürstin Mathilde von Schwarzburg-Sondershausen erhält Eugenie John eine umfassende musikalische Ausbildung zur Sängerin in Sondershausen.

1844   *Herbst:* Zur Fortsetzung ihrer Gesangsausbildung reist sie über Böhmen nach Wien (bis Sommer 1846).

1846   *Herbst:* Rückkehr nach Sondershausen. Ernennung zur Fürstlich Schwarzburg-Sondershausenschen Kammersängerin.

1847   *8. März:* Erster großer Auftritt als Sängerin in Leipzig als Gabriele in Kreutzners Oper »Das Nachtlager von Granada«.
Herbst: Fortsetzung des Gesangsstudiums in Wien.

1849   Eugenie John erhält ein kurzzeitiges Engagement in Olmütz. Anschließend Rückkehr nach Arnstadt. In den folgenden Jahren Auftritte in verschiedenen österreichischen Provinzstädten. Aufgrund zunehmender Schwerhörigkeit, die sich auch durch mehrfache Kuren nicht heilen läßt, muß sie die Bühnenlaufbahn abbrechen.
Rückkehr nach Arnstadt. Tiefe Depressionen.

1853   Tod der Mutter.
Eugenie John siedelt als Gesellschafterin, Privatsekretärin, Vorleserin und Reisebegleiterin der Fürstin Mathilde von Schwarzburg-Sondershausen auf deren Schloß Friedrichsruhe bei Oehringen über. Mit ihrem Hofstaat unternimmt sie in den folgenden Jahren zahlreiche Reisen nach München, Berchtesgaden, an den Tegernsee und nach Kochel.

1858 (?)   Beginn des Briefwechsels mit dem Schuldirektor Kern aus Ulm, der ihr schriftstellerisches Talent entdeckt und fördert. Beginn der Arbeit an der Novelle »Schulmeisters Marie«.

1859   Beginnende Gelenkerkrankung, die der behandelnde Arzt für unheilbar erklärt. Zunehmende Schwerhörigkeit.
Aufenthalt in München. Freundschaft mit Friedrich Bodenstedt, der sich vergeblich um einen Verleger für »Schulmeisters

	Marie« bemüht.
1863	*März:* Eugenie John gibt ihre Stellung bei der Fürstin auf, deren finanzielle Lage sich dramatisch verschlechtert hat, und kehrt nach Arnstadt zurück.
	Fortsetzung der schriftstellerischen Tätigkeit.
1865	*Juni:* Auf Zuraten ihres Bruders Alfred bietet sie unter dem Pseudonym E. Marlitt, das sie bis ans Lebensende beibehält, dem Verleger der »Gartenlaube«, Ernst Keil in Leipzig, zwei Erzählungen zur Veröffentlichung an. Keil lehnt »Schulmeisters Maria« ab (Erstdruck postum 1888), nimmt aber »Die zwölf Apostel« an und schlägt ihr die regelmäßige Mitarbeit an seiner Zeitschrift vor.
	September: »Die zwölf Apostel« erscheinen in der »Gartenlaube«.
1866	*Januar:* Der Roman »Goldelse« beginnt in der »Gartenlaube« zu erscheinen und wird zu einem sensationellen Erfolg. Keil erhöht daraufhin das Honorar auf das Doppelte und verpflichtet sich zur Zahlung eines Jahresgehalts von 800 Talern. Nicht zuletzt durch die Erzählungen und Romane der Marlitt wächst die Auflage der »Gartenlaube« in den folgenden Jahren sprunghaft an.
	Juli: Die Novelle »Blaubart« erscheint in der »Gartenlaube«.
1867	Der Roman »Das Geheimnis der alten Mamsell« erscheint in der »Gartenlaube« (Buchausgabe 1868). Der Erfolg übertrifft noch den der »Goldelse«.
1868	Briefwechsel mit Hermann Fürst von Pückler-Muskau.
	Erste persönliche Begegnung mit Ernst Keil, der sie in Arnstadt besucht.
	Durch eine Indiskretion erscheint ein Bericht über ihr Leben, der auch ihr Pseudonym lüftet.
	Erste (nichtautorisierte) Dramatisierungen ihrer Romane erscheinen auf den Theatern.
1869	Der Roman »Reichsgräfin Gisela« erscheint in der »Gartenlaube« (Buchausgabe 1870 mit einer Widmung an Ernst Keil).
1870	Ernst Keil überläßt Eugenie John den gesamten Ertrag der Buchauflage der »Reichsgräfin Gisela« in allen Auflagen und ermöglicht ihr damit den Bau eines eigenen Hauses.
1871	*29. Juni:* Einzug in das neuerbaute Haus »Villa Marlitt« in

Arnstadt.
Eugenie John ist auf Dauer an den Rollstuhl gefesselt und leidet unter ihrer Schwerhörigkeit. Sie lebt in größter Zurückgezogenheit.
Juli: Beginn der Veröffentlichung des Romans »Das Heideprinzeßchen« in der »Gartenlaube«.

1873 *19. Juli:* Tod des Vaters.
1874 Der Roman »Die zweite Frau« erscheint in der »Gartenlaube«. Zunehmende Spaltung des Urteils über die Werke der Marlitt: Mit dem Wachstum ihrer Anhängerschaft gehen immer schärfere Kritiken am »trivialen« Charakter der Werke einher.
1876 Der Roman »Im Hause des Kommerzienrates« erscheint in der »Gartenlaube«.
1878 *23. März:* Tod ihres Verlegers und Freundes Ernst Keil.
1879 Der Roman »Im Schillingshof« erscheint in der »Gartenlaube«.
1881 Die Erzählung »Amtmanns Magd« erscheint in der »Gartenlaube«
1883 Die schwere Erkrankung nach einem Unfall hindert sie monatelang an schriftstellerischer Arbeit.
1884 Verkauf des Verlags von Ernst Keil und der »Gartenlaube« an Adolf und Paul Kröner in Stuttgart, die die Beziehungen zu Eugenie John fortsetzen.
1885 Der Roman »Die Frau mit den Karfunkelsteinen« erscheint in der »Gartenlaube«.
1886 Arbeit an dem Roman »Das Eulenhaus« (unvollendet, fertiggestellt von Wilhelmine Heimburg, Erstdruck 1888 in der »Gartenlaube«).
1887 *22. Juni:* Eugenie John stirbt im Alter von 61 Jahren in Arnstadt.